小学館文庫

ゴーイング・ゼロ

アンソニー・マクカーテン
堀川志野舞 訳

小学館

ゴーイング・ゼロ

＊主な登場人物＊

ケイトリン・デイ…………………… 図書館司書。
サイ・バクスター…………………… 〈ワールドシェア〉の創立者。
エリカ・クーガン…………………… 〈ワールドシェア〉の共同創立者。
バート・ウォーカー……………… ＣＩＡ科学技術局次長。
サンドラ・クリフ…………………… ウォーカー局次長の前任者。
ジャスティン・アマリ…………… ウォーカー局次長の特別補佐官。
ラクシュミー・パテル…………… 〈フュージョン〉のスタッフ、元ＦＢＩ。
ソニア・デュバル…………………… 〈フュージョン〉のスタッフ。
ウォーレン…………………………… 元経済学教授。
マリア・チャン……………………… 元学生活動家。
ジェイムス・ケナー……………… ソフトウェア開発者。
ジェン・メイ………………………… サイバーセキュリティ会社の技術者。
ブラッド・ウィリアムズ………… 評判回復専門家。
ドン・ホワイト……………………… 賞金稼ぎ。
サマンサ・クルー…………………… 看護師。

卓越した編集者、ジェニファー・ジョエルに。
そして、いつものように、エヴァに。

フェーズ1

〝ゴー・ゼロ〟7日前

マサチューセッツ州ボストン

狭い玄関ホールに明るさと広がりを与えている全身鏡は、古びて染みがつき、腐食による黒い汚れがかさぶたみたいに銀メッキを蝕《むしば》んでいる。それでも、政府によって家賃が統制されたこのアパートメントの住人たち——教師や下級公務員、パン屋のオーナー、エレベーターがまともに動くだけでもありがたいと思っている六人の退職者——にとって、その鏡は充分役に立つ。出かける前に立ち止まって、身だしなみを確認することができるからだ。スカートの裾がストッキングに挟まっていないか、ズボンの前があいていないか、顎に歯磨き粉がついていないか、髪がぼさぼさに乱れていないか、靴にトイレットペーパーがへばりついていないか、最後にひと目確かめてから、よろよろと通りに出ていき、同じ街に住む市民たちの評価に身をゆだねるのだ。

鏡は一日の終わりにも役立った。風が強い街の寒さを振り払い、コートの前をあけ、郵便受けの中身を出しているとき、住人たちが一日に受けたダメージを最初に見せてくれるのが、その古い鏡だった。

たったいま入ってきた女は、反射的に鏡に目をやった。鏡に映し出されているのは、こんな姿だ。三十代半ば。ボブにした黒髪。去年また流行になった大きな眼鏡《めがね》。ワイドフィットのロングパンツにスニーカー。昨シーズンものの晩春用の上等なコートの下には、ピシッとアイロンをかけた渦巻く花模様の黒いブラウス。どういう人物なのかは、見た目からだいたい察しがつく――図書館司書とか、そんな感じの職業だ。服のボタンをきっちりとめてあって、いかにも本が好きそうだが、アクセサリーなどの細部からは独立心がうかがえる。大きなペンダントトップのネックレス、じゃらじゃらしたイヤリング、小指にはめたシグネットリング。教会の手作り菓子販売会《ベイク・セール》に行くところ、あるいはハッシュタグ・デモの活動に行くところだと言っても通りそうだ。

郵便受けの錠をあけて封筒をつかみ取り、小さな扉を押してカチッとロックがかかる音がするまで閉めたとき、ネームプレートがわずかに傾いているのに気づき、まっすぐに直す。

K・ディ

一〇号室

Kというのが重要なのだ。〝ケイトリン〟とすべて表記するのではなく。身分を明らかにするものは、イニシャル一文字だけにとどめておくこと。〝おひとりさま女性の暮らしのヒント その273〟といったところだ。手に鍵を（武器がわりに）握りしめながら、徒歩でまっすぐ帰宅するとき。郵便受けや入居者案内板にケイトリン・デイと記載してあると、トラブルのもとになる。通りすがりの変態たちが、このアパートにひとり暮らしの女が住んでいると知って、その女が助けや嘲笑、ストーカー行為、セックス、殺しを求めていないか確かめようと、うろつき始めるかもしれないのだから。

彼女はリサイクル回収箱のところで郵便物を選《よ》り分けていく。ごみ。ごみ。ごみ。請求書。ごみ。請求書。それに……うそ、信じられない。届いた。本当に届いた。

その封筒には、国土安全保障省と印字されている。裏にはご丁寧に封蠟《ふうろう》まで施されている。封蠟なんてチューダー朝と共に消え去ったかと思っていた。ならば封筒の中身は結婚式の招待状レベルの高級紙かと期待したけれど、出てきたのは面白くもない政府品質の用紙だ。とはいえ、招待状であることに変わりはない。

紙は一枚だけで、上部に〈ゴーイング・ゼロ〉β《ベータ》テストと書かれていて、その部分は太字でアンダーラインが引いてある。

親愛なるミズ・デイ

おめでとうございます！　アメリカ合衆国連邦政府と〈ワールドシェア〉社の共同事業、〈フュージョン・イニシアティブ〉が実施する〈ゴーイング・ゼロ〉βテストにおいて、参加者十名のひとりにあなたが選ばれました。

指定のとおり、〈ゴーイング・ゼロ〉βテストは五月一日の正午に開始する予定です。時間が来たら、無作為に選出された九人の参加者とあなたが申請書に記載した番号宛てに、〝ゴー・ゼロ〟の通知が届きます。

同日の午後二時には、参加者の氏名、顔写真、住所の情報が、ワシントンDCの〈フュージョン・セントラル〉に設置された〈フュージョン・イニシアティブ〉の統合任務部隊に提供されます。

このテストの実施中、あなたは〈フュージョン・セントラル〉が派遣する捕獲班に捕まらないためなら、米国法に背かない限りは必要だと思うどんな手段を取ってもかまいません。五月三十一日の正午の時点で捕獲されていない〈ゴーイング・ゼロ〉βテストの参加者は、非課税の賞金三百万USドル（＄３０００００００）を受け取ることができます。あなたの愛国的な活動と、アメリカをより安全な国にするため重要な役割を担って頂くことに感謝します。

注意事項：書面による当局の承認を得ないまま、〈ゴーイング・ゼロ〉βテストの参加者であることを公言するという禁止行為を行った場合、失格処分となります。秘密保持契約（NDA）、法的責任、罰則規定の詳細につきましては申請書をご参照願います。

ケイトリンは顔を上げ、鏡に映る自分の顔を再び見つめている。どこにでもいる平凡な女。でも、これから五週間は、並外れた存在になる必要がある。

ケイトリン・デイ、完璧を極める準備はできてる？　自らに問いかける。この先は完全無欠にならなきゃいけないんだから。

鏡に映る顔にはなんの感情も表れていない。

部屋のフロアに上がりなさい、と自分に言いきかせる。すべてを確認するのよ。〝ゴー・ゼロ〟の指令が来たら、瞬く間に姿を消せるようにしておかないと。自分の存在を消す。いなくなる。

そんなことができる？　いなくなるなんて。じつは、よくあることだ。そうよ、わたしはそのことを誰よりもよく知っている。人間は簡単に――パッと――消えてしまえるものなのだ。

身体《からだ》を休めておく必要がある。自分のベッドでゆっくり眠れるのはあと数日で、しばらくはそんなこともできなくなるかもしれない。今後待ち受けていることに思いを馳《は》せているわずかな時間、鏡に映る姿はぴくりともしない。が、やがてすばやく動き出す。

7日後：〝ゴー・ゼロ〟20分前

ワシントンDC〈フュージョン・セントラル〉

五月一日、午前十一時四十分、朝食抜きでボサボサ頭のジャスティン・アマリは〈フュージョン・セントラル〉の表で委員会の歓迎を受けた。ここは昨年、マクファーソン・スクエア近くに異常な速さで建てられた、不可解な非公開の複合建築だ――〝シリコンバレーの億万長者、サイ・バクスターがワシントンDCのダウンタウンの一区画を購入、街で過ごす時間が増えている、理由は不明〟。

集まっている面々のなかには、サイ・バクスター本人に負けず劣らず有名な右腕、エリカ・クーガンの姿もある。エリカとサイは〈フュージョン〉の親会社である〈ワールドシェア〉社の共同創立者だ。彼女は派手なことはしないが、やり手でもある。

「緊張してる？」ジャスティンはエリカに近づいていって問いかける。

その質問にエリカは驚き、ほほ笑みを見せる。

「サイのことも、わたしたちがここでしていることも、信じてる」彼女の声は低く、かすかにテキサス訛《なま》りが残っている。「でも今日は、確かに緊張してるわね。これほど重大なこととなると。とてつもなく大きな意味を持つことだから」

ほかの首脳陣たちと並んで歩き、ガラスと鋼鉄でできたロビーを横切ると、高度なセキュリティのチェックポイント二か所を通過したあと、最高級の安全対策が施されたエリアに入る。靴に付いた土埃《つちぼこり》のようなデジタル・ダストも、スマホも、ノートパソコンも、スマートウォッチも、ペンのキャップに仕込んだレコーダーも禁止のエリアで、アトリウム風の中心部にアクティブ・ハブが設置され、一階にはガントリー・システムで監視されている各種の専門チームが集結した、〈虚空《ザ・ボイド》〉と呼ばれる場所だ。

あまりのスケールの大きさに、ジャスティンはいまだに圧倒されてしまう。背筋がぞくっとするような光景だ。モニター画面で埋め尽くされた広大なホール、ずらりと並んだデスクの前に座っているのは、〈フュージョン・イニシアティブ〉の歩兵である私的・公的セクターに属する数えきれないほどのアナリスト、エンジニア、データサイエンティスト、諜報員《ちょうほういん》、プログラマー、ハッカーの精鋭たち。そしてサイ・バクスターが、『スター・トレック』のカーク船長さながら二階の高台から、神経を高ぶらせて高揚感を味わいながら、自らの為《な》した偉大な業《わざ》を見下ろしている。

俺こそ緊張するのが当然なんだろうな、とジャスティンは考える。ひとつには、今日ここで危うい立場に置かれているのは、彼自身なのだから。

画面という画面――デスクトップパソコン、タブレット端末、スマホ、後ろの壁の巨大なスクリーンまでも――が真っ暗で、スリープ状態にあり、待機している……待っているのだ……起こされるのを。

ジャスティンは腕時計に目をやる。あと十五分と五十九秒……五十八……五十七……。

前に来るよう手招きされて、サイが待っている高台のほうへ近づいていく。サイも今日ばかりは、いつまでも頑《かたく》なに変えようとしないスニーカーにバギージーンズ、〝やればいいじゃん〟などといった気持ちを鼓舞するメッセージ入りロゴTシャツという青年っぽい服装ではなく、集まった人々のためにちゃんとスーツを着ている。

高台にはジャスティンのボスで中央情報局《CIA》科学技術局次長のバート・ウォーカー博士も待っていて、サイとふたりでたったいま万物の理論を発見したような顔をしている。もうひとり、嬉《うれ》しくもなさそうな顔で一緒にいるのは、ウォーカーの前任者（現在は脅威分析を行う新興企業のCEO）であるサンドラ・クリフ博士で、どうやらこのプロジェクトに手放しでは賛同できないらしい。

ジャスティンの目には、ウォーカーがテープカット用のリボンはどこかと探しているように見える。そういう時代じゃないんだよ、バート。ここにリボンなんてものはない。この極めて重要なβテストを開始させるものは、不吉なマウスのクリックひとつでしかない。極秘の試みの参加者として選ばれた十名は、何者でもなくなって《ゴー・ゼロ》姿を消せという合図を受けることになる。参加者はただちに、少しの痕跡も残さず姿を消さなければならない。だが、簡単なことではない。サイ・バクスターと彼のサイバー追跡チームは獲物を見つけ出すために、人類史上類を見ないほど万全の態勢を整えていて、すみやかに発見できるよう備えている。

十名の参加者――あるいは追跡チームにとっての〝ゼロたち〟――には、二時間の余裕が与えられる。たった二時間だけ先にスタートして、どんなものであれ各自の戦略を実行するのだ。その後〈フュージョン〉による追跡が本格的に始まることになっている。

「開始する前に、手短に挨拶を」サイがことさら厳かな口調で言う。四十五歳のいまも少年っぽさが残り、ちょっと猫背で、いつでも走り出せるようにしているみたいに体重を爪先《つまさき》にかけている。「まずは、この歴史的な意味を持つ官民連携を実現させたCIAの友人たちにお礼を言わせてください」サイの視線はジャスティンを通り越し、ウォーカー博士とクリフ博士を見据え、それぞれに向かって意味ありげにうなずいてみせる。「もちろん、今日ここにも何人かお越し頂いている、我々を信じて投資してくださった皆様にも感謝を申し上げます」聴衆の前のほうに並んだスーツ姿の人々に向かってうなずく。「だが、身を粉にして根気強く取り組んでくれている、才能豊かな〈フュージョン〉のチームのみんな、きみたちには誰よりも感謝してる」

〈フュージョン〉の関係者から拍手喝采がわき起こる。広範な管轄権と最高の技術兵器を備えた各分野の専門家で編成され、この本部の人員数は千人近いが、さらに現場の人間も合わせると数千人にのぼる。地図上の至るところに捕獲班が点在し、いつでも急襲できる状態だ。皆が目撃することになるのは、自分たちがいかにして成功を収めたかという手段もさることながら、どれほど迅速に目的を達成できたかというスピード感でもあるのだ。サイ・バクスターはひとりひとりにそう叩《たた》き込んでいる。

「重大な仕事が待っている。政府の情報と自由市場の創意ある発明を融合させたこの協働関係に、CIAが十年契約で資金を提供してくれるか否かは、これからの三十日間にかかっている」サイはそこで口をつぐみ、つぎの言葉を慎重に考えているようだ。「きみたちが見ているもの……このすべてが――」ぐるりとアトリウム全体に手を振って、エアコンを取りつけたラックで大事に管理されて単調な音を立てているサーバー、オペレーション・ルームやVRスイート、ドローン・ベイ、研究施設、フードコート、いくつものオフィスに配置されている厳選された九百三十二名の職員（CIAが全員の厳しい身元調査を行った）で溢《あふ》れんばかりの地下三階までを示す。「――失敗すれば無に帰する。個人的に、このプロジェクトは、ぼくがこれまで関わってきたどんな仕事よりも重要なものだ。それは間違いない」

この発言は拍手で迎えられた。

「この国のセキュリティ監視能力をまったく新しいレベル、段違いのレベルに引き上げる官民パートナーシップを想像できるかと最初に持ちかけられたとき、ぼくはここにいる局次長とクリフ博士を見て……博士はおぼえているかもしれないが……確かこんなふうに反応した……ですよね？　……〝冗談も休み休み言え！〟と」

どっと笑いがわき起こる。

「だが、きっと――オーヴィル・ライトも兄に同じようなことを言ったんじゃないだろうか？　あるいは、原爆をつくるよう命じられたオッペンハイマーや、どっちが上か定義するよう求められたアイザック・ニュートンも」

さらに笑いが起こる。

サイはニヤリとし、驚くほどチャーミングな笑顔を見せる。「実現できるかどうかは、実現してみるまでわからない。そうだろう？　〝よし、やろう〟の前には〝まさか、無理だ〟がつきものだ。だが、どんなに自信があって、ここにいる皆が懸命に取り組んできたとはいえ、百パーセント実現可能かはまだわからない。だからこのβテストがある。さあ始めよう。導火線に火をつけて、どんな花火が打ち上がるか見届けようぜ」

盛大な拍手。それ相応の理由から、サイはここにいる人々が好きで、彼らもまたサイのことが好きだ。

ジャスティンはサイをじっと見据えながら考えている。この男にはどれだけの資産があるのだろう？　誰もはっきりとは知らない。サイの経歴は不明瞭だ。詳細が明らかにされていない。正確な出身地は？　それさえも情報が錯綜《さくそう》している。シカゴ出身だと本人は言っているが、スロバキア人の母親に連れられて一人息子のサイは七歳の頃アメリカに渡ってきたのだ、という噂《うわさ》の真偽を確かめる出生証明書が披露されたこともない。最近、ゲーム・パズルメーカーの〈ラベンスバーガー〉社の企画で、サイをモチーフにした千ピースのパズル――両手を腰に当てた挑戦的なポーズでベゾスのロケットの前に立ち、〈ワールドシェア〉社の警備衛星を軌道に乗せようとしている――が発売され、それまでは頭のなかでしか挑めなかったことだが、人々は探るような目でせっせと指を動かしながら、この男の鮮明な人物像を組み立てる場を手に入れた。

ジャスティンは離れたところからサイを観察し、データを集めてきた。おべんちゃらばかりの雑誌のプロフィールによると、サイは発達が遅く、フォークの使い方も、言葉の正しい発音（たとえば〝ニーシュ〟をサイは〝ニッチ〟と発音した）も、なかなかおぼえられなかったらしい。IQは168だが。孤独な少年で、しょっちゅういじめられていて、外見は整っているといってもよいほどだったが、小さな目は左右でやや大きさが違い、肘とすねに湿疹《しっしん》があった。若くしてコンピューターにのめり込み、テクノロジーの波に乗った。ガレージで立ち上げたスタートアップ企業を、二十六歳までに百二十億ドルの価値がある事業に成長させ、めまぐるしいスピードで展開していった。まずは革新的なテクノロジーとソーシャル・ネットワークからビジネスをスタートさせた。小規模の友好的な情報交換ネットワーク――「会ってみる？」「うん、いいよ」――から始まった〈ワールドシェア〉を、世界的な繋《つな》がりのエコシステムに拡大させ、そこからたちまちあらゆる方面に手を広げ、快足のグレーハウンドに賭けるみたいに、リスクの高いベンチャービジネスに利益を投資していった。

先見の明のあるこのやり手の若者に、ウォール街はひと目で恋に落ち、彼の向こう見ずな冒険に資金を供給した。サイバーセキュリティ、家庭用防犯カメラ、警報装置と公共の監視ツール、通信衛星にまで事業を多角化した。サイは十年で大金持ちになったが、決してひけらかすような真似《まね》はせず（パリのファッションウィークで写真を撮られることもなく、ハリウッドに友人もいなければ、巨大なヨットやプライベートジェットも所有していない）、過度な宣伝もせずひっそりと、健康と地球と環境保護に関わる事業や、惑星間の未来にも大金を賭けている。いまは太陽光発電の研究、バッテリー寿命の延長、連邦準備制度で取引する透明性の高い暗号通貨に資金を供給しつつ、石油の時代をついに終わらせるべくモジュール式原子炉についても調査している。人々がサイに強く魅《ひ》かれ、好きになるのは、彼が富と才能に溢れているだけではなく、そう、波に乗れるときや、宇宙にロケットを打ち上げられるときを逃さず、世界を助けるために持てる力を存分に発揮したいと心から望んでいるように見えるからだ。

それに、ただの仕事中毒でもなく、プライベートにも時間を割いている。四人組のインディーズバンドでベースギターを担当し、週に二回は地元のパロアルト（カリフォルニア州西部、サンフランシスコ南東のシリコンバレーに位置する都市）にある公共テニスコートで汗を流している。エリカ・クーガン以外の女性と恋愛関係になったことは一度もない。瞑想《めいそう》のおかげで本当に必要なバランスが取れていると《メンズヘルス》誌のインタビューに答えている。ヨガの蓮華座《れんげざ》の姿勢を何時間も続けられ、エクササイズの〝プランク（うつ伏せで前腕と肘と爪先を地面についた姿勢を維持する体幹トレーニング）〟を余裕で十五分以上キープできる（それをマスコミに疑われたとき、サイはライブ配信で二十三分間キープしてみせて反論した）。頭も心も健全で、結果としてサイは人々に崇拝されるヒーローになった。

感心できないこんな時代に、これだけ多くを成し遂げて手に入れながら少しも尊大にならずにいるとは、まったくもって大したものだ、とジャスティンは認めた。実際にはどんなことをしていようと、決して人に気づかれないようひそかに行動するのは、いつでも身のためになるのだということを証明している。そう結論を出すよりほかはない。

〝ゴー・ゼロ〟18分前

マサチューセッツ州ボストン／マールボロ・ストリート八九番
ケイトリン・デイのアパートメント

時計が止まってしまったみたいだ。時間はのろのろ這《は》い進み、へたり込み、何かがおかしい、きっと時間のどこかに皺《しわ》が寄っているのだ、と確信した瞬間に、またカチカチと秒針が進み始める。ケイトリンはソファの端っこに身を丸め、ブランケットを膝にかけ、片手には本を持っている。手に取ったこともおぼえていない。コーヒーテーブルの上に、つるつるとすべりやすい雑誌が地震後の断層みたいにずれた状態で山積みになっていて――《アトランティック》、《ニューヨーク・レビュー・オブ・ブックス》、《ザ・ニューヨーカー》――、その上に長いこと置きっぱなしになっていた本だ。

けれど、彼女は本を読まずに議論している。これはまずい考え、これは素晴らしい考え、これはばかげた考え。これは絶好のチャンス、これは最後の切り札、思考が波のように寄せては返し、頭のなかがぐるぐるしている。

忘れること。おぼえておくこと。思いついたそばから砕け散っていき、理解が追いつかないほどだ。

バックパック

寝袋

ハイキングブーツ

Tシャツ六枚

替えのジーンズ一本

『アンナ・カレーニナ』の本

ほら、呼吸するのよ、と自分に言いきかせる。ゆっくり呼吸して。自分が何者か思い出すの。わたしはケイトリン・デイ、とマントラみたいにつぶやく。三十五歳、九月二十一日生まれ、社会保障番号は〇二九-一二-二三二五。これらの馴染《なじ》みある事実はヒーリングオイルであり、香膏《こうこう》であり、マニ車《ぐるま》（経文が記された円筒形の回転式仏具）であり、繋ぎ止めてくれるロープだ。おかげでどうにか酸素が肺のなかを満たし、血液に行き渡るのが感じられる。

道路地図
小型テント
ガスコンロ
料理鍋
マスク
スマホK
スマホJ
コンパス
缶詰食品
カトラリー
行動食《トレイルミックス》
缶切り
タンポン
石鹼《せっけん》
歯磨き粉
懐中電灯
バッテリー

水筒

ケイトリン・エリザベス・デイ。生まれも育ちもボストン。両親は他界。兄がふたり――どちらとも疎遠になっている。兄たちはスポーツが好きで、ケイトリンは本が好きだ。兄たちは建築の仕事に就き、彼女は司書になった。兄たちはテレビに向かって怒鳴り、彼女は上院議員に手紙を書く。兄たちには想像力のかけらもなく、彼女は想像力に溢れている。それどころか、ありあまっているほどだ。時には、想像をたくましくしすぎてひどいめまいを起こし、小さな白い錠剤で抑制しなければならないこともある。

プランはひとつある。うまくいくはずだ。じゃなきゃ困る。きっと楽しくなるわ、と胸のなかでつぶやく。それに、恐ろしいことにもなるはずだ。

〝ゴー・ゼロ〟2分前

ワシントンDC〈フュージョン・セントラル〉

「最後にひとつだけ。ぼくの思いを伝えておきたい」サイ・バクスターはそこで間を取り、聴衆を見渡す。落ち着き払ったあの態度、まったく立派なもんだな、とジャスティンは思う。少しばかりぎこちなさがあるところも親しみが持てる。プログラミングばかりしていて、遠くから聞こえてくる遊び場でキャーキャー騒ぐ声には反応せず、それから数年後には既に銀行口座に一千万ドル入っていたが、プロムの相手はいなかった。そんな友達のいない少年時代の面影が、いまでも残っているのだ。

「今日はただ概念実証のテストを行うのでもなければ、ぼくたちのパートナーに――」サイはふり向いて、同じステージに立っているCIAの名誉あるふたりの博士にうなずいてみせる。「――お互いの情報と人材を出し合って協力すれば、どんなことが可能かを示す機会というだけでもない……実証はするし、可能なことも示してみせるが。今日からぼくらは、法執行機関と軍、警備産業——国家安全保障局《NSA》、ＣＩＡ、連邦捜査局《FBI》、国土安全保障省《DHS》——の総力を結集し、ハッカーとソーシャルメディアのコミュニティを初めて連携して、ここにいる〈ワールドシェア〉のクルーの優秀な頭脳ですべてを統合するという、長期にわたるパートナーシップを実際に締結する」

ここで企業部門からパラパラと拍手が起きる。

「やあ、そこにいるね、〈フュージョン〉の親会社のみんな！……ぼくたちはあらゆるものを組み合わせ、世界に類を見ない最先端の全方位情報データ共有マトリクスを創《つく》り上げている。本当にすごいことだ」ここでサイはまたＣＩＡの支払い責任者たちを見て、これまでのところ信じられないほどスムーズに事が運んでいるのだとわかる、大学生みたいな人懐っこい笑顔を向けた。「結論を言うと、ぼくらの無謀にも思われる目標はじつにシンプルだ。目標を達成するのに必要な最高のテクノロジーを駆使して、悪人にとってはずっと生きづらく、善人にとってはずっと生きやすい社会を創ること。もちろんプライバシーには配慮している。〈ワールドシェア〉の仕事の半分は、人々のプライバシーを保護することだ。だけど、何も後ろ暗いところがないのなら、つまり世間の九十九パーセントの人に当てはまることだが、より強固な防衛、治安、法と秩序を獲得するのと引き換えに、その不可侵の権利をわずかに犠牲にする覚悟ができているかもしれない。プライバシーの保護にいちばんこだわっているのが誰なのか教えようか。犯罪者だ。連中は身を潜めるためにプライバシーの保護を必要としている。9・11のテロによって、ぼくたちは民間警備と公共の安全の微妙なバランスについて再考を余儀なくされた。当時、あの大惨事を防ぐのに必要なデータはすべて揃《そろ》っていたのに、情報を集約する手段と意志が欠けていた。だけど今日、この建物のなかで、ぼくらはついに手段と意志をひとつにする」まるで公職選挙に立候補するみたいに、サイはちょっと思いがけない言葉で話を締めくくる。「アメリカと我らの軍に神の祝福を！　さあ……始めよう」

そう言うと、サイは背後の壁に投射された大きなアナログ時計を指さす。正午までの残り数秒が尽きていき、スーッと上に向かって動いている秒針が、まるで拍手をするみたいに、分針と時針に重なる。

正午を打った瞬間、サイは〝ゴー・ゼロ〟の言葉に命を吹き込む。それと同時に、この建物の内奥のどこかでひとつのマウスがクリックされ、アメリカ全土に散らばった十台の携帯電話にメッセージが送信される。韻を踏んでいるような、ふたつの単語でできた短いフレーズが。これから、隠れる者たちに二時間が与えられたあと、捜索が開始されることになる。

開始時刻

マサチューセッツ州ボストン／マールボロ・ストリート八九番
ケイトリン・デイのアパートメント

ブルルルル　ブルルルル　ブルルルル　ブルルルル

あわてて携帯に手を伸ばした拍子に、床に叩き落としてしまい、携帯はソファの下に滑り込む。ソファの下には、ばねの跳ね返っていない乾燥したネズミ捕りがあり、何か月も訪問者を待ちわびて溜《た》め込んだ力を爆発させようとしている。が、危険なサプライズにギリギリまで接近したところで、手探りしているケイトリンの指はネズミ捕りをさっとかすめて、振動している携帯をつかみ取る。震える親指でメッセージを開き、内容を読む。

ゴー・ゼロ

ケイトリンはすぐさま携帯を裏返し、バッテリーを抜き取る。ショーの始まりだ。

七分後、彼女は街に出て人波を泳いでいる。急いで行かなければ。姿を消すのに二時間しかない。レッドソックスの野球帽、大きなサングラス、N95マスクで顔を隠してある。下調べしておいたので、顔認識カメラのことも、どうすれば出し抜けるのかも、知り尽くしている。読書家の痩せ型を捜している人（あるいはボット）の目を逃れられるかもしれないと、洋服も何枚も重ね着している。

さらに、足取り認識の技術についても、本で調べてある。いつもと変わらない歩き方もできないけれど、かといってめちゃくちゃな歩き方をすれば、そのこと自体がコンピューターに疑いを起こさせてしまうので、それもだめ。やるべきこと――いままさにやろうとしていて、真剣に集中する必要があること――は、一貫して他人のように歩くことだ。明らかな別人として、独自の歩き方をする。独特のふるまいで、なおかつ持続できる歩き方を。酔っているのか欺《あざむ》こうとしているのか、人格が三つあるような歩き方をしている不審な女が、いままさにボストンの通りにいることを検知されてはまずい。開始から一時間と経《た》たないうちに、どこかのコンピューターが警報を鳴らすなんてことになるのは。だからケイトリンは、ひとりだけの架空の人物、ミズ・エックスみたいに歩こうとしている。年齢は同じぐらいかもしれないけど、もっと自信に満ち、幸せそうで、悩みは少なく、もっと跳ねるような足取りでお尻を揺らして歩く。このミズ・エックスの歩き方で街を移動していくが、実行するのは思ったより大変だ。足首から蹴り上げて、あいているほうの腕を振り、背中を反らし、ファッションモデルのように歩きながら、自分を偽ることにたちまちどっと疲れてしまう。

そもそも、わたしは何をやっているの？　こんな手の込んだかくれんぼに参加して。図書館員なのに。そうよ、わたしは司書なのよ。これから二時間もしないうちに、わたしが自分でも知らないようなことまで、彼らは遥《はる》かに多くの情報を得るはずだ。無意識の癖や行動パターン。血液型（自分が何型か知ってる人なんている？）。星座（それは知ってる、乙女座）。恋愛関係（大した話はない）。銀行の口座番号、預金残高（ごく平均的）。子供（無し、簡単な答えだ）。メンタルヘルス（危うい、診察記録あり）。くそったれ。膝をがくがくさせながら、心のうちで毒づく。歩きなさい、ミズ・エックス。役になりきったままで。追伸――もっと速く歩いて。

捕獲可能な残り時間：29日と22時間と21分

ワシントンＤＣ〈フュージョン・セントラル〉

〝ゴー・ゼロ〟から一時間三十九分が経過した。〈フュージョン〉の各チームはそれぞれの持ち場につき、ゼロたちに先んじて与えられた二時間が過ぎるまではスペースキーのひとつも叩いてはいけないという命令に従い、ずらりと並んだ真っ黒な画面の前で待機している。プロフェッショナルとしての人生を賭けた一か八かの挑戦が始まるまで、残り時間はわずか二十一分。チクタク、チクタク……。

サンドラ・クリフ博士も彼らと一緒に待っている。博士は六十八歳、威勢のいい百戦錬磨のベテランだ。色々な経験をしてきて、大勢のライバルをやっつけてきた。遠い昔となった一九九〇年代、ＣＩＡと民間セクターの協力を促すことに初めて成功したのは彼女だ。大手テクノロジー企業から開発段階の技術を獲得するための企画まで自ら立案した。その功績を称《たた》えられ、ＣＩＡ長官賞、アメリカ国防情報局《ＤＩＡ》長官賞、ＣＩＡ情報殊勲章、アメリカ国家偵察局局長賞の功労勲章、国家安全保障局殊勲章を授与された。貢献したことに満足しながら、二〇〇五年に辞職。その後十年近くは公職に就くのを拒んでいたけれど、二〇一四年に新任の（友好的な）大統領によって科学委員会と国立科学財団の一員に任命された。つぎの（非友好的な）大統領はこのポジションを蔑《ないがし》ろにしたが、後任の（友好的な）大統領はサンドラの地位を再び認めたので、彼女は職責として大統領執務室の目になり、〈フュージョン・イニシアティブ〉全体と、特にCIAの後任、ジョージ・W・ブッシュの被任命者であるバートラム・〝バート〟・ウォーカーを監視するため、今日ここに派遣された。

サンドラ・クリフには大きな懸念がある。CIAと民間セクターの協働を奨励した当初は、当局が手に入れる有用な財産はCIAとDIA、国家地理空間情報局、その他の多岐にわたる政府機関が所有・運用することに、疑問の余地はなかった。自社の株主以外にはなんの宣誓もしていない一般の企業家と共同所有するつもりもなければ、完全に運用を任せるつもりもなかった。そのため、サンドラはこのプロジェクトに懐疑的で、たとえβテストが莫大《ばくだい》な費用を無駄にしただけの完全な失敗に終わったとしても、川ができるほど涙を流すことはないだろう。

バート・ウォーカーのほうを見ると、彼はほほ笑んでいる。チカチカ点滅する無数のライトや、データがぎっしり詰まったたくさんの画面に心を奪われて、この状況のすべてについてサンドラよりずっと喜んでいるようだ。

〈フュージョン〉はバートにとって、わが子のようなものだ。バートは五十五歳。安物のネクタイの下のシャツはボタンをかけ違えている。理髪店で髭剃《ひげそ》り前の蒸しタオルをかけられたみたいに、顔を火照らせている。〈フュージョン〉は科学技術局次長に就任して以来の最大の博打《ばくち》であり、クリフ博士が三十年前にいとも鮮やかに達成したことを、バートもまた二〇二〇年代にやり遂げようと試みている――すなわち、CIAの活動の幅を広げて現代化することだ。CIAが本国での活動をほぼ完全に禁じられ、外国の脅威にしか対応できないという状況にあって、権限の逸脱だと立腹した委員たちの大論争をワシントンで長引かせることなく、CIAの国内活動を拡大するための手段として、バートは〈フュージョン〉を、そしてサイ・バクスターを見ている。

そんなわけで、〈フュージョン〉はCIAに代わって、かつ完全に切り離されたものとして、CIAには直接できないことができる。

バートがサイ・バクスターと結んだ裏取引は、危うく、かつシンプルでもある。このβテストが成功したら、〈フュージョン〉はCIAと年間契約を結び、その後は当局が〈フュージョン・イニシアティブ〉の費用を全額負担する。向こう十年、年額ざっと九十億ドル。この秘密の特権の下、厳格な利用ガイドラインに基づいて、〈フュージョン〉は国家の情報網からCIAの関連する機密データすべてにアクセス可能になる。その代わり、〈ワールドシェア〉のアプリをインストールしたことのあるすべての者――現時点で二十億人を超える

——に対して、〈フュージョン〉が収集している膨大な個人情報に、CIAは自由に（未公表で）アクセスできることになる。その上、〈フュージョン〉は世界中の優れた技術パートナーに加えて、地上と——〈ワールドワン〉の低軌道衛星がつくる〈ワールドシェア〉の星座という形をとった——宇宙の最先端の監視技術も、CIAが利用できるようにする。

政府は存在の根幹に関わる選択を迫られているのだ、とバートは上司や国防総省《ペンタゴン》を説きつけて、議会にはひた隠しにしている正確な表現で言えば、この契約を売り込んだ。その選択とは、いまバクスターの〈ワールドシェア〉と提携するか、サイバー兵器を国家が主導しているふたつの国、中国とロシアに危険なほど後れを取るリスクを負うかだ。

バートはペンタゴンが承認前に行った極秘の聞き取り調査において、CIAほどの確立された強力な組織が、なぜ情報収集能力でソーシャル・ネットワークにこれほど後れを取ることになったのかと厳しく問いただされた。

単純なことです、とバートは答えた。〈ワールドシェア〉はCIAとは違って、憲法に基づく法的な、あるいは規制関連による制約を受けないからだ。〝これらの巨大テクノロジー企業はすべてを好きなようにやれて、要は二十年近くにわたって人の経験や個人データを盗み取り、管理し、扱うことを許可されてきたが、連邦議会の誰ひとりとして文句を言う者はいなかった。であれば、彼らがいまでは世界中の情報の生産、統合、提示をほぼ完全に支配しているのが、それほど不思議なことでしょうか？〟

こうして、世界最大の超大国の最も秘密主義であるはずの部門は、やむを得ずサイ・バクスターのために大きな子供用の席を設けることになったが、ともかくサイはＣＩＡが共に働ける相手なのは確かだ。

というわけで、βテスト開始まであと数秒となった最後のカウントダウンが進むなか、サイが二階の台からほほ笑みながら見下ろし、国を代表する船の進水式にあたって船台でシャンパンボトルを掲げているプリンセス並みに興奮しているのも驚くことではない。サイと同世代の者たちは今日、事実上の勝利宣言をしているのだ――取るに足らないと思われていた若い企業が、いまや重大な仕事を任されているのだから。それだけではない、これはサイとエリカにとって個人的な勝利でもある。ふたりとも、ある悲劇によって心に傷を負っていて、このプロジェクトは大きな意味を持つ答えになる。

このβテストが成功を収めれば、それにサンドラ・クリフ以外の誰もが実際そうなるだろうと信じて疑わないが、好むと好まざるとにかかわらず、全情報認知の時代が到来し、この国を（そして世界を）より安全な場所にするために活用されるはずだ。

3――

サイは両手でこぶしを握り、その手を高く上げる……。

2――

万事うまくいったら最高だ。誰にとっても。間違いなく。

1――

悪人以外の誰にとっても。

「ショータイム！」サイは宣言する。

その瞬間、すべてのコンピューターと無数の画面が高解像度でいっせいに立ち上がる。投射されていた旧式の時計が消え、入れ替わりに巨大なLEDスクリーン上に大きなデジタル時計が表示され、赤々と燃え上がる昔ながらのブロック数字がカウントダウンを始める。

残り時間　29日21時間59分

終了まで29日と21時間と59分

マサチューセッツ州ボストン

捜索開始まで、参加者には二時間しか与えられないルールだ。二時間なんて飛ぶように過ぎてしまう！〝ゴー〟がかかった二時間一分後には、とびきり優秀な追跡者たちは、ケイトリンの住所、銀行口座の明細、携帯、おもな経歴、納税申告、医療記録、eメールや画像など、もう把握しているはずだ。ボディーチェックをするみたいに、爪に挟まった繊維を採取するみたいに、髪の毛を一本抜いてDNAを解析するみたいに、彼らが全身を這いまわり、綿密に調べ、スキャンし、侵入してくるのが感じられる。際限のないデジタル情報の侵害を思い、顔をしかめる。だけど、いまは怖気《おじけ》づいている場合じゃない。計画どおりに進めるのよ、と自分に言いきかせる。必要なら臨機応変に、でも計画からは外れないこと。ケイトリンが立てた〝一日目〟の戦略は、一か八かの危険な賭けだ。その戦略とは、あまり急ぎすぎず、遠くに行きすぎず、頃合いを見計らって地元のバスターミナルにゆっくり向かい、そこからバスに乗るというものだ。下調べはしてあったし、お祈りもした。神の御母、聖マリア。うまくいかなきゃ困るんです。ケイトリンは心のなかで、母親の好きな聖人たちに祈りを捧《ささ》げていく。信仰心なんてなかったけれど、天の恵みが得られるのなら得られるだけ必要だ。もっとキャンドルを灯《とも》しておけばよかった。天使のひとりかふたりに見守ってもらえるようお願いしておけば。やって損はなかっただろうに。

　ボストン。故郷。それが突如として、敵のテリトリーになっている。至るところに監視の目がある。歩き慣れた通りでしばらく前から監視カメラを見かけてはいたものの、その同じカメラが全部いまは自分を見張っている気がする。なぜか前よりもずっと台数が増えているみたいで、どの横断歩道を渡っていても、バイク便のヘルメットにも、ほぼ例外なくカメラが搭載されている。自分が見張られているのではないとわかっていれば、カメラがあっても気にならないものだが、見張られていることがわかっているときには、恐ろしく油断ならない存在になる。誰を見ても、何を見ても、密告されるかもしれないと思い、取り巻くすべてが敵になっている。

　いま現在、中核となる戦略は、抜け目なく間違った行動をすることだ。相手の予想をくつがえすこと。追跡者たちは、参加者が狡猾《こうかつ》で奸智《かんち》に長《た》け、深謀遠慮を巡らして、手の込んだ偽装工作をするものと予期している。だったら、それほど必死に逃げようとしなかったら？　あまり必死になりすぎると、相手の思うつぼだ。

たとえば、ルールで一切禁止されていなくても、飛行機でホンジュラスやパタゴニアに飛ぼうとすれば、どこかで必ずアメリカの厳しい監視システムに行き当たるはずだ。彼らの手の届かないところへ逃げようとする試みこそが、破滅のもとになるだろう。だから空港も国境の検問所も計画から外すことにして、ケイトリン・デイのような女性が取るはずのない行動とは、どういうものだろうかと考えた。相手の予測モデルに少しも合致しないようにするには、何をすればいいだろう？　背景や性格のプロフィールと食い違っているせいで、思いもよらない行動とは？

犯罪者の一歩先を行くために、新しい監視社会が開発した行動のモデル化については、調べてあった。過去の行動や、たまに衝動に駆られて突発的な行動をすることはあっても人間は本質的に変わることがないという真実に基づいて、本人が思いつくよりも前に、悪人がどんな行動を取るつもりか読めるのだ。変化しない者《クウィ・ノン・ムータントゥル》。だから、いま追跡者は確実にケイトリンの行動をモデル化しようとしていて、履歴からすぐに答えを導き出し、彼女がつぎに取りそうな行動を高い確率で言い当てることができるはずだ。じゃあ、それを完全にくつがえしてみせたら？　向こうの仕事を台無しにしてやったら？　別人みたいに歩くだけじゃなく、別人みたいに考えて、別人みたいにふるまって、別人みたいに反応して、別人になったとしたら？

仮面をつけているようなこの状況で、ケイトリンは銀行に近づいていきながら、ボストンの市民たちを観察する。誰もが自分らしくふるまおうとして、各々のささやかな仮面をつけている。あのなかの誰がスパイ？ 偽者？ 詐欺師？ わたしを捕まえようとしているのは、どの人？ スマホを手放せない世代の例に漏れず、二百万年前にホモ・ハビリスがしていたように背中を曲げて歩きながら、こっちに近づいてきている若い男は敵なのだろうか？ それとも、やはりスマホに夢中のこっちの女性はどうだろう。ツイッター（現エックス）の更新でもしているのか、歩数を計測して標準的なマフィンのカロリーに換算しているのか、たったいま通りかかったコーヒーショップからの割引クーポンの通知を受け取っているのかもしれない。それらのすべては記録され、整理し直されて、消費者の分析のため、データを扱う複合企業や保険会社、政治運動に利用される。以前、こういうことについてウォーレンがすべて説明してくれたことがあり、話を聞いたその日の夜に彼女は自分のアカウントを残らず削除した。バン！ 急にみんなが異常に見えてきた。あんな生活を送るなんて、狂気の沙汰としか思えない。なのに、こっちがおかしいみたいに言われるんだから！

ケイトリンは推理小説が大好きだ。古典作品も、最近のものも。狭苦しい小さなアパートメントの壁には推理小説がずらりと並び、特等席にはエドガー・アラン・ポーの作品が鎮座している。シャーロック・ホームズなんて、どうでもいい。あのどこまでもワンパターンな傑作に登場するソシオパスは、唯一無二のC・オーギュスト・デュパンの安っぽいコピーだ。ポーが書いた『モルグ街の殺人』の主人公。すごい作品だ。そう、オランウータンが出てくる話。デュパンは相手の心を読み、口に出されていない考えに返事をして、友人たちを驚かせてみせる。相手が何をするつもりなのか、当の本人が気づくよりも先に、デュパンにはわかってしまうのだ。細部の細部まで知りたがり、独自のものの見方をして、目にするものを記憶して解釈する術を持っている。デュパンは推理し、推論し、推察し、予測する。もちろん創作に過ぎないし、すごいアイデアなのは確かだけど、そこまでしっかり見て記憶して、何かが起きる前に予測するなんて、誰にもできっこないはずだった。いままでは。じゃあ、いまは？　いまでは誰もが、小さな長方形のC・オーギュスト・デュパンをポケットに入れて持ち歩いている。それは、持ち主の睡眠サイクルや心拍数を分析している。スケジュールや通勤・通学距離を記憶している。会話を盗み聞きしている。つぎの行動を推測している。このミニチュア探偵は、いつニュースアラートを届けるべきか、ここぞのタイミングでぴったりの店におびき寄せるにはどの宣伝文句をぶつければいいか、ふさわしい瞬間がわかっている。

はいはい。もう、充分。さあ、行こう。

ケイトリンは銀行に向かって歩いていく。幸運を祈って、と心のなかでウォーレンに頼み、ATMに並んで順番を待つ。真っ昼間に。帽子。サングラス。ここしばらくずっと、新型コロナ対策のマスクで顔を覆っている（もう誰も顔色ひとつ変えないし、今後も動じることはないだろう）。それがいま、妙なことだが、彼女はマスクを外した。深呼吸する。順番が来た。アヴェ・マリア、恵みに満ちた方。ケイトリンは前に進み出る。抜け目なく秘密を暴露する暗証番号を入力し、利用者の姿を捉えて認識している監視カメラが隠れているはずの場所をわざわざ見上げる。この見えないカメラの目にマスクを外した顔をさらし、冷静にじっと見つめたあとで、吐き出された現金を受け取ると、またマスクを引っ張りあげて、その場から立ち去る。

終了まで29日と21時間と14分

ワシントンDC〈フュージョン・セントラル〉

いまのところ順調だ。

最初のアラートが鳴ったとき、サイは二階にあるテクノロジーが満載の自分のオフィスにいた。ガラス製のデスクが点灯する。ゼロ10、図書館司書。ボストンの女。いいぞ。ボストンには捕獲班がいる。サイはオフィスから飛び出していくようなことはせずに、のんびり歩く。ここ十六分間で参加者全員の身元の詳細を調べてあったが、ゼロ10は無知な市民の典型としてすぐさま名乗りを上げた。自分はすべての行動の秘密がいまでも守られた世界に住んでいる、そんな誤った思い込みに満足している不器用でおめでたい人間だ。

しかし、あの司書にしても、もう少しは手ごたえがあってもよかったのに。ATMに行って自分のデビットカードを使ったらしい。ちっとも面白くない。すべてが終わる頃には、多岐にわたる膨大なテクノロジーのまともな試運転ができているといいんだが。CIAを感心させて十年間で九百億ドルの契約を結ぶためには、チームの人員が難局に挑み、苦戦を強いられる事態に真剣に取り組み、普通の人々が置き忘れていくデジタルの残骸を詳しく調べ、該当者を発見して捕獲するという、想像を絶する能力を証明してみせる必要がある。将来のゼロたちは司書ではなく、各国が支援するアメリカを狙ったサイバー攻撃者なのだから。複雑で検知はほぼ不可能な揺るぎない戦略を展開している、ロシアや中国のハッカー集団。暗号資産を窃取《せっしゅ》する北朝鮮のサイバー犯罪。イランによる恐喝。現実のアメリカの街に解き放たれた名もなきテロリストたち。

そんなわけで、開始から一時間足らずでゼロ10を捕らえるのは、じつはそんなに嬉しいことではない。ゼロの選考過程には関与しないと自ら表明したことを、サイは後悔しているぐらいだ。典型的な一般人とプロフェッショナルを五名ずつ採用するという取り決めのもと、選考はおもにＣＩＡのパートナーに任せてあった。だからって、司書が？　典型的な一般人だって？　本気か？　本の虫だぞ？　世の中はひと昔前にデジタル化したというのに、チーム内のまぬけな誰かは、〈フュージョン〉を拡大するのに好古家《こうこか》を、本の虫を選んだのか？　この学習機会の損失について文句を言ってやろうと心に刻んだあとで、監視社会においてアナログ人間（そういう人々のことを考えたのは久しぶりだ）には意外と有利な点があることに思い至る。彼らのミスはデジタルアラームを誘発する可能性がかなり低そうだから、昔ながらの方法に頼って捕獲することになるだろう。それでも、気に入らないほどあっけなく、このアナログの蝶《ちょう》はサイが握っている光の網に捕らえられた。

中央制御室の上に架けられた通路を渡り、大きなスクリーンを見下ろす。

「映像は？」と下に向かって呼びかける。

下にはエリカがいる。サイが手を振ると、彼女も手を振り返す。

エリカがいなかったら、このすべてはない、とサイは思う。感謝してもしきれない。恋愛には、人をだめにするものも、人を成長させるものもある。だが、これほどのものをもたらす恋愛は滅多にない。エリカの支えがあって築き上げたものを見下ろしながら、サイは自分自身にも賛辞を贈る。オレゴン州ポートランドの貧しい地区で、はした金のためにソーダの空き瓶を売っていたシングルマザーの息子としては上出来だ。いまではアメリカだけにとどまらない国家保安組織の重要な一員になり、つぎの未知のウィルス発生をすぐさま発見するか、アメリカ大使館職員に対し音波攻撃を仕掛けようとする計画段階での会話を拾うか、不可欠なサービスの機能を停止するランサムウェアを撃退するか、第二のジェフリー・エプスタイン（未成年の少女たちに対する性的人身売買の罪で起訴された米富豪。拘留中に自殺した）による犯罪を未然に防ぐかするかもしれない施設を任されている。マイケルの身に起きたことは言うまでもない！　可哀想《かわいそう》なマイケル。今日は君のことを想《おも》うよ、とサイは見上げて、天井とその先の宇宙に向かって、宗教とは関係のない祈りを捧げる。

ＡＴＭから引っ張ってきた低解像度の映像が、高さ三メートルの巨大スクリーンに映し出されている。サイ自身が開発したプログラムのひとつを使うことで、映像を任意のコマで自動的に静止画にして、顔の表面に交差した緑色の線を引き、目と目のあいだの距離、耳の形、ケイトリン・デイの豊かな唇を測定し、面接時に撮影した映像のスチール写真と照合している。完全に一致。いまではATMの映像からさまざまなアングルを選べるので、ケイトリンの顔をどこまでも追跡することができる。サイはゼロ10が背を向けてフレームの外に歩き去るのを見つめている。タイムスタンプに目をやると、五十三秒前だ。ひとりの人物が、地図上のパルスになっている。ワシントン・ストリート。彼女に勝ち目はない。この分だと、最高のおもちゃを使って遊ぶこともできなさそうだな、とサイは嘆く。

「〈メドゥーサ〉に追わせることはできるか?」サイは問いかける。スーパードローンのことだ。高度二万五千フィートまで飛行可能で、多数のカメラを搭載しており、卓越した光学技術を使ってゼロ10の完璧なクローズアップを捉えつつ、周囲四十平方キロメートルほどの監視も続けることができる。

エリカは首を振る。答えはノーだ。

サイは理解した。ボストンは例の都市のひとつなのだ。ドローンが規制されている。マラソン爆弾テロ事件のあと、監視用ドローンに上空を旋回させることが声高に求められたと思うかもしれないが、そうはならなかった。

エリカはサイのほうに向き直る。「でも小型ドローン数台を現場に向かわせてるし、CC

TVカメラの映像もあるから。彼女はチャイナタウンを目指してる」

一台がペーパーバックほどのサイズしかない次世代ミニドローン部隊のオペレーターの報告をエリカが受けているあいだに、サイは螺旋《らせん》階段を降りていく。「捕獲班はどこにいる？」サイは質問する。

「彼女のアパートに。捜索を開始しようとしてたところ。現場には四分後に到着する」

肩と首に溜まった凝りをほぐそうと、サイは肩を回す。「彼女を捕まえたら、捕獲班はゼロ7とゼロ4の監視班と合流してもいい。あと、今夜ヨガの予約は入ってる？」

「ドローンは飛んでる、それに、ええ、クゾーを飛行機で呼んである」

「きみがいなかったら、ぼくはどうしていいかわからない」エリカとつき合うのは、信頼できるソフトウェアとつき合うようなものだ。

サイが再び台の上のカーク船長の椅子に腰を下ろすと、メインスクリーンが六分割されて、ATMから通りを歩いていくケイトリンの姿を映し出す。固定カメラの映像が三つと、新たに三つが加わっている。もっと距離が離れているが、みるみるうちに接近していく、ドローンで空中から捉えた映像だ。

「操縦者は？」

近くでさっと三人の手が上がり、サイは指示を出す。

「一台は彼女の前に出てくれ、足取りを歩行分析にかけて、固定カメラと相互参照するんだ」実際はなんの意味もないことだ、彼女が捕まるのは確実なのだから。それでもアルゴリズムの訓練になり、捕獲班が到着するまで〈ザ・ボイド〉にいる皆を油断させずにおけるだろう。

一台のドローンが速度を上げてほかの二台の前に出るのに合わせて、スクリーンの映像のひとつが急降下して回転し、百八十度向きを変える。画面の動きを目で追いながら、同時に操縦者の様子もうかがうのは、遊園地のティーカップに乗っているようなものだな、とサイは思う。だが、動きは滑らかだ——カメラのなかのジンバルによって水平が保たれ、処理速度と5G接続のおかげで細部まで摩擦がない。サイは前のめりになり、自分のスクリーンでドロップダウンメニューからいくつかオプション項目を選択し、ケイトリンがどう動き、どう腰を揺らし、どう足を踏み出して伸ばし、どう腕を振るか、リアルタイムの分析をモニターできるようにする。どれも人間のカタログに載っているありふれた行為だが、ここでは個人に特有の本質的なものの代わりに、冷たい数字の渦巻線として表されている。サイはマシンが思考するのを見守っている。運動しているホモ・エレクトゥス、人間の謎のひとつが符号化されていくさまは美しい。と、分析が止まる。六つの画面のどこにもケイトリンの姿はない。

サイは顔を上げる。

「彼女はどこだ？」

「あそこに入った」エリカが答える。ドローンの一台が、うらぶれた小さなワイン酒場を映している。

「店内にCCTVカメラは?」

「一台も」ゼロ10の担当に割り当てられたメンバーのひとりが大声で言う。「繋がってません。待機しますか?」

サイは息を吸い込む。自分の決断にすべてがかかっているのだ。戦闘において将軍を務めることに関しては、まだ学ぶべきことが山ほどある。取締役会の議長を務めることや、年次報告書を承認することや、最新のソフトウェアの更新を認めることからは、かけ離れた感覚がここにはある。「もしかしてこの店には裏口があるのか?」ふと思いつき、問いかける。

ドローンの一台がすばやく屋根を飛び越えて路地裏に下降し、ハチドリみたいにその場に浮遊し、待機している。防火扉がちょうど閉まるところをカメラが捉える。が、路地にひと気はない。

サイが指をくるくる回すと、操縦者は苦痛を感じさせるほどゆっくり円を描いてドローンを回転させる。大型ごみ収集容器……火災避難設備……ガレージのドア……あそこだ!

「ガレージだ!」

サイが叫ぶと、ドローンはガクンとなったあとで揺れを抑え、銃猟犬のように全速力で路地を進んでいく。ぎりぎりで大通りに着いたときには、ケイトリン・デイが……タクシーに乗り込むところだった。

「状況を！」サイは叫ぶ。さっきとは打って変わって、ちっとも退屈ではなくなっている。

「二分後に捕獲班が到着予定。タクシーのＩＤもわかっています」

タクシー運転手の免許証がバッジナンバーと共にスクリーンに映し出され、間を置かずに、タクシーの営業許可メダルを持った三児の父、不法滞在のモルドヴァ人に関するありとあらゆる情報が表示されていく。

ヒリヒリするような追跡劇の興奮によって、ほかのゼロを担当する班も〈ザ・ボイド〉やどこかでしていた仕事から離れて、いまでは大型スクリーンを見守っている。

ケイトリンがタクシーに乗るところを捉えたドローンの操縦者は追跡を続け、彼の世代が持つゲーミングスキルを活《い》かして、コントローラーをカチャカチャやっている。街灯や道路標識などの街路備品を避けて、木の周りで弧を描いて進み、急降下してワシントン・ストリートの高架をくぐる。すると、ドローンの視界が遮られた隙に、タクシーは車の流れに合流してほかのタクシーに紛れてしまう。追跡班全体が自分で経験しているように、ドローンはスチュアート・ストリートをひらりひらりと車線変更し、チャールズ・ストリートを北上し、ぐるっとバスを回り込み、歩道からそれて向きを変える。二台目のドローンが木々の下をくぐって近道し、見上げている観光客の頭上を何も隠さずに飛び越えていくと（「ドローンを規制する法律があるはずなのに――」）、前を行くタクシーが急に右折してクラクションを鳴らされているところがかろうじて見えた。ドローンが小刻みに揺れる。反応する。再び追跡を始める。

「あれだ！」サイは声を上げる。タクシーがパーク・ストリート駅の階段の横にさっと停《と》まる。学生たちがいっぱいに広がって地下鉄の階段を降りている。華奢《きゃしゃ》な黒髪の女が、ティーンエイジャーの膨れ上がったかたまりのなかに潜っていくのが、ちらりと見える。

　そうして、彼女は姿を消した。ドローンが為す術もなく地下鉄入口の上空にとどまっているところへ、黒塗りのSUVを飛ばしてきた捕獲班が到着し、二名だけを残して、黒い制服と特徴のないジャンパーを着た一団がぞろぞろ通りを走っていく。残ったふたりはバッジを見せながら、タクシーから運転手を引っ張り出している。バッジを見た運転手は、少しも嬉しそうな顔をしていない。

　捕獲班が追跡するのを眺めながら、サイは笑みを浮かべ、手のひらでデスクの上をピシャリと打つ。予想だにしなかった司書の巧妙な行動への称賛と、なんだかんだで、なかなかやり甲斐《がい》のある追跡ができていることへの興奮の表れだ。最高じゃないか。捕獲班が装着しているボディーカメラの映像によって、彼ら（もちろん武装はしていない）が階段を駆け下り、学生たちを押しのけて狭いエスカレーターを進んでいく追跡の様子を、サイは見守っている。

「駅構内の顔認識システムには、ひとつもヒットがありません」ゼロ10担当の部下のひとりが言う。「改札を通るのにチャーリーカード（ボストンの地下鉄とバスで使えるICカード乗車券）も使ってません」

サイの部下たちが駅のCCTVネットワークに接続すると、画面がパタパタと揺れて駅構内の映像が次々と並んで映し出されていく。ボストン市民の集団。あらゆる外見、体格、肌の色。全員が動き、向きを変え、交ざり合っている。サイは唇を嚙《か》む。人が多すぎる――レッドソックスの野球帽をかぶったり、（五月であっても）冬用の帽子をかぶったりコートの襟を立てていたりする人が多すぎて、都会のせわしなさもあり、サイの顔認識アルゴリズムは普通の人々の相違点を解き明かす途方もない計算に追われている。パーク・ストリート駅。地下鉄の路線はふたつ、行き先は四つ。死角。柱。最初の一分は希望が持てたが、二分が経過する頃には、彼女はもういないと思い始めた。逃げられた。

そのことで、またほほ笑みと称賛がもたらされる。いやはや、なんとね。「二手に分かれろ。チームの半分はケイトリンのアパートに戻ってスキャンを完了させ、あとの半分はそのまま残るんだ。それと繁華街のカメラというカメラで顔認識を続けてくれ。いや、それじゃだめだ。ボストンじゅうのすべてのカメラを確認しろ」

サイはまだほほ笑みを浮かべたままオフィスに戻り、矛盾したことを考えている。いいぞ、ケイトリン。

終了まで29日と20時間と47分

マサチューセッツ州ボストン

わたしの顔は手に入れたってわけね、と彼女は思う。ほぼ間違いない。わたしだけの特徴を備えた顔が、いまでは国のデータベースで認識されている。ケイトリン・デイ、ゼロ10。というわけで、どこに行くにしても、この顔をうまく隠さなければならない。

面接のとき、秘密保持契約書《NDA》にサインをしたあと、〈フュージョン〉の担当者が指紋も採らなければ、免許証のコピーさえ取らなかったことに、彼女は驚いた。これもすべて〈フュージョン〉の人間が自らに課したチャレンジの一環なんですよ、と彼らは説明した——つまり、獲物の職業的、精神的な適性を判断するために必要な、最低限のことだけわかっていればいいということだ。現実の脅威にどれだけ対応できるかを試すために、多種多様なタイプと能力の参加者を求めているいっぽうで、捜索が困難になることも望んでいたのだ。さまざまな世界観や視点、スキルの組み合わせを備えた、バラエティに富んだ参加者が選ばれることになるはずです、と彼らは約束した。ケイトリンが選ばれたのは、将来的に国家の安全を脅かしかねない、独身、子無し、近視の本貸し女性の代表に対して、彼らの武器を試すためだとしか思えない。

ケイトリンは歩行者用地下道のウィンター・ストリート・コンコースを急いで進み、ダウンタウン・クロッシング駅に移動すると、電車に乗って吊《つ》り革につかまり、バック・ベイ駅に向かう。自分以外にも何十人も、コロナ対策のマスクを着用している――一部の人たちにとっては、この状態が一生続くことになるのかもしれない。未来がどうなろうとも、ウィルスに対する不安にさらされ続けてきたせいで、誰かにうつされるかもしれないという恐怖が心に植えつけられてしまって、自衛するしかない人たちにとっては。この世界はあっという間に過酷な環境になりうるのだ、とケイトリンは考える。こんなにもひしひしとそう感じているのは、ただ単に、超一流の訓練を受けた人々が自分を捕まえようと躍起になっているせいなのかもしれない。けれど、ずいぶん前から、なぜだか自分は脱落してしまったような気がしていた。社会構造から脱落し、追われている者というだけじゃなく、いらない人間のひとりなのだと感じている。有害な人々が集まる下層社会の反逆者や追放者のひとり。

ケイトリンは進む方向を変え、ステート・ストリートに向かう。フードをかぶりながら階段を軽く駆け上がると、赤煉瓦《れんが》の舗道に出て、新聞売り場に立ち寄って《ワシントン・ポスト》を買う。ミスを犯さないこと、と自分に命じる。警戒を緩めないようにしないと。すれ違っていく他人のなかで、危険な相手は誰だろう？　顔をしかめてこっちを見ている、波形の眉をした年配女性？　まるで親しい仲だというみたいにうなずいてみせている、やたら膨らんだ蛍光色のダウンジャケットのおかげで痩せた身体が大きく見える、髪をツンツン逆立てた細面のティーンエイジャー？　危険そうな相手と見ればすぐさま距離を置こうとしている、寒さに頬を赤くした白髪《しらが》頭のおじいさん？　ケイトリン・デイを捜しているカメラには、何が映っているだろう？　何を識別しているだろう？

彼女がコングレス・ストリートにずらりと並んだCCTVカメラの前を通り過ぎるあいだも、地下鉄駅のロビーにいたフードをかぶった女がケイトリン・デイだという可能性はあるのか、特徴は一致するか、そしていまカメラに映っている人物はケイトリン・デイのような身体の動かし方をしているか、彼女みたいにふるまっているか、遠く離れたところから〈フュージョン・イニシアティブ〉のソフトウェアが解析を試みているはずだ。そこで彼女は意識を集中する――ただひとつの対抗手段に――ケイトリン・デイにならないことに。ケイトリン・デイじゃない、ケイトリン・デイじゃない。彼女みたいに歩かない、彼女みたいに考えない。マントラみたいに頭のなかでくり返しながら、横目でこっちを見ているカメラの下を通り過ぎる。ケイトリンを見つけるために調整された見えないマトリクスが、彼女だけの特徴を認識しているのかもわからない。消したくてもどうしても消せない、自分だけのしるしを。

昼の光にさらされながら、バスターミナルを目指して歩く——一世紀前から、家出人や麻薬中毒者、逃亡者や貧困者、追い詰められた人間、そして、ここではないどこかにより良い未来が待っているはずだと期待するすべての者たちが集まってくる、定番の場所だ。手荷物一時預かり所でくたびれたバックパックを受け取り（計画の重要なポイントだ）、現金を使って券売機でチケットを買う。乗るバスはもう停まっている。格安バスで、シートは破れているし、車内に防犯カメラは設置されていない。ケイトリンはトップスを着替え、パーカーをバックパックに突っ込む。深呼吸する。別人になったような気分だ。バスは街から出ていく。

終了まで29日と20時間

ワシントンDC〈フュージョン・セントラル〉

まだ二時間しか経ってない！

追跡を開始してから、たったの百二十分。あるいは七千二百秒。ばかばかしいほど時間はたっぷり残っている。果てしない時間。じつに三十日間、時間に換算すると七百二十時間、あるいは四万三千二百分、そんなふうに考えるか、さらに突き詰めれば心臓の鼓動で三百二十五万回。燃え上がるほどの激しい鼓動だ。

オフィスに戻ったサイは、ノートパソコンをいじる。とたんに、手足に落ち着きが広がり、骨まで浸透していく。サイにとってテクノロジーは、抗不安薬のザナックスよりも神経を鎮める効果がある。キーボードの上で指を踊らせているときだけ、そしてタッチで無数の物事が突然動き出すときだけ、この世界の秩序《オルドヌング》が確かに保たれていると感じられる。そう、自然は好きだし、限りあるこの惑星を支えるため環境保全活動には積極的に取り組んでいる（電気自動車、カーボンニュートラルな家、水上都市の開発、アマゾンやディンツリー、コンゴの森林伐採を阻止するための寄付金、次世代の小型モジュール炉への投資）が、サイを本当に喜ばせ、わくわくさせ、奮い立たせるものは、人の手で造り上げられた世界であり、製図台でアーティストの知性が生み出した製品なのだ。サイの好きなようにできるなら、この世界は新車のにおいがするだろう。

結局のところ、制御できるかがすべてなのだ。物事を制御できないと、どうにも落ち着かない気分になる。確実に制御するにはどうすればいい？　優秀な人間になり、指揮を執る立場まで上り詰めて、こうあるべきだと思う世界になるよう命じればいい。勝利とは――それに、サイは間違いなく勝者だ――自分がどういう人間かを正確に知り、自分だけが持っている特別な能力、その鋭さ、誰もがある程度は持っているのに、適切に精製して、力を与えるアイソトープに変えることができる者は稀《まれ》な、微量の特殊な才能を収穫することの副産物に過ぎない。サイはそう信じ、いまの自分を作り上げた。これが本当の自分だと言えるものを築き上げたのだ。遊び場でいじめっ子の肘打ちを食らって歯を一本なくした（幸い、乳歯だった）頃の姿はもう見る影もない。今年の《フォーブス》誌の長者番付では、八ランクアップして四十七位になった――これほど壮大な夢を持ち、破産するようなリスクの高いベンチャー企業に多額の資金を注ぎ込んでいなければ、あるいはひっそりと慈善事業に大金を費やしていなければ、もっと上位につけていただろう。叶《かな》えられる限り、野心的な人間であるのと同時に、善良な人間でもありたい、とサイは望んでいる。完璧な人間か？　とんでもない。努力している？　イエス、それは間違いない。己に打ち勝つ者が勝者《ウィンキト・クイ・セ・ウィンキト》である。〈フュージョン〉は、人々が生きる価値のある世界を作るつぎのステップであり、最後のステップかもしれない、とサイは信じている。もちろん、さまざまな議論が起きていることは承知している。ひとたび手放してしまったプライバシーは取り戻すことができず、将来的に悪用されるかもしれない。だが、安全が守られることの恩恵は、そんな懸念を遥かにしのぐはずだ。見られていると、人はそれだけで感じよくふるまおうとするはずであり、もしも越えてはならない一線を踏み越えたときには、直ちに対抗措置が講じられる。警察国家のファシストが抱く暗い幻想だって？　いや、違う。サイはその考えを受け入れない。悪事を働くことへの衝動がぐっと抑えられる、穏やかな世界を思い浮かべてほしい。この手で与えられる、これ以上のギフトがあるだろうか？

　あのニアミスが気になって、サイはノートパソコンに向き直ると、ゼロ10について積み上げられたファイルに目を通していく。既に山ほど情報が集まっている。興味深そうだ。意外性はほとんどない。いかにも型にはまっていて、これといった特徴のないタイプ。不満を抱え、みじめで、あまり成功しているとは言えず、情緒不安定で（投薬と精神衛生上の記録に基づく）、独り身で、生きづらい世の中だと思っている。本の世界に安らげる場所を見出《みいだ》している。となると、ケイトリン・ディには気の毒だが、ボストンの深部にかろうじて逃げ込んだところで、彼女は救われないだろう。三百万ドルの賞金を獲得できれば、きっと人生を変えることになっただろうが。まあ、すべてが終わったら、彼女のために何かしてやれることがあるかもしれない。

対象者に関するふたつ目の心のメモ——なぜ彼女が選ばれたのか？　これがチェスの対戦だとしたら、このボストン出身の初心者は、考えられるすべての序盤定跡《オープニング》のなかから（オックスフォード大学出版局『チェスの手引き』によると、千三百二十七のオープニングがあるらしい）、幸運にも模範的な定跡を指す（たとえばルイ・ロペス、早期に動かすナイトに、攻撃的なキング側のビショップ）ということをやってのけた。そこからどう展開すればいいかわかっていれば、最初の数手としては有効だ。なかなか悪くない。サイはもう一度、自らの手で彼女に挑戦したかった。見えないチェス盤を横切るこのゴーストに、すっかり興味を掻《か》き立てられている。彼女が選ばれたのには、ほかにまだ知らない理由があるのだろうか？　とはいえ、こちらの読みでは、あと三手のうちにチェックメイトだ。

画面から身を離し、最後に公共交通機関を利用したのはいつだったか思い出そうとする。〈ワールドシェア〉の立ち上げ当初、ニューヨークにいた頃か。自分が作ったものを投資者たちに説明するため、エリカと毎朝ウィリアムズバーグからミッドタウンにバタバタと出かけていったものだ。限度額ギリギリのクレジットカードを使って、高すぎるカクテルを夜遅くまで飲んだくれたあと、またバタバタと賃貸住宅に帰って、エリカが眠っているあいだも、サイはエナジードリンクと精神刺激薬のアデロールで酔いを醒《さ》まし、夜が明けるまでプログラミングを続けた。

エリカはすぐに金融投資家たちが使う言葉を習得した。彼女は彼らの話をサイのために翻訳し、またサイの話を彼らに翻訳し、データの設計図やデジタル空間に吐き出される情報について、ウォール街の連中が理解できるようにすべてを説明した。〈ワールドシェア〉の熱心な利用者たちが、デジタル・ワンダーランドをうろつき回ることで生み出す膨大な情報について示してみせた。好みや欲しいもの、レシピや編み物のパターン、陰謀論、性的嗜好《しこう》。彼らが触れたもの、見たもの、検索したもの、共有したもの、そのすべてが説明可能なデジタルの航跡を残していく。この航跡、あるいは足跡は、ひとまとめにして商品として売買することさえ可能です、とエリカは説明した。そうすれば、各個人の好みに合わせた広告を届けることで、商品が売れる見込みがぐんと高まるはずです。この売り込みは効果があった。

じきにエリカは、忙しすぎて技術的なことにはついていけなくなった。その部門からは外れ、重要な用語を使いこなせる程度に知っておくだけにとどめて、あとは細かい話を詰めるのに適切な人材を確保することに集中した。彼女が人を雇い――弁護士、財務アナリスト、広報、口はうまいけどオタク揃いの販売チーム――、そのあいだにサイは自分がいちばん得意なことをして、データでできた金の山から将来の購買パターンや支持政党を予測し、世界を変えるようなインパクトを与えた。別に、害もなければ違反もしていないし、皆さんの支持者を見つけるだけのことですよ、それがサイの言い分だった。これだけの個人情報をどうやって手に入れた？　相手はそう尋ねてきた。簡単なことです。どこにでもいる人たちが自発的に個人情報を渡してくれる、穏やかな方法を見つけたんですよ。クリック、完了。誰も細則など読まないのだから。結果として、人々は見たところ無害な友達のグループや、位置情報付きの写真や動画やニュースの共有、顔認証などを利用する依存性の高い遊び場に入るため、大きな代償を払ってくれました。さまざまな出来事に対する大衆の反応と、ひいては顧客に関する記録が集積された膨大な情報のことです。当然、〈ワールドシェア〉を利用するなかで、人々は悲しみ、怒り、希望を抱き、絶望し、欲張ることもあるでしょう。人はパソコンのキーボードを叩くのに夢中になりすぎていると、心の壁が割れて内に抱えているものをさらけ出してしまうのです。人間は思っていたほど複雑じゃないことがわかりました。複雑なふりをしていただけで。事実、人間は群れを成すものです。〈ワールドシェア〉は牛追い鞭《むち》とあぶみを使い、舌を丸めて口笛を吹き、その群れに合法的に乗って進んでいます。

イヤッホー。

「サイ？」

エリカが話しかけてくる。サイの耳に直接話しかけることを許されているのは、エリカだけだ。「VRチームがゼロ5のアパートメントをセットアップしたけど。使ってみる？」

十五分後、サイはVRのヘッドセットを装着して、アイダホ州ボイシ郊外のどこにでもありそうなリビングルームに立っている（ような気がしている）。〈フュージョン〉にいるサイのために、ゼロ5の捕獲班は現地を訪れ、家の廊下と寝室をスキャンしている。大型テレビ、ややくたびれたソファ、食べこぼしの染みがついたクッション、子供のおもちゃがいっぱい転がっている床。サイはそこにいて、その場に立っていて、左を見て、右を見ている。

「彼女の詳細は？」VRのヘッドセットを目に装着したサイは、何百キロメートルも離れたところから、実体のない同じ部屋を歩き回りながら尋ねる。

イヤホンにエリカの返事が聞こえる。「ゼロ5、ローズ・ヨー。シングルマザー。子供はふたり」

それであたりに転がっているものの説明がついた。サイは実体のないソファをまっすぐ通り抜けて、実体のないマントルピースに近づく。実体のない家族写真をつくづく眺める。これまた型にはまった一般人だ、とサイは思う。表面的には、独自の才能などまったくなさそうだ。では、どんな内面の複雑さから彼女は選ばれることになったのだろう？　まあ、謎に満ちたなんらかの理由が認められたのかもしれない。そこらにいる並の人々よりも読み取るのが難しい、普通ではない何かがあって、この完全に統制されたかくれんぼの対戦者にふさわしい者として選ばれるに至ったのかもしれない。

VRのインターフェースは満足と言えるほどにはうまく機能せず、映像がちらついては消え、またちらついている。期待よりもヘッドピースが重すぎて、急に頭がこれほど大きくアンバランスになったことに身体の理解が追いつかず、固有受容感覚に支障をきたしているのも不満な点だ。こんなことは、エンジニア部門がとっくに解決しておくべき問題なのだが。釣合い重りと、もっと薄いガラスが必要だ。片手を上げると、潜在意識が錯乱しないよう、手首につけたセンサーが機能し、ローズ・ヨーのリビングにまやかしのサイの指を描く。ぼんやりとした青い泡でできていて、ちょっと雑だが、「うん、これがぼくの手なんだな」と脳が理解して順応するには充分なものだ。

「自分が夢を見ているのかを確かめるには、どうすればいいかわかるか?」サイはすぐそばにいる〈フュージョン〉のスタッフに問いかけて、相手の胸を躍らせる。その相手は偉大な人物から直々に話しかけられたことに興奮して、作り物の顔を向けてくる。

「いえ、わかりませんが……」

「手を見るんだ。夢のなかで、脳は手というものをうまく描けない。手のひらがおかしく見えるか、指が多すぎるかもしれない。それに足を見ると、たいていは地面に着いてない」

サイが見下ろすと、彼の信奉者も同じく見下ろす。青くぼやけたものではあっても、その足は絨毯《じゅうたん》をちゃんと踏みしめている。

「改良の余地はあるが、とりあえず平均的な夢よりはよくできてるな」

よし。やるか。

マントルピースに飾られている写真の半分は、子供が写っているものだ。男の子と女の子。写真の顔に焦点を合わせると、すぐ横の空中に子供たちの名前と年齢が表示される。七歳と五歳。空中で指をドラッグして、さらに詳細をスクロールしていく。この新しいインターフェースはちゃんと機能している。学校の成績は優秀。女の子は歯の矯正が必要だ。

つぎにローズの写真に移る。女友達ふたりとバーで撮ったもので、カメラに向かってグラスを掲げている。ほかのふたりの女性の情報が、写真の上にすぐさま浮かび上がる。どちらもローズと〈ワールドシェア〉の友達として繋がっているので、追跡を開始した直後に彼女たちの情報も掘り起こされていた。ガブリエルとカイサ。ひとりは既婚、ひとりは独身。どちらも子供はいない。ふたりともローズと同じ地元のデータ入力会社に勤めている。

つぎの写真。年配のアジア人カップルのあいだにローズが挟まれている。母親と父親。地元民。母親は〈ワールドシェア〉を頻繁に利用している。いつもと違って、ここ数日はあまり投稿していない。そのことから何か分析できるかもしれないし、何もないかもしれない。と、間違いなく注目に値することが見つかる——空中でその詳細がオレンジ色に点滅し、アルゴリズムの停止と同意義の、琥珀《こはく》色のフラグが立つ。「ふーむ、こいつは面白い」——母親の食品雑貨店の請求書だ。先週はいつもより高額だった。ずっと高い。それに、火曜の夜の編み物クラブに出かけなかった。データにオレンジ色の斜線が積み重ねられていく。どれも、赤いフラグのアラートを即刻鳴らすほどのものではない。父親はどうだ？　父親はデジタルとは無縁だ。メールアカウントは妻と共有。SNSはやっていない。スマホも持っていない。そういう人間は確かに存在するのだ。サイはこの父親の金銭管理に関する情報が処理されていくのを見つめながら、重要な意味を持つオレンジ色の輝きを探している。空中から書類を取り、漫画みたいな指でスクロールして、くしゃくしゃにして、肩越しに放り捨てる。ヨー父さんはクーポンが好きらしい。車のガソリンを入れるたびに、毎回ポイントをもらっている。アルゴリズムが直近三回の記録を目立たせている。いつもの週一回の給油じゃない。毎朝ガソリンを入れに行って、フォードを常に満タンにしている。

「家の住所を」サイは言う。「見せてくれ」

部屋の真ん中に地図が浮かび上がり、仕上げにチカチカする赤い点が付く。

「ここからのルート」

住居Aから住居Bへ、綺麗《きれい》な赤い線が引かれる。

サイは仮説を立てていた。「両親の居場所を」

ややあって、報告が入る。「父親の車を発見」

「どうやって?」

「車両登録から、車両に搭載されたコンピューターを突き止めて、エンジン制御装置《ECU》に侵入しました。いま追跡中です」

新たな地図が表示され、車のエンジン制御装置から送られる位置情報がチカチカ点滅している。国道八四号線。「車に乗ってるのは、ひとりだけか？」

「だと思います」

「理由は？」

「ジョン・デンバーを流しているので。大音量で。どの曲か知りたいですか？」

「もちろん」

「『故郷へ帰りたい《カントリー・ロード》』です」

サイは皆に向かって口ずさみ始める。「天国みたいなもの、ウェストバージニア、ブルーリッジ山脈、シェナンドー川」

元ＦＢＩで初期に〈フュージョン〉に派遣されてきた、黒髪をヘアアイロンで伸ばした三十代の女性、ラクシュミー・パテルが抑揚をつけずに歌う。「そこでの暮らしは古く、木々より古い――」

なぜか、あまり楽しくなくなる。

サイは歌をさえぎって言う。「近くのドローンに追跡させられそうか？」

「もう配置してます」

「距離を保て。怖がらせるなよ。彼がゼロのもとへ導いてくれるんだからな」

アイダホ州メリディアン、ボイシから十五キロほど離れたところ。ヨー父さんが〈フュージョン〉を導こうとしているのは、そこだった。車は十五分後に到着した。彼が〈ビッグ・

ダディーズ・バーベキュー〉の裏に車を寄せるのを、サイたちは上空から見守っている。〈フュージョン〉はこのレストランの歴史にアクセスし、何年かさかのぼって調べていく。ある繋がりが見つかる。ヨー家の母方の従姉妹《いとこ》の元夫が、その店の支配人をしている。ヨー一家は、充分遠い関係だと踏んでいたらしい。それは間違いだ。

ローズとふたりの子供たちが貯蔵室にこもっているのを、捕獲班が見つける。すぐに明かされることだが、ローズの計画では、親父《おやじ》さんにここまで迎えに来てもらい、モーリー・ネルソン・スネーク・リバー国立猛禽《もうきん》類保護区、スネーキーへ向かうつもりだった。ちょっとしたキャンプをする予定で。悪くない計画だ――その場所で彼女たちを見つけ出すのは、かなり苦労しただろう――が、そこまでたどり着けなかった。

捕獲班のあとに続いて〈ビッグ・ダディーズ・バーベキュー〉の裏から一家が一列になって出てくるとき、女の子のほうが立ち止まり、頭上に浮かぶドローンに手を振ってみせる。

ワシントンにいるサイは見下ろし、思わず手を振り返している。可愛《かわい》い子だ。「お見事ね、サイ」エリカが言う。「一名確保」

サイはVRのヘッドセットを棚に戻し、マジックテープをべりっと剝がして手首のセンサーを外す。ローズはどこで最初のミスを犯したんだろうかと考える。彼女は子供たちを両親に預けるつもりだったのに、結局それはできなかったのかもしれない。サイの母親は旅行するとき、よく知りもしないベビーシッターにいつも喜んで息子を預けていた。ローズ・ママはサイの母親を手本にするべきだったのだ。サイが自分も家族の一員なのだと初めて心から感じられたのは、クーガン一家だ。クーガン家もこの家みたいに雑多なもので溢れていた。サイはそこで数え切れないほどの夜を過ごし、エリカがテーブルで勉強しているあいだ、マイケルとプログラミングの話をしていた。遠い昔のこと。そうだ。家族ってやつは、まともな思考力を失わせる。

一名確保。残りは九名。

終了まで28日と5時間

ウィスコンシン州ミルウォーキー

〈ゴー・ゼロ〉の二日目が終わりに近づく頃――参加者全員の心の時計では、いまや真夜中と正午が逆転している――、ゼロ1のレイ・ジョンソンは、年齢が不時着してきたみたいに、急激に老いを感じている。自分の肌から敗北の強烈な加齢臭が嗅ぎ取れる。それでも、まだまだ身体は丈夫で、毎朝三十分走れるし、仲間たちとゴルフの一ラウンドを楽しむこともできて（百八十五ヤード飛ばせる）、ビール腹だったり、皺だらけの顔だったり、バーコード頭だったりする同年代の大半の人々よりも、若さを維持している。退役してからはあれこれ趣味に手を広げ、女房とは平日に最低でも五時間別々に過ごしてさえいれば、結婚生活はかなりうまく続けられることを発見していた。じゃあ、五時間以下なら？　聞くまでもないだろう。

このいかれたベンチャーと契約するのは気が進まなかったが、昔ながらの義務感に逆らえなかったのだ、やれやれ。あなたのような人が必要なんです、と彼らは言った。〈ワールドシェア〉で写真を共有しようなんて微塵《みじん》も思ったことがなく、eメールを信用せず、いまだに――まったく、いま思えば、連中は私みたいな人間を見つけるためにひと仕事したんだろうな――小切手を使うような人が。小切手！ 自分のファーストネームも、子供のことも、どんな車に乗っているかもわかってくれている、デスクの反対側にいる馴染みの相手と、顔を合わせて銀行取引をしたがる人物。レイにとってはそういうことが、信頼できる人々に知っておいてもらいたい個人情報だった。こういう情報の共有を求めていた。そうすることで、人生（一時間あたり四千五百回の鼓動を打つすべての時間）が生きる価値のあるものになった。

悪くない四十三年間を連れ添ってきた女房のマージョリーは、すべてが終わるまで妹のところにいる。ありがたい。立派なもので、マージョリーはこれが夫の義務なのだと直ちに受け入れて、詳しい話を聞こうともしなかった。〝過ぎ去りし懐かしき日々〟も四十三年間という時を経れば、双方こんなことではさほど苦労しないのだ。

高額の賞金が手に入るとは、あまり期待していない。近代国家の監視能力がどれほどのものなのか見当もつかず、有効な対策が取れる見込みはほとんどないだろう。こっちは昔ながらのやり方がすっかり身に染みついているのだ。子供たちが何をしようとしているのか、友達はどうしているのか、いつが誰の誕生日なのか、ぜんぶ女房に訊《き》かないとわからない。

〈フュージョン〉の面接に行ったあとで、女房がいまではパソコンじゃなくスマホから情報を得ていることにも初めて気づいたぐらいだ。ウィキペディア（これがブリタニカ国際大百科事典を葬った元凶だと思っている）の使い方はおぼえたが、あまりにあっけなく、あまりにスムーズで、やり方さえわかればそこらの子供でも誰でも内容を書き換えられると知ってからは信用していない。ブリタニカ大百科事典とは比べ物にもならない代物だ。

まだ〈フュージョン〉に捕まっていないのは、正直言って驚きだ。二時間ともたないだろうと思っていたのに。孫たちが呼ぶところの〝ジュラ紀の携帯〟に〝ゴー・ゼロ〟のアラートが鳴った正午は、〈ホーム・デポ〉の駐車場にいた。開始前には帰宅しているつもりだったのに、幹線道路で事故があったせいで渋滞し、ノロノロとしか車が進まなかったのだ。車を置いたまま、ちゃちな携帯電話から忘れずにバッテリーを抜き取ると――女房のアイデアだ、ドキュメンタリーで見たらしい――、バスに乗って街の中心部に行った。変装もして。と言っても、大した変装じゃない。ウールのビーニー帽を目深にかぶり、古い読書用眼鏡をかけたが、視界がぼやけるので鼻の上の低い位置にのせるしかなく、眼鏡の縁越しに周りを見ることになった。最終選考に残ったという知らせが来てからは、髭を剃るのもやめていた。どうだ、なかなかやるだろう。

もう一日以上をバスターミナルで過ごしていて、フロリダ行きのチケット（身分証は必要なかった）を手に、宿無しの怠け者みたいに片隅で時々うたた寝をしていた。折に触れて大丈夫かと声をかけられたが、何も言わずにチケットを見せると、相手はそのまま立ち去った。ここはホームレスのヒルトンホテルだ。

フロリダには海軍時代の古い友人たちが住んでいる。この〈フュージョン〉のことで、彼らは昔の仲間たちを呼び集めて、最高機密の計画を立ててくれることになっている。捕まらずにオーランドまでたどり着くことさえできれば、あとのことは任せておけ、と仲間たちは言ってくれた。〝きっと悪魔にだっておまえさんを見つけられやしないぜ、保証しよう〟スクーター・マッキレニーは笑いながらそう言っていた。

さてと、ここまでは順調だな、とレイは考える。バスは州間高速道路に入り、ガタガタと車体を揺らしながら南を目指し、太陽と、もしかしたら、ひょっとすると、三百万ドルも待っているほうへ進んでいく。コットンのシャツに短パンという服装で、ビール片手にプールサイドでのんびりしながら、目の前を流れていく可愛い子ちゃんたちを眺め、仲間たちとステーキのディナーを楽しむ……レイはそんな自分の姿を夢想している。

終了まで28日と1時間

ワシントンDC〈フュージョン・セントラル〉

　レイ・ジョンソンの担当チームはすみやかに動いている。過去と現在の友人や仕事仲間の位置を記した蜘蛛《くも》の巣状の地図が完成して、大々的に表示されている。国内のいくつかの場所に密集しているが、フロリダが圧倒的に優勢だ。とりわけオーランドに集中している。レイの永遠の大親友《BFF》らしき三人の居住地の密集しているところが強調されている。レイの担当チームの作戦は見事だ。国家安全保障局《NSA》の若者のひとりがうまい方法を考案し、海軍の仲間たちの居場所を示す地図を作成して、軍歴資料から、共に軍務に服した年数や共同行動の記載に基づいて比較することで、レイが接触する可能性の高い相手を明らかにしている。最有力候補は、スクーター・マッキレニー一等兵曹、退役。

　おまけに、この地図が完成するのと同じタイミングで、ジムの入館記録によると水中フィットネスのレッスン参加中に、レイの妻がスマホで〝フロリダの老人ホーム〟をグーグル検索していた。おおっと。ゼロ1チームは、七十三パーセントの確率でレイは電車かバス――バスの可能性が最も高い――に乗り、テストが開始した第一週目のどこかの時点で陽光の州《サンシャイン・ステイト》に向かうだろうと予測し、シカゴから捕獲班を移動させ、顔認識か歩行認識のアルゴリズムが一致するのを確認次第、すぐにミルウォーキーの駅かバスターミナルに向かえるようにしてある。歩行認識システムは、あらゆる脇道、主要道路、店舗、歩道を既にスキャンしている。交通監視カメラはもう〝手に入れてある〟。そればかりか、二〇一六年以降に製造された車の後部に搭載されている衝突警報カメラまで、優秀なスタッフが従属装置として作動させている。続々と大量に溢れてくる映像のデータストリームは、アルゴリズムで迅速に処理され、群衆を飲み込み、大股で歩く者、爪先で歩く者、足を引きずって歩く者、背中が曲がっている者（おそらく事務員だろう）、力強くガシガシ歩く者（明らかにサッカーママ（中流階級に属する教育熱心な母親）だ）を除外していく。

サイは立派な上司としてふるまい、部下たちの小さな顔を輝かせるのに充分な、肯定的な言葉をかけている。そうこうするうちに、ピーンという音が鳴った。

歩行認識にそれらしき人物が引っかかった。ミルウォーキー中央バスターミナル。九十分前の記録だ。

サイは自分のオフィスに戻り、チームの面々が本領を発揮する様子を眺めている。彼らはさまざまな情報源から映像を集め、ほとんど瞬時に、レイ・ジョンソンがナッシュビル経由オーランド行きの九時三十五分のバスに乗ったことを突き止めた。バスは七時間後に、休憩と給油のためナッシュビルの手前で停まる予定になっている。各チームがバタバタと動く。

レイ・ジョンソンの捕獲を最優先の仕事として割り振られているゼロ1チームは、スポーツ観戦みたいに興奮を高まらせながらこの数時間を過ごしている。時間になると、サイはオフィスの壁のところに行って見下ろし、美しいHDカラーで画面に映し出されたレイ・ジョンソンがバスを降り、年老いた骨を伸ばすのを眺める。迫り来る捕獲の瞬間に向けて、静かに声援を送ろうと、ほかのチームも集まってきている。

バス発着所のすぐそばにあるカフェには、経営者の都合に合わせて、Wi-Fiに接続された監視カメラが設置されている。経営者が店にいないときでも、スタッフを見張っておけるようにするためだ。この映像は多数の関係者に共有されていて、購入者は格安で入手でき、保険業者、食品メーカー、より高額な商品を売るテクニックに磨きをかけたがっている顧客行動アナリスト、それに言うまでもなくアメリカ合衆国の保安機構にとって、非常に便利なデータセットになっている。〈コーンブレッド・カフェ〉に国から感謝を。

〈フュージョン・セントラル〉は、レイがボックス席に陣取り、尻をもぞもぞ動かして楽な姿勢で座ると、ナッシュビルでいちばんのホット・チキンを自分へのご馳走《ちそう》として注文する様子を見守っている。

「もう捕まえる？」エリカがサイに尋ねる。

「待て。この男が気に入ったよ。まだ待とう」

ウェイトレスがレイの注文をブルートゥースで厨房《ちゅうぼう》に飛ばすのと同時に、ワシントンにいるレイの記録天使団のもとにも注文内容が届く。今夜のレイはコレステロール値を気にしていないようだ。ホット・チキン、フライドポテト、それとアップルパイのホイップクリーム添え、それとチョコレートソースと砕いたクルミをかけたアイスクリーム――妻のデビットカードの記録によると、家ではサラダと焼き魚の低カロリー食だが、それとは大違いだ。この注文に、〈フュージョン〉のチームから、ひとしきり大きな拍手喝采がわき起こる。皆がこの男を好きになっている。

「もういい？」エリカが訊く。

サイはやっぱり首を振る。「食べさせてやろう」

エリカはほほ笑む。どうしてサイを愛しているのか、こういう瞬間に思い出すのだ。今度必要だと感じたときのために、エリカはこの確信を心にしまっておこうとする。

終了まで27日と17時間

テネシー州ナッシュビル〈コーンブレッド・カフェ〉

レイはデザートを楽しむところまできている。最後のひとさじまで味わって、ボウルの中身を綺麗にたいらげた。一分後、残念だがここまでだと老人に知らせるため、テネシー州の分隊のリーダーであるベンソンがカフェに入る。ボックス席のレイの向かいに黙って座り、バッジをさっと見せる。

「こんばんは、ミスター・ジョンソン。チキンはいかがでしたか？」

ワシントンのスタッフのためにベンソンのボディーカメラで撮影されたレイは、驚いた顔をしていない。それどころか、半ば予期していたように、うなずいている。

「どうやって見つけたんだ？　支払いは現金にしたのに」

ベンソンは声を上げて笑う。「お見事です」

「私を見つけるのに苦労したかね？」

「そこそこは」

「捕まったのは、私が一人目じゃないだろうな?」

「ええ、二人目です」

「くそっ。そうか。きみにできることは?」

「大してありませんね」

「じゃあ、これで終わりなんだな?」

「そんなところです」

ウェイトレスがコーヒーのおかわりを勧めるが、レイは首を振って断る。コカ・コーラのロゴがついた年代物のディスペンサーからナプキンを一枚引っ張り出し、丁寧に指を拭く。

「で、これからどうなる?」

「家まで送ります」と、ベンソンはイヤホンに手を当てる。質問が届いている。「本部からひとつ質問が。あなたが今後どうするつもりだったのか、我々の予想と照らし合わせたい。このテストのあいだ、あなたはオーランドに滞在するつもりでしたか?」

「おおよそ、そんな計画だ。あっちに古くからの親友がいるからな」

「知ってます」

「そうだろうとも」

ベンソンのiPadを使って、捕まったことの確認と秘密保持契約の履行について、簡単な事務手続きを済ませる。本物のインクと本物の紙を使うことに慣れているレイの手には、デジタルペンはつるつる滑りやすくて馴染まず、ひどく気を遣いながら署名する。それが済むと咳払《せきばら》いをして、訴えかけるように目を潤ませてベンソンを見る。

「こっちもひとつ質問があるんだが。その、あれだ……このテストがもう終わったことを、女房に言わなきゃならんかね？」

終了まで27日と13時間

ニューヨーク州ユーティカ

「ユーティカ行きのお客様、ユーティカ行きのお客様！」マイクを通して運転手のひび割れてくぐもった声が響くと、目覚めている乗客からさまざまな反応が返ってくる。目的地に到着した人々の観念したようなうめき声、むっとする空気と蛍光灯の鈍い光、かたい椅子で何時間も過ごしてきたが、まだ先は長い人々の腹立たしげなあくび。

座席番号14Aの女性は肩を回している。ボストンを出発してから四時間が過ぎた。彼女は眠らなかった。冷たい窓に頭をもたれて、すれ違う車の目のくらむようなヘッドライトを浴びながら、ほかの乗客が使用している電子機器のスクリーンの光に仄青《ほのあお》く染められて、意識がぼやけたりはっきりしたり、そんな状態をくり返すばかりだった。アドレナリンが過剰になることの人体への影響について読んだことがある。良い影響ではない。心と頭に闘争か逃走か、どちらかの反応を促進させるのだ。百万年前には、その影響が狩猟採集民を木に登らせたり、ワニが群がる川から上がらせたり、虎穴《こけつ》から逃げ出させたり、より大きな棒を持った体格のいい人間を避けさせたりしていたのだろうが、現代人はスマホの着信と振動によって、何時間も何日間も連続してそんな反応が引き起こされている。間断のないコルチゾンとドーパミンの分泌は次第に接続部を蝕《むしば》み、配線だらけの脳の回線はぶくぶく膨れて、しまいにはポキッと折れてしまう。それが現代社会だ。

つぎの質問に対する答えがイエスなら、得点が三倍になる。現在、あなたはソーシャルメディアの巨大企業と、地球上で最も強力で設備も人員も豊富な政府の共同イニシアティブに追われていますか？

でも、それだけの価値がある、そうでしょう？　彼女は自分に問いかける。何度も、何度も。そうよ、それだけの価値がある。やれることは、これしかない。何年か寿命が縮まる？　それがどうしたの？　脳に染みがつき、同世代の人間よりもちょっと早く認知症が始まる？　別にかまわない。本来の死期が来るよりも少し前に、心臓が使い古されて弱る？　どうでもいい。確かにきつい代償ではあるけれど、これをやらなかったとしたら、生きる時間が長くなったところで、なんの役に立つというの？　こんな人生を長く送りたいなんて、誰が望むというのだろう？　この人生には起爆剤が必要だ。ということで、いまこうして木《こ》っ端微塵《ぱみじん》になっている。

腕時計を確かめる。〈ゴー・ゼロ〉開始三日目の十一時間が経過して、計画のつぎの段階に移るときだ。

乗客の最初の集団がバスから降りるのを見届けながら、足元のバックパックをあけて、携帯を取り出す。バッテリーを再び装着し、電源を入れると、小さな画面が明るくなる。二秒後には強い電波を拾う。彼女の位置情報がまた有効になる。

終了まで27日と11時間

ワシントンDC／ジョージタウン／ボルタ・プレイスNW

腕時計のアラートが小さく鳴ったのは午前一時のことで、サイは眠っていて、ニューヨーク州北部のどこかでゼロ10の携帯の位置情報を受信したため、捕獲班が出動したという報告に気づかない。午前五時に目を覚まし、着信を確認して内容を読み、うめき声を上げる。ケイトリン？　誰だ？　ああ、あのケイトリンか。

寝返りを打ち、〈ワールドシェア〉が彼のためにDCに用意した贅沢《ぜいたく》な賃貸の家（プール、庭、ジム、ホームシアター）の付属品である、千の縫い目があるケミカルフリー加工のシーツを押しやり、ベッドから抜け出す。エリカは優雅に慎ましく眠り続けている。サイは伸びをして、爪先を床に着けると、これから始まる一日に向けて身体を準備させる。毎朝あなたに本当に必要なのは、背中から突き出しているゼンマイ式のねじを巻いてくれる人で、サイ・バクスターとして存在するという難しい毎日の仕事を成し遂げるつもりなら、目いっぱいきつく巻き上げないとね、とエリカは言っている。

サイはふり返ってエリカを見る。眠っている彼女を眺めるのが好きだ。彼女は眠っている姿さえもがインスタ映えする。髪は緩やかにウェーブして、祈りを捧げているみたいに両手の指を組み合わせた上に頬をのせている。ちょっと《タウン&カントリー》誌っぽすぎる感じがするときもある。エリカへの愛が揺らぐことは滅多にない。いま揺らいでいるか？　いや、揺らいでいない。ふたりはこの上なく似合いのカップルで、魂の伴侶と言ってもいい。確かにセックスの回数は前よりも減っているが、いまでも相性は抜群だ。気軽に笑い合える。それでもサイの結婚恐怖症は解消されず、ふたりのあいだの茨《いばら》になっている。法的に結婚することは必ずしも魂に必要じゃないはずだ、それがサイの言い分だ。ふたつの魂が月曜、水曜、土曜の夜を一緒に過ごすだけでは、何がいけない？　それに、サイにとって愛は、優先事項のリストのずっと下のほうにある。充実感の九十パーセントは仕事から得ているものだ。そんなわけで、結婚のことだけ別とすれば、ふたりの関係は良好で、結婚はできなくても世界最高のシーツを彼女に与えることはできている。

薬用石鹼で身体を洗い、湯気を上げながらシャワーから出て、香水をつける。アイロンがピシッとかけられてコーディネートされた、さりげないが高級な服を着る頃には、捕獲班はゼロ10が乗車しているバスをマークしている。十分後に予定されているつぎの停車地で押さえるつもりだ。素晴らしい。完璧だ。申し分ない。ケイトリンが三日目まで逃げおおせたことに、サイは満足している。とはいえ、彼女は片付けておいたほうがよさそうだ。ただの図書館司書があまり長いこと逃走中だというのも体裁が悪い。

サイは車を呼び、クッションの効いたひんやりした後部座席に座ってくつろぐ。マッサージ機能を使って、シャワーでもストレッチでも届かない凝りをほぐしながら、バート・ウォーカーにつぎはどういう好意的な経過報告を上げるか、頭のなかで計画を立て始める。

ところが、〈フュージョン・セントラル〉に着くと、問題が起きたと聞かされる。捕獲班はゼロ10を捕まえていないのだ。

司書はそのバスに乗っていなかった。バスの停留所で待ちかまえていた捕獲班は、座席のあいだに挟まっている彼女の携帯を見つけた。こちらを惑わせるため、明らかにわざと置き忘れていったのだ。実際にはゼロ10はユーティカか、もっと早い段階のどこかでバスを降りたのかもしれない。ルートの途中にある降車地点すべてのCCTVカメラの映像を詳しく解析しても、決定的な証拠は見つからない。バスの運転手は、この乗客のことも、どこで降りたかも、はっきりおぼえていない。遅い時間で、バスは満員で、乗客の数も数えていなかった。〝よしてくれ、スクールバスじゃあるまいし〟

「十二歳の子供を騙《だま》すような手に引っかかるもんだな」サイは二階のオフィスに集めたみじめな顔の一団に向かって言う。彼らは立っている。サイは座って、ゼロ10担当チームの面々をつくづく眺めている。置かれている状況と心情がそっくりそのまま見て取れる――ポタポタと毒がしたたり落ちるように悪い知らせを聞きながら夜明け前を過ごし、いまは自分たちの行く末を案じているのだ。彼らはサイをがっかりさせた。それがわかっている。それを感じている。そしてサイは正直なところ、彼らにそう感じてほしいと思っている。冷や汗をかいてほしい。いつもは誰もがサイと目を合わせたり、自分だけうなずいてもらったり、繋がり合える特別な時間を過ごしたりしたいと望んでいるが、今日は違う。誰もサイのほうを見たがらない。

「わかった」サイはため息をつく。「ほかに報告は?」

「見落としていることがありました」ゼロ10チームのリーダーであるザック・バスが申し出る。「昨日、ボストンで捜索していた時点での見落としが。ケイトリン・デイの携帯について、ここ六週間分の追跡データを引き出したあと、それを店舗のCCTVカメラの映像と領収書と相互参照したところ、どうやら彼女は……その、ボストンの繁華街にある三つの店で、少なくとも八台の携帯を購入していたようです。綴《つづ》りが少しだけ違っている名前で、実際オンラインに登録されています」ザックは咳払いをする。「七台の携帯が生きていて、別々の場所に移動中です。一台は死んでます。バッテリーが外されている」

いまではサイも立ち上がっている。朝のシャワーも、念入りな身支度や香水も、ここに来る車の中でのマッサージも、すべての効果が少しずつ剝がれ落ち、急に神経がピリピリしてくる。この司書の機知に富んだ行動を面白がる気持ちはまだ残っている——本当に知恵が回る。女だ――が、いつかなる時も担当者の杜撰《ずさん》さは気に入らない。いくらか怒りがこみあげてくるのを感じ、いまという早い段階でこのチームに怒りを示しておくことが重要だと考える

「そうか。つまりだ。あの地下鉄に消えた時点で、彼女はきみたちが計算していたよりも賢い人間だと想定しておくべきだったな。複数台の携帯に関する情報も、いまじゃなく昨日の午後には手に入れておくべきだった。昨日。午後には」

サイは芝居がかったやり方で背を向けて、気分を害しているのだとわからせる。あえて部下たちにきまり悪い思いをさせながら、一インチあたり千二百ピクセルの解像度の完璧な色で表現された、オフィスの奥の壁に育まれている美しいセコイアの森が伝える大自然の奇跡に意識を集中している。しばらくして、ようやく彼らのほうに向き直る。

「この女は何者だ？　シンプルな疑問だ。ここ〈フュージョン〉において、我々は自らにこの疑問を投げかけることが必要だ。そして人類史上類を見ない迅速さで、疑問に答える必要がある。それがここで我々のしていることだ。それだけだ。それ以上のものではない。それがきみたちの仕事だ。この人物は何者なのか？　さて、答えと呼べそうな意見がある者は？　誰でもいい」おどおどした顔をひとつひとつ見回しながら、サイは待っている。「誰もいないのか？　わかった。落ち着こう。いいから肩の力を抜いて。簡単な疑問から始めよう。この女は何をしようとしてるのか？」

「わたしたちを騙そうとしています」女性の声で返事がある。

サイは彼女に視線を向ける。新入りだ。

「きみの名前は？」

「ソニア・デュバルです」

「それで？」

美人だ。二十七歳ぐらい。東海岸の私立学校にいるタイプ。ほっそりした骨格を約五十キロの野心で包んだ、冷淡な心の持ち主だ、とサイは推測する。

ソニアは話を続ける。「彼女はそれらの携帯をすぐには見つけてほしくなかったけれど、こちらがそこまでたどり着いたときには、自分と携帯を結びつけることを望んでいる。だから名前の綴りを間違えてあった」

「なるほど。ほかには？」

バーコードみたいな髭を生やしたザック・バスは、何か有益なことを発言したがっていたが、何も思いつかずにいる。

ソニアが先んじて口を開く。「じつは、ゼロ10があのタクシーを降りてから一時間以内に市内中心部で使われたチャーリーカードを、すべて調べてみたんですが」

ザックにできるのは、せせら笑ってあしらうことだけだ。「登録済みのカードなんて使うはずがないだろう」

サイはもうじきチームリーダーではなくなる男をじろりと見ると――ザックはすぐに口を閉じた――、ソニアに注意を戻す。「続けてくれ」

「確かにそうでしょうね。でも、アルゴリズムが見落としそうな何かに気づくかもしれないと思って。実際そうでした。つまり、見つけたんです。わたしたちが彼女を見失った三分後に、ダウンタウン・クロッシング駅で改札を通ったカードの登録者の名前が……」

「誰の名前だ?」

「名前が……サイ・バクスターで、登録されたメールアカウントが……」

「なんだ?」

「CyBaxterknowswhereyouare@gmail.com《サイ・バクスターはきみの居場所を知っている》 です」

十五秒間の沈黙。サイはこの情報を処理しようとしている。やがてニヤリとする。司書に遊ばれている。おもちゃにされている。舐《な》めた真似をされている。「それはそれは」

ソニアがまた高い声で言う。「だから、この女性は間違いなく切れ者です。そして、ふざけたところがある」

その口調には、称賛するような響きがある。一瞬サイは頭がうまく回らなくなり、固まってしまい、自分はそんな響きを相手から引き出せる状態ではなくなっている。滅多にないことだ。エリカが冗談で言っている背中のゼンマイ式のねじを、ちょっと巻いてもらったほうがよさそうだ。サイはソニアにうなずいてみせる。「彼女が買ったという携帯は、いまどこにある？」

ソニアはこの情報をつかんでいるチームメイトを見やる。

「五台はボストン市内にあります」チームメイトの男は、手にしているタブレットを見下ろしながら言う。「一台は電源が切れていて、バッテリーが外されています。一台は先週の金曜からニューヨークにあって、一台はイギリス、ロンドン中心部にありますね。それを持ち歩いているのが誰であれ、おそらく意図的な行動ではないでしょうけど、昨夜はミュージカル『ライオン・キング』を観《み》に行き、現在は……大英博物館のエジプト・ギャラリーにいます」そこで間を置いてから、彼は続ける。「神の書記官、トト神の像を見ているようです」

「素晴らしい。それで結論は？」

リスクを冒して返事をする勇気があるのはソニアだけだ。「彼女はデータクラウドの情報を攪乱《かくらん》するために、携帯を他人のバッグにこっそり忍ばせたんじゃないでしょうか」

「じゃあ、彼女はいま……どこにいる？」

「バッテリーを外した携帯があるのと同じ場所だと思います」ソニアは答える。「緊急時に備えて、手元にその一台を残してあるのかと」

サイはデスクを指でコツコツ叩く。脳がまた調子を取り戻してきている。「ソニアが一等賞だ！　どうやら、参加者のなかにジョーカーがいたらしいな。いいぞ。ゼロ10も選考委員も、上出来だ。どうして彼女が選ばれたのかと不思議だったが。それだけの理由がちゃんとあったということか。とにかく、おあつらえ向きの状況だろう？　このターゲットに、これまでの倍の労力を注ぎ込むんだ。彼女のアパートメントのスキャンとログインはもうできてるのか？」

「できてます」ソニアが言う。

「アパートメントを調べたい。VRの準備を。ダミーの携帯に関しては、手分けして回収しろ。ロンドンの所有者は、ゼロ10と前から繋がりがなかったか、尋問して手掛かりを探すんだ。この状況を落ち着かせよう。要するに、手短に言えば、いいから黙って仕事しろ。ああ、それと、ソニア……」

「はい？」

「よくやった」

ソニアは目を輝かせた。

終了まで27日と5時間

ルイジアナ州シュリーブポート

この年齢でいきなり独り身になるのは、無重力になるみたいだった。ゼロ4、四十六歳、昔はハンサムだった——散々打ちのめされてきた証《あかし》が顔に表れている——フレディ・ダニエルズは、めまいをおぼえ、ふわふわしていて、脳みそがコーンビーフになった感じがしていた。それから仕事でミスをするようになった。多大な損失をもたらす失敗を。建設会社の共同経営者は、しっかり休みを取るようにと勧めてきた。フレディはそうした。何週間もただぼーっとテレビを見て、あれも、これも、それも飽き飽きしてしまったのに、一向に良くなる気配もない。そんなとき、とあるFBIの友人が、こんな奇妙なことについて話した。〈フュージョン〉、〈ゴーイング・ゼロ〉——この〝闇の政府〟に従って、三十日のあいだ隠れていられたら、三百万ドル。アホか、そんなの楽勝だろ？

この隠れ場所のアイデアは映画から思いついた。タイトルは思い出せないけど、面白い映画だった。一匹狼《おおかみ》の反逆者が体制をやっつける話だ。デンゼル・ワシントンが出演していたかもしれない。それか、もうひとりのあいつ、名前なんだっけ、何に出てたかな……くそっ、そんなことはどうでもいい。とにかく、参加者に選ばれたことを正式に認める通知書を読むとすぐに、やるべきことがわかった。木材を集めて、ペンキと漆喰《しっくい》を用意して、一か八かやってみた。〝ゴー・ゼロ〟のメッセージが届いたときには、準備ができていた。

一日目は興奮した。目と鼻の先に座って、捕獲班が家のなかを動き回っている音や、会話の断片を耳にするのは、スーパーボウル並みのスリルがあった。フレディは車輪付きのフェイクの壁を作り、地下墓所の石の扉みたいに自分のほうへ引き寄せたあと、五百個ほどのねじを使って電動ドライバーで床に固定して、壁の奥に完全に身を隠しているのだ。前もって部屋全体のペンキを塗り直しておいたから、新しく塗ったところだけが際立つということはない。車輪のおかげで床に傷跡が残るのも防げた。抜かりはない。時間が過ぎていくにつれ、自信が増していき、フレディは思う。どうだ、まだばれてないってことは、もう見つからないってことなんじゃないのか。こうなったら、あとはひたすら根競《こんくら》べだ。

刑務所に入ったことはないが、狭苦しい場所に閉じ込められるのがどんなものかは、いやというほど話に聞いている。準備はしてあった。極小空間における運動と活動の厳しい管理。壁に貼った家族と友人の写真。真新しいスケッチブック三冊と、音を立てないようヘッドホンを接続した古いAMラジオ。もう三日目になるが、まだへこたれていない。だいたいは。

食料の缶詰。ミニ冷蔵庫には、果物とジュースと三十缶のビールが入っている。小便は空いたジュースの瓶にして、大便は飲み友達に〈ビッグショッパー〉で買ってきてもらった簡易トイレにする。夕暮れにはラジオが囁《ささや》きかけるなか、祝いの缶ビールを開ける。三百万ドルに乾杯。

一日あたり十万ドル――賞金のことを考えると頑張って続けられた。金、金、金。毎晩、ビールの時間になると、賞金を何に使おうかと思いを巡らせている。ジェイニーのところに戻って、やり直したいと言うか。あいつにやる現金をいくらか入れたスーツケースを持っていって、こう言うんだ。「おまえの取り分だ、ベイビー」そして誓いを立てる。もう酒は飲まない。年に二回は必ずバカンスに行く。それでもだめなら、ジェイニーがずっと望んでいた体外受精に同意したっていい。考えるとぞっとするが、子供をふたり作ってやろう。それに、あいつが挙げたがっていた結婚式も。最初のときは挙げさせてやらず、代わりに裁判所でさっさと済ませて、そのあとジェイニーの両親の家の裏庭でパーティーをした。物干し綱に豆電球を吊り下げて、バーベキューとアイスクリームで。今回ジェイニーはドレスを着て、俺はスーツを着て、ホテルで披露宴を開く。ちんまりした軽食を食べて、シャンパンを飲んで、斜めになった写真を撮るジェイニーの従兄弟じゃなく、本物のカメラマンに撮ってもらう。あとは？ ハネムーンから帰ってきたら、ばかでかい新しい家と、もっといいワンボックスカーを買う。トーストぐらい分厚い名刺を作って、なんでもかんでも自分でやらなくて済むように受付係を雇って、パソコンで帳簿の入力をさせて、明細付き請求書《インボイス》を発行させて、「ミスター・ダニエルズ」と呼ばせてもいい。

声がする。

いつの間にか居眠りしていたらしい。玄関のドアが開く音は聞こえなかったが、すぐそばでふたりの男が話をしている。フレディは息をひそめ、トイレの蓋がしっかり閉まっているか、ブーンという小さな音を立てないようミニ冷蔵庫の電源を切ってあるかを確かめる。

「誰もいないようだな」あの有名俳優みたいに低い声だ。

「ああ、それは確認した」もうひとりの声は高く、もっと若そうで、思春期前でもおかしくないぐらいだ。「だけど、何かが電気を使ってるはずなんだが……」

暗闇のなかでフレディはミニ冷蔵庫に手を触れる。あの電力量計《スマートメーター》を設置することに同意したのは、大きな間違いだった。とはいえ、この隠れ場所には即席で電力を引いてあるから、電源タップに繋いでいる場所は絶対に見つからないはずだ。細心の注意は払っている——けれど、これからは冷えたビールはもう飲めないかもしれない。

「わかった」もうひとりの男が言う。

長い間。フレディの心臓が激しく鼓動する。

声。

低い声「おい、新しい情報が、たったいま〈フュージョン・セントラル〉から入ってきた。ドローンからのやつだ」

高い声「なんだ。見せてくれ」

暗闇のなかのフレディ。なんだって？

ふたりの声は、「わかった」とか、「じゃあ、こっちに？」とか、「そのようだ」といった不吉な言葉しか聞こえなくなる。

ダミーの壁のすぐそばで声がする。壁に口を押しつけているように近くで、すぐ近くで話し声が……。

低い声「ミスター・ダニエルズ？　そこにいるんですか？　ミスター・ダニエルズ？」

ああ、くそっ。くそったれ野郎が膝の上に座っているみたいに、声はすぐそばから聞こえてくる。それでも返事をするつもりはない。諦める気はない。このまま黙っておけば、どうなる？

「ミスター・ダニエルズ？　そこにいるなら、聞いてください。あなたが降参してもいいし、我々がこの壁を壊してもいい。選ぶのはあなたです。ミスター・ダニエルズ？　聞こえますか？」

いいや、フレディはまだ話そうとはしない。

「いいでしょう。では、この壁を壊すしかないですね。あなたが決めることですよ、ミスター・ダニエルズ」

高い声「電話で報告しておくよ、チェスター。周辺を固めないと。そっちはまずサーモグラフィーでスキャンして、この奥に本当にいるのか確かめておいたらどうだ」

「いるに決まってるさ」

フレディは後悔の念に苛《さいな》まれながら、うずくまっている。糞《くそ》みたいな方法を選んじまった、間違ってもやるべきじゃなかった。せめて逃げ道ぐらいは作っておけばよかったのに。こういう状況に備えて、床にハッチ扉をつけておけば、いまごろ家の下を這い進んで逃げることができただろうに。閉じ込められた間抜けみたいにじっと座って、大槌《おおづち》で壁に穴を開けられるのを待っているんじゃなく。

数分後、さらに声がする。新しい声がして、そのうちのひとつが警告する。「ミスター・ダニエルズ？ 頭を低くして目を覆っておいてください、これから入りますよ」

終了まで26日と18時間

ワシントンDC〈フュージョン・セントラル〉

ピーン。

サイはノートパソコンを脇にどかして、ガラスのデスクにタッチする。魔法みたいにガラスが不透明になり、アメリカ合衆国の地図が現れ、さらに表示される。

ロサンゼルスが赤く点滅している、チカ、チカ、チカ……。

デスクの上をタップし、スクロールし、選択する。たったいまゼロ4を捕まえたばかりで——特殊カメラを搭載したドローンが、地中探知レーダー（ハマスのテロ・トンネルを見つけるため、イスラエルが開発した）を使うことで、高所からフレディの壁の奥に隠された空間を突き止めたのだ——、今度はゼロ3らしき人物も見つけている。マリア・チャン、最近アメリカへの亡命を認められた、香港《ホンコン》の元学生活動家。これは面白い選択だ。何年も逮捕を免れてきたことを考えると、プロの挑戦というわけだ。この若い女性は、いつものスマホは家に置いていくことも、代わりにプリペイド式携帯電話を使うことも、ＳＩＭカードを交換することも、個別に追跡可能な端末識別番号《IMEI》が組み込まれているため同じ端末は二度と使わないということも、すべてを知り尽くしているはずだ。異なるＶＰＮ——仮想プライベートネットワーク、利用者の位置情報を隠すことができる——を切り替えることも、支払いには現金か追跡できないプリペイドのクレジットカードを使うことも、音声通話は最後の手段だということも。

これだけの知識のある人間がへまをするには、あまりにも早すぎる。マリアはどうしてこんなに早く見つかった？　予想どおり〝ゴー・ゼロ〟の正午には彼女のデバイスの電源はすべてオフになっていたが、ゼロ3の担当チームは彼女の友人のネットワーク図を作成し、スマホがまったくの同時刻にオフラインになった、ロサンゼルスでここ数か月一緒に過ごしていた男を突き止めた。ふたりが本当に一緒にいるのであれば、どんなスパイ網にとっても明るい材料だ。ターゲットがふたりということは、失敗を犯す可能性も二倍になる。この男はスマホの電源を入れたままにしておくべきだったのに、とサイは思う。とはいえ、あらゆることを想定するのは難しいものだ。

それからチームはこの男の友人関係を調べた。コリアンタウンの〈スターバックス〉で友人三人が集まったとき、〈フュージョン〉は彼らの会話を聞いていた。専門家が通りを挟んだ向こう側から新しい音波技術を用いて、口の軽いおしゃべりを録音したのだ。たとえばプラスチックのコーヒーカップ（今回の場合は、ホイップクリームを追加したフラペチーノのカップ）など特定の対象物に、その装置をレーザーポインターのように向けると、不思議なことに対象物がマイクそのものに変貌する。声をひそめてはいるものの興奮したおしゃべりの内容を言語翻訳ソフトにかけると、マリアがどうやって身を隠すつもりなのか、その計画の詳細が明らかになり、彼女が協力者の男と一緒に動いていることの確認が取れた。〈フュージョン〉はLAの交通監視カメラを通して、この男の車を追跡した。男ははるばる車を走らせて、サンバーナーディーノで駐車したことがわかった。

サイはヘッドセットで話す。「見えているのか？」

元FBIのラクシュミーがこれに答える。「偵察用ドローンがLAを飛行中です」

そのうちサイのデスクに、画質は粗いがリアルタイムでサンマヌエル保留地の広大な緑地を捉えた映像が届く。「彼女には向こうに友人が？」

返事がある。「男のほうの義理の兄が、サンバーナーディーノから軽飛行機を飛ばしています。一般航空です。シアトル行きの飛行計画書を提出したばかりですね」

「じゃあ、彼女は空港に向かっているのか？」

「そう予測しています、サー」

「サイと呼んでくれ」政府の連中はやけに堅苦しい。

「そのようです、サイ」

目の前の地図に表示されているマリアの位置から半径五キロメートルに円が描かれ、その境界にサンバーナーディーノ空港があるのが示されている。

「現状報告を」とサイ。

「空港警備に通告し、パイロットを拘束して、飛行機を押さえました」と返事がある。

「よくやった」サイは立ち上がり、ガラスの壁の前まで行くと、チームと大きなスクリーンを見下ろす。画面には、マリアの過去と現在の人生に関する秘められた数々の事実が、驚くほど詳細に明らかにされている。本人でさえも集められないような生き生きした個人的な記録が、すべて精査され、仔細《しさい》に眺められ、分析されている。なんという恐ろしい武器を作ったことだろう。ここまでのところ、その潜在能力はまだほとんど発揮されていない。その脅威については、サイが誰よりも理解している。人生がさらけ出されるさまは、心臓切開手術に似ている。胸骨を切られ、肋骨《ろっこつ》を広げられ、生きている人間の内容物がむき出しにされ、それを明細に記され、分析され、手荒に扱われる。だが、不当だという感覚がどれほど邪魔をしようとも、知っている——わかっている、いる——、ここでやろうとしている道徳的にもっと大きな意義のあることが、すべてを相殺するのだということが。世界がもっと穏やかであれば、自分たちがしていることは間違いかもしれない。けれど、この世界はいつだってあまり穏やかとは言えず、その証拠は至るところにある。だから仕事が多すぎて、外科医は血と胃袋のなかに両手を突っ込む覚悟をしなきゃならない。彼らがやらなければ、患者は病気になって死んでしまう。

ヘッドセットから声が聞こえてくる。「〈メドゥーサ〉の映像を受信中」右手側にある巨大な画面が一新されて、高高度から捉えたものでありながらも極めて明瞭な家屋や運動場、小川が映し出される。映像がちらついたかと思うと、カメラがズームインして再び焦点を合わせ、またちらつき、ズームインして再び焦点を合わせ、サイは干上がった川床沿いを走っている男女の姿を二万フィート上空から見下ろしている。投資プールから莫大な資金を投入して開発したこのスーパードローンは、多眼カメラや卓越した光工学による充実した機能を備えているため、マリア・チャンとパートナーの完璧なクローズアップを示しながら、周囲四十平方キロメートルも捉え続けている。

「音声を」サイは要求する。

それと同時に、マリアが汗ばんだ手で握っている何の変哲もない水の入った青いボトルが――高所のレーザーによって――音波のスパイになる。

マリア・チャンの荒い息遣いがはっきり聞こえ、心臓の鼓動まで聞こえそうだ。素晴らしい。ごく短いやり取りさえも聞き取れる。

男の声「大丈夫か？」

女の声「うん」

サイは笑みを浮かべてオフィスを出ると、手すりのところに行き、下で行われている社会をより良くする活動の全体を眺めやる。「捕らえるまでどれだけかかる?」

「二十分です。空港のゲートで彼女が来るのを待ちかまえます」

あっけないものだ。究極の監視システム。それに、こちらはアメリカ式で、無差別に何でも・どこでも・いつでも捕らえるという中国式とは違う。中国式の場合、ただ単にメッセンジャーアプリの〈ワッツアップ〉をダウンロードしようとしたり、しょっちゅう海外旅行をしていたり、髭を伸ばしたり、裏口から出ていったり、モスクに足繁《しげ》く通ったりしようものなら、アルゴリズムによって逮捕すべきだと判断され、ほかの百万人の悪人たちと一緒に、〝集中する〟のを助けるため新疆《しんきょう》ウイグル自治区にある〝再教育〟キャンプに送られることになる。いや、まったく。アメリカでは、こういう壮大な技術は必要に駆られたときだけ使われるものであり、市民のプライバシーの権利は常に尊重され、明らかな攻撃的行動を取った場合のみ、その者の権利は剝奪される。サイの心を悩ませ、この先も一生苦しめ続けるであろう事件――色々な意味で、このすべてを生み出すことになった、あの事件みたいなことが起きた場合のみ。サイは心のなかでつぶやく。愛してるよ、マイケル。大事な友達だ……。

カウントダウンしている時計に目をやる。三日が過ぎ、三人のゼロを捕らえ、残りは七人。そのあとは? 勇敢な新世界が待っている。勇敢な新世界が。

終了まで26日と16時間

ニューヨーク州ムース・リバー・プレーンズ

捕まることなく四日目の日が暮れたとき——その頃には、自分はたぶんどこかでミスをしたのだろうと認めざるを得なくなっている——ゼロ10は、ひとつのことだけ絶対的な確信を持っている。すべての指示に従い、ちゃんとポールAをスロットBに挿し込んだのに、光沢のない緑色の生地でできたテントが、たるんだままだということだ。裏がアルミ加工されたタータンチェックのピクニック用ブランケットに腰を下ろし、みじめな設営を眺めていたが、そうやって過ごした丸一分間、頭が空っぽになっていたことに気づく。

森はしんと静まり返っていて、人里離れたこの場所にいるのが見つかるよりずっと前に、上空のドローンが風を切って立てる音や、樹木限界線に達するエンジンのうなりや、ハイカーの足音が聞こえるはずだ。彼女は未開の地でキャンプをしている。ユーティカで手に入れた小型のトレールバイクを乗り捨てた場所から、約三キロメートル離れたところ。あの素敵な小型マシンを残しておいて、怒れるスズメバチみたいに山道を乗り回したいという誘惑に駆られた。けれど、最後にまともな朝食を取ったオールドフォージにある〈キーズ・パンケーキ・ハウス〉は遥か彼方《かなた》だ。ケイトリン・デイがパンケーキを食べることは当分ない。一か月前にここのやぶの茂みに置いていった鍵のかかる箱は、そのまま手つかずで残っていたので、非常用テント、食料（フリーズドライのマカロニとビタミン剤）、キャンプ地から坂を下って一キロ足らず先にある小川の水を汲《く》んだときに使う浄水錠剤も手元にあった。それに、『アンナ・カレーニナ』の本も。テントがうまく張れないのは情けない。コートのポケットからノートを取り出す。ノートというより、スクラップブックと言ったほうがよさそうだ。頭の中身をここに吐き出している。ノートの後ろのほうに、テントの簡単な組み立て方を説明しているリーフレットが挟んである。

もう一度それを読むと、タイプ1とタイプ2のポールはフランジの色が違うことに気づき、ぐるっと目を回す。ノートを閉じて横のブランケットの上に置き、立ち上がろうとしたときに、ある声が――いつもより大きく――頭のなかに聞こえてくる。**ルールはなんだ？** と、その声が言う（男性の声。はっきり聞こえる。冷たい口調ではない）。**さあ、ルールは？**

彼女はノートを手に取り、声に出して答える。「常にノートを持ち歩くこと。常に現金を持ち歩くこと。夜は焚《た》き火《び》を熾《おこ》すこと。日中は温熱パックを使うこと。一か所に三晩以上はとどまらないこと」

理由は？

「一日目に気づかれて、二日目に怪しまれて、三日目に通報されるから」

頭のなかの声はうなずくことができるか？　できる、それがウォーレンの声なら。**集中するんだ、ベイビー。じゃなきゃ、折り返しにさえたどり着けないぞ。常に神経を研ぎ澄ませておくこと。**

「わかった」

偉いぞ！

コンバットパンツの腿《もも》のところにあるポケットにノートをしまい、女ひとりvsテントのポールという大きな戦いを再開する。

最終的にテントは張れたけれど、地面は硬く、化学的に温め直したマカロニチーズは、お腹《なか》にしっくり収まらない。

灰色の薄明かりの下で目を覚まし、落ち着かない夜を過ごしたせいで疲労が倍増しているのを感じる。「ヤワになったもんね」声に出して言う。八十歳のおばあさんの身体と入れ替わってしまったみたいだ。しかも、飲みに行っていたおばあさんの身体と。それ以上眠ろうとするのは諦めた。干し草みたいな髪をして、寝袋のなかで身を起こす。

もう外は明るくなっているので、バスターミナルで入手した二冊のアウトドア・サバイバル雑誌を読み、いくつかメモを書き留めて、水を飲み干す。ボストンの本棚を思い浮かべる。ヘミングウェイ全集。ヘミングウェイは好きじゃないという結論に達している。あの作家は、こういう森林とか、大自然のなかとか、〝二つの心臓の大きな川〟とかに、ロマンチックな印象を持たせている。立ち上がって去っていくとか、いかにもアメリカ的な内容。くそくらえ。神さま、感謝します、産業革命を与えてくださったことに。内燃機関、万歳。この瞬間、彼女は賢いマイケル・ファラデーと、セントラルヒーティング、洗濯機、コーヒーを抽出するパーコレーターの解放を称賛している。宅配？〈ウーバー〉！〈グラブハブ〉！ありがたや、ありがたや！

だけど、自制心を持たなければならない。

わかってるって、ウォーレン、わかってる。あなたの低い声が聞こえる、優しいお説教と助言が。自制心を保ち、自然に合わせてもっとのんびりして、自然と一体になるようにと言っているのが。人間は深い部分で本質的に、洗練された獣に毛が生えた程度のものなのだから、と。あなたがよく言っていた、あの洒落《しゃれ》たラテン語はなんだっけ？そうそう、思い出した。ホモ・ホミニ・ルプス・エスト。人間は人間にとって狼である。本当にそうね、わたしたちはお互いにとって狼で、人間は狼そのもので、それでいまあなたが一緒にいないことの説明がつく。あなたは捕食者に襲われた。あなたに動物以下の扱いをした獰猛《どうもう》な生き物に。生きていて、ベイビー、生きていて。

そこまでで、意識が現在に引き戻される。今日をどうやって過ごそう？　明日は？　明後日は？　何をしよう？　この心をどうしよう、途方もない考えを？

分別ある答えは、ただひとつ。どうもしない。可能であれば、何も。食べ、飲み、眠り、洗い、おしっこして、ちょっとしたトイレを掘るかもしれない。今日という日に、彼女の計画に必要なのは、そして見事にやり遂げるつもりでいるのは、とにかく何もしないことだ。

終了まで24日と17時間

ワシントンDC〈フュージョン・セントラル〉

午後五時、サイはまたVRスイートに呼ばれる。手首にはベリベリと音を立てるマジックテープでセンサーを固定し、目元にはダイビングマスクみたいにヘッドセットを装着している。システムが眼球の動きをたどり、螺旋《らせん》形の光の点が眼球とソフトウェアを同期させると、ジャジャーン、壁に飾られた絵のなかに足を踏み入れるように、本がずらりと並んだアパートメントのなかにいる。

サイはあたりを見回している。これがボストンの司書の暮らしぶりというわけか。タータンチェックのブランケットが掛けられた、詰め物がたっぷり入ったソファがやはりある。サイはふらりと窓へ近づいていく。景色に注目――窓と非常階段の向こうでは雨が降り始めていて、東の空を灰色にしている。

「居心地がいい」と、後ろから声がする。

エリカもこのセッションに参加している。VRプログラムはエリカがこの場にいることに応じて、彼女の身体に近い人形《ひとがた》を青いドットのかたまりでサイの隣に描いている。これなら、必要だと思えばアパートメントにあるものを指さすことができるし、仮想空間を歩いていて〈フュージョン・セントラル〉にいる本人同士がぶつかってしまうこともない。八百万ドルの個人用ホロデッキで遊びながら、完全な負け犬気分を味わうはめになるのを避けるため、必要な手段だ。

ボストンの湿った冷たい空気まで感じられるようで、ここはデジタルで再現された世界なのだということをつい忘れそうになる。サイは簡易キッチンに入っていく。中古品販売店で買った不揃いな食器が乾燥棚に置かれている。シリアルのボウルがひとつと、コーヒーカップがひとつ。

「食事を終えてすぐに洗ったのか、それとも、〝ゴー・ゼロ〟のメッセージを受信してから片付けたのか、どっちだと思う？　後者だったら冷静な人ってことよね、あわてた様子も急いだ気配もないんだから」エリカが問いかける。

「メッセージを受信したときには、行く準備ができてたんだろう」サイはそっけなく答える。

いかにもエリカらしい、とサイは思う。この世で誰よりもぼくのことがよくわかっていて、例のゼロ10の携帯の大失敗でちょっとカッとなってしまったあとだから、こうしてぼくの気分を高めようとしている。それに、ぼくの不調に対する最善の治療法も知っていて、健康状態を察知して、いつでも対処できるようそばにいてくれる。この善良なる女性を称えよ。

サイは幽霊みたいに壁を通り抜けて歩いている。こうすることにも身体が慣れつつあり、大股歩きの速足で固体を通り抜けることに対して、鼻が潰れるんじゃないかと潜在意識下でパニックを起こした本能が騒ぐ声は弱まり、脳の扁桃体《へんとうたい》の反応と小さなうめき声になっている。ベッドはきちんと整えられている――バラのつぼみとギンガムチェック柄の正方形の布を縫い合わせた、パッチワークのカバー。ここまで見たところ、女性のひとり暮らしで、それが長く続いているらしい。たぶん、このベッドカバーはケイトリンの手作りだろう。曲がった縫い目は素人の手仕事に見える。流行《はや》りの職人タイプ、安っぽい服となんでもかんでもオーガニックで、手作りにこだわる割にへたくそで、かえって高くつく（もしかしたら金も材料も無駄にしている）。スモック、スカート、どこまでも編み続けるおくるみ、蜜蠟《みつろう》のキャンドル――サイは自分の母親がわずかな金でどうにか暮らしていくために頑張っていたことを、ふいに思い起こす。女手ひとつで、やはり手作りでやりくりするしかなかった。地球や自分の健康を守るためじゃなく、生き延び、息子を育てるために。母親の手仕事も家事も流行とは無縁のものだったが、スイッチを入れたときに電気が点《つ》いたり点かなかったりするような貧困家庭からでも、サイみたいな人間が現れる。不思議なものだ。愛してるよ、母さん。

サイは瞬《まばた》きをした。つい余計なことをぐるぐる考え始めてしまうが、意識がよそに向くのを防ごうとする。壁を通り抜けて居間に戻ると、青いかたまりになったエリカが、いくつかの言語で書かれた本でいっぱいの本棚をまじまじと眺めている。ボードレールの原書、ラテン語のウェルギリウス、何か国語かで書かれた旅行ガイド。この部屋はエリカの好みに合っている。エリカはいまでも時間を見つけて——サイと同じぐらい忙しくても——、小説を読んでいる。サイドテーブルには常に小説がうずたかく積み上げられており、まだ少ししか読まないうちに、オンラインで注文した新しい本がさらに届くのだ。〈ワールドシェア〉より〈アマゾン〉に投資したほうが儲《もう》かったんじゃないか、とサイはしょっちゅうからかっているけれど、つまらない冗談だ——純資産でエリカは《フォーブス》誌の〝たたき上げの富裕な女性〟リストの二十八位にランクインしているのだから。

本で雑然とふさがれている壁のわずかな余白は、中価格帯の額に収められたアートポスターで埋め尽くされている。ごちゃごちゃしたパステルカラーで描かれている誇張された大きな花々、漫画っぽい虎が葉っぱの隙間から覗《のぞ》いている密林。「これはパイプではない《スシ・ネ・パ・ジュヌ・ピップ》」と下に書かれた、あのパイプの絵（ルネ・マグリットの油彩画『イメージの裏切り』）。ばかばかしい。シュルレアリスムの画家にはハンドメイド愛好家と同じぐらいイライラさせられる。極度のプレッシャーがかかっているとき、サイの性格のこの部分、神経質でイライラしやすく、短気で辛辣《しんらつ》な部分が抑えきれなくなることがある。滅多にあることではないが、こうなってしまうと広報担当者もエリカでさえも、どうすることもできない。まるで何かに乗っ取られたみたいだ。歴史的な過《あやま》ちを無理やり正そうとする、執念深い内なる子供が現れる。苦心して精巧に作られたものを破壊したい、傷つけたいという欲求と並んで、どこかの屋根の上から「現実を見ろ！ 現実を見ろ！」と叫びたい衝動に駆られる——そして、自分のなかの強制停止スイッチを見つけるのが難しいことがある。と同時に、そのスイッチを見つけて、破壊的な気分を抑制することが、かつてないほど重要だということも承知している。市場に与える影響力を持ついまとなっては、なおさらそうだろう。いついかなる日でも、サイが自制心を失っているとか、荒れているとか、ちょっと様子がおかしいというだけでも、そういう噂がウォール街に届けば、〈ワールドシェア〉の株式は最後のベルが鳴る前に十から二十ポイント下落しかねない。サイの機嫌は経済に確かな影響を及ぼす。まったく、気分の変動に保険がかけられるほどだ。だが、それだけではなく、いまや自分の機嫌はこの国の安全にも影響を及ぼすのだと、サイは心に留めている。CIAも、NSAも、軍も、ある程度までは議会も、そのことを承知している。サイは一挙手一投足に注目されながら、スポットライトを浴びて生きているが、自分がどれだけ重大な影響力を持つのか、いまだにピンと来ていない。これからは株価を守るためだけじゃなく、文字どおり、この国のためにも、癇癪《かんしゃく》を起こさないようにしなければならない。なにしろ困ったことに——彼のマスタープランにおける致命的な欠陥がここにあるのだが——サイは〈ワールドシェア〉そのものであるのと同様に、いまでは〈フュージョン〉そのものでもある。サイがいなければ、すべてが立ち消えてしまう。細心の注意を払って構築した、前例のない無数の性能を備えるネットワークがいかに精巧なものであっても、システムにはバグがある。有名なバグ、そのバグとはサイ自身だ。

「サイ？」ためらいがちな声。サイがうわの空になっていたことが、エリカにはちゃんとわかっている。

「ああ、すまない。ただ……失敗の許されないことだから」いまサイにはエリカが必要だが、この先も必要じゃなくなることは決してないだろう。「確かにちょっとピリピリしてる。だけど、なんとしても成功させないと」

「ねえ、うまくいくわよ。現にうまくいってる」

「やり遂げられると、いまでも信じてるよな？」

「ええ、信じてる。絶対に」

その返事を聞いて、サイはありがたく思う。「誰もあんな目に遭わせたくないんだ……ぼくたちと同じ目には」青いかたまりのエリカの手が近づいてきて、現実の世界で触れるのを感じる。エリカの実際の手の感触を。「これはマイケルの遺産だ」

彼女は少し声を詰まらせながら答える。「わかってるわ、サイ」

「きみがいなければ、やり遂げられない」

「わたしはどこにも行かないわ。わかってるでしょう」心を動かされると、エリカの声はいつもより低くなる。

仮想空間のものであっても、壁の圧迫感で閉所恐怖症の発作を引き起こしそうになる。こんなVRを長くは続けられない。吐き気がしてくる。すぐにここから出ないとまずいが、まだ仕事は済んでいない。

テレビはノートパソコンよりも小さく、本物のアンテナがついている。ケーブルテレビは無し。レコードプレーヤーが一台。ジャズのレコードが何枚か。もちろんケイトリンはジャズを聴くだろう。この部屋は不潔だ。

実際にその場にいるわけじゃなくても、サイは反応している。咳《せ》き込みたい、肌がむずむずする、手袋とマスクをしたい。

「彼女のことを教えてくれ。何もかも」

終了まで24日と16時間

ニューヨーク州ムース・リバー・プレーンズ

キャンプを始めて二日間が過ぎ、飲用水がなくなった。大丈夫、ちゃんと考えてある。硬すぎる地面の上で三晩眠ったせいでこわばった骨をほぐすため、彼女は動こうとした。這うようにしてしゃがみながらテントを抜け出し、陽射《ひざ》しが漏れる空の下に出てくると、水を入れる空《から》のボトルを手に持ちながら、腐葉土を踏みしめて小川へと向かう。

静寂が怖くなってきている。荒野の寂しさは試練だ。斜面を滑り降りて小川に着くと、水辺にうずくまり、手を洗い、痛いほどの水の冷たさに少しシャキッとする。見たこともないほど綺麗なH_2Oをカップ状にした手ですくい、顔にパシャパシャやる。ずっと前、ウォーレンと行った旅を思い出す。

彼もキャンプをする人じゃなかった。アウトドアが大好きだといつも言っていて、確かにちょっとしたハイキングや夜のスイミングには張り切って出かけていたけど、彼が旅で何よりも楽しんでいたのは、夜になって山小屋に戻り、焚き火とスコッチのボトル、毛皮の敷物でくつろぐことだった。お金があるときのちょっとした贅沢。

そんなことを考えちゃだめ、と自分に言い聞かせる。集中しなさい。顔を上げ、あたりを見回す。春の芽吹きで木々が生い茂っている。太陽はまだ顔を出していない。ボトルに水を汲み、浄水錠剤を入れてシェイクすると、野営地まで引き返し始める。あまりの静けさに、頭のなかで雑音がしている。耳鳴りのようなもの。それとも、聞こえているのは血管を流れる血の音？　心臓の音？　この精神状態で過ごすには厳しい場所だけど、ほかに何ができる？　懲役刑のカウントダウン、あと何日、何時間、何分……。ラスベガスに向かってショーでも見ればよかったのかも。だめ、だめ。規律を守りなさい。テントのところに戻って、気持ちを落ち着かせて、スケジュールを立てるの――スケジュールを立てるのは好きだ。いつ食べて、眠って、運動して、読書して、キャンプ用コンロに火をつけて、料理して、鍋を洗って、洗濯して、眠れるものなら眠るのか。決まりきったやるべきことをこうして考えていると、ちょっぴり元気が湧いてくる。空虚な時間が少し埋められ、精神的な脅威レベルが下がる。勝利を収めるつもりなら、頭のなかを整理して、秩序を保たないと。

斜面を上りきると、腐葉土に残された自分の足跡をたどって野営地のほうへ歩いていく。足跡をダートバイクの新しいタイヤ痕が横切っている。この森を分かち合っているのは、リスや鹿、鳥たち、それに虫の大群だけじゃなく、未開拓の僻地《へきち》で気晴らしをしている、無謀運転のティーンエイジャーもいるらしい。

用心しなさい、と自分を戒める。油断しないこと。誰にも姿を見られるわけにはいかない。ダートバイクの通った跡から離れてほどなく、自分しか通っていない道を歩き出すと、声に出して言う。「黄色く色づく森のなか、道が二手に分かれていた／残念ながら、両方の道を行くことはできない／ひとりの旅人である私は……（ロバート・リー・フロストの詩『選ばれざる道』）」続きはなんだっけ、前はこの詩をぜんぶおぼえていたのに。でも、すべての選択肢のなかから選ぶのは、〝人があまり通っていないほうの道〟、そこが重要なのだ。そう、確かにその道を歩いている。いずれにしても、いまのところは。それが彼女の考えていることだ——ここなら安全、ここなら——世界が消える瞬間に。

ドスン。明かりが消える。あとには、一面の暗闇が広がる。

終了まで24日と16時間

ワシントンDC〈フュージョン・セントラル〉

「公共図書館の司書」ケイトリンについて、エリカは簡単な説明を始める。「このアパートメントに住んで五年。家賃統制の対象になっているアパートメントよ。人と会うのは図書館で。ソーシャルメディアはひとつもやってない」

「いまでもそんなことがありうるのか？」

「この女性にはグーグルがまったく効かない。何も出てこないのよ。現実のなかだけで暮らしている人生」

「ふん」

「メンタルヘルスの病歴あり」

「話がますます面白くなってきたな」

エリカのぐにゃぐにゃした青い人形が本棚に近づいていく。「推理小説とサスペンスの愛読者ね、見てのとおり……たぶん携帯のアイデアは小説から思いついたのよ。でも、いまは『アンナ・カレーニナ』を読んでる」

「なんでわかる?」

「図書館から借りてるのに、家のなかにはないから、持ち歩いてるんでしょう」

「どうして本なんか持っていこうと?」

「気晴らしのためだと思うけど」

「本の内容を分析しよう。彼女の行動のヒントになりそうなことを探すんだ」

「列車に身を投げるとか?」

「なんだって?」

「アンナは列車に身を投げるのよ。物語のなかで、最後に。ほら、わたしは二年前に読んだじゃない?」

「その前に何が起きるんだ?」

「アンナは愛人のために夫を捨てるの」

「ケイトリンには愛人がいるのか?」

「わたしたちが知るかぎりは、いないわね」

「メンタルヘルスの問題に話を戻そう」

「十代の終わり頃に双極性障害と診断されて、二度の入院。それ以来、断続的に薬物治療を受けてる。一年前には空港に裸足《はだし》で現れると、航空券をなくしたと訴えて、アパートメントに大統領がいると言い張った。いまはまた薬の服用をやめてるみたい。最後に処方箋で調剤を受けたのは六か月前。四週間分の薬」

「正気じゃないやつは除外されるんじゃなかったのか？」

「採用担当チームは意図的に幅広いタイプの参加者を選んだのよ。正気じゃない相手にも対処する必要があると思ったのかもね。わたしたちの敵は、正気じゃない場合もあるだろうから」

サイは肩をすくめる。「確かにそうだ」溢れんばかりに本が押し込まれた、司書の本棚をまじまじと観察する。日中の仕事だけで本はもう充分だとなりそうなものなのに。歳月を経てざらざらになった、オレンジやグリーンのたくさんの表紙を眺める。イギリスとアメリカの古典作品のペーパーバック版。本当は一度も読んだことがないのに、〝いま読んでいる作品〟のリスト記事でサイが名前を挙げることのある、手首が折れそうなほど分厚いロシアの文学作品。どの本も、背の部分にひびが入って、でこぼこになっている。いっぽうサイは、忙しいため時間的に妥協するしかなく、オーディオブック——ノンフィクション限定——の一・五倍速にした要約版を、ワークアウトしながら聴いている。そのほうがずっと効率的だし、要点はわかる。

VRはこの部屋を完璧に再現している。手を伸ばして一冊取り、ページをめくれそうな気がするほどだ。

「ほかには？」

サイはまたソファを通り抜けて歩き、家族の写真や、写っている人間や場所を逆画像検索にかけられそうな写真を、なんでもいいから探そうとする。一枚もない。アート作品のポストカードがあるだけだ。この部屋のデータはもちろん取り出してある。本の目録を作り、印刷物を特定し、反抗的な本の虫、ケイトリンに関する資料ファイルを厚くするためのものはなんでも収集している。

「彼女はとんでもなく頭がいいわ」とエリカが話す。「学校の記録がある、カレッジの成績証明書も。ＩＱが並外れて高い、だから最終的に選ばれたのかも」

サイはうなずく。それならまだ納得がいく。彼女はサヴァン症候群だ。しかし、だとしたら、そんな天才がどうして図書館なんかで時間を無駄にしているのか？

ゼロ10担当チームが新たな情報をつかみ、エリカに伝えようとしていた。「サイ、いまＦＢＩがケイトリンの囮《おとり》の携帯を持っているひとりと一緒にいるんだけど。こっちにＶＲで見せられるって。見る？」

「その相手というのは？」

「八台のプリペイド式携帯のうち一台を預かることに同意した女性。ケイトリンの知り合いよ」

「そうか。見せてくれ」

　すると、ケイトリンのボストンの友人、名前はウェンディ・ハマーバックが、実際にいる二次の場所で、後光が射しているようなチラチラするピクセルのホログラフィーになり、この一次のシミュレーションに開いた新たな窓にデジタル処理で入ってくる。ウェンディは、何かまずいことをしたのかと不安でうろたえているようだ。四十歳ぐらいか、ハンドバッグのなかをごそごそ探っている。髪は巻き毛で白髪が交じり、レインボーカラーのウールの帽子でぺちゃんこになりかけている。

「そうです」拘束している捜査官（彼のボディーカメラがこのライブ映像を提供している）がFBIのバッジをさっと見せると、ウェンディは話し出す。「二週間前、ケイトリンから渡されたんです。この携帯を預かってもらえないかとだけ言われました。〈キャンディークラッシュ〉のゲームで遊ぶか、たまに写真を撮るかしてくれって。誰かがやって来て、これを持っていこうとするかもと言ってました」

「おかしいとは思わなかったんですか？」姿の見えない捜査官が尋ねる。

　相手の女性がハスキーで豊かな声を立てて笑うと、とたんにもっと若そうな気がしてくる。

「それはもちろん、おかしいけど、ケイトリンっておかしな人だから！」ウェンディは首を振る。「いえ、彼女は素晴らしい人よ。わたしの夫が化学療法を受けてたときは、一日置きにうちの子たちの面倒を見てくれたし。しかも、スクリーンの前にほったらかしになんかもしないで。子供たちにラザニアの作り方を教えたり、裏庭でキャンプをさせたり。そういうことが好きなのね。だけど、おかしな考えも持ってた。ほら――」少しきまり悪そうな顔になる。「――ホワイトハウスの陰謀とか、そういうの」

「そんな女性に子供たちの世話を任せたと？」

ウェンディはいらだっている。眉をひそめ、ボディーカメラの映像のなかで相手をまっすぐ見つめ、胸を張っている。スクリーンに彼女のデータが表示される。既婚、子供がふたり、建築家。〈ワールドシェア〉に投稿された、抗議デモに参加中の彼女が写っている大量の写真。

「彼女、薬のおかげで安定してたから。はっきり言わせてもらいますけどね、おかしなことを信じてる人は大勢いるんですよ。いいですか、ケイトリンはちょっとしたことをやってほしいと頼んできた。わたしは喜んで引き受けた」

「奥さん」一瞬の間を置いて、捜査官が口を開く。「あなたの通話記録によると、最近ミズ・ディとは連絡を取っていませんね。直接会いましたか？」

「いいえ。彼女はここ二週間、図書館に来てません。ところで、どうしてわたしの通話記録を？　そんなの許可したおぼえはないけど」

ウェンディが参加している抗議団体の半数がケイトリンの図書館で集会を開いていると、すぐに確認が取れるだろう。

「ミズ・ディから受け取った携帯を、こちらに渡して頂けませんか。国土安全保障の仕事の一環でして」

ウェンディは携帯を差し出すが、捜査官が肉付きのいい手で受け取ろうとするも、彼女は携帯を離そうとしない。

「ねえ、わかっておいてほしいんだけど、この携帯を渡すのは、寄こせと言ってくる相手に渡すようにとケイトリンに言われたからよ。そうじゃなければ、令状を見せてもらいたいところだわ。これを持っていてほしいと頼まれたとき、症状が再発してるんじゃないかと当然心配になったから、彼女から目を離さないでおこうと心に留めたの。それ以降、いつ話したときも、彼女は元気だった」ウェンディはゆっくりと視線を下に向けていき、捜査官のボディーカメラをまっすぐ覗き込んでいる。サイを、エリカを、〈ザ・ボイド〉の大画面で様子を見守っている若者たちを。「で、バッジとカメラとわたしの通話記録を携えて、いまこうしてあなたがやって来た。つまりケイトリンが被害妄想に駆られてたってわけでもなさそうね」

もう充分だ。サイは通信を切断した。「残りの囮の電話は？　誰が持ってる？」

「ライブ映像はないけど、詳細は伝えられる」

「見てみよう」

またもや空中に情報が表示される。残りの電話を所有している複数の人物の素性を短くまとめたものに、サイは目を通していく。彼らは友人や隣人、あるいはケイトリンが開いている読書会や、図書館で集会をしている社会運動団体を通じて知り合った相手だ。ロンドンに行き着いた携帯の持ち主との関係も同じようなものだった。サイはようやくデータを確認し終えた。彼らはそこらじゅうで互いに繋がっている。図書館や〈ワールドシェア〉のページや、PTAの会合や、チャットグループや、ツイッター、インスタグラムなど、さまざまな交差点で人生が交わっている。けれど、ケイトリンはどの舞台にもいない。ケイトリン本人はどこにも存在しない。現実のなかだけで暮らしている人生。なんと不思議なものだろう。

終了まで24日と15時間

ニューヨーク州ムース・リバー・プレーンズ

寒い。寒さと影。彼女は夢を見ている。と、痛みのクラクションが鳴り響く。そのぞっとするような悲鳴が、白くあざやかな自意識を完全に回復させる。どうなってるの？　ここはどこで、いったい何が起きたっていうの？　無理して深呼吸をくり返していると、痛みと最初のパニックの波が少し治まっていく。

わたしはケイトリン・デイ。森に隠れている。

わたしはケイトリン・デイ。森に隠れている。

これには効果があった。

目のなかに何か入っている。瞬きをして、こすり落とす。どれだけ考えても、ここがどこなのかという説明をひとつも思いつかず、やっとたどり着いたのは、まったく気に入らない答えだった。ここは穴のなかだ。深い穴。文字どおりの。うめき声をあげ、もぞもぞと体重を移動させると、足首から一気に痛みが脚を上ってきて、目の裏で独立記念日の花火が打ち上がる。

〝もうお手上げだ〟と火花で書かれている。

とにかく、見てごらんと、頭のなかの声が言う。きっぱりと。

想像が膨らんで、血をほとばしらせる動脈と皮膚から突き出している折れた大腿骨《だいたいこつ》を思い浮かべる。無理。そんなことになっていたら、正気でいられない。

いいから、見るんだ。

彼女はその言葉に従う。上半身を曲げて、コンバットパンツの裾をたくしあげる。白く光る骨も、黒い血の染みもない。皮膚が赤く炎症を起こしているだけで、腫れてきている。これなら、まあ。十分後に失血死する危険は、ごくわずかだ。大釘《おおくぎ》の上に落下したのにまだ気づいていない、ということじゃないのなら。起こりうることだ。

じゃあ、これは何の穴で、どうして穴のなかにいるの？　おそるおそる立ち上がり、土壁にもたれて、痛めた足首に体重をかけないようにする。人間の手で掘られた穴なのは間違いない――地下室や貯氷庫みたいに、壁に沿って煉瓦《れんが》が並べられているようだ。

なんだっていうの？

煙突みたいな感じで、広さはおおよそ直径三メートル。この森のことを事前に調べていたとき、古い鉱山に関する言及があったのをぼんやりと思い出す。鉱山労働者が去ってから自然が作用したらしく、草木の根が伸びて壁を突き抜け、多数の煉瓦が壁から外れて地面に散乱している。彼女は上を向く。

一歩前に踏み出すと、足首の痛みにヒッと声を漏らすが、少なくとも痛みの最初の衝撃は和らいでいる。空気は冷たく湿っている。堆肥のにおいがする。落ちた場所の反対側にある側壁の一部がへこんで崩れ落ちていて、鉱山の奥に入る道をふさいでいる。別に問題ない。洞窟探検をしに来たわけじゃないんだから。着地した場所から三十センチほどのところか、足下の暗闇のなかで何かにつまずく。錆《さ》びた金属の溶接された網。そういうことね。この煙突のてっぺんにかぶせてあった網だ。きっと、政府と大手テクノロジー企業のタッグから逃げている、偏執的な図書館司書が落ちるのを防ぐためのもの。どこかの誰かがこの網をモルタルで接合して、いい仕事をしたと思いながらぶらぶら立ち去っていくところを思い浮かべる。水と歳月が接合部を腐食させ、ねじれた鋼《はがね》の網に迂闊《うかつ》にも体重を預けてしまった者にとって、安全対策の処置が完璧な落とし穴になるなんて一秒も考えもせずに。

勘弁してよ、もしあの上に落ちていたとしたら！　ぶるっと身を震わせ、再び壁の様子と、穴のてっぺんに円《まる》く形作られた薄暗い光をつくづく眺める。この崩れた煉瓦の壁をよじ登ることはできるだろうか？　ポケットに手を突っ込んで、水のボトルを探す。何も入っていない。パニックでうなじに汗をにじませながら、反対側のポケットも確かめる。ない。また見上げて、目の上に手をかざす。あそこだ、煙突の縁のところに引っかかっている。そう。わかった。問題ない。とにかくよじ登って穴から出るのよ。万事うまくいく。こんなの、ちょっとした事故に過ぎない。怪我《けが》をしていないほうの足を煉瓦と煉瓦の隙間に入れて、右手を伸ばして、身体を引き上げる。が、体重をかけたとたん、どちらの煉瓦も土壁から外れてしまう。煉瓦をその場に固定しているものは、惰性のほかには何もない。足を滑らせ、よろめき、背中からどさっと倒れる。息ができなくなりそうになり、そのあと、すっかり呼吸を止める。あの網のねじれて鋭くとがった金属が、手から一センチ先のところにある。あと一センチずれていたら失血し、壊疽《えそ》を起こし、破傷風になっていたところだ。彼女は目を閉じる。やること、その一——あの網を片付けておかないと。

三度登ろうとして、三度落下して、静寂のなかから助けを求めた。喉がヒリヒリして、頭がズキズキする。今度は、ずっと上のほうにある水のボトルを叩き落とそうと石を投げつけて、自分の頭を打ち砕きそうになる。うまくいかない。ここで死ぬのかもしれない、そんな考えが頭をもたげる。数か月後、それどころか数年後にようやく発見されるのだ。

「本当にごめんなさい」生きたまま埋められているこの墓の、何もない壁に向かって言う。すると、疲労か恐怖のせいか、あるいは最後に落ちてから頭がぼんやりしているせいかもしれないけれど、誓って本物のウォーレンの声で返事がある。

大丈夫だよ、ベイブ。力を蓄えておくんだ。長期戦になるかもしれないからね。

彼が彼女の名前を呼ぶのは、何か本当に怒らせるような真似をしたときだけだ。それ以外のときは、ベイブと一音節で呼ぶ。楽しそうに、たしなめるように、愛情を込めて、情熱的に、びっくりして、わずかに怒りをにじませて、懇願して、尋ねるように、アクセントをつけて。

ポケットから携帯を取り出す。バッテリーも。土壇場に百万分の一の奇跡が起きて、縄梯《なわばし》子を咥《くわ》えたキツネとか、金の糸をなびかせているクロウタドリとか、このゴブリンの穴から救い出してくれるおとぎ話の生き物がいないか、念のため最後にもう一度見上げてみる。だけど、これはゴブリンの穴じゃない。それに、おとぎ話の森でもない。

「あなたの役に立てなかった」

生き延びるために必要なことをするんだ。ぼくのことは心配しなくていい。

励ますように肩に置かれた彼の手の重みが感じられるみたいに、彼女は吐息をつく。いまやるべきことは、わかっている。諦めること。もう、おしまい。涙が浮かんでくる。もう、おしまい。もう一度くり返しなさい……。

もう、おしまい。

もう、おしまい。

もう、おしまい。

いまは生き延びることが最重要の課題だと認め、バッテリーを装着して電源をオンにしようとする。

けれど、躊躇《ちゅうちょ》している。頭のなかのウォーレンに逆らい、彼とちょっと討論する。

そうして、さらに二時間にわたって石を投げ、さらに六回よじ登って脱出しようと、ますます無駄な努力を重ねたが、どれもこれも、体力を消耗して失望を募らせるばかりだった。

ついに、急いで携帯にバッテリーを挿入する。気が変わらないように素早く、誰か別の人が代わりにやってくれているみたいに。

カチッ。やった。これで終わり。携帯の電源が入る。手のひらの携帯をじっと見つめる。

画面が明るくなり、低い起動音が弔いの鐘みたいに鳴り響く。どうなるのか。何も起きない。電波がない。信じられない面持ちでしばし携帯を見つめてから、笑い出す。この穴には電波が届かない。そりゃそうよ。さんざん騒いで言い争った挙句、くそ忌々しい携帯が作動しないなんて。電波がないって！　電波なんて、あるはずがない。電波がない。絶対に捕まらない、つまり絶対に発見されないということでもある。この世から消えている。無《ゼロ》の存在。事実上、このゲームの勝者だ。

結局、試せることはあとひとつだけで、それが何かは名探偵のムッシュー・デュパンじゃなくてもわかる。

苦労しながら立ち上がり、背中を壁に押しつけると、くじいた足首から脊椎に稲妻が走るが、痛みに悶《もだ》えながらも右腕をフルスイングできるだけの体勢を取る。そして心を落ち着かせる。準備しなさい。穴の高さは？　四メートル半。だいたい、それぐらい。きっとできる。やるしかない。この肩なら投げるのに問題はない。失敗したら、その時はその時だ。

一回目——かすりもしない。携帯は半分の高さまでしか上がらず、土の壁に当たって落ちてくる。ありがたいことに、どうにか落とさずキャッチする。もう一回。きっとできる。やるしかない。

二回目は、もっといい——ほぼ穴のいちばん上まで行ったが、角度が悪く、開口部のすぐ下の壁に当たり、跳ね返って踊りながら落ちてきて、彼女が伸ばした手をすり抜けて泥の中に着地する。壊れちゃった？　小さな死体みたいに、携帯はうつ伏せに倒れている。震える指で腐葉土を拭き取る。まだ画面は明るい、携帯は壊れていない。

三度目の挑戦は、二度目ほどうまくいかなかった。いまでは脚に激しい痛みがある。ああ、もう。泣きたい気分だ。腕は茹《ゆ》ですぎたスパゲッティみたいになっている。もうじき投げる力もなくなるだろう。成功させるなら、チャンスはあと何回かしかない。四度目の挑戦、失敗。神さま、お願いです。五度目、まだマシ。六度目、もっとだめ。空がどんどん暗くなってくる。きっと携帯は粉々に壊れて、最後の希望も潰《つい》えるのだ。投げるたびに、そう思っている。穴から出て地上に落ちるよう、適切な角度と距離で携帯を投げるのはとてつもなく難しく、ミスしない可能性はごくわずかで、毎回携帯が壁に当たって砕ける危険を冒している。

一応、無駄に終わったが水のボトルに向かって石を投げる練習はしてあった。腕の筋肉が引き攣《つ》って焼けるように熱く、鼓動が早鐘を打ち始めている。神さまは信じていない。心からは。子供の頃に信じていたみたいには。縄梯子を咥えたキツネと同程度にしか信じていないけど、それでも祈っている。そして、もう一度投げる。今回、携帯は落ちてこない。戻ってこなかった、と頭のなかでくり返す。すぐにはそのことが信じられずにいる。足下の泥のなかを手探りで確かめる。暗闇のなか、指のあいだに湿った土の感触がある。携帯はそこにない。そう、上のどこかにある。穴から出たのか、それとも途中の出っ張りに引っかかっただけで、いまにも頭の上に落ちてこようとしている？ このままだと、飢えと喉の渇きで死ぬ前に、きっと頭がおかしくなるだろう。とうとう、彼女は叫ぶ。叫び声は上昇し穴の外に出て空に向かう。空は急に優しくなり、厚い雲が途切れて銀色の月光の柱が現れ、彼女がいる墓穴の三分の一までを照らし、開口部の縁にバランスを取って載っている携帯の金属のきらめきが見えるようになる。弱々しく危うい最後の頼みの綱が、井戸のような穴の縁に載っている。助かったの？ 答える術はない。携帯が壊れず無事で、電波を拾っていれば、追跡者がじきにやって来る可能性だけはある。

終了まで24日と7時間

アリゾナ州フェニックス

　ゼロ6のキャサリン・ソーヤーズは腹を立てている。誰か教えてくれてもよかったのに。ほかのことは山ほど教えてもらっていた。警察官として勤めていると、家庭を蔑《ないがし》ろにしてしまうこと。警部補に昇進したら、事実上の政治家になること。女であるということは、同じ階級のどんな男より三・五倍は有能でなければならないということ。彼女が昇進したのは市長の体裁をよくするためだけだ、皆にそんな態度を取られているとしても。給料が安いことも忠告されていた。それは正しかった。

　けれど、宇宙がパチッとスイッチを切って、野心溢れる有望な期待の新人から、年を食って盛りを過ぎた恨みがましい人間になり、四十代をもがきながら過ごし、車の支払いと財産税で首が回らず、汗をかくたびに更年期の初期症状だろうかと気にして、頂上から債務超過と老朽化への下り坂を滑り落ちていく日が来るなんて、誰も教えてくれなかった。それに、世界がもっと灰色でもっと複雑になって、ごみ収集日にごみ箱を外に出すことが、犯罪者を見事に逮捕したことと同じぐらいの偉業に感じられるようになることも。アルハンブラで逮捕した重罪犯や悪党のなかには、最後にはパラダイスバレーにある素敵な郊外の豪邸で暮らしている者もいて、そこには造園された美しい庭があり、ドライブウェイにはSUVの新車が停まっている。ちょうど、この豪邸みたいに。そのことも教えてくれなかった。正義？そんなもの、どこにあるの？ どこ？

ジョージ・リベラには五日間待たされていた。彼はキャサリンの提案について検討したいと言って——こっちは三十日間匿《かくま》ってもらうのと引き換えに、賞金から百万ドルを支払うとまで申し出ているのに、話がつかなかった。彼女は待たされ続け、州間高速道路一七号線から外れたところにある時間貸しのホテルでくだらないテレビを見て、汗をかきながら製氷機と格闘していると、やがてプリペイド式携帯にテキスト・メッセージが届いた。

「来てくれ」と指示があった。「いつでもいい」

くそ野郎。

というわけで、一時間後、彼女はここにいる。ジョージ・リベラの家の正面には装飾的なプールがある。星条旗がはためいている旗竿《はたざお》も。プールはピンクと赤の花に囲まれている。これが犯罪行為の成果だ。

キャサリンは玄関の呼び鈴を鳴らして待っている。キャンキャン吠《ほ》えている犬にシーッと言うのがなかから聞こえ、ドアが開いたとき、ジョージは犬を腕に抱えている。凶暴な黒い目を持つ、ふわふわした白いかたまり。キャサリンは元義姉を連想する。

「警部補。ようこそ、わが家へ」

なかに入り、ウェルカムと書かれたマットで〈ティンバーランド〉の靴の汚れを落とし、ジョージのあとについてピンク色の大理石の玄関ホールを横切り、裏庭に臨んだオープンプランのキッチンに入る。こっちにも装飾的な植栽。パティオには焚き火台があり、その向こうにはプールがある。

ジョージが床に降ろすと、犬は家の奥に走っていく。彼はキャサリンのために冷蔵庫のジャグからレモネードを注ぐ。

美味《おい》しいレモネードだ。

「犯罪は割に合わないなんて、誰が言ったの？」

「警部補、私は若い頃に軽罪を犯したにもかかわらず、企業家としての才能を遺憾なく発揮して、家族のためにアメリカン・ドリームを叶えることができて、毎日神に感謝しているんだ」

言い換えると、ドラッグ。それと、盗難車。出所後は、ストリップクラブとバーの経営、建設業に慈善事業、シンフォニー・ホールの座席と、私立学校に通うふたりの子供。キャサリンはレモネードを飲み干す。

不機嫌な態度はやめなさい、と自分に言い聞かせる。彼が必要なんだから。「それで、取引は成立？」

ジョージはちょっと肩をすくめて、バースツールに座り、花崗岩《かこうがん》のアイランドカウンターに肘をつく。シャツは真っ白で、細くて赤い縞《しま》が一本走っている。キャサリンもスツールに座ると、カウンターに携帯電話を置く。ジョージが携帯に視線を落とす。

「言うまでもないことだが、ミズ・ソーヤーズ、私は違法なことは何ひとつするつもりがない」と彼は言う。「だが、あんたとは長いつき合いだし、この秘密の〝プロジェクト〟とやらが本当に国のためになるものなら、いいだろう、あんたの提案を受け入れよう」

「百万ドルのためじゃなく？」

ジョージは笑う。「もちろん、それもある。言っただろう、私は企業家だからな」そして彼女の携帯電話を引き寄せる。「で、これは？」

「プリペイド式携帯。何も言わずに持っておいて。自分のしてることはわかってる。かけるのは緊急時だけ」

「レッスンその一。犯罪者から警官へ」

彼の目には軽蔑の色がにじんでいて、この分野では彼女は素人だと思っているのがわかる。

「問題はあんたの電話じゃない、かける相手だ」

彼の表情から、この犯罪についての個人指導を認めてもらいたがっているのが伝わってきたので、彼女はうなずいて応じる。

ジョージは話を続ける。「連中は、あんたとつき合いのあるすべての人間の電話に関心を持つ。全員だ。電話は捨てろ。あんたはいま、こっちの世界にいるんだ。私の言うことを信じろ、やつらはあんたが会ったことのある野郎どもをひとり残らず盗聴してる」

「あたしとあんたは会ったことがない」

「いいや、おまわりさん、あんたは私と毎日一緒にいる。七年間、毎日」

その目には復讐《ふくしゅう》の炎が燃えている。わかってはいたことだが、嬉しくはない。八つの州にまたがって自動車の窃盗を働いた罪で、ジョージは七年間服役したのだ。最終的には六百台以上を盗んでいた。キャサリンが彼に疑いをかけ始めてからも、その手口を突きとめて、裏が取れて責任を負わせるまでに、四年かかった。これまで解決してきたなかで最も難しい事件だった。長いことずっと詐欺のやり口がわからなかったが、最後にとうとう解明した。ふたつのパートに分かれている詐欺。この不正な商売の最初のパートは、犯罪者としてそこそこの頭があれば、誰でも思いつくものだ――レンタカー会社から車を借りて、ナンバープレートを交換し、何も疑っていない現金払いの個人客を相手に、中古車市場でこれらの盗難車を売りさばく。だが、ジョージを邪悪な天才と特徴づけるのは、ふたつ目のパートだ――それこそが特別な点で、おかげでこれほど長く彼の窃盗罪が見過ごされてきた。この詐欺の最初の半分が完了したあと、彼は同じ車を新しい個人所有者たちから盗んで取り戻し――ドライブウェイやガレージから奪い去り──、元のナンバープレートに戻して、レンタル期限が切れる前にレンタカー会社に返却したのだ！　レンタカー会社は？　何も気づかず、ハッピーだ。個人所有者と警察は頭を掻くばかり。消えた車が〈ハーツ〉や〈エイビス〉の車両の列に並んで、あるべき場所で眠っているなんて、いったい誰が考えるだろうか？　うまいやり方だ。驚きのやり方だ。

「レッスンその二」ジョージはガラスポットからコーヒーを注ぎ、彼女のほうに押しやる。「考えろ。敵が考えそうなことを考えてから、違う考え方をしろ。相手は気づかない、そういう考え方ができないからな。人間は皆、思考パターンがある。そのパターンから外れれば、目立たずにいられる」

偉そうな口調は不快だが、だからこそキャサリンはここにいて、ジョージを選んで、自分が投獄した男に会いに来たのだ。発覚を避ける方法を知っている、数少ない人物だから。

「百万ドルだな？」彼は確認する。

「現金で。一日あたり四万ドルってこと。一日一台、新車のSUVが買えるわね。三日ごとに新しいプールが」

「あんたを匿うだけで？」

「そう」

「まずいことに巻き込まれてるのか？」

「いいえ、そうじゃないけど」

ついに彼は肩をすくめてみせる。「いいだろう。あんたの金だ。だが、私の言うとおりにしてもらう」

「なによ、頭から袋でもかぶせようっての？」

「いますぐか？　まずはコーヒーを飲んでからだ。友人たちが何人か協力してくれることになっている」

「わかった。その友人とやらにはいつ会うの？　その人たち、あたしをどこに匿うつもり？」

「見ればわかるさ」彼はあらかじめ用意してあったペイズリー柄のバンダナをポケットから取り出す。「実際は、見れないんだがな。こいつをつけろ。レッスンその三。行き先は教えられない。縁起を担ぐ連中でな、それだけの理由があってのことだが。ところで、ここまで乗ってきた車は？　レンタカーか？　まいったな」

キャサリンは片手を上げてバンダナを拒否する。「やめて。冗談じゃない。あと、車は借りたのよ」

「友達からか？」

違うと言いかけて、考え直す。「遠い友人。ものすごく遠い」

ジョージはあきれた表情で首を振っている。「あんた、それでも警官か？　やってることが杜撰《ずさん》だぞ」

「落ち着いて。この相手とは二十年も口をきいてないんだから」

「だったら、どうやって車を手に入れた？」

「彼女を家までつけていったの。で、車を盗んだ」

「盗んだって？　借りたんじゃなかったのか」

「盗んだわ。だから、実際のつき合いはない相手よ。足はつかない」

「だが、盗難車に乗ってるってわけだな？」

「ナンバープレートを交換した。レッスンその一。だから、痕跡は残してない」

「痕跡は必ず残るものだ。必ずな。自分は決して痕跡を残さなかったと思ってる連中が、刑務所にはうじゃうじゃいる。そいつをつけろ。じゃなきゃ、取引はしない」

キャサリンが動かずにいると、やがてジョージは肩をすくめて、ほかに方法はないとはっきり伝える目つきで彼女を見た。ついに彼女は折れて、バンダナで目隠しをする。

「きつく締めるんだ」と彼は指図する。

キャサリンはきつく締め、バンダナを結んだ。一切の光が遮断される。

「よし」とジョージが言うのが聞こえたかと思うと、いきなり両手をぐいと後ろに回され、結束バンドらしきもので縛られる。止める間もない出来事だ。キャサリンは腹を立て、身をもがいてほどこうとする。「ちょっと、やめて、なんなのよ。ふざけないで。手が使えないのは困るわ。ほどきなさいよ。いったいなんの真似なの？　ねえ、ジョージ？」

「どんな気分だ？　手錠をかけられるのは。こっちはまだ優しいやり方だったがな。うちの子供たちが見てる前で、あんたらは私を路上でうつ伏せに押し倒して、片足で背中を踏みつけ、こめかみに銃を突きつけた。おぼえてるか？　おぼえてるだろ、キャサリン？」

「ねえ、落ち着いて。手をほどきなさい。じゃなきゃ、取引は無しよ」

「子供たちの前で。子供たちのために、騒ぎにせず静かにパトカーに乗せてくれとあんたに頼んだ、こっちはおとなしく従うつもりだったのに」

「なんだっていうのよ？」

「ちょいと調べたんだ」

「ジョージ？」

「きっぱり足を洗ってここまでやってきたってのに、あんたは私にＦＢＩの目を向けさせるつもりなんだろ？　私にはジュリアードに通う娘がいるんだぞ！」

「ジョージ。百万ドル払うって言ってるのよ」

「一日あたり四万ドルだったな？　そいつは違う、計算したが、一日あたり四十ドルだ……ムショにいて子供たちと過ごせなかった日々に換算すると。大した金額じゃない」

「ジョージ、盗難車の件はあんたが自分でやったことでしょ」

「一日あたり四十ドルだ、キャサリン。あんたは二百万ドルを手に入れて、おさらばできると？」

交渉の折り合いをつけようとする間もなく、大型車が近づいてきてスピードを落とす音が聞こえた。

「あんたにゃ、やり遂げられやしなかったんだ」ジョージは言う。「悪いが言わせてもらうと、あんたには犯罪者の思考がない。こんなことは向いてないんだよ。あと、はっきりさせておくが、私はもう百万ドルのためにベッドから起き出すことはない」

「密告したってわけ？」

「違う。連中にはこうなることがわかってた。あんたより先に電話してきたよ。アルゴリズムとやらが、こうなるのを予測したってな。知ったことか。で、あんたは七年前に私を逮捕した警官だから、接触を疑われることはないだろうと思って、のこのこやって来た。いまのやつらは優秀なんだよ。優秀すぎるぐらいにな。ひと言言っておこう、犯罪者になる暇なんてないんだ」

ドアをノックする音と声が聞こえる。

「ところで、元気そうだな」ジョージはつけ加える。「いやまったく、近況を話し合えてよかったよ」

終了まで24日と5時間

ニューヨーク州ムース・リバー・プレーンズ

　これまでにも大変な経験はしてきたけれど、ここで過ごす夜は、かつてないほど暗くて寒い。夜が明ける頃、混乱して喉の渇きをおぼえながら、ある時点で目を覚ます。死にものぐるいで、やるしかない。深々と息を吸い込み、胸のなかのパニックの泡を弾《はじ》けさせて消し去る。携帯はいまもあの上にあるけど、いまだに誰もやって来ないということは、電波がないに違いない。つまり、振り出しだ。

　ポケットの中身をぜんぶ出す。ノート、お金、ハチミツとオーツ麦のシリアルバー、サバイバルブレスレット。ブレスレットは最後の最後に買ったものだ。キャンプ道具を買いに行ったときに、レジ横の箱に蛍光色のブレスレットがどっさり入っているのを見て、一ナノ秒も迷うことなく手に取ると、購入品の山に加えた。十ドル。取扱説明書を読みもせず、〝ゴー・ゼロ〟の合図がかかったときにただポケットに突っ込んで、その後は忘れていた。

ブレスレットをほどいてみると、色鮮やかな一本の長いロープになる。切手サイズの鋼鉄製の封筒のなかに、釣り糸と釣り針が入っている。短くて太い小さな鍵みたいなものは、鍵のかかる箱に入った素敵な防水マッチがないときに、火を熾《おこ》すために使うものなのだろう。小さなポリエチレンシートが一枚、ロープの芯に丸めて巻きつけてある。かみそりみたいに鋭くとがったスクレーパー。それらを眺め、考える。ロープはちゃちで短すぎて、ここから脱出するのには使えない。釣り針は引っかけるには小さすぎる。かみそりの刃は？　まあ、それもひとつの逃げ道だ。でも、何はなくとも、まずは水。

壁をたどり、湿っているところを探すと、鉱山労働者になって、スクレーパーで土を掘り進める。やがて、土のなかに水が溜まっていく場所を見つけた。泥のなかに水の流れを造り、落ちていた煉瓦で組み立てたプールにビニールシートを敷き、水がそこに滴り落ちるようにする。

水が溜まり始めると、ほかのものは目に入らなくなる。深さが二、三センチになると、身を折って水を飲む。堆肥の味。もう一日、生き延びられる味。打ち砕かれた人生の味。見て、待って、飲んでを三回くり返すと、この穴の外のことをまた考えられるようになっている。ウォーレンのことを考える。語られることなく苦しんでいる大勢の人々の運命。いつもケイトリン・デイを巻き込んでいる世界の苦悩。ボストンのおひとりさま。図書館司書で、飛びぬけて頭脳明晰《めいせき》なイカれ女。これらの悩みは小さくなり、水と空気、食料、もう一度息を吸うこと、もう一日を生き延びることとの必要性の列に並んで、遠近法に従って霞《かす》んでいく。オーツ麦のシリアルバーを半分食べる。川まで歩いた道について思い返す。あのタイヤ痕。あの痕をつけた人たち。叫んでもだめだった。人の声を聞こうとしてもだめだった。携帯もだめだった。伝書鳩《でんしょばと》もトーキング・ドラムもない。のろしを上げるのは？

そんなにおかしなアイデアじゃないかもしれない。それ以上のことを思いつかないので、かみそりの刃で木の根を切り落とし、ノートの紙を焚きつけとして使う。疲労に震えながら二時間が過ぎると、炎が低く燃え始める。煙がもくもく広がり、咳き込んで吐き気を催すけれど、彼女にはできないことを煙はしているのが見える——螺旋を描きながら上昇し、彼女が行けない場所へ向かっている。これがいま、やるべきことだ。続けられる限り、この炎を絶やさずにいること。わたしは女性。炎の番人。さらに水を飲む。シリアルバーの残りを食べきる。

朝。七日目。ここで三日間を過ごしている。この地獄で。寒さと、脱水と、飢えに震えながら。囚人みたいに、石を引っ掻いて、ここで過ごした日々のしるしをつけている。発見されたときのための記録と日記、もしも発見されることがあればの話だが。

かん高い金属音が聞こえる。それがなんなのか、必死に解き明かそうとする。ただ単に自分の機能が停止するつぎの段階に入った音？　違う。音が近づくにつれ、そういう音を立てるものが何かを思い出し――ここに落ちてから初めて耳にする産業の音、ダ﹅ー﹅ト﹅バ﹅イ﹅ク﹅の音――、立ち上がり、助けを求めて叫ぶ。声を限りに、死にものぐるいで叫ぶ。それが追跡者であったとしても、それでもかまわない。口をつぐみ、耳を澄ますと、一台、二台のオフロードバイクのうなりが森を切り裂いて響き、穴のすぐそばを通過するのが聞こえる。そして、走り去っていく。かん高い泣き声のような音は小さな笑い声のようになり、次第に弱まっていき、最後にはしんと静まり返る。行ってしまった。そのことで、胸が押し潰されそうになる。

すると、第三のエンジン音が大きく響いてくる。仲間に置いていかれたのだ。さっきのバイクよりも音が大きい。それは近づいてくるが、今度は通り過ぎていかない。エンジンが咳き込むような音を立て、アイドリングしているらしい。

ケイトリンは叫ぶ。「助けて!」

ついに、開口部の縁からティーンエイジャーの顔が現れる。ヘルメットをかぶった若者だ。

「マジかよ?」

終了まで22日と5時間

ニューヨーク州カーセッジ

「ねえ？　聞こえてる？　あなた、名前を教えてもらえる？」

半分、目を開ける。心配そうな顔をした五十代の女性に見守られながら、彼女は小さな病室にいる。記憶が一気に甦《よみがえ》ってくる。ハーネスをつけて神さまみたいに降りてくる男性（彼の腕に倒れ込む前に、「あなたはキツネより親切ね」とつぶやいたことは、おぼえていない）。地上に出ると、忘れず携帯の電源を切り、バッテリーを外した。地上でも電波が届かなくて助かった。それから救急車でカーセッジに運ばれ、名前を訊かれた。声が出せないみたいに、口が利けなくなっているみたいに、名前を言おうとしなかった。

「ここは？」

「ここは病院よ」

「どこ？」

「カーセッジの病院。今度はわたしが質問する番よ。名前を教えて」

「ここに来てから、どれだけ経ったの?」

「ひと晩ね。できるだけ早く上の病棟に移したいんだけど。事務手続きを済ませる必要があるのよ」

話しかけてきている女性は、花柄の手術着を着て、iPadか、そんなようなものを手に持っている。いまになってようやく、ケイトリンは点滴に繋がれていることに気づく。生理食塩水、ブドウ糖。身体が痛いけど、もう穴のなかにはいない。着ていた服が椅子に掛けられているのを見つける。

「痛い」

「足首の打撲と、擦り傷と痣《あざ》ができてるけど、骨は折れてないわ」

「そうね。どうやら……」足首を動かそうとしてみて、顔をしかめながら、動かせることを確認する。「この感じは……ATFの損傷」

「ATF?」

「前距腓靭帯《ぜんきょひじんたい》」

「はあ。とにかく、水分を補給して、汚れを洗い落としておいたから。あれやこれやの持ち物はロッカーに入れてありますよ。ずいぶん大金を持ち歩いてるのね」

「欲しいキャンピングカーがあって」ずっと前に思いついていた言い訳だ。

「ふうん。でも、警察とか、ほかに連絡したほうがよさそうなところがあれば教えて」

「ないわ」

「何か助けが必要じゃないの？」

「いいえ」

「本当にそう？」

「ええ。そうね……あの古い縦坑《たてこう》は塞ぐ必要があるけど」

看護師はタブレット端末の上で指をさまよわせる。「それで、名前は？」

マジパンみたいに骨がぐにゃぐにゃになっている感じがする。まぶたが重く、思考がゆっくりと流れていく。あの土壁から水が滴るのをまた見ているみたいだ。

「このあたりの人じゃないんでしょう？」

「休暇旅行で」

看護師はうなずき、待っている。忍耐強いなんてものじゃない。

舌の先まで名前が出そうになっている――ケイトリン・デイ。言ってしまえばいい。そしたら、寝る前にはボストンのアパートメントに戻れる。「オ……ケー」

「オーケイ、何？」

「オー、アポストロフィー、ケー、イー、イー、エフ、エフ、イー。オキーフ」

「オキーフ。それが名字？」

「そう」

「ファーストネームは？」

ケイトリンの目は、壁に立てかけられた二本の松葉杖《まつばづえ》に向けられている。

終了まで22日と4時間

ワシントンDC〈フュージョン・セントラル〉

このβテストにあたって、大嵐と無風、成功と失敗という崩れたリズムで一週間を過ごしたことから、サイは神経をすり減らしている。ただ単に、継続した取り組みが必要とされていることや、自分の生み出したあらゆる技術がついに現実世界の筋書きのなかで展開され、そのことに激しく興奮しているせいなのかもしれない。気を抜く間もない映画のスリリングな展開に、七日間ぶっ通しで巻き込まれているようなものだ。カーチェイスからの見事な脱出からの優しい人間ドラマからの派手な見世物、そして再びカーチェイス——しまいには、刺激さえも尽きてしまう。

一心不乱に仕事をし続けることには慣れている——何日も、何週間も、少ししか眠らずに、あるいはまったく眠らずに、エナジードリンクを飲んでスクリーンとにらめっこしていると、突然コードが幾何学的な蜘蛛《くも》の巣みたいに美しいものに変わるのだ——が、最近では、取引を成立させるために必死に働いたあと、勝ち誇った気分でプライベートビーチに寝そべることのほうが慣れている。スライスしたフルーツで飾られたノンカフェインのカクテル。グルテンフリー、ミートフリーの料理を作ってくれるパーソナルシェフ。ヨガ。あとは有頂天になった投資者からたまに電話がかかってくるだけだ。

それに、ゼロ10は完全に鳴りを潜めていて、何日も新しい情報がつかめずにいる……いまも感心していることに変わりはないが、少々度が過ぎているんじゃないか？　相手は司書だぞ？

それでも、このすべての経験をエリカと分かち合えていることは確かだ。〈フュージョン〉はサイのものである以上に、エリカにとっての大事な子供だ。マイケルがあんな目に遭ったんだから、当然のことだろう？

カレッジ一年目の休暇中、ルームメイトのマイケルがクーガン家に招いてくれて、そのとき初めてエリカと出会った。マイケルの新しいプログラミング仲間として家族に紹介された。当時サイは十八歳で――おどおどした、ニキビ面の青年――エリカは二十二歳だった。それから三人は気心の知れた仲になり、たくさんの時間を一緒に過ごした。サイとマイケルはまだ無作法な子供で、エリカはふたりを守る保護者だった。事実、彼女は弟が四歳の頃からかばってきていた。祖父のＣＤプレーヤーの仕組みを確かめるため、ばらばらに分解して壊したときから。彼女がふたりのデジタルオタクの面倒を見るのは自然なことに思われた。そのあいだ、ふたりはほかでもない数字から世界を創り上げたいと貪欲に求め、食事も忘れて没頭したり、相手の見えないチャットルームでの罵り合いにイライラしたりしていた。そののち、ふたりが本当に価値あるものを作っているのがはっきりすると、著作権や知的財産法についてしっかり理解させることが、エリカの役目になった。こうして三人は一丸となって、〈ワールドシェア〉を立ち上げることとなった。初めてウェブサイトを公開したときには、シャンパンには手が届かなかったものの、ビールで乾杯した。ボトルをカチンと打ち合わせて。マイケルはマリファナに火をつけた。これはまだほんの始まりに過ぎない、口々にそう話した。エリカは誇らしさに声を上げて泣いていた。

ところが、マイケルが、二十六歳のとき、アリゾナ州フラッグスタッフの銃乱射事件で殺された——あまりに凄惨な事件で、人々の携帯で捉えられていた映像もあって、その事件は三週間、アメリカ人の心に棘《とげ》のように刺さったままだった。その映像はもうオンラインで見ることはできない。公開が取り消されて、映像が完全に削除されるように、サイが手を尽くしたのだ。サイはいまでも気を配り続けていて、検索と削除のプログラムを使って定期的なパトロールを行っている。死んだ弟が生き返って、再び死に、再び、再び……とくり返すのを、エリカが（悪夢以外で）二度と見ずに済むように。

あの日、フラッグスタッフで最初のひとりが射殺されてから、マイケルが殺されるまでに二十三分が過ぎていた。たっぷり二十三分——この凶行を終わらせるには充分すぎる時間だ。

マイケルを殺した男は、この連続殺人の記録まで残していて、殺しては投稿し、殺しては投稿していた。警察が現場に到着して犯人と戦うまでには三十分を要した。その三十分のあいだに十一人の命が奪われていて、探知と予測に関する警察の能力がもっと高ければ、マイケルは殺されずに済んでいたかもしれない。

〈フュージョン〉の下では、あんなことは不可能になる、とサイはエリカに誓った。共に築く未来においては、あの銃撃犯にセミオートマチック銃の所持許可は決して与えられないはずだ。あの男には家庭内暴力を告発する未解決の逮捕状が出されていて、有効な銃規制法も犯人を阻止するはずなのだから。あの男の行動と購入する品をすべて追跡しておくべきだったのだ、そうすれば違法な品の購入が即座に警鐘を鳴らしていただろうし、銃撃事件を起こす前の恐ろしい投稿内容も同様だ。〈フュージョン〉が存在していれば、マイケルの命を救えた――サイは確信を持って言える――ほかの人々の命も。それ以来、〈フュージョン〉はエリカの情熱になった。サイが〈フュージョン〉のことを考えるのを助け、よそ見をさせず、何よりも優先するよう後押しした――実際、彼女の情熱はいまやサイの情熱を上回っている。

「サイ？」イヤホンからエリカの声が聞こえてくる。「気になることがあるんだけど」

「なんだ？」サイはうたた寝から目を覚まし、起き上がって両目をこする。

「ニューヨーク州ムース・リバー・プレーンズにあるレクリエーション地域で、ハイキング中に事故に遭った女性が救助されたのよ。ジョージア・オキーフと名乗ったんですって。だから……」

サイにはなんのことだかわからず、そういう状況は気に入らなかった。

頭を上げると、ガラスのデスクに画像が現れる。ケイトリン・デイのアパートメントにあったポスターの、豊かな赤い花々だ。

「ゼロ10の家の壁に飾られていたポスターよ」エリカが言う。「画家の名前は……」

「ジョージア・オキーフ」確かに、どこか聞きおぼえのある名前だ。「きみはさすがだな」

デスクの画像が変わる。「これは？」

「地元の消防署が提出した事故報告書の写し、あとこっちは、ダートバイクに乗ったふたりの若者のライブストリーミングで、森のなかの古い鉱坑に落ちたハイカーをどうやって助けたかって話をしてる」

「ということは……？」

「とにかく見て」

デスクを見下ろすと、キーワードがポンポン現れる――キャンプ、森、女性ひとり――強調されて、洗練されたキーワードになる――ひとり、女性、人里離れた場所。つぎに、ゼロ10がバスを降りたと思われるところから百十キロの距離にある、とある場所がスクリーンに映し出される。サイが見ているのは、人間と機械の両方の力ですべての情報を統合しようとしている、〈フュージョン〉のリアルタイムの活動だ。さらに、病院のCCTVカメラの生中継が届く。

エリカが言う。「捕獲班が病院に接近中よ」

つぎの瞬間、サイたちはケイトリン・デイが収容されている病院のなかにいる。

終了まで22日と3時間

ニューヨーク州カーセッジ

タビサという名の看護師は、捕獲班の捜査官ふたりを、閉じたカーテンのところまで急ぎ足で案内している。やっぱり、あの気の毒な女性は、何かトラブルに巻き込まれているんだと思ったのよ。リノリウムの床に擦れてキュッキュッと音を立てる新しいスニーカーを履いたタビサは、タブレット端末を胸に抱きしめている。ああいう女性は保険に入っているはずですよ、とタビサはこの訪問者たちに話す。着ているものは上等だったし、髪は洗えなかったせいでくしゃくしゃに乱れて、木を燃やした煙のにおいがしていたけど、ヘアサロンでカットとカラーをしているのは、いまでも見ればわかった。あのジョージア・オキーフという女性は、暴力をふるうパートナーから逃げているのではないだろうか、と当直のナースとちょうど話し合っているときに、捜査官がやって来たのだった。電子カルテをもう一度確認する。トラバーズ先生は足首（ひどい捻挫）を支える整形外科用ブーツを履かせ、内臓の損傷や脳震盪《しんとう》を起こしていないか様子を見るためひと晩入院するようにと診断し、しっかり水分を補給するようにと命じた。彼女が鎮痛剤を拒んだことに、タビサも気づいていた。

「本当に、彼女、何もおかしなことをしてないといいんですけど」タビサは言ってみたが、捜査官たちから思うような反応は得られなかった。ふたりの捜査官を患者の病室にゆっくり案内する。「とても礼儀正しい人ですよ。少し内気なだけで」

タビサはベッドを目隠ししているカーテンの縁をつかむと、急にそわそわしてきた。ジョージアは叫び、涙を流し、救い主として捜査官にすがりつくだろうか？　ステージに立つマジシャンみたいに、タビサは威勢よくカーテンを開く。

ベッドはもぬけの殻だ。しわくちゃなシーツの上に病衣が置かれ、水分補給の点滴袋に繋がった管が揺れている。タビサは目を見開き、ベッドの横にある私物入れのロッカーを確認する。煙のしみ込んだ服がなくなっている。たったいま誰かに怒鳴られたみたいに、捜査官のひとりがたじろぐ。もうひとりは手首のマイクに向かって指令を出し始める。〝封鎖〟とか〝捜索〟といった言葉が、タビサの耳に入ってくる。

彼女はほかのナースたちに呼びかける。「あなたたち！　わたしの患者を見なかった？」

ナースたちはスマホやタブレットの画面から顔を上げ、首を振る。

タビサは指示を出しているほうの捜査官をふり返る。「警備員を呼ばないと」

捜査官は頭の足りない人間を見るような目で彼女を見ると、同僚に話しかける。「A班がこの病院から放射状に捜索していく。B班には森の事故現場に急行させて、彼女の野営地を探させろ」

乱暴にではなく、ただ彼女がそこにいないみたいに、捜査官はタビサの脇をすり抜けると、ロッカーの上に置かれている水の入ったグラスの高さまでスマホを掲げる。スマホはプラスチックのカップに淡いグリーンの光を投げかけている。スマホが奇妙な光を放ち、タビサは瞬きをする。カチッという音を立てて記録すると、捜査官は少しのあいだ画面を見ていたあとで、また手首に向かって話す。

「指紋が一致」

終了まで21日と18時間

ワシントンDC／ジョージタウン／ボルタ・プレイスNW

エリカの勧めで、サイは〝リフレッシュと集中力の回復〟のため、数時間〈フュージョン〉から離れることにする（彼女が例の真面目《まじめ》くさった声を使うときは、逆らわないようにしている）。ちょっとのめり込みすぎ、ほどほどにしておかないと、三十日間も続けられないわよ、とエリカは注意する。それに、あなたは追跡から逃げているほうじゃないんだから、とも思い出させる。眠っている場合じゃないのは、彼らだけ（あと〈フュージョン〉のシステム自体も）。それから、もうひとつ――サイがこれほどまでに熱狂しているのを見ることができて嬉しいし、それをわかっておいてほしい。そうエリカは話した。本当に嬉しいの。久しぶりだから――かなり久しぶりのことよ――あなたがここまで一心不乱に集中しているのは。それに、そんなに熱心に取り組んでいるのはマイケルのためでしょう、心から感謝してるわ。

胸にこたえて、サイにはこう言うのがせいいっぱいだ。「いいんだ」ぎゅっと彼女の手を握りしめた。

家に帰ると、サイはテニスをする。ひとりで。ポン、ポン、とたっぷりスピンのかかったボールを吐き出すマシンと向き合い、誰もいないコートに打ち返す。みんなこうやってテニスをするべきだ。ボールがインだろうとアウトだろうとおかまいなしに、毛羽立った黄色い球体に鬱積したエネルギーを余すことなくぶつけ、高速の一斉射撃みたいにネットやフェンスで跳ね返らせる。

フォアハンド！　四人のゼロを捕獲、残りは六人。

バックハンド！　ゼロ10。この女性のどこに興味をかき立てられているんだ？　まったくの幻みたいな存在だから？

フォアハンド！　司書30《サーティー》対〈フュージョン〉0《ラブ》。

バックハンド！　二時間。カーセッジのありとあらゆる監視カメラを洗って、ボストンでの歩行分析を元に司書の映像を探せるだろうとあてにしていたぼくの脳が、待てよ、彼女は足首を怪我して松葉杖を盗んだんだから、そのやり方はちょっとあてにならなくなっているんじゃないのか、とハッと気づくまでにかかった時間。

スマッシュ！　捕獲班がゼロ10の野営地を見つけて、そのエリアのデータを記録するのにかかった時間は九十分。それで見つかったのは、蓄えの充分なバックパック、雑誌二冊、乾燥マカロニチーズを食べた形跡、テントを張るのがへたくそだという証拠だけ。それでこそ百億ドルの有効な使い方だ。

フォアハンド！　三分半。残された最後の一般市民代表の参加者であり、並外れた回復力と処理能力を見せつけているケイトリン・デイを見くびるのはもうやめるんだ、と早口の大声で全チームに対して説明するのにかかった時間。ミスが起きるのは当然だが、これからはなくす必要がある。もっとうまく、もっとスピーディーにやってもらいたい。出資者の期待にこたえられなければ、自分も含め、誰ひとり安泰な立場の者などいないのだから。

バックハンド！　瞬きする間もない一瞬——ぼくが熱弁を締めくくったあと、エリカが頬に諦めのキスをして、ちょっと休んで、家に帰って〝リフレッシュと集中力の回復〟をしなさい、と言うまでの時間。

サイがコートを降りる頃には、外は暗くなってきている。つぎの半ダース分のボールは、打ち返されることなく、不規則に跳ねてから止まる。ポン、ポン、ポン。サイが歩き去ると、テニスコートの明かりは自動で消え、マシンは黙々と仕事を続けているが、そのうちにボールを切らすと、夜気のなかで不貞腐《ふてくさ》れてしまう。

終了まで21日と16時間

ニューヨーク州オスウィーゴ／レイク・ストリート／ライツ・ランディング・マリーナ

一日の最後の光が薄れゆく波止場で、ひとりの老人が日課を終わらせようとしている。木製のケッチ（二本のマストに縦帆を持つ小型帆船）の甲板でロープを輪状にきっちり巻き、ハッチに南京《ナンキン》錠をかけ、船室の屋根の上にしばし手を当てたあと、燃料缶を持って板張りの浮橋に降り立つ。このケッチは一九五四年にミシガン湖岸の造船所で作られたもので、今年製造されたスピードボートやグラスファイバーのヨットと並んでいると博物館行きの代物に見えるが、通りかかった本物の船乗りは例外なく立ち止まり、ニスを厚く塗った甲板、真鍮《しんちゅう》製の建具、失われた職人技に羨望のまなざしを向けるのだと彼は知っている。

彼は活動拠点である小屋に戻っていく。その小屋で、シラキュースからの日帰り旅行客や週末の船乗りたちに、あらゆる種類のボートを貸し出している。夏本番が近づいてきた。それはつまり日が長くなり、気候が温暖になるということだ。明日は水曜日、週末のボート客に備えて準備しておくべきなのだろうが、明日も今日みたいな日になったら――太陽が明るく輝き、絶えずそよ風が吹いている――また仕事を怠けて、自らホタテ貝を採りに行き、潮の流れに任せて漂いながら、シャブリを開けることになるかもしれない。今日みたいな幸運に恵まれたときは、祝わないわけにはいかないだろう。彼はクックッと笑う。

すっかり計画に没頭していたせいで、黒いウインドブレーカーにコンバットパンツという服装のふたりの男が近づいてくるまで気づかなかった。もう薄暗くなり、ウエスト・サード・ストリートに立ち並ぶ家のポーチの明かりが灯り始めている。空はピンクと紫と金色に染まり、宵の明星が最初のかすかな輝きを放っている。

「ミスター・シュタインズビック？ ラッセ・シュタインズビック？」ひとりが訊く。

「かもな」

男はラッセにバッジをさっと見せる。政府のしるしがちらりとラッセの目に入る。

「ラッセ・シュタインズビックなのか、違うのか？」

ラッセは燃料缶を降ろす。「なんの用だ？」

男はポケットからスマホを取り出すと、ひとりの女の写真を見せる。彼女はほほ笑んでいる。無地の白い背景。

「この女性を知ってるか？」

ラッセは鼻の脇をこする。くそ、勘弁してくれ。「あのボートの事務手続きは問題なく片付けてある。仕事場のほうで。法律によると、五営業日以内に書類を提出する必要があるってことだからな。うちの女房がその担当で、明日の晩まで娘のところにいるんだが。ほかに何か用はあるか？」

終了まで21日と14時間

ワシントンDC〈フュージョン・セントラル〉

サイは横目でちらちら見られているのを意識しながら、〈フュージョン・セントラル〉につかつかと入っていくと、カーク船長の席に着き、ヘッドセットをつけて、大画面に映し出されている画像に注目する。

「説明してくれ」

「チームは二時間前にこの男性と話をしました」例にもれずチノパンを履いた若い男のひとりが、興奮して返事をする。「それで、沿岸警備隊第九管区の支援の下、オンタリオ湖一帯を見張っています」

「どうやって彼を見つけたんだ?」画面に映る渋面のラッセ・シュタインズビックの写真を見ながら、サイは尋ねる。「すごい眉毛だな」

あの優秀なルーキー、ソニア――ボストンでケイトリンがサイ・バクスター名義のチャーリーカードを使っていたことを突き止めた、クラスでトップの成績を誇る女の子――が、この質問に答える。「ゼロ10の野営地で捕獲班が見つけた《アウトサイド》の誌面で。案内広告の一ページに、圧倒的多数の指紋が残っていました。何度もこのページを読んでいたのは、今後の計画に関わることなのかもしれないと推量しました。そこで、該当ページに広告を掲載しているすべての事業に捜査官を派遣したんです」

サイは満足そうにうなずいた。〝圧倒的多数〟という言葉は気に入らないが。〝推量した〟も。エミリー・ディキンソンにでもなったつもりか？「いいぞ。よくやった」すると、サイから激励を受けたことで、チームの面々のあいだでドーパミンが星形に放出された。サイは尋ねる。「で、これからどうする？」

ソニアほど優秀ではないチノパンの男が、キーキー声で話に割り込む。「カナダへ向かっている何の特徴もない――追跡装置も、電話も、作動している機器もひとつもない――一艘《そう》の船の位置を探し当てました。熱探知ドローンが船を追跡しています。船は国境を越えようとしていて、七分後に我々の地上部隊の管轄から外れます。カナダにいる誰かに最新情報を伝えておく必要がありますか？」

サイの表情はノーと言っている。「そのまま彼女の追跡を続けろ。カナダとは空域を共有している。ドローンが接触するまで、どれだけかかる？」

チノパンの男はつっかえながら言う。「だ、だけど、サイ、あの、地上班がカナダに入るための手続きは？　許可はどうするんです？」

　サイは舌を嚙み、〝余計なことを言わないのが身のためだ〟とはっきり伝わるような表情を見せた。「ビンラディンを殺害する前に、アメリカはパキスタンに知らせたか？」

「それは……」

　サイは鼻筋をつまんだ。「なあ……きみの名前は？」

「レオです」

「国境という概念はもう終わってるんだ、レオ。国という概念は終わってる。世界の最も富裕な経済主体トップ百のうち、四十九が国家で、五十一が多国籍企業だ。国境を越えることは、このβテストのルールの範囲内だというだけじゃなく、現実世界でのシナリオを想定するまたとない機会だ。ゼロが行くところに、我々も行く。進めてくれ」

　三分後、バッファローからミシガン湖を渡って追跡しているヘリコプターの暗視映像が届き始める。時を同じくして、地上班がカナダの国境に到着する。ゼロ10が国境に着くまであと三分、サイはそわそわと貧乏ゆすりをしている。

「地上班は？」

「たったいま国境に到着しました」タブレット端末を手に、デスクのあいだを縫うように通り抜けながら、ソニアが報告する。「国境検問所に、事前に通告した逃亡者を追跡するよう要請しています」

サイは緊張でピリピリしながら、レーダースクリーン上でちょっとずつ岸に近づいていく船の光点を見つめている。捕獲班は国境を越えてカナダに入り、推定される上陸地に向かっていて、ヘリコプターは捕獲班との距離を縮めている。

サイはケイトリン・ディに思いを馳せ、心から彼女を称賛している。この女性は縦坑に転落して、それでも前進し続けている！　いまだ捕まらずに、もう少しでカナダに入るところで、これから自分は賞金を勝ち取って金持ちになるのだと想像しているのかもしれない。しかも、メンタルヘルスの問題を抱えながら。紙上から判断すれば、彼女は真っ先に捕まるはずだった。このことからも、よくわかる――本を貸す人間を、決して表紙で判断してはならないのだ。サイはほとんど願っている――可能であれば――どちらも勝つことを。ケイトリンも、彼自身も。

「捕獲班は推定される上陸地に二十五分後に到着予定」ソニアが言う。「ヘリコプターの追跡チームは十二分後。いま、CIA本部《ラングレー》のドローンからの赤外線映像がネットワークに繋がっています。映像を表示」

彼女がそこにいた。赤外線映像で、冷えつつある陸地と冷たい水のあいだにある闇のなか、熱を持った染みになって。彼女が岸にたどり着き、栈橋に船を繋ぐ様子を、部屋にいる全員が見つめている。彼女は捻挫した足首で歩き出したが、その足取りはぎこちない。皆が彼女の痛みを感じ取っていた。

「予測地図を」

「暗視映像」サイが命じる。「彼女はどこへ向かおうとしている？」予測地図を」

熱検知の世界から、猫の目を通した世界に映像が切り替わる。映像がくっきりし、曙光に照らされながら四つの建造物の明るい光を目指して暗闇のなかを動いている人影が、かすかな星明かりだけでも充分に見て取れる。

「あの家の一軒に向かっているようだな」

画面の片隅に画像と情報がパッと表示される。家屋所有者であるカナダ人の身元、顔写真、彼らに関するあらゆる情報が。〈フュージョン〉のデータベースがケイトリン・デイとカナダとの繋がりを猛スピードで突き止めようとすることに、硬い国境《ハード・ボーダー》はなんの妨げにもならない。

ところが、成果のないままデータがひと巡りするうちに、問題の人物は進路を変えて家から遠ざかり、橋に到着し、線路を渡り、北へ向かっていく。のろのろとした歩みで、動くのにひどく苦労しているのは明らかだ。地図の点滅はヘリコプターと地上班の位置も表示しており、予測を更新しながら着々と彼女に迫っている。一頭の子鹿が何も知らずに牧草を食べているあいだに、姿の見えない狼たちが集まってくるという大自然のドキュメンタリーみたいに、緊迫感に満ちた状況だ。

並木の下に入ったゼロ10を暗視映像が見失うと、再び赤外線映像に切り替わる。森林地帯の広い区画が、木材の切り出しに使われる道と交差している。

「地上班が最終進入中」ソニアがかん高い声で話したとき、一点の染みがサイの目に留まった。

「あれはなんだ?」

「え?」ソニアが訊く。

「路上だよ、暗視映像を見てくれ。彼女の居場所から一キロ弱、道を進んだところ」サイはメインスクリーンを指さす。「ズームインして、あの画像を分析してくれ」

メインスクリーンの画像が粉々になってぼやけたあと、再び焦点が定まる。グリーンの色合い。乗り物。自動車だ。

「製造年と型」指示を出すソニアの声からは、楽しそうな響きがすっかりなくなっている。

「ナンバープレートが見える角度で捉えて」

「二〇〇五年製造のミニクーパー。ナンバープレートは確認中」

ゼロ10は足を引きずりながら車に近づいていくが、ひどく苦労しながらのろのろとしか進めずにいるのが見て取れる。金属製の松葉杖の輝きや、右足を固定している大きすぎる医療用ブーツまでもが見分けられる。なんてことだ。あと二百メートル足らず。

「あの車を逃がすな、捕まえろ」サイが怒鳴る。「車載システムに侵入するんだ。遠隔で運転を停止させろ」

「型が古すぎます」ソニアが報告する。「車載システムがありません。GPSも。ロージャック（盗難車の発見・回収に使われるシステム）も。電力供給も受けていません」

別のメンバーが言う。「捕獲班が七分後に捕らえます」

全員が見守るなか、道路の上にいる人物は立ち止まってふり返ると（耳を澄ますためか）、何かの音が聞こえたらしく、必死の努力でジョギング程度までペースを上げた。ピカ、ピカ、ピカ、と松葉杖が光る。

別の画面上に、ナンバープレートの一部が表示される。

「欠けている文字を推定して！」とソニア。

それを受けて、南京錠のように画面上の文字がくるくる回転し、可能性のある無数の文字をすべて当てはめていき、ついにひとつの組み合わせにたどり着く。ソニアが言う。「車はマサチューセッツ州ボストンのブライオニー・パーカー名義で登録されています。彼女はビーコンヒルに住んでいるようです。考えられる繋がりとしては……ボストン公共図書館の定期的な利用者です」

「定期的な利用者」サイはくり返す。「立派なもんだ。返却期限の過ぎた本はないか？」

「それと、三週間前に四十八時間、カナダを訪れています」

全員の視線を受けながら、ゼロ10はこの車にたどり着き、後輪のところで身をかがめ、おそらく隠してあった鍵を見つけると、ドアを開けて乗り込む。咳き込むような排気ガスの熱がサーモグラフィーで示される。

「彼女を見失うなよ」いまやサイは二度の延長戦に突入したスポーツのファンみたいに声を張り上げている。「ラングレーが飛ばしてるドローンの種類は？」

「〈プレデター〉です」

「武装してるってことだな？」二ダースの頭がさっとこちらに向けられると、サイは片手を上げてつけ加える。「確認してるだけだ」

その時、エリカが〈ザ・ボイド〉に入ってきた。いまのサイの発言を聞かずに済んでよかったかもしれない。

「〈プレデター〉にはほかに何が搭載されてる？」

「レーザーが」

ミニが画面の枠から飛び出して、木々の下に入る。ドローンのカメラは向きを変えるのにかろうじて間に合い、車が急いで道を外れて別の脇道に入っていくのを捉えた。数秒後、一台目の捕獲班の車は同じところで曲がり損ねた。

「レーザーで車の位置を捕捉しろ」サイは怒鳴って言う。「捕獲班にリアルタイムの座標を送れ。あと、車の運転をおぼえるようにと言ってやれ」

二分が過ぎた。やがて三分、五分が経過して……。

ミニと追跡している車の両方を映すため、ドローンの暗視映像は捉える範囲をどんどん広げなければならなくなっていく。ミニは地図ソフトでは見ることもできない東のほうを目指して小道を走り、やがて車体を弾ませながら北へ向から砂利道に入った。地上班の一台目のSUVは森のなかでぴたりと止まる。

「どうなってるんだ?」サイがわめく。

「道が狭すぎて、この車では通れません」

「〈プレデター〉がターゲットを自動追跡中」

「サイ、オンタリオのハイウェイ四〇一号線まで、ゼロ10はせいぜい一キロ半ほどの距離にいます」ソニアが知らせる。「ハイウェイ・オブ・ヒーローズ、四〇一号線に接近中」

「どれだけ……どれだけ四〇一号線は交通量が多い?」

「北アメリカのハイウェイで最大の交通量です」

「ということは……」

そのことからサイが何を考えるか、ソニアは予想した。「彼女の車は激しい往来に紛れて、どんなドローンによる介入も不可能になります」

冗談ではなく、この瞬間、国外での任務中にロケット発射の権限を与えられている軍用ドローンの操縦士がどれほどの興奮を味わっているのか、サイには想像できた。ロケットはどこからともなく現れたかと思うと、空を切り裂きながら飛んでいき、画面上にもくもくと立ちのぼる煙のなかで、無防備な標的を、脅威を、多くの命を消し去るのだ。なんという恐ろしい力だ、神のように迅速な正義の裁き。

画面上でケイトリンの車がハイウェイに到着し、光の流れに合流する。高台に立つサイのいかめしい表情は暗号化されておらず、スタッフが解読するまでもなかった。

「サー？　カナダ航空交通管制から通信が。あちらの管制空域に侵入している理由を求めています」とソニアが言う。

「サイ？」エリカが尋ねた。

全員の視線がサイに注がれている。

「ドローンでの追跡を続行しろ」ようやくそう言い放つ。

皆がさらに驚いた顔になる。

「サー、ウォーカー局次長からも電話が入っています。緊急だそうです」とソニア。

「あとでかけ直す」

終了まで21日と13時間

カナダ／オンタリオ州／ハイウェイ四〇一号線

バクバクしている胸の鼓動がどうしても治まってくれない。いくつもの乗り物が近づいてくる音を耳にした瞬間から、失敗してしまったのだ、このまま続ける力も戦略も残っていない、そんな考えが頭のなかでガンガン響いていた。足首を固定している整形外科用ブーツのおかげで、車まで歩いていくときはズキズキする程度で済んでいたけれど、ばかみたいにダッシュして駆け寄ったあとは、いまにも気を失いそうなほどの激痛に苛《さいな》まれている。

ケイトリン、あなたは本当に友だちに恵まれているわ。痛みから気をそらそうとして、自分にそう語りかける。図書館のブライオニーはミニクーパーを快く一か月間貸してくれた。それから、国外まで運転していって、人里離れた辺ぴな場所の正確な座標に車を置いていってくれないかと頼んだときも、イエスと返事をしてくれた。車のキーは運転席側の後輪に隠しておいてくれる？　わかった、とブライオニーは言い、週末を利用して夫の車に付き添われながら運転していき、車を停めると、夫のコンバーチブルに乗ってカワーサレイクスの観光に出かけた。確かに、ケイトリンは手の切れるような百ドル札がいっぱいに詰まった封筒をブライオニーに渡してもいた。その総額は車の価格を上回り、ホテルの宿泊料と、〈リバーサイド・イン〉での夕食時にブライオニーと夫が味わった上等な白ワインのボトル二本の代金も充分にまかなえたが、それでもケイトリンはやはり友人に恵まれていた。

ハイウェイに乗ると、ハンドルを握る手の力をほんの少し緩め、運転は筋肉の記憶に任せることにして、間一髪で逃げきったことについて、解放された脳を使って分析する。〈フュージョン〉がいまどんなテクノロジーを支配しているにしても、そのスピードと適用範囲は恐ろしいほどだ。最近では個人情報があまりにも簡単に手に入ってしまう。〈フェイスブック〉も〈ワールドシェア〉も〈グーグル〉も充分な情報を得ている。でも、病院での顔認識は？　電子カルテに紐《ひも》づけするため、あの看護師に写真を撮られた？　思い出せない。あの船は？　船に乗ることをうかがわせるものは、ケイトリンのアパートメントにはひとつもなかった。昔ながらの広告が掲載されたあの雑誌を残してきたことが失敗だったのだろう、と結論づける。初めから燃やすつもりでいたのに。あれが命取りになりかねない。

疲れていて、集中力が途切れつつあり、痛みに苦しんでいる。ヒューマンエラーが忍び寄ってきている。こちらは弱っているのに、敵は強力なままで、ことによると——情報を収集することによって——ますます手強《てごわ》くなっている。天秤《てんびん》は常に向こう側に傾いている。とはいえ、ボストンでのおふざけも入れると、これまでに三回彼らを出し抜いていて、それが相手に再考を促すきっかけになったのだろう。解決策は明白だ。体力の低下を埋め合わせるために、意志を強くするしかない。より恐ろしく、より困難な状況になるのに対して、自分は正しいことをしているのだと、ますます強く信じるしかない。そうすれば、まだチャンスはある。

ヘリコプターの羽が立てる鈍い音のせいで、思考がまとまらなくなる。あのパイロットは自分を追いかけているのだ、と迷わず結論を出す。ハンドルを握る手に力を込める。バタ、バタ、バタ、という羽の音が大きくなってきている。遥かに大きく。と、スポットライトに照らされる。一瞬、まぶしさに目がくらみ、車線をはみ出したあとで、制御を取り戻す。ミニクーパーでヘリコプターを振り切るのは不可能だ。幸い、プランがひとつある。通り過ぎたばかりの案内板によると、四〇一号線を十五キロほど進んだ先に空港がある。十五キロ。アクセルを踏み込むと、ミニはリードを外してもらった子犬みたいに飛び出していく。よしよし、ワンちゃん。やれるだけやってみようか。

ペルモパークのジャンクションから一キロ足らずのところで、立体交差《アンダーパス》の下側の道に入って車を見えなくさせて、ブレーキを踏む。それから三つ向こうの車線に移動して路肩に入り、低速車線を走る旅客バスの横にぴったり車をつける。バスとミニとほか二車線を走る車は、いまでは渋滞しているアンダーパスの反対側から出てきて、ケイトリンはバスの横にくっついたままで、空中からの視界をさえぎるのに利用している。道路のずっと先のほう、数百メートル前方にヘリコプターが見える。照明を照らして、猛スピードで走っているはずのミニを探している。路肩は幅が狭い。ミニなら問題なくても、ほかの車だと大丈夫とは言えない。轟音《ごうおん》を立ててミニを走らせ、最初の出口車線を経由してハイウェイから降りる。ヘリの音はまだ聞こえるけれど、その姿はもう見えない。

ワシントンDC〈フュージョン・セントラル〉

ゼロ10がデトロイトのヘリコプター班を笑いものにする様子を、サイとチームの面々は苦痛を募らせながら画面上で見つめている。しかしドローンは問題なくミニを発見して追跡を続け、車の現在地をヘリのパイロットに伝えている。数分後、ヘリはサーチライトでミニを照らす。車は〈フュージョン〉の予測ツールが最も可能性が高いと判断した目的地、空港に近づいている。

一同は画面にくぎ付けになっているため、ウォーカー局次長の特別補佐官であるジャスティン・アマリが作戦指令室に静かに入ってきて、ガムの紙を剝がし、戸口にもたれて腕組みしていることに、ほとんど誰も気づかずにいる。

「でも、どうして彼女は空港に向かおうとしてるの?」しつこいほどくり返される光と警報と画像を見つめながら、エリカは答えを求めて誰にともなく問いかける。「わたしたちがおとなしく飛行機に乗せるなんて、本気で信じているとでも?」

その答えがわかるまでに時間はかからなかった。空港の飛行禁止空域の境界で追跡を打ち切るようにと、ヘリのパイロットが司令官に命じられたのだ。違反すれば、民間航空機を危険にさらすことになる。〈フュージョン〉のドローンについても、同じルールが適用される。

「なるほど、賢い」エリカが言う。「民間機専用空港の近くまでは、こっちも追いかけることができないってわけね」

「ドローン班、彼女から離れるな」追跡に加わっているドローンの映像をギラギラした目で見つめながら、サイが指示を出す。「彼女を追え、ドローンだけだ」

「ちょっと、サイ」エリカが抗議する。「無理よ」すっかり夢中になっているサイを見るのはいつでも嬉しいものだったけれど、これはさすがにやりすぎだ。

「大丈夫。ドローンだけだ」

「サイ! それはできないの。離着陸する飛行機があるんだから」

サイは声を張り上げる。「決めるのはぼくだ。ぼくが判断する。ドローンで彼女を追え」

エリカはヘッドセットをぐいと外し、ふたりだけで話そうと彼のところに歩いていく。声を落としながらも激しい口調で言い聞かせる。「それはできない」

だが、サイが返事をする間もなく、ドローンからの映像がちらちらと震え始めた。数秒後、探知レーダーがドローンの存在を認識しなくなる。ドローンは消えてしまった。

「ドローンが停止しました」と誰かが知らせる。

「何があった？」サイはいらだっている。

ソニアが答えを知っている。「カナダの航空交通管制が対ドローン技術を使って停止させた可能性が最も高いです。通信を妨害して、ドローンのエンジンを停止させたようです」

画面から目を離し、あたりを見回すと、〈ザ・ボイド〉にいる全員が自分を見つめていて、一挙手一投足に大きな意味を感じ取っていることに、サイはいまさらながら気づく。

彼らはサイが話すのを待っている。

「いいだろう。彼らには……待つようにと伝えてくれ。そのまま待つようにと」

サイはふり返ると、そのときになって初めて、ガムを噛んでいるジャスティン・アマリにハッと気づく。ふたりは視線を合わせる。笑顔を見せ合うことはしない。親し気な身振りもない。

ジャスティンから目を離さないまま、サイは指示する。「空港の航空規則を順守しよう。ただし。ただし……地上の捕獲班を派遣して、空港を隈《くま》なく調べさせるんだ。それから、すべての飛行機のすべての乗客を監視してくれ」

サイは部屋から出ていくとき、エリカの脇を通り過ぎる。彼女もジャスティンに気づいていた。

「くそっ」エリカとすれ違いざま、ヘッドセットを消音《ミュート》にして小声でつぶやく。その後ミュートを解除して、高台への階段を上りながら宣言する。「ゼロ10をあの空港から出すな」

サイがオフィスに行ってしまうと、エリカはようやくジャスティンに会釈する。相手はじっくり間を取ってから、たったいま起きた出来事について、すぐにでも話し合う必要があるだろうと伝えるようにうなずいてみせる。

終了まで21日と4時間

ワシントンDC〈フュージョン・セントラル〉

何年にもわたって、エリカはサイのそばで働き、地獄のように長いいくつかの日々も耐えてきた。ちょっとしたことでサイが無作法にふるまい、一線を踏み越えるところも何度も見てきたけれど、それは彼が大きな重圧をかけられているときだけだった。自分もエリカもがっかりさせてしまうのではないか、懸命に取り組んできたすべてが無駄になるのではないか、という根底にある恐怖心からそうなるのだろう。そういう精神状態に陥ると、彼は破滅のシナリオを想像し始め、無分別になったり、無礼になったり、衝動的になったりするのだが、そうなったときこそエリカが最も重要な仕事上の役割を担い、パートナーの目盛りを再調整してあげるのだ。そういうとき、エリカはサイを批判しない。たとえ彼がキレて、非難に値することをうっかり口走ったとしても。こういう特別な人間は、大目に見なければならないのだ。天才であることを求めておきながら、たまに皆と同じようにふるまわなかったからといって、文句を言うわけにはいかない。

こうしたすべてを考慮しても、発着便数の多い民間機専用空港——しかも他国——の空域にドローンを飛ばせという命令は看過できないもので、度を越していた。いくらサイが勝つことしか頭にない貪欲な人間だとしても、なんというか、とにかく奇妙で、完全にタガが外れていた。もちろんエリカはいつもしてきたように手を回し、対処し、尻拭いをして、ドローンのことで怒り心頭に発したカナダ運輸省航空局の代表者をなだめ、そのあとバート・ウォーカー（ジャスティン・アマリに報告される前に、早いところ自分から話しておいたほうがよさそうだった）の怒りを和らげ、あれこれごまかしながら半分だけ真実を話した——CDプレーヤーの件で弟をかばったときと同じようなやり方だ——が、ここからが本当の課題で、誰よりもつき合いの古いただひとりの真の友でありパートナーでもある相手に、いったい何が起きたのかを理解して、二度と同じことが起きないようにしなければならない。

エリカは朝のコーヒーを飲みながら、オープンエアのロビーでタブレット端末を見ている。それによると、サイはまだ賃貸邸宅にいて、おそらく眠っているのだろう。エリカは床から天井まであるLEDディスプレイのそばのベンチに座って、少しだけくつろぐことにする。アトリウムの画面上では、デジタルで表されたシダレカンバが加速的に生長し、九十秒間の冬と、同じく九十秒間の春が巡り、葉っぱや蝶々や鳥たちの簡略化されてはいるが短くも美しい生涯が表現されている。つぎに、ジュースやコーヒーがあるコーナーを行き交う人々を眺める。日の出から日没までの長い勤務を始めようとしている、優秀な若者たち。エリカは若い才能を見つけて育てることで、サイが莫大な金額を稼ぐ手助けをしてきた。髪を青く染めた痩せぎすの女の子を見ていると、彼女はエリカに見られていることに気づいて立ち止まる。

「元気？」エリカは声をかける。

彼女はおそるおそる近づいてくる。パーカー。ジーンズ。〈オールバーズ〉のスニーカー。

「はい、ありがとうございます」彼女は髪を掻き上げる。「あの……」

「話があるなら、どうぞ」

「個人ユーザーがプリペイド式携帯を使っているのであれば、より正確な追跡データを収集する方法を見つけたかもしれません」

ほかにも言いたいことがありそうだったけれど、彼女はうつむいてスニーカーを見つめている。

エリカは励ますようにうなずいてみせる。「すごいじゃない。よくやったわね」

「でも、いいんでしょうか……大丈夫ですか？　当人の同意もなしに、勝手に追跡するなんて」

考え込んでいるみたいに、エリカは少し間を置く。が、考える必要はない。この手の問題には幾度となく直面してきた。たちまち生長しているデジタルのシダレカンバ（進度：一秒あたり一日）の、スポットライトに照らされて震えている葉っぱを見上げたあとで、アトリウムのガラス屋根と、その先の赤く染まる朝の空を眺める。まずは耳ざわりのいい返事から。

「ネットワーク上のユーザーが同意していれば、利用規約が適用されて、わたしたちは法律の範囲内で行動していることになる。だけど……あなた、名前は？」

「ジョシーです」

　この娘がデジタルのシダレカンバと同じぐらい急速に成長していくのが、エリカには目に見えるような気がした。頭の中身が同年代の若者の二倍詰まっていて、加速する世界で善と悪という大昔から人を悩ませる問題、大義、個人の自由対全体の安全と格闘している。まったく、三千年前にソクラテスはこういう質問をしすぎたせいで、ドクニンジンを飲まされたというのに。

「物事に良いも悪いもない、ただ考えかた次第で良くも悪くもなる（シェイクスピアの『ハムレット』の一節）」エリカは引用する。

　それを聞いてジョシーはすっかり当惑し、そわそわと左右の足に体重を移し替えている。

「すみません、どういうことかわかりません」

「ごめんなさい、ジョシー。ね、ちょっと座って」

　ジョシーは言われたとおりにする。

　腰を下ろすと、エリカは話し始める。「この取り組みの多くがわたしにとって個人的なことだって、あなたも知ってるでしょう？」

ピーン。iPadにサイから短いメッセージが届く。〝昨日は悪かった〟。エリカはタブレット端末を下ろす。

「はい、弟さんのことは本当にお気の毒に」ジョシーは言う。「そんなのって……想像もできません」

「ありがとう。わたしたちはあのとき、ああいうことが起きるのを防ぐか、せめて被害を小さくするためにテクノロジーを使おうと決めたの。そうならなければ困るのだけど、わたしたちが可能だと信じているのと同じだけ〈フュージョン〉を力のあるものにできれば、そしてサイが心の目で見ているものを実現できれば、つぎの銃撃犯は自宅前のくそみたいなドライブウェイから出ることさえできないはずよ」

これまで何百万回も、エリカは事実に反することの想像をくり返している。マイケルがまだ生きていて、いまでは父親になり、自分は甥《おい》や姪《めい》を甘やかして週末を過ごしているところを。果てしなく遠いけれどはっきり想像できる、この世界にそっくりなどこかの多元的宇宙《マルチバース》に存在している、甥や姪の顔が見えそうなほどだ。

「わたしも身近な人を亡くしてるんです」ジョシーが言う。

「そうだったの？」

「従兄弟です。学校での銃乱射事件で」

「ハロウィーンと同じぐらい、アメリカでは普通に起きることになってしまったわね」

「だからここで働きたいと思ったんです」

「立派だわ」そろそろジョシーを解放してあげないと。「だけど、これは本当に複雑な仕事よ。プライバシーについての懸念は確かにある。何か気に入らないと思うことがあれば、知らせてちょうだい。遠慮せずに。ここでは異議を唱える声も必要だから。これから、エイダンに会いにいきなさい。彼は倫理委員会の委員長よ。わたしに言われて来たと伝えて。立ち向かうことを決して恐れないでね。それがわたしたちなんだから」

ジョシーはほっとした様子で立ち上がる。「ありがとうございます」

この巨大な建物の、パーティションで区切られた自分の小さな仕事場に向かう彼女は、決意を新たにしたことで背筋をしゃんと伸ばしていた。

それだけの価値がある、とエリカは思う。すべての仕事、〈フュージョン〉が犯すかもしれない過ちさえも、達成する見込みのある目標を思えば、充分に価値がある。

ジョシーが行ってしまうと、腕時計を確かめる。午前八時二十五分。もうこんな時間。急に家に帰りたくなった。サイが起きるとき、そばにいたい。仲直りもしたい。けれど、そうする代わりになかに戻り、スパイ行為にせっせと勤《いそ》しむ〈ザ・ボイド〉に入ると、大きな時計と、いまだ行方不明のゼロたちの顔写真をちらりと見たあとで、自分のオフィスに向かう。

終了まで20日と22時間

テキサス州ダラス

ジェイムス・ケナー、二十六歳、このゼロ2にとって、三百万ドルの賞金は重要ではない。はした金だ。それよりも遥かに大きな財産をもう手にしている。そう、このプログラムに専門家のひとりとして参加してほしいと頼まれたとき、上級プライバシーデザイナーである彼が承諾したのは、一流の相手を打ち負かすことによって、開発したばかりのマスキングテクノロジーの効果を自分自身と投資者たちに証明するチャンスだからだ。この技術を使えば、オンライン上で偽名――あるいは仮面《マスク》――を利用することができ、自分の正体を決して明かすことなくオンライン上の操作が可能になる。機械のなかの幽霊。偽名を使い、仮面をかぶせたクレジットカード、仮面をかぶせた電話、仮面をかぶせたメールアカウントで身を隠して、力を取り戻し、情報を入手しようとするすべての相手に対して未知の存在のままでいながら、かつてワールド・ワイド・ウェブと呼ばれた場所に打って出ることができる。

要するに、サイ・バクスターと同類の連中が個人情報を騙し取ることで儲けられるというのなら、こっちはそれを保護することで、ひと財産稼いでやろうというわけだ。

紹介しよう――〈マスキット〉を。

開発に八年――極秘情報を守るため、パスワードのハッシュ化に低レベルのソルトを用いて、暗号化にAES-256方式を採用、情報量の最小化、ホストプルーフ・ホスティング（おかげで〈マスキット〉のエンジニアでさえも他人のパスワードと本当の身元を突き止めることはできない）――、〈ワールドシェア〉や〈フェイスブック〉や〈ツイッター〉による恥知らずな個人情報の収集なんてくそくらえだと拒絶する、このシステムを試す準備はできている。それに、政府による最高水準のβテストなんて、挑戦するにはこの上ない舞台（それにビジネスチャンス）じゃないか？

サイ・バクスター、震えて眠れ。

そう、確かに〈フュージョン〉の存在は――βテストも、それに関わる何もかも――すべてが済んでも明るみにならないはずで、ジェイムスの参加も秘密保持契約で守られた永遠の秘密になるが、その約束は破るつもりでいる。訴えるなら、訴えればいい。〈マスキット〉にますます注目が集まるだけだ。このささやかな戦いに勝ち、三十日間が過ぎたら、隠れ処《が》から出ていって、ウォール街とベンチャーキャピタリストに話を聞かせるのだ。

これまでのところ、万事うまくいっている。

姿を隠した一日目は興奮した。〝ゴー・ゼロ〟の指令を受けたあと、二時間の好機を利用して小さな地下墓所、〈マスキット〉のクレジットカードと〈マスキット〉の偽名のひとつを使って支払いをしたレンタル倉庫のユニットハウスに引っ越すのは、スリリングでたまらなかった。ユニットハウスのなかはどうなっているか？　必要になりそうなものはすべて揃っている。洗面台とトイレのついた小さなバスルーム。ベッド。食料品を充分に貯蔵した冷蔵庫一台に加えて、緊急時や停電に備えた大量の缶詰。が、たいていの場合、自信を持って堂々と〈グラブハブ〉にできたての料理のデリバリーを注文し、誰もがしているように〝置き配希望〟をクリックする。娯楽？　〝E・ジャック・ユーレイト（「射精する」を意味する〝ejaculate〟のもじり）〟（子供じみた衝動に逆らえなかった）名義でテレビ番組のサブスクに登録。夜にはパソコンのストリーミングで好きな音楽や映画を流し、お祝いにシャンパンのボトルを開ける。〈マスキット〉があれば、贅沢を抑える必要はない。重要なのは、オンラインに繋がってまったく普通の暮らしをしながらも、追跡されずに済むのを証明することだ。

健康を維持するため、フィットネスバイクの〈ペロトン〉も購入した（〝マイク・リトリス〟名義で）。この一か月が過ぎたあと、領土を獲得しようとする大手テクノロジー企業を撃退しつつ大手テクノロジー企業並みの金を稼ぐ、アメリカ社会の白馬の騎士、プロテウスの化身になるべく、人生最高の体型で姿を見せたい。

〈フュージョン〉は確実にこの暗号化技術を解明しようと二倍の意欲を掻き立てられ、覇権を脅かすものとしてジェイムスを潰そうとするだろうが、〈マスキット〉の画期的なところは、使うたびにプログラムが任意の新たな暗号化を生み出すという現代のエニグマ暗号機で、周期的に新たなコード配列を生成するため、メール一通の送信者か受信者を特定するだけでも、20の600乗ほどの暗号破りが必要になる。

かくして、日が経つごとに、時間が過ぎるごとに、ジェイムスは自信を深めていく。絶対に見つからないという確信があり、あとはただの待機戦術だ。もう勝ったも同然だった。

終了まで20日と6時間

ワシントンDC〈フュージョン・セントラル〉

サイが〈ザ・ボイド〉に入ったとき、そこらじゅうでおはようのハイタッチが交わされている。彼は大画面を見上げた。十日足らずで、香港出身のプロフェッショナルの女も含めて、五人のゼロをもう捕まえている。ジェイムス・ケナー、ブラッド・ウィリアムズ、ジェン・メイ、ドン・ホワイトだけが、まだ見つかっておらず——全員がセキュリティのプロで、一筋縄ではいかないだろう——、さらに言うまでもなく、ワイルドカードの司書も残っている。必要な政府の財政的支援を確保するため、あと二、三週間は行儀よくふるまい、感情を抑え、エリカの言うとおりいい子にしておけるはずだ。それが済んだら、ようやく肩の力を抜いて、カリフォルニアの本来の生活に戻ることができる。

〈ザ・ボイド〉のフロアを歩いて回り、スタッフに笑いかけ、ポンポンと背中を叩き、あのチノパンの男とさえ短い握手を交わしてみせる。「その調子で頑張ってくれ」と励ましの言葉をかけると、くるりと向きを変えてガラスの階段を上り、高い位置にある自分のオフィスに向かう。そこから、充分な教育と懸命な努力の表れである優秀な若者たちの集団を見下ろしながら、彼らは全力を尽くして個々の価値を証明するつもりでいるが、自分のために、サイ・バクスターのためにそうしようとしていることを不思議に思う。運動場でチーム分けをするときはいつも最後まで選ばれなかった、このぼくのために。自分自身も懸命に努力したことで上り詰めてきたが、いまほかの人間よりも高い地位にいるのだとしたら、それは奉仕の精神の賜物《たまもの》で、虚栄心や遅きに失した運動場の雪辱が理由ではない。晴らすべき過去の恨みなどなく、あるのは未来との決着だけだ。立ちはだかっているのは五人だけ、ありふれた名前を持つこの五人――

ジェイムス、

ブラッド、

ジェン、

ドン、

ケイトリン。

終了まで19日と23時間

カナダ／オンタリオ州レンフルー

女主人にはジェマイマ・レイノルズと名乗る。図書館の拾得物から取ってきてあったその名義の運転免許証を、キャッシュベルトの後ろに入れておいたのだ。

女主人は六十代の綺麗な人で――ヨーロッパのアクセント、エキゾチックな鳥の絵柄のゆったりしたブラウス――、老眼鏡越しに目を細くして免許証を見ると、革装の宿泊者名簿に詳細を書き留める。

このベッド《B》・アンド《&》・ブレックファスト《B》は古めかしさを誇っていて、〈旗亭〉という大きな看板の下に、〝空室あり／空室なし〟という木製の案内板がフックで引っかけられている。だが、それよりもケイトリンの目を引いたのは――〝ゴー・ゼロ〟の前にこの地域をオンラインで調べていたとき、目に留まった――、ドアに掲示された〝あいにくですが、Ｗｉ－Ｆｉはありません。あしからず〟という案内だった。ついさっき明け方の急流下りに出かけていった、二十代の美しい三人の若者を満載したフォルクスワーゲンのゴルフに乗って、ケイトリンはやってきた。カナダ人の若者たちが、空港の駐車用ビルから快く乗せてくれたのだ。その駐車場はカメラに映っておらず、飛行禁止空域のためヘリに追跡されることもなく、彼女はミニを乗り捨てて彼らのゴルフに滑り込んだ。その後、店の営業が始まる時間になると、この町の中心部で新しいバックパック、清潔な衣類、また水のボトルとコンパス、サバイバルブレスレット（もう二度とこれ無しで過ごすつもりはない）を現金で購入し、Ｗｉ－Ｆｉのない B&B に空室があるかを確かめにいった。

ちょっとしたおしゃべりをうまく切り抜けて——女主人はハイキングが大好きなのに、夫のほうは興味がないらしい——、ケイトリンは夕食の時間まで部屋のなかに引っ込んでいた。夕食は自家製のパンとサラダを添えたシチューで、こぢんまりしたサンルームにひとりで座って食べた。食べ終わると、部屋に引き上げようとした。

「必要なものはちゃんと揃ってる？」女主人が居間から顔を出して訊いてくる。「お部屋に紅茶とコーヒーがあるし、クッキーも用意しておいたわ。今日の午後に作ったばかりの焼き立てよ」

手作りのクッキーを思い浮かべると、なんだか涙ぐみそうになるのと同時に吐きそうにもなる。

「ありがとうございます」

「明日の朝には発《た》つんでしょう？」

「それが、まだ決めてないんです。ここが素敵すぎて」

それを聞いて、女主人は照れくさそうでもあり、誇らしそうにもしている。

「明日お知らせしてもかまいませんか？」

「ええ、ええ、それはもう、もちろんよ」

ケイトリンはくたくたに疲れ切って階段を上がりながら、ずっとここにじっとしておいて、一か八か賭けてみようかと考える。この宿は人目につかない。切り離されている。人づき合いを避けて、ひとりで食事して、棚にある本を片っ端から読んでいれば、ここにいるのが見つかるなんてことがあるだろうか？　いくら〈フュージョン〉でも手掛かりは必要だ。だが、当然それは彼女の計画ではない。そんな計画はありえない。ただ三百万ドルを勝ち取ろうとしているだけなのであれば、それでもよかったかもしれないが。

この客室は狭く、六種類ほどのごちゃごちゃした色合いの更紗《さらさ》で飾られている。おばあちゃんの家を思い出す。おばあちゃんでさえも、これほどたくさんイエスの肖像画を飾ってはいなかったけれど。ベッドに横になり、クッキーを一枚食べると、ノートを出して後ろ袖のなかを探り、ウォーレンの写真を取り出す。そうすることを自分に許してあげよう。空港で逃げ切ったことへのご褒美だ。ウォーレンにその一部始終を話して聞かせたい。そもそも、飛行制限空域について教えてくれたのはウォーレンだったかもしれない。言うまでもなく、彼はそういうことを知り尽くしていた。保安対策について豊富な知識があった。自分よりも彼の専門分野だ。だが、この些末《さまつ》な情報が将来のある時点で彼女を生かしつづけることになるとは、彼には知る由もなかった。あの地下の駐車場で見られることなくミニを乗り捨て、三人の親切な若者のおかげで空港エリアから出ていく車に乗せてもらい、彼女のチャンス（考えてみたら、彼のチャンスでもある）を生かしつづけることになるとは。

「ねえ、ハニー」眠気と糖分による興奮と不安をいっぺんに感じるのと同時に、なんとも言えない心地よさも味わいながら、写真に向かって話しかける。ウォーレンは笑い返している。明るい夏の装い。ハンサムだ。四角い顎のいかにもアメリカ的なハンサムではない——もっとずっと素敵だ。筋肉質だがほっそりしている。豊かな黒髪で、いつも運輸保安局《TSA》のボディーチェックを受ける程度には、アルジェリア人の母親の血を感じさせる。見た目そのままの人柄。恐ろしく賢く、悪魔的なまでに面白くて、愛情深い。わたしのもの。

いま、ケイトリンの頭のなかで、ふたりは星空の下で湖に突き出した浮橋に横たわっている。ふたりの二周年記念日。彼が行ってしまった前の週のことだ。けれど、小屋の前の浮橋の上で、アイスボックスのなかにシャンパンとプラスチック製のフルートグラスが待っていたあのときは、やはり幸せなひと時だった。ほとんどは……。

「とにかく、いやな予感がするの」北斗七星を見上げながら、ウォーレンにそう話した。

「きみは前回の出張の時も、いやな予感がしてたじゃないか」彼は答えた。アッパー・イースト・サイドの住民とフランス人のあいだみたいなアクセント。語順によってたまに〝r〟が巻き舌になる、母親から受け継いだ特徴だ。

「で、わたしが正しかったでしょう？」

いやな予感は的中した。彼の前回の任務は、ペルシア湾岸諸国とシリアのあいだの支払いを追跡することだった。検問所で本当に恐ろしい目に遭った。ウォーレンはシリアの国境にいて、モロッコのパスポートを手に、列の二番目に並んでいた。前にいるのは古いピックアップトラックで、運転手が国境警備員と言い争っていたが——賄賂のことで揉《も》めているんだろう、とウォーレンは予想した——、制服を着てAK-47銃を持った少年が近づいていくと、ピックアップの運転手の頭を撃った。少年を動かしたのは、何の気なしの残忍さだったんだ、とあとになってウォーレンは彼女に話した。退屈、警戒、バーン。おしまい。ウォーレンは思った。ぼくはここで何をしているんだ？

それでも、彼はそこにまた戻っていった。ウォーレンは自らを危険にさらし、そこから何かを得ている。給料がいいと言っているけれど、それはともかく、彼は愛国者だ。政府に協力を求められていて、尽力するだけの価値があることをしているのだと信じたがっている。その気持ちはわかる。彼を信じているが、秘密を隠し通さなければならないのがいやだった。それに関してはいつまでも慣れないと何度も彼に伝え、用心に用心を重ねてほしいし、手を引くことも真剣に考えてほしいと強く訴えた。

彼も星を見上げていて、こっちを見ていなかったけれど、指が絡められるのを感じた。ウォーレンはわざわざ自分の人生を困難なものにしていた。大学院のあと、スラム地区の学校で二年間学んだ。ペルシア語を習得した。博士号と終身在職権を得て、ヘッジファンドやプライベート・エクイティ・ファンドで働くのではなく、アメリカ合衆国連邦政府の仕事をオファーされた……。彼女と結婚した。

「最悪のシナリオを考えるのはやめるんだ」ウォーレンはケイトリンに話した。

彼女はため息をついただけだ。

いまは自分の声が割り込んできた。最悪のシナリオを考えるしかないのよ、それだけがわたしたちを助けてくれるシナリオなんだから。

彼は話題を変え、片方の肩をついて身体を起こすと、ケイトリンを見た。「せっかくの記念日に、こんな話はしたくないよ、ベイブ。きみがどんなに綺麗かってことを話したいな、月明かりに照らされたアオカケスみたいに綺麗だ」

「いったいどうしてそんな話がしたいの？」

狼みたいな笑いを含んだ彼の声がいまでも聞こえる。「最高のシナリオについて話したいからさ」

「心得ておきなさい」ケイトリンは膝を曲げて、足を地面につけたまま身体を前後に揺らす。そして、すぐさま湖に飛び込んだ。「浜辺まで先に着かなかったら、何も手に入らないわよ」

彼女は真っ暗な水に包まれるのを感じた。水面に浮上し、血中のシャンパンを全身に巡らせながら、素早いクロールで浜辺を目指していると、力強く泳げるウォーレンが隣に並び、ふたりは星空の下で水を掻いて進んだ。やがて浜辺にたどり着いてウールの敷物の上に倒れ込み、重なり合って転がり、彼が上になり、彼女が上になり、彼が上になった。

けれど、真夜中に目を覚ましたとき、その夢は遠くぼやけて、ウォーレンはどこにも見当たらず、またもや失われてしまった。もはや本物ではなく、おぼろに揺れる影となり、自分が創作したのではないかと思うこともある記憶のなかの存在になる。彼女は最悪のシナリオの世界に存在している。もう星も、セックスも、シャンパンもない。

　朝の光を浴びて起きると、ウォーキングパンツのポケットにノートをしまい直し、小さなB＆Bをチェックアウトして、徒歩で登山道に出発する。

終了まで17日と20時間

ワシントンDC〈フュージョン・セントラル〉

　臨時で訪ねてきたバート・ウォーカーとサンドラ・クリフは、例のごとく油断のないジャスティン・アマリを同行させている。

　エリカがこの代表団に会うのはカナダでの一件以来、初めてのことで、当局の反発とサイをもっと厳しく監督するように求められることに対し、心のなかで準備してあった。幸い、ウォーカーがひそかに話したことによると、CIAもオタワも〈ゴー・ゼロ〉について報道させないことの重要性を認めているため、見て見ぬふりをすることにしたらしい。

「サイも顔を出すのか？」かすかにいらだちをにじませながら、バートが尋ねる。

「メッセージを送ったところです。別のミーティングがあったものですから」エリカは確認としてスマホを掲げてみせる。「もうすぐ来ます」

　ありがたいことに、そのあとは、〈フュージョン〉がこれまでどうやってゼロたちを捕まえてきたか、自慢話に花を咲かせることになった。

ランチからは〈ザ・ボイド〉の会議室に移動して、残り五人を捕まえるのに使うつもりのおもちゃをお披露目する。すりガラスのテーブルに、捕獲済みの五人のゼロと、まだ逃走中の残り五人の顔のデジタル画像が表示される。

「ご存じのとおり、人は追われているときでも、自分自身でいることをやめられません。追い詰められていると、なおさら自分らしさが出てしまうものです」エリカはそう言うと、ラクシュミー・パテルに続きを任せる。日頃のヨガのおかげで元気いっぱいの小柄な若い女性で、黒髪を後ろにきっちりひっつめていて、よく気のつく大きな目はオニオンスープみたいな茶色だ。

このCIAの代表者たちが理解できるように、ラクシュミーはふたつの非常に特殊なプログラムについて説明する。〈千里眼《クリア・ヴォワイヤン》〉と〈嘆きの天使《ウィーピング・エンジェル》〉。ラクシュミーによると、どちらも超クールな技術で、テクノロジーに精通した四人のゼロたちを捕まえる上で、大きな変化をもたらすことになるという。なぜ司書は除外されているのか、彼女はその理由を話した。

「〝ゴー・ゼロ〟の二時間後、わたしたちは全参加者が所有するすべてのデバイスのマルウエアに遠隔操作でアクセスし、これらのデバイスをこちらが管理できるツールに変えました」

ジャスティン・アマリには質問があった。「じゃあ、現実の世界のシナリオでは違法とされる手段を展開しているというわけか？　ひそかにマルウェアを仕込むのは、データプライバシー法に違反する」

また始まった、とエリカは思う。

「それはちょっと違います。でも、いい質問ですね。プライバシー法に留意して、わたしたちは新たにインストールするのではなく、もともとスマホに入っていたマルウェアを利用しただけです。人間の腸に細菌がいるのと同じで、どのデバイスにも敵意を持った人工物が潜んでいるものですが、三人のゼロ――ブラッド・ウィリアムズ、ジェン・メイ、ドン・ホワイト――は、〝ゴー・ゼロ〟の合図から、こちらが追跡を開始するまでの貴重な二時間を積極的に利用して、わたしたちがアクセスするのを防ぐため、デバイスをジオブロックしました。つまり、リスクがあるにもかかわらず、これらのデバイスを持ち歩くつもりだということです。それぞれの計画に必要不可欠だと思っているのは明らかです」

「絶対に使うことができないのなら、どうしてそんなデバイスが必要不可欠になる？」

「素晴らしい質問です。おそらく、彼らは皆、たとえデバイスをブロックして動作を停止させても、５Ｇの電波が強いエリアでは些細な不手際のひとつでもあれば、発見されることに繋がりかねないと知っています。だから、彼らが移動していそうなのは――いまマップを開けそうなら、開いて――５Ｇの受信可能範囲が狭い灰色で示されたエリアだろうと予想しました」

会議室のテーブルがその役割を果たすべく、さまざまにハイライトされたアメリカの地図に変わる。これにはＣＩＡの代表者たちも思わず感心した顔になり、ジャスティンさえもがこの驚くべき変容に一瞬あぜんとしたようだ。

「我々の予測モデルはそう告げています。というわけで、近頃ではレーダーから消えることについて話しているときは、これらの灰色になったエリアのことを指しています」ラクシュミーはこの状況を楽しんでいる。「これらのエリアには、いくつかの共通点があります。たいていは田舎《いなか》で、森林か山地です。稀なケースだと、都市部の局地的な貧しい地域の場合もあります。5Gは街なかでのマイクロトラッキングは容易でも、電波に問題があります。壁に弱いんです。あるいは木々に。あるいは雨に。つまり街の場合、中継局と信号増幅器を目の細かい網のように配置する必要があります。それはいいでしょう。人間がお金を使う場所では、その網目は既に細かく編まれています。けれど、街から外れると、受信困難な地域が増え始め、古いパイプラインにデータを無理やり通すしかありません。それでも届くには届きますが、流れるようにとはいかず、途切れ途切れです」

バート・ウォーカーは困惑しているようだ。「技術的な質問があるんだが。それらのデバイスにアクセスできず、ゼロたちが頭を働かせてそのグレーゾーンのどこかでじっとしていようと決めたら、彼らを捕まえるために、ほかにどんなツールが使えるんだ？」

「そこで〈千里眼〉と〈嘆きの天使〉というプログラムの出番です」ラクシュミーはここで

ボスにバトンタッチする。「エリカ、ここからは……」

「そうね。わたしから説明させてもらいます」ＣＩＡのパートナーでさえ存在を知らないものについて明かす時が来た。「わたしたちには、独自に開発してきたさらにふたつのプログラムがあります。これをオンラインで使用して〈フュージョン〉でも使えるようにすることを決めたばかりです。かなりすごいプログラムなので、ご紹介できることを嬉しく思います。まずは〈千里眼〉から。こちらは基本的に、膨大な個人情報を高速で処理して、心理的な洞察を得るというものです。オンラインとオフラインの履歴、大学進学適性試験《SAT》の点数、好みのコミュニケーション戦略、書き言葉や話し言葉を完全に分析することで、人の心理状態を探り出します。浮かび上がってきた心理的なプロフィールをもとに、後処理と微調整した探索の発見法を認識論的基礎として、実現する見込みが極めて高いと予想されるシナリオを書き起こします」

「それで何が達成できるの？」サンドラ・クリフが尋ねる。

「たとえば、アメリカに住む三十五歳以下は皆、画面を見ることができる状況への心理的な依存度が高いですよね。にもかかわらず、三十五歳のセキュリティの専門家、ゼロ7のブラッド・ウィリアムズの場合、Ｗｉ－Ｆｉに接続するすべての電子機器を使わずに済ませられる可能性が高いと、〈千里眼〉を使うことで判断しました。しかしながら、彼の習慣やその他の情報から予想をさらに進めたところ、彼はこの逃走中の困難な日々に、おそらくテレビで普通の地上波放送を観ることで自分を元気づけるだろうとわかりました。彼はテレビがないとやっていけないんです。それに心理的プロフィールを見ると、彼は話し相手を一緒に連れていくはずです。女の子もいないとやっていけないんです」

サンドラ・クリフが話をさえぎる。「訓練を受けた人物なら、連れがいることでリスクが倍増すると気づくはずでしょう？」

「くり返しになりますが、人は追い詰められているときに、いつも以下ではなく、いつも以上に自分らしくなるものです。リスクを承知していても、彼は自分を抑えられないはずです。ブラッドは大家族で育ちました。所帯を持つだけのお金があるのに、いまだにカレッジの友人ふたりと同居しています。そばに人がいないとだめなんです」エリカはテーブルに、ほっそりしていて頬骨の高い、胸元が大きく開いたイブニングドレス姿の女性の画像を表示させる。「この女性は最近、ソーシャルメディアにブラッドのことを投稿していましたが、典型的なソーシャルメディアのヘビーユーザーだというのに、βテストが始まってからは更新が途絶えています。その前までは、大量のハートの絵文字をやり取りしていて、〝寂しくなるわ〟なんていうメッセージまで送っていましたが、きっと作戦でしょう」

「だったら、どうなる？」バートが訊く。

「そこで〈嘆きの天使〉の出番です」ラクシュミーが返事をする。

「よくもまあ、そんな名前を思いついたものね」サンドラ・クリフが冷ややかに言う。

参加者がそれぞれの画面で何を見ているのかを調べているときに、その言葉が生まれたのだとラクシュミーは説明する。「エリカ、これじゃあ天使も嘆きそうだって、あなたが言ったんじゃなかった？　とにかく、その呼び名が定着したんです」

そろそろコーヒーのおかわりを勧めたほうがよさそうだ、とエリカは思った。ＣＩＡのふたりの博士は、結構だと言った。

「というわけで、この分析による人物像から、ブラッドと彼の連れはグレーゾーンのどこかでテレビの前に座っていると思われます」エリカは話を続ける。「いまこそ〈嘆きの天使〉を使うのにうってつけの時です。グレーゾーンのテレビを利用して、付近に誰がいるのかを確かめるんです」

「詳しく説明してもらえるかね？」バートが要求する。

エリカは局次長のほうを向いて話す。「こういう仕組みです。放送周波数に侵入することで、目標となるテレビへのアクセスが可能になります。制御できるようになったら、〝偽オフモード〟と呼ぶ状態に切り替えることで、実際はテレビの電源がオンのままなのに、所有者にはオフになっているものと思い込ませます。電源が切れているように見えるだけなんです。そのテレビは盗聴器として機能し、テレビ周りの音を捉えて、こちらにデータを送信してくれます。我々のソフトウェアは鍵となる言葉やターゲットの名前、あるいは愛する人や友人の名前などを自動でふるいにかけます。それが〈嘆きの天使〉のただひとつの機能です。

じつのところ、これを使えば、マイクロチップの入っているほとんどのものを制御することが可能です」

「つまり」口が利けるようになったジャスティン・アマリが、ゆっくりと問いかける。「きみたちは……きみたちがしていることは……テレビを通して……何百万人というアメリカ人の個人的な会話を聞いて……ひそかに探っているというわけか……たったひとりの人間の居場所を突き止めるために？」

バートが割って入る。彼は理解している。「ジャスティン、まあ落ち着け。彼らは容疑者を選別するためのフィルターとして、その機能を使っているだけだという話だろう。それに、この情報を得ているのは〈フュージョン〉のコンピューターだけだという認識で正しいかね？　こうした個人情報すべてに、人間のスタッフがアクセスできるわけじゃないんだろう？」

「そのとおりです」エリカが答える。「システムが自動的にすべてを精査し、最低でも八十五パーセントの見込みでターゲットに一致すると確認された場合のみ、人間の分析者が関与することになります。全スタッフは厳格な秘密保持契約を結んでいるため、プライバシーは完全に保護されると考えて頂いてかまいません」

「八十五パーセントですって？」クリフ博士が問う。「どういう根拠でそのパーセンテージに？」

「それは、このシステムを使ったモデルから、人間の目で情報を精査することが必要だとされる大体の数字です。最終的な分析には、人間の知能が必要です。ですが、結果として、国民の秘密は守られます」

「おたくらが守るってわけか」ジャスティンが言い添える。

サンドラ・クリフは椅子に座ってもぞもぞと落ち着かない様子だ。

「一応、はっきりさせておきたいんだが」ジャスティンが続ける。「新型テレビが置いてある部屋であれば、何列かのコードを実行することで、テレビの電源がオンでもオフでも、リアルタイムで盗み聞きできるということだな？〈ザ・ボイド〉にあるどのワークステーションでも、ボタンひとつ押すだけで、偽オフモードにできるってことなのか？」

「そういうことです」

「その状態になっていたら、電源が切れているように見えるテレビで会話を録音できると？」

「そうです」

「じゃあ、やろうと思えば、あとで気になったキーワードがあった場合、遡って会話を調べることもできるのか？」

「理論上は」

「だとしたら、おたくらは相手の理解も許可もないまま、アメリカの全国民を盗聴しているとしか思えなくなるんだが」

「わたしたちがここで何をしているのかをお忘れですか？」エリカは言い返す。

CIAの三人組は彼女をじっと見つめている。バートは落ち着いた様子で「とんでもない」と答えたが、クリフ博士とジャスティン・アマリは明らかに懸念している顔だ。

「このプロジェクトで肝心なことは」エリカは力強く言う。「人々を守るための新しいツールを考案することです」

「そうは言っても、当局はたったいまこれらのプログラムについて知らされたのだから、念のため、このプログラムがどれだけの期間にわたって機能していたのか、これまでのところ何台のテレビにアクセスしてきたのか、教えてもらえるとありがたいんだが。具体的な数字は？」とジャスティン。

エリカが返事を躊躇《ちゅうちょ》していると、クリフ博士も横から言う。「ぜひ聞かせてもらえるとありがたいわ」

「広範囲には機能させていません。まだ試用段階ですし、とはいえ、当然このβテストも試用過程の一部となっています」

この来客たちは会議室のガラスの壁を通して、サイが近づいてくるのを揃って見ている。

「騎兵のお出ましだ」ジャスティン・アマリが皮肉を言う。

入ってきたサイは、少しストレスを感じているようだが、笑顔を作ってみせる。

「どうも、皆さん。これまでどんな話が出ましたか？　いまは何を？　遅れて申し訳ない」

「じつを言うと、完璧なタイミングよ」クリフ博士が答える。「ちょうどいま、あなたたちが新しいプログラムの〈嘆きの天使〉と〈千里眼〉を試していることについて聞いたところで、全米の何台のテレビにアクセスしてきたのか、エリカに答えてもらうところだったの」

「何台かって？　テレビが？　それなら、数え切れないほどですよ」サイは躊躇なく答えた。椅子に腰かけながら、エリカの顔色をうかがう。「何か問題でも？　これは試行プログラムで、ＣＩＡとの契約の下で〈ワールドシェア〉が開発・所有しているものです。別に使わなくてもいいんですよ。だけど、明らかに役立つプログラムがあるのに、使用を控えたくもなかったもので」

「で、現時点で〝数え切れないほど〟盗聴している家庭やホテルの部屋の、具体的な数字は？」ジャスティンが質問する。

「テレビに限った話かな？　そうだな、これまで半年間にわたって、基本的に二〇一八年以降に製造された国内のすべてのテレビを、散発的に偽オフモードにしてきた」

「本当なのか？」短い沈黙があり、その後、ジャスティンは話を続ける。「それだけの音声情報をすべて収集してきたと？　いまも所有しているのか？」

「そのとおり」

「どこに？」

「データ農園《ファーム》のひとつ。超高セキュリティの保存サイトに」

「つまり、音声は受動的に、そして継続的に収集されてきて、それらすべての会話がいま、民間の管理下にあるわけか？」

サイは一同を見まわし、懸念の表情が浮かんでいることに驚いている。「問題がありますか？」

ジャスティンが言う。「このことを知ったら、問題だと思う人間もいるだろうな」

「そうかな？」サイは反論する。「お言葉を返すようだが、あなたがたはCIAでしょう」サイは当局を代表する三人の表情を見比べた。「ほかならぬCIAこそ、必要なことであればそれを実行してきた過去がある。だから我々はあなたがたと組むことを切望したんですよ」最後の一文をじっくり響かせてから、先を続ける。「それに、誰もが知っているとおり、CIA憲章の下、あなたがたの国内活動は制限されているが、完全に制限されているわけじゃない。もしも間違っていたら訂正してください、これまでにもCIAの国内部門、国家情報部と言ったかな、そこでは外国人の標的に対してのみアメリカでの工作活動が認められている。思うに、あなたがたにとって我々の価値とは、CIA憲章を、なんと言おうか、再考察したら、我々を通して国内での諜報能力を受動的に拡大できることだ。このどれかひとつでも間違っているとしたら、ぜひ知っておきたい、こちらは〈フュージョン〉ですべてを危険にさらしているのだから。大げさじゃなく、すべてです。そちらの要請を受け入れて、すべてを賭けているんです。それが歓迎されないのであれば……」サイは最後の一文に含みを持たせて言う。

少なくともバート・ウォーカーは相手の言い分にしっかり耳を傾けている。壮大な計画があるのは明らかだ。「きみの言いたいことはわかった。とはいえ、そのような情報収集が正当なものだと、国民に納得してもらう必要がある」

サイはさらに言う。「それらの情報はアメリカ人を守るためだけに使われます。ぼくとしては、それが正当だとすることになんの問題もないし、二、三億人のアメリカ国民も同じかと。アメリカの治安をつぎのレベルに引き上げたかったんでしょう？　これがそういうことですよ。つぎのレベルにようこそ。躍進するには、果敢に挑戦する必要があるのではないでしょうか。それが〈ワールドシェア〉の掲げてきた理念であり、〈フュージョン〉にもその精神を取り入れ、いまあなたがたにも提案しています」

ジャスティン・アマリはそんな話に乗るつもりはなく、いかに納得していないかが顔に表われている。「国民の権利を犠牲にして、制限なしに監視を発展させることは受け入れられない。そして、それはひとつ目の問題に過ぎない」

サンドラ・クリフは言葉を濁す。「単純に疑問に思ったのだけど、たったいま話を聞かされたばかりのその特殊な技術を、このテストのために利用するべきなのかしら。そんなレベルの監視はこの国では先例がないし、国内での利用が認められることはまずないでしょう。それに、だったら、将来的に〈フュージョン〉が自由に使えなくなる技術をなぜ使うの？　それに、このβテストが終わった暁には、ウォーカー博士はこのプロジェクトを長官に、つぎに連邦議会に、最後には大統領に売り込まなければならない。どんな手段を取ったのかをそれぞれが検討し、顧問団を招集し、各技術の利用を承認したら、その時は初めてCIAの国内での活動が秘密裏に拡大するかもしれない。だから、ジャスティンの言葉を借りれば、そう、問題だわ」

バート・ウォーカーはめまぐるしく頭を働かせている。「いいかね、我々は皆、世間から過度の注目を集めることなく、ゆっくりと着実に前進することを望んでいる。だるまさんがころんだ、をするみたいに。無理なく少しずつ。それに積み上げてきた経験から、〝監視社会〟を少しでも仄《ほの》めかそうものなら、国民をひどくおびえさせ、非アメリカ的だとみなされて反発を招き、長い目で見れば、それが我々の活動範囲を狭めることになるのだと、当局は誰よりも承知している。そのため、目立たないように前進する必要があり、そのふたつのプログラムについて、科学的には高く評価するが、目立たないとは決して言えないのも事実だ」

サンドラ・クリフがつけ加える。「少しでもロシアや中国のやり方のようなところがあれば、極めて慎重にならないと。あなたはこの場で釈迦《しゃか》に説法となるようなことを言っているけど、特に〈嘆きの天使〉は……なんだかとても……そう……中国っぽい」

バートが話を引き継ぐ。「いいところを突いていると思う。たとえば、重慶《じゅうけい》の認可を受けた一万五千台のタクシーには、顔認識機能のついたカメラが搭載されている。それがアメリカだったらと想像してみてくれ。自分の言動のすべてが政府によって記録されていたら、誰がタクシーに乗ろうと思うのか？　国内政策として、それは非アメリカ的だ。国際的には、確かに、情報収集は我々の強みだ。そちらでは相当の裁量がある。モスクワ、北京《ペキン》、テヘラン、平壌《ピョンヤン》のテレビに偽オフモードをインストールするという計画なら、きっと当局からも連邦議会でも大きな支持が得られるはずだが……国内だけはだめだ。とにかく、いまはまだ」

「じゃあ、具体的にどうしろと言うんですか、わけがわからない」サイが問いかける。

バートが言う。「さしあたり、〈嘆きの天使〉を停止させるんだ」

「停止させる？」

「ここでバランスを取ろうとしているのよ」クリフが要約し、ジャスティンが書いた原稿を読んでいるみたいに、賛同らしきものを求めて彼のほうを向く。

上級職員から下級職員にちらりと向けられたまなざしのどこかが、サイの怒りを煽《あお》った。

「ぼくたちがしているのはそんなことなのか？」

「もちろん前進はしている」クリフが言い添える。「ただ、中国人が公共の利益と呼び、警察国家を正当化するものと、ここアメリカでわたしたちが人権と市民の自由と呼ぶもののあいだで、バランスを取らないと」

そんな退屈で長たらしい逆行するような主張を聞かされて、サイは抑えきれず大きなため息をつきながら、順番に目を合わせていく。腹立たしいほど静かすぎるエリカ、心得違いのサンドラ・クリフ、骨のないバート・ウォーカー、そして最後に、ほとんど目を見なかったのは、断固として独善的で、異様なまでに幅を利かせているジャスティン・アマリ。長い沈黙が訪れたが、互いを見張り合い、つぎの発言が命取りになりかねないと承知しながら、慎重に様子をうかがっているその場の全員にとって、それは奇妙にもふさわしい静寂だった。

終了まで16日と23時間

ジョージア州ディラード／ブルーリッジ山脈

ＩＱ１６９（この基準から判断すると本物の天才）のブラッド・ウィリアムズ、ゼロ７は、ガールフレンドを同行させるという天才らしからぬ決断をひどく後悔している。キミーとはつき合い始めたばかりで、〈ゴーイング・ゼロ〉プログラムの参加者に選ばれたという通知書を受け取ったとき、ブラッドは強い欲望の高ぶりをおぼえた。三百万ドルの使い道に関するエロティックな夢のなかで、彼女は重要な役割を演じ、誘いは形ばかりのものになった。白昼夢のなかには、セクシーな内容じゃないものさえあった。共に勝利を勝ち取り、賞金で買った新しい家で、パンティーは穿《は》かずにあの背中がぱっくり開いた黄色いドレスを着た彼女が、ゴージャスな笑みを浮かべて広い玄関で彼の仕事の高級顧客を出迎えているところを想像した。あるいは、彼がＣＥＯとオーバーパーで回ったゴルフのラウンドから戻って来たとき、キミーがほかの妻や恋人たちと一緒にクラブハウスで待っているところを。それか、もし結婚を申し込むことになったとしたら、絵に描いたような子供たちと家族のクリスマスカードに写っているキミーを。〝私たちの家族です、あなたの家族を守る準備をしましょう〟この試験が極秘で行われるものだとわかってはいたが、それでも、たったひとりで勇猛果敢にアメリカの諜報機関連合を打ち負かしたことを知らしめ、改善すべき点を示す方法があるはずだと思い描いていた。勲章をもらうのは嬉しいだろう。だが、現金があれば充分だ。

ブラッド・ウィリアムズ、元軍人、現在は高級顧客向けのオンラインRRS——評判回復《レピュテーション・リペア・》専門家《スペシャリスト》。正規の仕事として、〈フォーチュン500〉の企業やハリウッドの大物からの依頼を請け負っている。オンライン上のちょっとした否定的な報道のせいで、何年も苦労して頑張ってきたことへの信用に傷がつくなんて、どれほど心を乱されるかはわかっている。大きな仕事をしようにも、過去にほんの小さな失敗を犯したことがあり、消したくても修正することができず、簡単な信用調査も通してもらえないとしたら、どんなにいらだたしいことか。ブラッドは十九歳の時にはもう、ここに市場があると見ていた。最初のコードを書き、損なわれた評判をすぐさま回復し、その脆弱《ぜいじゃく》性に対応するワクチンソフトを入れ、傷ついた人物やブランドの評価をむしろ前よりも向上させるほどの技術を開発したのだ。社名は〈セカンドチャンス・サロン〉にした。料金をたんまりもらって、男や女や企業を綺麗さっぱり洗い流して評判を回復し、配偶者や雇用主や有権者や株主のもとに送り返す。ここまでのところ、この幸運が続いてほしいものだが、ビジネスは順調だ——弱みを消し去りたいと助けを求める候補者には事欠かない――が、まずいことに頭打ちの状態が続いている。いまやこの分野に大勢の競争相手が参入してきているためだ。〈フュージョン〉に勝ったことを大々的に宣伝すれば、まったく新たなレベルに格上げされて、ライバルを引き離せるはずだ。新社屋とマーケティング、適切なPR（理想の妻）が揃えば、この業界を支配でき、あのベンチャーキャピタルの億万長者どもを棒切れ一本で撃退できるだろう。

ところがキミーときたら、なんというか、とにかくうまくいかない。穏やかなほほ笑みの下に、彼女なりの考えと、銑鉄《せんてつ》の意志を隠している。おまけに、驚くばかりだが、聞きたくないことは完全に無視するという才能がある。二日目にサバナ郊外の小さな洒落たブティックで、彼女が本人名義のクレジットカードを使って支払いをしようとするのをやめさせたが、その後せっかく夜通し車を走らせてずいぶん遠くまで来たのに、今度はネイティブ・アメリカンのギフトショップをやたらと気に入り、〝完全に必要な〟買い物だと言って、またカードを使ってがらくたを山ほど買おうとするのを止めるはめになった。

楽勝のはずだったのに。何年ものあいだ、監視と情報発掘《データマイニング》の最新技術の動向を把握してきた。この手のことは自分のビジネス、あるいはもっと正確に言えば、近接したビジネスだ。ふたりのスマホもノートパソコンも、開始早々にジオブロックした。居場所を明かしかねないどんな小さなデジタル機器も持っていないか確かめるため、ふざけてキミーのボディーチェックをして、最後にはセクシーなことになった。アトランタ郊外の安っぽいモーテルの一八号室で、彼女は半野生の荒馬《ブロンコ》に乗るみたいに彼にまたがり、イクときには泣き妖精のバンシーみたいにかん高い声で叫んだ。それがあとに続く日々の土台を作った。企《たくら》んで、ファックして、企んで、ファックして。だが、持ってこないと約束していたはずの〈フィットビット〉とカロリー計算機があるのを見つけて、腹を立てながら郵便で家に送り返した頃には、楽しくなくなっていた。まったく、なんてことをしてくれるんだ。そこから本格的な言い争いが始まった。どうせ勝てっこないんだから、頭を冷やして落ち着きなさいよ、と彼女は言った。俺を信じてないんだな、いかにもおまえらしいよ、今後は俺の夢の邪魔をするな、と彼は言った。

さらに、〈インスタグラム〉で最新の噂話をするか、〈ワールドシェア〉で猫の動画を見てクスクス笑っているときじゃないと、キミーには大して話すことがないのだとわかった。

徹底的に用心しているとはいえ——街を避け、（携帯のビーコンも顔認識もない）グレーゾーンからグレーゾーンへ移動していても——、それ以上遠くに移動すれば、デジタル・ダストを残しすぎてしまうだろう。そんなわけでここに落ち着くことになったのだ。リトル・テネシー・バレーの真ん中にある小さなホテルに、偽名を使って。二週間分の宿泊費を現金で前払いした。このホテルは事前に調べておいた最高のグレーゾーンにある森のなかに位置し、5Gの電波や何かから遠ざかって自分たちだけの世界で過ごせる隠れ処《が》だ。キミーはスパを気に入っている（無料のバスローブ、スリッパ、二十四時間対応のルームサービス、リンパドレナージュ・マッサージ〉が、それでもまだ文句を言っている。

アメリカの監視システムの脆弱さ――統計に基づき、デジタル関係の情報の侵害が表面化したことのない国内のエリア――に関する深い知識に加えて、黒人であることは彼にとって驚くほど好都合で、特別な才能を使う必要もない。あまり知られていない事実――白人のエンジニアが設計した顔認識アルゴリズムは、最後にはすべての黒人を――びっくり、びっくり――大体同じだとみなすため、つまりブラッド・ウィリアムズの顔を探したら、〈フュージョン〉のシステムには誤判定が溢れ、そっくりさんの大群がぽんぽん現れて、〈フュージョン〉は全米を股に掛けた大規模な追跡で無駄骨を折ることになる。

「あーあ退屈、今日は本を一冊読み切っちゃった」部屋のドアを開けながら、キミーが不満をこぼす。

ブラッドは彼女が裸足で自分とテレビのあいだをよちよち歩くのを眺めている。ビキニは小さいが、見事に着こなしている。ブラッドは彼女の尻をガン見しすぎていたせいで、くだんの本が飛んでくるのに気づいていない。本は股間に直撃した。

響きわたる悲鳴がおさまり、ずっとあとになって痛みもおさまり、キミーの謝罪を受け入れたあとで、彼女が表情も変えていないことに気づく。

「ねえ、今夜出かけられない？　退屈でしょうがなくって。車で町に行って、どこか踊れるところを探そうよ。ここにいたらピンボールみたいに頭がどうかなっちゃいそう」

　ブラッドは見た目をちょっと真似している天才用心棒が登場するクライムシリーズを観ていたが、テレビの電源をオフにし、本を拾い上げる。銀箔《ぎんぱく》紙のカバーに包まれた煉瓦のようなかたまりで、表紙には弧を描く文字でタイトルが書かれている。『欲望』。知るかよ。

「だめだ。町には行かないって、もう何度も言ってるだろう。街灯の一本一本にカメラがついてるんだぞ。だめなもんはだめ。ああいうマシンは学習速度が速いんだ」

「変装するとかしたら？」

「だめだって！　変装も見破るんだよ。わからないのか？　次世代のシステムは、N95マスク越しでも見破れる。まったく、なんだって二週間ぐらいプールサイドにじっと座ってケツを焼くのがそんなに難しいんだ？　それか、新しい本でも読んどきゃいいだろう」

「これって、いままでで最悪のバカンス！　絶対なんだから。友達に電話して、話を聞いてもらうこともできないなんて」

「これはバカンスじゃない！　そんなんじゃ――」

「そうね、ほんとにそのとおりよ、ブ、ブ、ブラッドリー！」

　キミーはスーツケースの片隅に丸めてあった緑色の布切れをつかみ上げる。ワンピースをかぶってちっちゃなビキニの胸の谷間と股の割れ目を覆うと、ソファのブラッドの隣にドサッと座り、肉感的な色気をにじみ出させる。彼女は塩素みたいなにおいがする。

「俺たちは逃げてるんだよ」ブラッドはそのことを思い出させ、左のおっぱいを撫《な》でさすると、彼女はされるがままになっている。

「でも、何も悪いことなんてしてないんでしょ？」キミーは子供みたいに親指の横を嚙んでいる。

「ああ。これはテストなんだ。言っただろう。〈フュージョン〉の連中は、自分たちのクソがちゃんと機能するか確かめようとしてる。継ぎを当てなきゃならない網の穴がどこにあるか、やつらが見つける手助けをするために、俺は特別に選ばれたんだ。とびきり最高のやべえやつ、それが俺だよ。やつらは〝ゴー・ゼロ〟と合図して、俺たちはいまそうしてる。ゼロになってる。つまり、スマホもパソコンもクレジットカードも〈フィットビット〉も無しってことだ。それに、グレーゾーンにじっとしとかないと」

「グレーゾーンねえ」彼女はぼやく。

「そう、グレーゾーン。あと二週間でテストは終わる。ブラッド一点、合衆国政府〇点。頼むよ、キミー、ぜんぶわかってるだろ」

「サイ・バクスターって、ちょっと可愛いよね。カノジョいるのかな？」

「俺があの野郎から三百万ドルを受け取ったら、すぐ紹介してやるよ」

「あたしたち、ね」と彼女は言う。「あたしたちが三百万ドルを受け取ったら。あたしたちよ、ベイビー」

ブラッドは心底驚いている。「あたしたちって、どういう意味だ？」

「やつらに採用されたのは俺だ。仕事はぜんぶ俺がして、出費はぜんぶ俺が払ってる。そのケツは何をしてる？」

「これがあたしにとって簡単なことだと思うの？」キミーは問いかける。「すべてから切り離されることが？　賞金の半分はあたしのもんよ、ゲス野郎。じゃなきゃ、いますぐあんたを引き渡してやる」

「あたしたちよ！」

「バカか、スパで過ごして読書してるだけで百五十万ドルが手に入るわけないだろ。いまこの場で、その点をはっきりさせておこうぜ」

結局、キミーには言いたいことが山ほどあり、言ってみればM16アサルトライフルからの一斉射撃みたいに、ダダダダダダダと選び抜かれた言葉を彼に向かって連射して、そのすべてを目標に命中させた。壁の前の台に無害そうに置かれている、画面の真っ暗になったソニーのブラビア有機ELテレビのすぐ近くで、罵詈雑言《ばりぞうごん》を雨あられと浴びせていった。テレビについた待機中の小さな赤いランプだけが、内部でひそかに行われていることを示している。

翌朝六時に〈フュージョン〉の捕獲班がやって来たとき、ブラッドは彼らを見てホッとしてさえいるようだった。

終了まで14日と22時間

カナダとアメリカ合衆国との国境

足首はうまい具合に持ちこたえている。イブプロフェンが効いている。それに先週、町から町へとヒッチハイクして、ファーマーズマーケットで買い物をしたり、いまでもハガキを送り合ったりしている高齢者が営むB&Bの更紗で装飾された部屋に滞在したことは、大いに効果があった。心が穏やかになっている。ようやく眠ることができた。ウォーレンのこと、自分がしていることについて、本気でじっくり考えた。

自分がやっていることには、納得している。やるだけの価値がある。確かに、思っていたよりずっと大変だ――縦坑での悪夢のような体験とか、怪我とか、病院からの脱走とか、常に計り知れないほど強いストレスを抱えていることとか、何もかもが――けれど、北へ突き進み、船で国境を越え、予定どおりカナダでしばらく安全に時間をつぶすという計画は、これまでのところなかなかうまくいってるんじゃない？　励ましの言葉があると嬉しいんだけど、と心のなかでウォーレンに請う。幻のハグは？

《ワシントン・ポスト》紙を一部買い、広告欄に目を通す。何もない。まったく、もう。どうなってるの？

オンタリオ州ハミルトンの国境近くに部屋を見つけて一泊する。明日には予定どおりカナダを発って、然《しか》るべき場所に近づくことにする。今度の女主人は孫のことをおしゃべりしながら、ホームメイドのフライドチキンを食べさせてくれる。

終了まで13日と21時間

ユタ州ブライスキャニオン

ゼロ8のジェン・メイには、かなりシンプルな人生哲学がある。それは人と関わり合いにならないこと。彼女はニューヨーク市のローマカトリック教徒の大家族で育った。十八年間、ホームドラマが絶え間なく続いたおかげで、もう一生分、人と触れ合っていたのだ。

地元の図書館で初めてコンピューターと出会い、その論理にたちまち引き込まれた。コンピューターは決して不機嫌になったり、辛《つら》く当たったりしなかった。二進法、イエスかノー、明確な選択、デルタみたいに扇形に展開していくこと。そう、ジェンとコンピューターはうまくやっていけた。

カレッジでは、日々進歩する彼女のスキルセットは、試験の三日前になってもテレビゲームをしている友愛会所属の男子たちに負けずについていくどころの話ではなく、教授たちから与えられる課題を自分なりのやり方で着実に進めていき、その間も男子たちは彼女の周りで騒々しく取っ組み合ったり殴り合ったり引っかき合ったりしていた。彼女は彼らがそこにいないふりをした。彼らは彼女から目が離せなかった。

卒業後はサイバーセキュリティ会社からの誘いがあった。ある大企業が安定したかなりの収入と在宅勤務の機会を持ちかけてきたのだ。彼女はその申し出を受け入れ、サクラメントにあるミニマリストのアパートメントも借りた。通りの先のヨガスタジオの常連になり、仕事の出張中に控えめにいちゃつくこともたまにはあった。最近、そういう男たちのひとりから愛の告白をされて、彼女はちょっと嫌悪感をおぼえた。この件でセラピーを受け、何がきっかけでああいう反応をしたのか突き止めようとした。きょうだいには住所もスマホの番号も知られておらず、彼女はそういう状況に満足している。

〈フュージョン・イニシアティブ〉のβテストに参加するよう頼んできたのは、政府の知り合いのひとりだった。このシステムに本気で挑める人間が必要だったのだ。だから彼女は承諾し、準備して、どんな挑戦を受けたときとも変わらない氷のような冷静さで〝ゴー・ゼロ〟のアラートを受け取った。すべてのデバイスをジオブロックした。どのみち、ソーシャルメディアは何もやっていない。仕事で使うメールアカウントは、向こう一か月は連絡できないことを知らせるよう設定した。現在のクライアントには、自分の仕事のことを理解している知り合いで、どんな差し迫った問題でも対処できる三人の優秀な技術者の番号を教えてある。

ビットコインのアカウントを持っているおかげで、出来のいい偽造の運転免許証とクレジットカードを購入するためダークウェブを利用するのに、大して苦労はしなかった。そうして、彼女は街を出た。

終了まで13日と18時間

カナダとアメリカ合衆国との国境

夜明けに、国境近くの脇にある草木の生い茂った踏み分け道で、ひとりのハイカーが鋼の支柱にボルトで固定された簡素な案内板の前で立ち止まる。

警告：
アメリカ合衆国国境
ここを徒歩で越えるのは違法です。
違反者は逮捕、罰金
および／または財産の没収に処せられます。
アメリカ合衆国税関・国境警備局
不審な行動を見かけたら1-800-218-9788にご連絡ください。

彼女は立ち止まり、ボトルに入った水を飲む。**アメリカに神の恵みを、わが愛する国に。**

（『ゴッド・ブレス・アメリカ』の歌詞の一部）おお、なぜ、おお、なぜ、わたしを見捨てたのですか？

けれど、再びアメリカに入らないといけない。それが元々のプランだ——カナダに入るが、あとでまた引き返す。彼女はアメリカにいることを求められている。人に会わなきゃいけない約束がある。


蓋を回して閉め、水のボトルをしまう。幸運を願って案内板に触れたあと、草木の葉を掻きわけて進み、歩く人の滅多にいなかった道を見つけ、見失い、再び見つけ、ひたすら歩き続ける。

終了まで12日と21時間

ワシントンDC〈フュージョン・セントラル〉

自ら志願してジェン・メイの捕獲班に配属されたソニア・デュバルは、このゼロの可能性にずっと興味を持っていて、彼女の捕獲に関与することを楽しんでいる。発見も捕獲も免れる者がいるとするなら、それはジェンだろうと予想していた。そして、ソニアは身を粉にして働くのが好きなタイプなのだ。

手掛かりを求めてジェンの私生活を調べてみると、強い親近感をおぼえた――早くに父親を亡くし、人間関係については、ソニアも手に入る男には飽き飽きで、手に入らない相手を求めている。このほかにも強い繋がりが多数あり――髪の色、身長、数字の7に斜線を引くこと――、複製された自分を追跡しているような気がするのも不思議ではない。

日々が過ぎていった。具体的なものは何も見つかっていない。過去五年間にジェンが選んできたレンタカーの記録をすべて洗い出していたときに、マシンでさえ気づかなかった特定のパターンをソニアは突き止めた。つぎに、チームは交通監視カメラで顔認識を使用した——ジェンが休暇旅行で行きそうな開放的な景色のグレーゾーンに集中して、彼女の好みの車種と組み合わせた。ジェンが運転したことのあるすべての車種を対象に交通監視カメラを調べ、彼女の運転スタイルをアルゴリズムに学習させ、信号での減速の仕方、停止するのを嫌うこと、前輪を縁石に乗り上げて頭から駐車すること、曲がるずいぶん前からウインカーを点灯させること、夜は周りを見るのに苦労するため、暗くなったあとは低速車線に入って制限速度をずっと下回って運転すること、そういう特徴に注意して調べさせた。十二日間で、一万八千人のヒットがあった。有料道路のカメラはナンバープレートが読めるように向けられていて、彼女の顔を探すのには苦労を強いられた。アルゴリズムは微調整しながらフロントガラスを覗き込んだ。

おそらくジェンは有料道路を走らないだろうとソニアは思っているが、確認しないわけにもいかない。すべての男性ドライバーを除外すると、残る候補者は七千人になった。顔認識ソフトで大半がふるい落とされ、ジェンに似ているか、汚れたガラスのせいで顔がはっきり見えず、可能性を完全に排除することもできない八十四人に、リストはたちまち絞られた。はっきり映っている顔がひとつひとつ撥《は》ね除《の》けられたあと——鼻が長すぎる、目と目のあいだが近寄りすぎている、唇が厚すぎる——、顔がはっきり見えない第二のグループを深く掘り下げて分析したところ、十七日目にジェン・メイの祖父母のまたいとこが所有者であるナンバープレートの車が見つかった。
そこから、車そのものを探し出すことは難しくなかった。

終了まで12日と20時間

ユタ州ブライスキャニオン

ここは空気が薄くて澄んでいる。ジェン・メイは大自然に畏敬の念をおぼえるタイプではなく、このような異質な風景を作り出している赤く細い針のような岩を前にしてもそれは変わらないが、傾いていく太陽が大地に日時計みたいな影を落とすあいだ、あたりの景色をしばらく眺めていた。ヨガのルーティーンを完了させ、今日の残りはずっと道路で過ごす覚悟で車に乗り込む。九時間ドライブすればジャクソンホールに着き、そこには滞在するのにもってこいの電波の届かない別荘があるらしい。

国道八九号線を二時間走った頃、カーラジオがバッハのカンタータを流すのをやめ、コーラスで「死ね、ビッチ」という言葉を四回くり返すハードな楽曲が急に流れ出す。ジェンは顔をしかめ、バッハを選び直す。二十秒後、「死ね、ビッチ」がまた。音響システムに何か異常が起きている。なんらかの原因で、自動設定されているのだ。ジェンはラジオを消した。

数秒間の静寂を楽しんだあとで、またラジオが勝手に流れ出した！　どうなってるの？

ジェンは片方の眉を上げ、道路の先にフリーウェイを下りる出口を探し始める。どこかよさげな田舎町で車を停めて、どうにかして音響システムの機能を停止させないと。たとえ石で叩き壊すことになるとしても。ところが、今度は車が加速し始めた。ブレーキを踏み込む。何も起きない。それでもハンドル操作はまだできている。やっとのことでコントロールを保ち、まばらに走る車のあいだを縫うようにして進んでいくが、手のひらにじっとりと汗をかいてきて、血管がドクドクし始めているのがわかる。十年間にわたって真剣に瞑想に取り組んできたおかげで、ギリギリなんとか取り乱さず冷静でいられる。ギリギリ。けれど、つぎにハンドル操作もできなくなった。ブレーキがかかり、また加速して、とろんとした目つきの家族を乗せたキャンピングカーや、おんぼろのピックアップトラックを相手に、恐ろしいチキンレースをする。ジェンはくり返し悲鳴を上げ、ラジオは「死ね、ビッチ」とがなり立てている。いくらハンドルを切っても、ステアリングシャフトに操作が伝わらなくなっている。恐怖の八分間、ジェンはジェットコースターに乗っているみたいに何もできず、いかれた幽霊ドライバーは警告灯を点滅させ、クラクションを鳴らしながら、セミトレーラーの後ろにぴったりつけて運転し、車のあいだをジグザグに通り抜け、路肩を走り、その間もずっと「死ね、ビッチ」のくり返しという責め苦が続いている。

やがて、それは終わった。車はもう一度ガクンと前に傾いたかと思うと、減速した。「死ね、ビッチ」がまたバッハに戻る。エアコンがつき、そよそよと風を送るなか、車はいままでは制限速度をきちんと守りながら、なめらかな走りを見せ、ホールデン郊外の駐車場に入ると、見えない力によって日陰に上手に駐車された。ジェンは役に立たないハンドルを両手で握りながら、何もできずじっと座って見ていた。山並みが見晴らせる駐車場で、彼女はドアを開けようとする。ロックされたままだ。シートベルトを外して身を乗り出し、助手席のドアを試す。こっちも開かない。つぎに、パワーウィンドウを下げようと、ボタンをカチカチ押してみる。何も起きない。しばらくすると、別の車が近づいてきた。ジェンは手を振った。猛烈な勢いでブンブン手を振った。声の限りに叫びまくった。クラクションまで鳴らそうとしたけれど、音が出なかった。手を振っているところが見えなかったのか、それとも無視されたのか、車は行ってしまった。車のなかに閉じ込められて、ジェンは三十分間泣いていた。時々、激しい怒りを爆発させ、いたずらに窓を叩き壊そうとした。だが、ジェンの力では、窓は割れなかった。そして、ついに諦めた。邪悪なものに憑《と》りつかれた幽霊の車に支配されている。

捕獲班がジェン・メイのもとにたどり着くまで二時間かかった。彼女はタブレット端末を渡された。チームの人々は少し離れて立ち、彼女は車にもたれながら捕まったことを認める書類にサインすると、指示に従ってイヤホンを装着し、ソニア・デュバルと通信する。ｉＰａｄの画面にソニアの映像が映っている。髪を後ろに撫でつけ、グレーのジャケットと血のように赤いブラウスを着ている。奇妙なことに、ソニアはセコイアの森のなかに座っているようだ。

「カレッジで一緒だったジョージ・フィリップソンをおぼえてる?」ソニアが尋ねる。

ジェンはなんとなくおぼえていた。目がふたつ、猫背でぞっとする男で、賢いことをパッと閃《ひらめ》くけれど、それ以外の時は鬱積した不満をわめいている。

「ええ、一度デートに誘われた。断ったけど」

「まったくの偶然なんだけど、彼はここで働いていたのよ。うちには優秀なプログラマーが大勢いるから」とソニアは話す。「とにかく、あなたのカレッジの成績証明書を入手してすぐに、当然わたしたちはあなたと彼の繋がりに気づき、本人もあなたを知っていると認めたけど、厳密に言えばそれは規則に反することでもなくて。彼はわたしたちを説得して、知り合いだということは有利に働くし、あなたとのあいだに個人的な恨みは何もないと言ったの。それは間違いだったと判明して、申し訳ないわ」

ソニアはずっと目を見て話し、ジェンは遠くにいるこの女性に心を読まれている気がしたが、そのことに腹は立たなかった。

「だから〝死ね、ビッチ〟だったのね?」

「そうね」

「あいつはもう、あなたたちのところで働いてないと思っていいの?」

「ええ、そう思ってもらって差し支えない」
「くそ野郎」
「その評価に異論はないわ」

終了まで11日と13時間

ニューヨーク州モイラ北部／郡道一七号線

もしかしたら、すごくばかなことをしているのかもしれない。誰もが時々ばかをやってしまうものだが、疲れているときや、痛みに邪魔をされているようなとき、あるいは精神的にどうにもならないところまで追いつめられているか、そこにさらに空腹や喉の渇きが加わっていると、より愚かな行動を取りがちだ。

半分は怪我をした足を踏み出しながら徒歩で三時間歩いてきて、琥珀《こはく》色に染まる夕暮れ空の下、ひっそりした道で彼女は自制心を失っている。ウォーレンのことを考えていたかと思うと、つぎの瞬間には折れそうになっている心を奮い立たせるため、子供の頃に聴いていた歌の歌詞を思い浮かべている。**ウクレレ・レディがお好きなら、あなたみたいなウクレレ・レディ。陰のなかに残りたいなら、ウクレレ・レディも残ります……**。気づけば、ここは地図上で正確にはどの位置なのだろうかと考えている。おまけに寒くなってきていて、どこにもB&Bは見当たらない。顔に強風が吹きつけてくる。この道を外れて、避難する場所を見つけないと。じめじめした下生えのなかで野宿することになって、眠っている顔の上を蜘蛛《くも》が横切っていくところや、森のあちこちに狼がいるところを想像する。そんな夜を過ごしたら、二度と目を覚まさないかもしれない！　ティンパニを交替で叩いているみたいに——**ドスン、パタッ、ドスン、パタッ、ドスン、パタッ——**、ハイアーチのプラスチック製のブーツと、もともと履いていた〈ティンバーランド〉の革のブーツが、アスファルトを叩いて鳴り響いている。**彼女はため息をつくかもしれない……ドゥ、ダ、ドゥ、ダ、ドゥ……彼女は泣くかもしれない……**。遠くにヘッドライトの光が浮かび上がる。この瞬間、彼女は隠れる代わりに、手を振り始める。車がだんだん近づいてくる。光から目を守りながら、さらに激しく手を振ると、ありがたいことに運転手はスピードを落とす。

　これまでの冒険では、ヒッチハイクをする際には慎重の上にも慎重を期して、女性の運転する車を選び（例の美しい三人組のカナダ人の青年は例外だが）、男性ドライバーは避けてきたが、いまは何ひとつまともな状況ではなく、車に乗っているのが年配の男性ひとりだと気づく前に、ピックアップトラックは彼女の横で停まった。

　頭のなかでリスクを計算し、この男性ならなんとかなるだろうと判断する。五十代の男性で、ハンドルの前に身を乗り出しながら彼女の様子を確かめ、こんなところに女がひとりでいることにかなり驚いているようだ。害はなさそうに見える。チェック柄のシャツ。細いがたくましそうな身体。ダッシュボードにビールの空き缶は置かれていない。外装のところどころに少し錆びがついていて、彼自身も苦労のひとつやふたつは知っていることを物語っている。

ヘッドライトの光に顔を照らされながら、男は彼女をまじまじと見つめている。男のシャツの襟もとで、髪の襟足が逆立っている。「大丈夫かい？」

「乗せてもらえると助かるんだけど」

「だったら、乗りなよ。荷物は後ろに放り込んでくれ」

バックパックをトラックの荷台に放り込むと、彼女は助手席に乗り込み、ドアを閉める。冷たい風から逃れられて、人心地がつく。

「それにしても、こんなすたれた道で何をしてるんだ？」男はミラーを確認し、ギアを入れ、静かなアスファルト道路に車を走らせる。

長いことずっとヒッチハイクをしてきて、これから家に帰るところだったのだ、と彼女は作り話をする。

ギアを入れ替えながら、男は横目で彼女を見る。「本当に面倒に巻き込まれてるわけじゃないんだな？」

「ええ。どうして？」

「顔に切り傷や痣《あざ》ができてるから。あそこでひどい怪我をしたみたいだが。熊にでも遭遇したとか？」

彼女はほほ笑む。「熊はいなかったし、大丈夫」

「あんたがそう言うんなら、いいけど」

見え透いた嘘《うそ》をつきながら、落ち着かなくなるほど運転手にちらちら見られているせいで、このトラックに乗ったのは大失敗だったのではないかと思い始め、なんとも居心地の悪さを感じているものの、足首が死ぬほどズキズキ痛んで、鎮痛剤を六錠飲んでもめまいがするだけで効果がなく、気温がどんどん下がってきて野宿するには夜は寒すぎるという理由によって、すべてが論破されてしまう。イブプロフェンを吸収している頭を働かせようともがいていると、湯気を立てる温かいお風呂のイメージがまざまざと浮かんでくる。ああ、考えただけでもたまらない。湯船に入って、ゆっくり浸《つ》かって！　B&Bのなかには、泡風呂用の小さな入浴剤のボトルを用意しているところもある。仕事で散々な一日を過ごしたあとで、ウォーレンが素敵なお風呂を用意してくれたことがあった。キャンドル、ワイン、泡風呂。湯船にすべり込み、たっぷりの泡を両手ですくったり、自分に浴びせたりしてみたけれど、十分後には飽きてしまった。キッチンにいる彼のもとに行き、泡のせいで髪がべたべたするし、キャンドルが溶けてタイルに蠟《ろう》がこびりついている、と文句を言った。「プリンス・チャーミング、あとは任せた」ウォーレンは彼女を見て、笑っていた。いま、彼女には彼の顔が見えている。危険を察知しているみたいに、ウォーレンは急に深刻な顔になる。

起きろ、ベイブ。いますぐに！

ケイトリンはハッと意識を集中する。道路標識を見ると、「モイラまで二十キロ」とある。ウォーレンから教わったやり方を思い出し、年配のドライバーが文句を言う間も与えず、手を伸ばして運転台の明かりをつける。

「ちょっと失礼」

そう言うと、彼が見ていない隙に携帯をすばやく耳に当てて画面を隠し、彼がつぎにこっちを見たときにはもう、通話に意識を向けている。

運転手がまた横目で見ると、ケイトリンは伝える。「夫のウォーレンにかけてるの」そして、電話に向かって話す。「あなた？　そうよ、うん、もう大丈夫。すごく運がよかったの、車に乗せてもらって……」また運転手のほうを向く。「相手？　すみません、お名前は？」

「ビルだ」と彼はしぶしぶ答える。

「ビルよ」ケイトリンは電話の相手に伝える。「えっと、いまはニューヨークのモイラから北に二十キロのところ……郡道一七号線を走ってる。そう、一七号線。まさか。心配しないで。問題なんて何もないから……ええ、いつもナンバープレートは控えてる……」ビルに笑いかける。「古いフォードの赤のピックアップトラック、ナンバープレートはPJL692 43……そう、ニューヨーク州発行のプレート。言われたとおりにしてるわ。ほんとに心配性ねえ！　大丈夫だって。ビルは快く乗せてくれたのよ。彼の運転する車で……」ビルに向かって訊く。「どこまで乗せてもらえます？」

ビルはいまではムスッとしている。「ポツダム」

「ポツダムまで乗せていってもらえるわ、ハニー……。いいから、そんなことしないで。もう大丈夫。わかった？　いいわ。愛してる」そそくさと演技を終わらせると、画面を見せないようにして携帯をポケットにしまい直す。

「乗せてもらったこと、ウォーレンがすごく感謝してたわ。お礼を伝えてって」

「ふーん」

聞こえてきた話のせいで、ビルは気を悪くしたのか――俺のナンバープレートを控えたって？　人をなんだと思ってやがる？――モイラに着くまで、〝若いおねえちゃん〟とか、ほかのことも何も言わずにいた。うんざりしているビルは、沈黙のなかで共に過ごす最初のひとりに過ぎなかった。その後も、少しムッとした男性ドライバーたちは狡猾《こうかつ》なケイトリンを乗せて、何事もなく一日半で約二百五十キロメートル車を走らせることになる。

終了まで10日と5時間

ワシントンDC〈フュージョン・セントラル〉

バート・ウォーカーは、〈フュージョン・セントラル〉があまりにもテーマパークじみていると思っている。出迎える人々が擬人化したネズミの着ぐるみを着ているわけではないが、着ていてもおかしくなさそうだ。受付係のパワフルな笑顔から、高解像度の映像で作られた屋内植物園から、テック企業版の『夢のチョコレート工場』で問題解決のため弾むように歩き回っているウンパルンパみたいな〈ザ・ボイド〉のスタッフまで、何もかもが人を熱中させ、安心させ、ハッピーにさせ、このベンチャー企業を楽しそうに見せるよう設計されている。ここにいると、血がすっかり逆流するような感覚をおぼえる。自分の所属する建物、ラングレーの本部は、飾り気がなく、寒々しく、簡素で、実際的だ。ＣＩＡには事実上のドレスコードもある。ここは真剣な人々が真剣な仕事をする場所であり、職員たちはひとつのことをはっきりと理解している——安定は壊れやすく、神の親指のごくわずかな震えで、タイルの床に落ちたティーカップみたいに砕け散るかもしれないのだということを。楽しむだって？　ウクライナ並みの重大な局面、ある朝いきなり平和な世界が非常事態に突入していて、他国の空が兵器を大量に積んだ爆撃機で埋め尽くされており、民主主義を地獄が襲い、何百万人もの罪のない人々が移動を強いられ、それに応じて身勝手な西欧諸国がささやかな威厳を取り戻そうとする、そういう状況を前にして、ミッキーマウスの絵がついたTシャツ、ハイタッチ、大きなボウルに入った無料のキャンディー、ロビーに置かれたピンボール、〝楽しむ〟ための場所とは、どういうことなのか？

後部座席にバートを乗せたタウンカーは、サイのマジックキングダムにそろそろ着きそうだ。席の隣にはブリーフケースが開いて置かれているが、なかに入っている報告書はほったらかしだ。それよりもサイの新しいおもちゃ、偽オフモードのプログラムや〈千里眼〉のことで気を揉んでいる。どちらもまず間違いなく貴重なものだが、まず間違いなく惨事のもとになるものでもあり、どちらにしても、今後それらが与える衝撃に、いまや自分も加担している。資金を提供し、配備を支援しているからには、自分の手で作り上げたのも同然だ！　科学者として、これらの兵器がどんな新しい脅威を与えるか予想できるが、それは個人のプライバシーに与える損害のことではない。そんな古臭い二十世紀の論争は、無知な雑音に過ぎない。プライバシーの権利は過去のものとなり、既に失われている。あるいはすっかり損なわれ、なんの価値もなくなっている。そう、現在および未来の本当の脅威は巧みな操作であり、既定の行動の姿勢や流儀を何も気づいていない一般市民に教え込むことであり、国家による監視から支配への目に見えない変化であり、民主主義という長い物語の最終章、自発的な服従へと歪《ゆが》ませられた自由意志だ。

この新時代の争点について、バートは科学者として、ひそかに人権派の味方で、CIAを代表する者でありながらも、常にそちら側だった。私は君たちの敵ではない。心のなかで、善意といま持てる限りの知恵を尽くして、この技術が与えるものと壊すもの、創造と破壊、道徳的な領域と不道徳な領域とのあいだで、うまい落としどころを思いつこうとさえ努めているが、結局は無理だと気づくだけだ。いまのところ、ふたつにひとつの明確な選択しかない。正面口で車が停まり、エリカ・クーガンが出迎える。

五月下旬の太陽の下に出ていく。エリカは握手に加えて、親しみを込めて腕に手を触れる。

「バート、今日はお時間を割いて頂き感謝します」

「いいんだ」

「まずは庭を散歩しながらお話しするのはいかがでしょう？」

「そうしよう」

ふたりは並んでのんびり歩き、モザイク模様になっている前庭を横切っていく。やがて曲がり、作り物の小川のそばにある小道に入る。クリエイティブに考える人間にとって、水が流れる音は効果があるという話を聞いたことがある。ひとつ但《ただ》し書きをつけ加えたい――六十歳以上の者には向かない。トイレの場所はどこなのか、そわそわすることになるだけだ。

バートはエリカの旅行談をさえぎる。「エリカ、正直に言うが、私は感心し、この技術の持つ大きな可能性に興奮し、試用することにわくわくしているが、それと同時に、この……〈嘆きの天使〉や〈千里眼〉というもののせいで……君たちは我々の知らないどんなものをほかにも持っているのだろうかと気になっている。我々の関係にサプライズの入り込む余地があるのか。このパートナーシップは……君たちが所有し、君たちが展開し、さらには君たちが収集している、いるものについて、我々は知っておく必要がある」

エリカは一瞬ためらった。「仰《おっしゃ》ることは理解できます。ですが、わたしたちがここでしていることのほとんどは、ここかよそで当然の結果として既に収集された情報の分類だけです。ただ、あなたがたに協力して頂ければ、〈フュージョン〉での機密保持は最高水準かつ決まりきったものであると、どちらの側の人間も安心させられると思います」

「言いかたを変えよう。これに関する計算は単純だ。我々は互いに、ここで行われているすべてのことについて、苦情を最低限に抑えて弁護する必要がある」バートは科学者だが、政治の世界にどっぷり浸かった人間でもあり、種類の違う高レベルの計算をしている。「我々の立場からすると、こちらが安心していられるためには、このパートナーシップのバランスが君たちに有利になるように揺るがされてはは困る。それはあってはならないことだ。我々はここで二の次にされるパートナーになるつもりはない」

「もちろんです」

「このパートナーシップによって、〈フュージョン〉はわが国の保安の中核を成す膨大な量の機密情報への部分的なアクセスを享受している。個人的な情報から、政治に関わる情報まで、あらゆるレベルのデータについて」

「重々承知しています、こちらは――」

「だから事を進めるにあたって、我々は、ここで言う我々とはサイも含むが、互いを完全に理解し合う必要がある」

「百パーセント同意します」

「よし。それだけ聞ければもう充分だ。サイはどうしてる？」

「元気です。彼は――そうですね、いまはわたしたちみんなにとって大変なときですから。でも、素晴らしく刺激的です」

エリカはサイの話題に少しためらったせいで、バートを安心させるための笑顔を見せるのが遅れ、彼はこの言葉にされていない不安に警戒し、さらなる手掛かりを探して彼女の顔をまじまじと見つめている。

「当局は必然的に、このアメリカ国内でのフットワークを非常に軽くしている。初めてのことだ。歴史的なことだ。ヘマをやらかさないようにしよう」

「約束します」

「結構。じゃあ、ワッフルにしようか？」

「はい？」

「ここではワッフルが食べられると聞いたんだが、カフェテリアで。甘党なものでね」

終了まで9日と19時間

カンザス州カンザスシティ

ゼロ9のドン・ホワイトは現代の賞金稼ぎで、その長い経験から、ホームレスというものが、残された数少ない目に見えぬ存在であることを知っている。貧しいものは常に我々と共にあるとしても、人々は彼らをまたいでいく。おしゃべりしながら立ち止まることもなく、差し出された手を避けて通るか、テントの並んだ地域を通りかかったり、信号待ちで哀れな者に声をかけられたりしたときには、窓をきっちり閉じ、まっすぐ前だけを見て、アクセルを踏み込む。

網の目をすり抜けたい？　だったら、社会の下層にいる連中と一緒に寝ればいい。麻薬常用者やアルコール依存症、宿なしの貧困層、もはや精神科病院でさえ扱いきれない精神異常者、知能指数の低さから減刑された殺人犯、未来を奪われ、この都会の無人地帯や、鉄道橋の下、テントの並ぶ地域、礼節からかけ離れたところで、何年も邪魔をされずに存在することを許されている、狭い区域での仲間意識を好む退役軍人。

ドンは人づき合いを避けている。町はずれの二か所に金を隠してあり、髭を伸ばし、不潔な服で眠ることに慣れた。身を守るには充分なほど健康でたくましい。誰も近寄ろうとはしない。あっという間に、精神異常者たちに、こっちも精神異常者だと思わせた。支離滅裂なたわごとを言い、ウォッカの瓶から水をがぶ飲みし、自分が誰で、どこから来たのかもおぼえていないように見せかけて、こぶしを突き上げ、必要なときはホームレス仲間を殴りつけた。もちろん、ポケットにはプリペイド携帯が入っている。路上で買ったものだ。この電話の番号を知っているのは、母親の隣人ただひとり。

生活パターンは、昼間はずっと眠り、夜通し歩く。それだけだ。くそみたいな食い物を食べる。サツには近づかない。あまりの嫌気に、続けるのも苦労している。猛烈に退屈。ガキたちが地面に線を引いた枠のなかで球技をするのを見せてもらうためだけに、ウォッカの瓶(本物だ)を一本、いかれた細マッチョのガキにやったぐらいだ。三百万ドルは忘れちまえ。あと三週間こんなことを続けたら、神に誓って、かつての生活を当然のものとして考えることは一生できなくなる。清潔なベッドを称賛し、中身が詰まった冷蔵庫にハレルヤを歌い、朝のシャワーの前には身をかがめて祈りを捧げながら生きていくことになるだろう。

勘違いなどしていない。これからの九日間と十九時間は、とりわけきついものになるはずだ。こういう暮らしには、いつまでたっても慣れるもんじゃない。賞金に近づくにつれて、鼓動がますます激しくなり、ああすればよかった、こうすればよかった、と後悔し始め、計画全体に何か致命的な欠陥があるのではないかと考えている。出しゃばりのサツひとりで、すべてが露呈する。町を離れるべきだったのかもしれない、そう思って、場所を移そうと決意を固めた直後に思い出す——自身も専門家として——、通ったばかりの新しい道に臭跡をつけるのが、どれほど危険なことかを。そんなわけで、注射針や空き瓶や見捨てられた人々にまじって、すすで汚れた段ボールを三枚重ねた橋の下の住まいに再び身を置くのだ。

こんなことを考えながら、同類の連中が麵やクッキーや安いワインを買うのに利用しているガソリンスタンドへ歩いていく。うつむいたままで。駐車場や通路には監視カメラが設置されているのがわかっていて、SUVはどれも〈フュージョン〉の車で、自転車用のヘルメットをかぶった間抜けはみんな政府の工作員だと疑っている。精神異常者がどんな気分なのか、ほんの少しだけ理解し始めていた。偏執症患者は自分が常に監視されていると確信し、どこまでも絶えず見られているのだと信じ込んでいて、最高のお笑い種《ぐさ》だが、実際にそうなのだ。誰も彼もが監視されている！　数日前の夜、隣人のひとりが心のなかに接触してきた宇宙人に対する謝罪と祈りの言葉を囁いているのを耳にして、ドンは鼻声で同じような感情を表明した。運の尽きた人々との新たな共通性は、ドンの心を悩ませている。

今夜は自分に褒美をやろうかと考える。ささやかなものだが。本当に食べたいものをガソリンスタンドで選ぶだけだ。〈オレオクッキー〉と、よく冷えた〈プレーリー・ウィークエンド〉の瓶を二本。ガソリンスタンドに着くと、カウンターの監視カメラから顔が隠れるように野球帽を直し、クッキーをひとパックつかんで、ビール売り場に向かう。瓶が霜で覆われていて、蓋を開けた瞬間に瓶が立てるため息の音が聞こえるようで、細い蒸気の渦が見えるようで、飲みたくてたまらなくて喉がうずうずしている。

人間は習慣でできている。ビリー・グラハムがそう何度もくり返していたのを思い出す。同名の有名な福音伝道師じゃなく、ドンが海兵隊を除隊したばかりの頃に賞金稼ぎの指導をしてくれた、非常に優秀な元刑事のことだ。**そして、人はそれらの習慣を断つことができない。**トンズラした相手を捜しているとき、ビリーは決まってそいつの家族に会いにいき、誰といちばん仲がいいかを嗅ぎつけると（たいていは母親だ）、あとは母親の家の外でじっと待った。もう母親がいなかったら？ 家族もいなかったら？ そいつのお気に入りのバーの外で待て。**人間は習慣でできている。**人間はパターンに従って生きていて、自分が自分であり続けようとするならば、必ずそこに立ち返る。ビリーはそれを知っていて、必ず目的の相手を見つけ出していた。

ドンは冷蔵室の扉に手をかけた。支払いは現金でするつもりだ。たとえ〈フュージョン〉にがこっちの習慣を把握しているとしても、〈プレーリー・ウィークエンド〉と〈オレオ〉に目がないことを知っているとしても、現金払いの買い物の跡をたどることはできないよな？くそ。やつらに何ができるかなんて、わかったもんじゃない。このふたつの商品が同時に購入された場所をじっくり調べ始めるかもしれない。危険を冒すほどの価値はない。

隣の棚に移動して、〈コロナ〉を選び取る。〈オレオ〉を置いてあった場所に戻す。〈ドリトス〉をひと袋つかむ。みじめだが正しい行いをして、足を引きずりながらレジに向かう。

終了まで9日と19時間

ワシントンDC〈フュージョン・セントラル〉

「みなさん！　ゼロ9がアウトです！　彼を捕まえました」

ありがたい。残りはふたりだけだ。ケイトリン・ディとジェイムス・ケナー、ゼロ10とゼロ2、それで十人になる。十人全員。彼らは越えてはならない線を越えるだろうし、時間はまだ九日とちょっと残っている。

サイは〈ザ・ボイド〉のフロアに降りていき、スタッフの背中をぴしゃりと叩いたり、握手して回ったりする。「すごいぞ！　きみたちは鋼の神経の持ち主だな！」ゼロ9担当チームのリーダー、テリーという名札をつけている相手を演壇の上に導く前に、部屋の片隅にバートがエリカと一緒に立っているのを見つける。こんなにいかした連中と仕事ができるのがどれほど幸運なのか、この陰気な政府の操り人形に改めて証明してみせる絶好の機会だ。

「さあ、テリー。どうやって捕まえたのか、ほかのみんなに話してやれ」

笑いが起きる。この施設全体に安堵《あんど》が広がり、閉じ込められている巣穴からスタッフが出てきている。この作戦で彼らはそれぞれの役割を演じ、もう三週間が経過している。

テリーはせいぜい二十五歳といったところだ。いまだにニキビができていて、ゴマ付きバンズみたいな顔だ。鉛筆みたいな体格。不安そうなかん高い声で話し始めるが、だんだん調子が出てくる。

「おもに〈千里眼〉のおかげです。我々はドン・ホワイトが芯までカンザスシティの人間だろうと判断しました。調べたところ、彼は元海兵隊員で、その後は賞金稼ぎをしています。それと、膝が、膝に問題があって……隠れ方を知っているのは間違いないだろうけど、カンザスシティを離れることはまず考えられない。キャンプもハイキングもしないはずだ。そこで我々は、モデルを作って、モデルを試して、モデルを使用した」

「座右の銘だな」サイが言う。

テリーは弱々しく笑う。「あの、とにかく、このモデルの予測では、彼は、その、ホームレスのコミュニティに隠れているだろうと。母親がかなり高齢なので、非常時に備えて携帯を持っているだろうと思っていたけど、カンザス広域圏で彼を見つけ出す術はない。彼が同じパターンに従って行動していない限りは。それで、テントが並んでいることで知られている地域と簡易宿泊所の近くにあるコンビニに重点を置きました。ビールやスナックに関する彼の好みは、もうわかっていました。つぎに、我々はビーコンを制御下に置きました」

部屋の片隅でバートが注意深く見つめているなか、そろそろサイがボスとしても教育者としても役割を果たす番だ。

「ちょっとここで話をさせてもらうよ、テリー。ありがとう。ビーコン、この言葉をおぼえておいてくれ。さて……どこまでわかっているかな？　携帯の所在地を追跡して、誰かが自宅にいるかを調べるのに、GPSが便利なのはわかっているが、細かい作業となると、GPSは得意じゃない」サイはこの報告をTEDトークに変えて、ヘッドセットのマイクに向かって話す。増幅された声が〈ザ・ボイド〉に響きわたる。「正確に絞り込めるのは、せいぜい二十メートル弱の範囲内だ。だが、それが大都市の場合、君が〈スターバックス〉にいるのか、それとも隣の〈ダンキンドーナツ〉にいるのかわからないということだ。だけど、それが知りたい。それ以上のことが知りたい。もちろん、クレジットカードの領収書やポイントカードを見て、あとから突き止めることはできる。わけもないことだ。しかし、正確な居場所だけじゃなく、君が普段の白い米の代わりに玄米を買おうとしているのか、リアルタイムで知りたいんだ……それと、ピザという選択肢を三十秒間見つめたあとで、この玄米を買ったのかを知りたい。そうすれば、君がしばらくピザの誘惑に駆られていたことがわかる。このことを知っていれば、誰もがもっと効果的に宣伝を売り込むことができる、その瞬間に君に近づくことができれば……君に届けば。すると、君が家族のために食事の支度をするつもりで帰っている途中に、通りの先に新しくできたピザ屋の割引クーポンが届く。四十分後には無効になってしまう〝クリックして受け取る〟というシンプルなメッセージ付きで。君はくそみたいにヘルシーな食材を冷蔵庫にしまって、ピザを注文する見込みが大きい。では、〈フュージョン〉の場合は？〈フュージョン〉では、悪人を捕まえるのを手伝うという点において、この知識が素晴らしく役に立つ。CCTVカメラの普及と、〈ベライゾン・コミュニケーションズ〉や〈AT&T〉の友人たちが、この国のあらゆる建物と街に、大量の小さなビーコンを設置した頑丈な古き良き携帯電話基地局を増やすという素晴らしい仕事をしてくれたおかげで、大量のビーコン、ビーコン、ビーコン、ビーコンの発信によって、〈フュージョン〉は完全な網の目状のネットワークの利用が可能なため、リアルタイムできめ細かい正確な詳細を記録することができる。君が普通の携帯を手に、好きなビールのある通路で立ち止まっていたら、我々が君を捕まえる助けになる。テリー、この男の好きなビールの銘柄は？」

「〈プレーリー・ウィークエンド〉です」

笑いが起こる。なんと愉快なことか。

「数秒後」サイは続ける。「この男は好物の菓子の六十センチ手前で立ち止まったが、それが何かこっちは知っている――テリー、この男の好物の菓子は？」

「〈オレオ〉です」

笑い。

「それで、君は彼の携帯を追跡したんだな？」サイは質問する。「どうやって？」

「彼は非常に慎重で、プリペイド携帯の電源を入れませんでした。この場合、近隣のCCTVカメラを調べることで、条件に合う年齢、身長、歩き方の男性が、ある店に入るところが見つかりました。店内のカメラを遠隔操作して、この男を観察しましたが、フードやなんかをかぶり、どちらのビールを買おうかとかなり長いこと考えていましたが、精算用のスキャナーを確認したところ、コロナを六本買っていました。だけど、つぎの品はもう少しで買いそうになっていて……」

「どうしても我慢できなかったんだな」

さらに笑い。

「〈オレオ〉で台無しになった。一件落着」サイは誇らしげに話した。みんなのためだったが、特にバートのためだ。「というわけで、これらすべてのビーコン、5G、すぐに6Gや7Gのおかげで、どんな相手の心でも本みたいに読めて、指人形みたいに遊ぶことができる。新世界だ、諸君。新世界」

「すごい！」とか「最高！」とか、上下関係を感じさせないコメントを聞きながら、サイは映画スターのような最高の笑顔を見せる。「それから、捕獲班の車の後部座席には、彼のために何を用意してあった？」

チームリーダーが自分のタブレット端末にタッチすると、SUVの後部座席に座った、髭を剃っていないみじめな様子のドン・ホワイトの巨大な画像が、〈ザ・ボイド〉の壁に映し出される。両脇に捜査官がひとりずつ座り、ひとりは〈オレオ〉の箱を、ひとりは〈プレーリー・ウィークエンド〉の六本パックを持っていて、ふたりともカメラに向かってニヤリと笑いながら、ドン・ホワイトの胸元に贈り物を押しつけている。ドンはいまにも吐きそうな顔をしている。

サイは拍手喝采の指揮を執ったあと、ゼロ2（ジェイムス・ケナー、テック起業家）とゼロ10（ケイトリン・デイ、図書館司書）の画像だけが薄暗くされていないままの、大きなボードを指さした。

終了まで8日と17時間

ニューヨーク州サラトガ・スプリングズ

街にはカメラがある。ひと晩をしのいだ庭園のプラスチック製のあずまやにさえも、カメラが設置されている。カメラは至るところにある。一貫して他人のような足取りで歩こうと努めながら、わたしはケイトリン・デイ、と考えている。最新の大規模な監視能力を試す政府の実験に、わたしは参加している。これには笑ってしまう。真実が偏執症患者の妄想みたいに聞こえるようだと、いったいどうすればいいの?

最後の百ドル札でもらったお釣りが、ズボンのポケットにぐちゃぐちゃに突っ込んである。紙幣を伸ばしていく。二十ドル札が二枚、十ドル札が一枚、一ドル札が四枚、二十五セント硬貨が二枚、十セント硬貨が一枚、一セント銅貨が一枚。これから向かおうとしている場所までのバスのチケット代が四十ドルかかる。その分は使うわけにいかない。二十ドル札を丸めて、靴のなかに隠す。残金——十四ドルと小銭——で二日から四日分の食費をまかなう必要がある。まあ、それで生きている人は大勢いるはずだ。そうよ、世界の人口の四分の三は、それだけあれば感謝するはずよ。だったら、お金をかけずに暮らそう。書店で発売中、『一日七ドルで暮らすアメリカ』、著者は……著者は誰？　いい質問だ。本当のわたしは何者なのか？　見捨てられた地域から離れないようにしつつ、町はずれを幽霊みたいに歩き回りながら、自分自身にくり返し思い出させている。時々、時計が止まってしまったのだと思う。文字盤を見つめ、分針がカチッと動くのを待っているけれど、不規則な進み方をしているように見える。ゆっくり、ゆっくり、速く、速く、ゆっくり。腕時計の問題、それともわたしの問題？　時計はトリックを使っていない。問題は自分にある。まずい。まずい。正気を失いかけている。

ウォーレン、わたしはぎりぎりのところで持ちこたえている。

家に帰りたいのか、ベイブ？

それはもう、でも諦めるのもいや。諦めるわけにはいかない。

彼女は彼の声に耳を傾けている。気を確かに持ち、足取りに合わせて囁いているが、片足がまた痛くなっている。ほら、しっかりして。歩きつづけるのよ。

二日目の真夜中、眠れないせいでふらふらしながら、フェンスを飛び越えて街の公園に入り、野心的なトピアリスト（植物を立体的に造形する庭師）が刈り込んだ開いた傘の形の大きな植え込みの下で、どうにか半分眠っているような状態でうつらうつらして二時間を過ごす。屋台でコーヒーとマフィンを買ってから——もういい頃だ——新聞（ばか高い！）を一部、向かいの売店がシャッターを開けるのと同時に購入する。別の公園のベンチで食べる。《ワシントン・ポスト》紙の裏ページを開き、見つける。

ロンリー・ガール。お疲れ様。あとは好きなように。輝く時間。いまがその時！

泣きたい、叫びたい気分だ。ウォーレンに向かって言う。ハニー、わたしはまだここにいるわ。

公園のなかで涙をぬぐうと、ブーツを履いた足を見下ろす。これと別れる時が来た。医療用ブーツを外すと、肌にすうっと冷たい風を感じ、検査していない足首をゆっくり回して、動くことを確かめる。まだ痛みは残っているけど、なんとかなるだろう。生い茂った低木が、もういらなくなったブーツを受け取る。安らかに眠れ。

バスターミナルに近づくと、困窮した様子の子供に五ドル支払って、切符売り場で代わりにチケットを買ってきてもらう。ふらふらとバスに乗り込み、頭を下げて、眠る。

もう、すぐそこまできている、と、ガタガタと揺れるバスのなかで考える。あと九日間だけ耐え抜けばいい。彼らがほかのゼロたちを何人捕まえていたとしても、あとひとり、決意を固めた無原則な図書館司書を見つけ出さなければならず、残された時間は長くない。有利なのはわたしのほう、とウォーレンに話す。有利なのはわたしよ、ベイビー。

終了まで8日と6時間

テキサス州ダラス

話し声がする。

うたた寝していたらしい。車が停まる音も聞こえなかった。だが、男がふたり、レンタル倉庫のユニットハウスの外で話している声がして、その声は近くから聞こえている。

「これか？」

「これだ」

「確かか？」

「これだよ」

すると……つぎに……ドアをノックする音。

ドアをノックする忌々しい音。彼はまじまじとドアを見つめる。待つ。すると……さらに大きなノックの音。

ジェイムス・ケナー――ゼロ2、プライバシーの専門家、ソフトウェア開発者――が予定していなかったことは、ドアをノックする音だった。

息を詰め、パソコンをスリープ状態にする。靴を蹴って脱ぐ。靴下を履いた足で移動する。明かりを消す。

「ミスター・ケナー？」

ああ、くそ。

「ミスター・ケナー。そこにいるのはわかってます」

第二の声。「〈フュージョン〉の捕獲班です、ミスター・ケナー」

暗闇のなかでジェイムスは、この重大な局面で何も言わず何もしなければ、彼らはおとなしく行ってしまうかもしれないと、ばかみたいに願っている。

「ドアを開けさせたいんですか、ミスター・ケナー？」

それからほんの数分後――ジェイムスのなかでは永遠にも思える時間――、最初の試みで木製のドアが破壊され、黒いセメントの箱に長方形の光が射し、大槌を振るっている大柄な男のシルエットがなかに入ってくる。

「ゼロ2？　ジェイムス・ケナーか？」

あとになって、タブレット端末で棄権の書面にサインをして黒いSUVに寄りかかりながら、しおらしくなったジェイムスは、どうやって自分を見つけたのか教えてほしいと頼む。

するとこう聞かされる。「君のプレイリストが役に立った」

「俺のプレイリスト？　どのストリーミングサービスも、解明できない偽名を使ってたのに。偽名を解き明かしたのか？」

「違う。かなり質の高いマスキング・ソフトウェアが使われていたからな」

「だったら、どうして。プレイリストが？」

「うん、君は難しい相手だったよ。まずは〈マスキット〉の工学技術を解明しようと総力を挙げて試みた。君がそれを使用しているのは確実だったからな。だが、いまのところまだ手こずっている、というわけで、それについては君に軍配だ。つぎに、君の人生を調べた。続いて、君の家を。どちらも隈なく。洗いざらい調べた。人の暮らしは——行動、買い物、そのひとつひとつが、池に落とした小石のように、無数のさざ波を引き起こす。しかし、君はそのことを知っている。我々はすべての手掛かりをたどった。どこにもたどり着かなかった。いちばん下の引き出しのなかに、一枚のTシャツを見つけるまでは。突破口はどこにあるかわからないものだ」

「Tシャツ？」

「そのおかげで見つけたんだ」

「だけど——」

「見てのとおり、我々はあらゆるものを調べ、その一部として、君の服を残らず調べた」

「Tシャツ？　Tシャツだって？　Tシャツから俺を見つけた？」

「〝まさか誰もがカンフーで戦っていたわけじゃないだろう？〟と書かれたTシャツだ。最近のトップ40に入っているヒット曲じゃない、『吼《ほ》えろ！　ドラゴン』の歌詞だ、つまり君はこの曲が好きで、プレイリストのお気に入りになっているのは理にかなったことだろう。我々は主要な世界中のウェブサイトすべてについて、その曲をストリーミングで聴いているなかでアメリカに拠点を持つ者をモニターし始め、君のはずがない者は除外して、最終的には、言うなれば〝カンフー・ファイトの愛好家〟のかなり短いリストを作成した。たったの一日一万人程度だ。それでもまだ三角法で処理するには数が多いが、そこは〈フュージョン〉だ。おかげでミスター・ユーレイトのアカウントにたどり着いた。ファーストネームはE・ジャック、そこから、この人物がストリーミングしているほかの曲を追跡した。このプレイリストは、ジェイムス・ケナーもよく聴いている曲ばかりだとわかった。その点から、E・ジャック・ユーレイトが君である可能性が浮上した。ほどなく、いくつかのウェブサイトに侵入してプライベートデータを調べたところ、たびたびミスター・ユーレイトが現れて、その名前でこの住所にフードデリバリーまでひとつかふたつ頼んでいた。それから我々はミスター・ユーレイトの通信データをすべて把握し、この偽名を使ってこれらの曲をストリーミングしている、くだんのコンピューターの所在地を突き止めた。ストリーミングも、そう、ペンネ・アラビアータのデリバリーも、どちらも同じ住所で、ビンゴ、ここだった」

「ビンゴ」髭も剃らず、風呂にも入らず、身体をこわばらせたジェイムスは、首を振りながらつぶやく。「Tシャツか……」

「だが、さっきも言ったように、君はこちらをかなり手こずらせたからな、そのことに関してはおめでとう。それと、これも言っておきたい。君は正しい問題を提起した」

「へえ？　その問題って？」

捜査官は肩をすくめる。「まさか誰もがカンフーで戦っていたわけじゃないだろう？」

終了まで7日と18時間

ペンシルベニア州スプロール国有林

昼。夕方。夜。夜明け。バスで五時間、ヒッチハイク六回、三時間の本当のハイキング。一歩踏み出すごとに足首が痛む。とうとう、生い茂った森から抜け出して、尾根のへりで立ち止まり、クロガシとカエデの木々に縁取られて隔絶された空き地にある、一軒の小さな小屋を見下ろす。煙突から静かに煙が吐き出され、小屋のなかには明かりが灯っている。泣きそうだ。

おぼつかない足取りで登山道を下りていくと、小屋のなかで誰かが動いているのが見える。走り出しそうになるが、走れる状態の足じゃない。疲れ切っている。玄関から六メートル手前で足を止めると、小屋のなかの人物がはっきり見える。見慣れた姿が。身をかがめ、小石をひとつ拾い上げる。投げると、ガラスに当たって跳ね返る。なかにいる相手が顔を上げる。ふたりの女性は互いに目を合わせる。

数秒後、玄関のドアが開く。ポーチに出てきた女性はヨガパンツを穿き、レインボーカラーで編まれたセーターを着ている。同年代。黒髪のボブ、大きな丸眼鏡。片手を上げて出迎える。

「ハニー、ひどい姿ね」

この言葉は笑顔を引き出すが、弱々しい笑顔だ。「どうも、ベイブ」

「やったじゃない」

「どうにかね」

ふたりは抱き合う。

レインボーカラーのセーターを着た女性が囁く。「ツイてるわよ。スープを作ったの」

ふたりはふり返り、揃って小屋のなかに入る。ドアが閉まる。

終了まで7日と9時間

ワシントンDC〈フュージョン・セントラル〉

サイはずいぶん早起きして、大画面をにらんでいる——十人中九人の顔写真が薄暗くなっていて、そこには五人のプロフェッショナルもひとり残らず含まれている。ここまで来た、あと少しでパロアルトに戻れる、そう思ったあと、暗くなっていない最後の顔写真に視線を移し、つぎにカウントダウン時計を見やる。さて、ケイトリン・デイ、君はどこにいる？もうたくさんだ。

彼女を称賛していた当初の気持ちは、ここ二日間で急速に薄れ、いらだたしさと、ある種の神秘化に取って代わられた。確かに、彼女は〈フュージョン〉の能力を存分に試しているが、すべてについてどうにもしっくりこないところがあり、それがいまサイを悩ませている。たまらなくいらだたせている。だって、そうだろう——この分野の専門知識が少しもない図書館司書が、独力で、メンタルヘルスの問題を抱えながら、足首をくじいて整形外科用ブーツまで必要としているのに、いまなお世界で随一の監視施設をリードして、恐ろしいダンスを踊っている。どう考えても腑《ふ》に落ちない。何度か彼女の症例記録や経歴を読み返したが、この役立たずがこれほど巧みにやり遂げられる理由はどこにも見あたらない。この分だと、彼女はすべてに勝利して、誰でも、いつでも、どこででも捜し出すという〈フュージョン〉の売り文句を致命的に傷つけるかもしれない。彼女のつぎの行動を予想することに、望んでいたよりも長い時間を費やしている。カナダに逃げたのは見事な作戦だった。おかげで、こっちは連日カナダから干渉を受けることになって、〈フュージョン〉は時間と追跡の機会を犠牲にしている。ゼロ10担当チームは、彼女の現在地と動きがさっぱりつかめずにもがいている。ケイトリンの挑戦がレーダーから消えたままでいることだとしたら、彼女の勝ちだ。レーダーには点ひとつ現れていない。〈フュージョン〉にはこれほど巨大な力がありながら、ばかばかしいほど、ケイトリン・デイに関しては力が足りないことがわかっている。

　命じられたとおり、ソニア・デュバルがやって来る。

　サイは彼女を見ないで言う。「変更を加える。ソニア、君にはゼロ10のチームに復帰してほしい。ザックから引き継いでくれ。これからは君が責任者だ。それでかまわないか？」

　明るくなったノートパソコンの画面みたいに、この若い娘はパッと顔を輝かせる。「もちろんです」

　彼はつぎに尋ねる。「どうして彼女を見つけられないんだろうか？」

ソニアは少し時間を取り、一か所も重要なマークが付いていないアメリカとカナダのまっさらなデジタル地図を、サイと一緒に眺めている。

「もしかしたら、彼女が自分らしい行動を取っていないから？」

終了まで7日と6時間

ペンシルベニア州スプロール国有林

バスルームで髪をせっせとブロンドに染めていると、コンロにかけたスープのにおいが漂ってくる。ケイトリンの母親のレシピ。絶品だ。ふたりの女性は食卓を囲み、この三週間の出来事を報告し合う。波乱万丈の冒険の一部始終を。自分に注目を集めるのと同時に、発見されないようにするという、無謀なマスタープランを実現するにあたっての知恵と効果を、微に入り細を穿《うが》ち説明する。

そのあとは、潜水中の潜水艦なみに深く眠る。めちゃくちゃな夢を見る。いくらか元気を回復して目覚めると、太陽が急降下して夜の帳《とばり》が下り始めていて、また友人とダイニングテーブルの前に座る。テーブルの真ん中には一台の携帯電話が置いてある。その横には、バッテリーが。

「協力してくれてありがとう。あなたは信じられないぐらい素晴らしい人だわ」

「いいのよ、何も気にしないで。とにかく、できるだけ長くやつらを苦しめて、思い知らせてやりなさい」

「そのつもり」

「そのようね」穏やかにほほ笑む。「オーケー、それじゃ、やりますか？」

「やりましょう」

「自分でやる？　それとも、わたしがやる？」

「お願いする」

「わかった。じゃあ、秘密をばらすとしますか」

刻んだ玉ねぎと新鮮なタイムのにおいがするふたつの手が、携帯の裏蓋を外してバッテリーを装着する。カチッ。親指で電源ボタンを押すと、数秒後に画面が明るくなる。右上の端にアンテナが二本立ち、電波は充分届いている。

終了まで7日と6時間

ワシントンDC〈フュージョン・セントラル〉

「サイ！」ソニア・デュバルがもう戻ってきた。

「ん？」

「携帯が見つかりました！　ゼロ10のものだと思います。また電源が入れられたんです」

サイの耳に大きく響くその声は、興奮に震えている。

デスクの前で、サイは不思議に思っている。これも囮《おとり》で、あの忌々しい女はこっちのダイヤモンドの鎖をまた引っ張っているのか？

「それが本当に彼女のもので、また間違った方向へ導こうとしているわけじゃないと、なぜわかる？」

「そうですね、これは彼女がボストンで買った追跡されていない最後の携帯電話ですが、新しいSIMカードを使っているので、初めて明らかに身元を隠そうとしています。わたしたちは端末識別番号《IMEI》から携帯のネットワーク接続を確認して……サイ、場所を突き止めたんです。消えたプリペイド携帯は生きてました」

「どこなんだ？」

「ペンシルベニア州スクラントンの百六十キロ西です。どこかの森の真ん中ですね。電波がやっと届いている状態です」

　ドアをノックする音。エリカだ。ふたりは目を見合わせる。

「聞いた？」エリカは尋ねる。

　今回はケイトリン・デイ本人だという確かな予感がしている。「現地に行きたい」とサイは言い、エリカを驚かせる。なんといっても、これが最後の捕獲で、連邦政府から〈フュージョン〉に流れてくる多額の資金を祝うことになるかもしれない。それに加えて、このゼロと直接会って、図書館司書がなぜ思いがけず長く逃げ延びられたのか、頭を悩ませているその謎への答えが手に入るか確かめたい気持ちもどこかにあった。

　ソニアに向かって言う。「いちばん近くにいる捕獲班は？」

「ニューヨークです」

「まずはそっちに合流したい」

　サイはそう言ったあと、パートナーであり、親友であり、恋人である女性に視線を向ける。エリカの顔にも興奮の色が見て取れる。おそらく、これはサイの勝利である以上に、彼女の勝利なのだ。

「出発しよう。君も一緒に来てくれ」

終了まで6日と23時間

ペンシルベニア州スプロール国有林

〈ヘリコプター〉は彼らを険しい斜面の草地に降ろす。いつものサイバー修道士の服装で、ノートパソコンが入った灰色のバッグを持っているサイは、護衛に付き添われて凍った地面を横切り――〈オールバーズ〉のスニーカーでは容易ではない――、ペンシルベニア州自然保護局のSUVに乗る。エリカが急いで隣に乗り込む。バタンと音を立ててドアが閉まる。ふたりともしゃべらない。携帯を見つけたとき、サイとこのゼロとの距離は約三百キロあったのが、未舗装道路で三キロの距離になっている。やがて三キロが野球選手の投球距離に縮まる。

車から降りると、運転手がポリエステルのダウンコートを差し出してきて、サイは肩をすぼめてそれを着る。二機目のバックアップのヘリから捕獲班のメンバーが、外辺部と脱出経路をふさぐことについて何やら声を張り上げているが、サイは小屋へ続く正面の道をまっすぐ進んでいく。携帯の位置を示す赤い点滅の誘惑に抗《あらが》えない。エリカもすぐ後ろからついていく。

サイはポーチに上がる。ノックすると、騒ぐ様子はなく、「なかへどうぞ」という声がする。

小屋のなかは主室がひとつで、アメリカのアーツ・アンド・クラフツ様式で設《しつら》えられた、居心地のいいオープンプランのキッチン兼ダイニング兼ソファやテーブルが置かれたスペースがある。サイはなかに入り、へたな絵画、大量のキルト作品、火を入れた暖炉、そして暖炉の前の長椅子で編み物をしながら満面の笑みを向けている女性を見つける。

だが、これはケイトリン・ディではない。似てはいる。同じ髪型、同じ眼鏡、同じ年頃。けれど、顔が違う。それに、前歯のあいだに隙間がある。

「どうも、ケイトリン・ディを捜しているんですが」

「あなたが見ているのは、彼女に間違いないと思うけど」

「ケイトリン・エリザベス・ディ?」サイはつけ加える。

「ケイトリン・エリザベス・ディ」女性はくり返す。「最後に確かめたときは、そうだったわ」

いまでは捕獲班の残りのメンバーたちもサイのあとからなだれ込んできて、ウインドブレーカーと野球帽で室内を埋め尽くしている。

「マサチューセッツ州ボストン、マールボロ・ストリート八九番、アパートメント七の住人？」まあまあ似ているこの相手をサイが呆然《ぼうぜん》と見つめているあいだに、後ろからエリカが言う。

「質素だけど、わたしには充分な住まいよ」

サイはテーブルに置かれた携帯電話に目を落とす。

女性はサイの視線をたどり、ほほ笑みを浮かべる。

「それはケイトリンの携帯だ」サイは言い張る。「ちゃんとわかってる」

「あら、それは正解よ……その携帯は確かにケイトリン・デイのもの。そのとおり、間違いないわ」

サイは声を荒らげる。「あんたは何者だ？」

エリカが一枚の写真を取り出し、女性に近づく。〈ゴーイング・ゼロ〉の最初の面談で撮った写真を見せる。「この女性をご存じですか？」

女性は写真を受け取り、つくづく眺めてから返す。「ええ。もちろん、知ってるわ」

「彼女は誰です？」

「まだわかってないの？」

終了まで6日と20時間

ペンシルベニア州スプロール国有林

ウォーレンとはジョージタウンで開かれたホームパーティーで出会った。彼が博士号を取得する頃で、彼女はフォールズチャーチのイノバ・フェアファクス病院に勤務していた。初め、彼の目は自分を素通りしているような気がした。ナンパ目的ではないのだろう、あるいは別の誰かを狙っているのかもしれない、そう思っていたけれど、お互いを紹介され、話していくうちに、だんだん彼が距離を縮めてくるのを感じた。誰かが女性ドライバーについて皮肉を言うと、彼女は全米自動車競走協会《NASCAR》のたくさんのチームでピット・クルーをしていた父親のために七歳の頃から手伝いをしていた経験によって、少しずつ集めた貴重な見識を彼に披露してみせた。そこからウォーレンの目は彼女に定められた。嬉しかった。ワシントンDCで行きつけの場所、家族のこと、彼女の仕事のこと、忙しくなく穏やかなときにどんな本を読むのが好きか、そんなことを話した。みんながダンスをしているところに引っ張っていかれたとき、彼が自分に興味を持っていることがわかった。

「君の名前は？」

ウイスキーのにおいがする息から、彼がいまを楽しみ、自分と過ごす時間を楽しんでいるのが彼女には嗅ぎ取れた。

「もう教えたのに、忘れちゃったのね。チャンスは一度だけよ」

あたりは騒々しく、汗のにおいがした。煙草の煙とビールのにおい、学期末で大学院ともお別れという気配が漂っていた。彼は彼女の腰のくびれにぴたりと手を添えている。そうされるのはいい気分だった。その後もいつも。

「教えてくれよ」と言いながら彼が少し引き寄せると、彼女は少し彼を押しやり、腕の下でくるりと回って、再び彼の腕に抱きとめられた。彼が彼女の腰を支えながら上半身が後ろに反るような姿勢を取らせると、彼女は驚き、楽しんだ。彼女が大声を上げて笑い、喉の奥から太い笑い声を出すと、それを聞いて彼は顔を輝かせた。

ラッパのひと吹きで音楽が終わると、彼はくるっと回って、もう一度彼女を捕まえた。誰かが自称DJキャットコールズと言い争っていて、ふたりの周りで曲を競い合う叫び声が上がっていた。けれど、ふたりはもう小さなひとつの泡のなかにいて、ふたりだけの世界に入っていた。彼は素敵な目をしていて、頬骨が高く、左耳のすぐそばに小さなほくろがひとつある。お互いの声が聞こえる階段に並んで座りながら、彼女は彼にはっきり言った。

「相手について本質的に知る必要のあることは、最初の十五分でほとんどすべてわかるって話よ」

「だったら、あっという間に時間切れになるね」

「そうやって、情報の節約ですごく正確な評価ができるの」彼女はせいいっぱい気取ったアクセントでそう話す。「薄いスライスって言うらしいわ」

「情報の節約？　いいね。じゃあさ、君の薄いスライスはどんな味？」

彼女は目をぐるりと回す。「やめてよ」

彼は悲しそうな顔をしてみせる。「わかった、それなら、もう最初の十五分は過ぎたわけだから、ぼくについて聞かせてくれよ。シャーロック、君は何を見抜いた？　ぼくを薄くスライスしたことで」

「知りたい？」

「後悔するだろうけど、知りたいね。さあ来い」

「だったら。あなたはどう見ても頭がいい人だけど、最初から備わっていてほしいと思っている自信を持つためには、何杯かお酒の力を借りなきゃならない。賢さが内気さで相殺されてる」

「グサッと来たな。ほかには？」

「それに、格好いい男になろうとして、そのために格好つけて、たくさんの基本的なことを見逃しているせいで、本当に必要なことをあとでやっと知ることになる」

「うわっ。基本的なことを見逃してる？　たとえば？」

その時、彼は彼女の手を握っていた。

「わたしの名前とか」

彼は笑って首を振った。「確かにそうだね。じゃあ、ぼくに情けをかけてくれよ。もう一度チャンスをくれるなら、明日の夜、君が選んだお手頃価格のDCのレストランでディナーをご馳走するからさ。教えてほしい。君の名前は？」

彼女は彼を見上げた。この頃彼女が出会ってきたような、尊大で学はあるけど常識がない男たちとは違う。彼のなかの何か別のものが呼びかけてきていて、自分のなかの似たような何かも呼びかけ返しているのを感じた。宇宙のこだま。落ち着きと安心、慣れ親しんだ場所にいるという感覚と同時に、興奮と危険、まったく新しい世界の一歩手前に立っているという感覚を、どうしていっぺんに味わえるのだろうと不思議になる。

通りを渡った先に、ふたりきりになれる場所を見つけた。閉店したガソリンスタンドだ。

半月と満月のあいだの月が、給油場を淡い色に染めている。レギュラーガソリンとディーゼルガソリンのあいだでキスをした。

「サマンサ。わたしの名前はサマンサよ」

終了まで6日と20時間

ペンシルベニア州スプロール国有林

「サマンサ」ケイトリン・デイは言う。「わたしの友人のサム。手強いわよ。見つかるといいわね」

サイはまだ衝撃を受け止めきれていない。「サマンサだって？」

「サマンサ・クルー。どことなくわたしに似てるの。歯並びは向こうのほうがいいけど。でも、彼女は眼鏡はかけてない。現実には。これが現実なのであれば。どれか少しでも。スープのことは話したかしら？」彼女はサイを見据える。「ねえ、あなたにはスープが必要そうね」

終了まで6日と19時間

ペンシルベニア州スプロール国有林

サマンサ・クルー、旧姓ワーハースト、緊急治療室《ER》のナース・プラクティショナー、三十一歳、天然のブロンド、視力一・〇、ビール党（ケイトリン・デイのような歯の隙間はない）は、いま小屋から一キロ足らず先の木々に覆われた尾根から双眼鏡を覗いていて、サイ・バクスター本人（ワーオ！）とエリカ・クーガンらしき女性（ワーオ！×2）がポーチに出てきたのを眺めている。もっと離れておくべきだとわかってはいたけれど、友人のケイトリンは大丈夫か、なんらかの兆候を確かめておきたかった。見ていると、サイは着ていたダウンジャケットを脱いで、地面に叩きつけている。すっかりブチギレているようだ。サイが地面に落ちたコートを蹴り終わるのを待ってから、エリカ・クーガンが彼の腕に手を触れて、優しい慰めの言葉をかけているように身を寄せると、サイはがっくり肩を落とす。彼は話を聞いている。話に耳を傾けることはできるらしい。最後にうなずくと、導かれるままにまた小屋のなかに戻っていく。

サマンサがさらに二分待っていると、ヘリコプターのバタ、バタ、バタ、バタという音が聞こえ、次第に大きくなってくる。上空から森のなかの徹底的な捜索が始まろうとしていて、ほかにどんなおもちゃを使おうとするのか、わかったものじゃない。彼女は新しい清潔なバックパックに双眼鏡をしまうと、ノート、水のボトル、サバイバルブレスレットをちゃんと持っているか確かめる。計画のフェーズ2に入るにあたって、これまでのところは順調だ。

とにかく、望んでいたとおりに、いまや彼らの注目を一身に集めている。バクスターとクーガンがここまで訪ねてきたことが、それを証明している。それに、彼女が期待しているのは、バクスターと〈フュージョン・イニシアティブ〉にとどまらず、アメリカ国内のありとあらゆるセキュリティ・サービスから充分な注目を集めることだ。この瞬間から、それを存分に利用するつもりでいる。

フェーズ2

終了まで6日と19時間

ペンシルベニア州スプロール国有林

小屋のなかで、サイは優しくほほ笑んでいるケイトリン・デイと向き合いながら、へたった肘掛椅子に座り、こっちの頭までおかしくなりそうなほど頭のおかしな女への尋問を続けている。だが、尋問を受けている相手は、おびえるどころか嬉しそうで、いつまでも終わらないでほしいと思っているみたいだ。

「知ってることをぜんぶ話してもらおう」

「もちろん。そういう計画だもの」

「計画？」

「あなたたちにほとんどすべて話すことを彼女は望んでる。わたしが知ってる限りのことを。全面開示を」

サイとエリカは顔を見合わせる。

「彼女はここにいたのか?」

「そうよ、確かな事実」

「いつ出ていった?」

「つぎの質問をどうぞ」

「すべて話すと言っただろう」

「ほとんどすべてと言ったのよ」

「いま彼女はどこへ向かってる?」

「見当もつかない。訊かなかったから。つぎの質問」

「この状況を楽しんでるみたいだな」

「だったらなに?」

「なぜ彼女はここへ君に会いにきた?」

「携帯の電源を入れる時が来たと知らせるため」

「スタート地点に話を戻そう。サマンサの計画について聞かせてくれ」

ケイトリンはジーンズから想像上の一片の埃を払い落とすと、すべての始まりをふり返る。

「ああ、そうね……サムが申請用紙とかほかにもネットからダウンロードした書類を持って会いに来たの。このテストに参加したいんだと言って。国民のプライバシーを侵害し、ひそかに影響を与えて世論を仕立て上げている政府や監視資本主義者たちを弄《もてあそ》んでやりたくないかって。そんな感じ。わたしのことを知ってる人なら、それが修辞疑問文だってわかるはずよ。そういう社会が大嫌いだから、わたしは答えたわ、〝ぜひやりたい〟って。だって、わたしは自分の国を愛してるから、この国を心から愛しているのよ、ミスター・バクスター。つまり、この国の現在のあり方や、これから向かおうとしているあり方じゃなく、あるべき姿の国、なれたはずの姿にあるこの国を。この国の理想の姿を。なのに、政府は恐ろしいことやばかなこと、無能で愚かでロクでもないことをして、わたしは大人になってからずっと、異議を申し立てるか、抗議しようとするかして、何通も手紙も書いたのに、向こうは何ひとつ変えやしなかった」

しばらく息をするのも忘れていて、彼女はここでひとつ息を吸い込む。

「それに〈ワールドシェア〉とあんたたちふたりの間抜けについては、言わせないでよね。とにかく、わたしはイエスと返事して、計画を立てて、それだけ。すごくワクワクしたわね、当然、携帯を買ったりなんかは全部わたしがやらなきゃならなかったし、その携帯を友達に持ち歩いてもらえるよう頼んだり、車とかも借りたり――」彼女は両手を振って心地いい小屋のなかを示してみせる。「――小屋もね。もちろん、お金は全部サムが払ってくれて、毎日ずっとそのことを話して、やがて彼女は看護師の仕事を辞めて、うちのアパートメントに引っ越してきて、髪を染めて、わたしは有給休暇を全部使って図書館を休んで、うちのアパートメントにスに乗ってここまで来たんだけど、サムはわたしのために食料やら本やらをどっさり用意しておいてくれたの。本当のところ、素敵な時間が過ごせたわ。ありのままの世界でひとりで過ごすほうがいいから。『フィフティ・シェイズ・オブ・グレイ』と『資本論』を続けて読み終えたとこ。わたしたちは皆、囚《とら》われている――どちらの本も、基本的にそのことを伝えている」彼女の笑いは長引いた。

この新しいケイトリンの笑いが収まると、サイの半分程度しかいらだっていないエリカが前のめりになる。

「ケイトリン、わたしたちがしている仕事がどれほど重要なものなのか、あなたに納得してもらう手助けができるんじゃないかと思うんだけど」

ケイトリンは肩をすくめる。「〝誰のどんなことについても情報を収集したがって、永遠に保存しようとする〟どんな組織に対しても、反対するのが重要だとこっちは思ってるの。それがあんたたちの手口でしょ？　古き良きC・I・Aでしてることは？　ちなみに、さっきのはCIAのガス・ハントが二〇一三年にしたスピーチの引用よ。ユーチューブに動画がある。悪いけど、あーーーっ、もう」

大きなものから小さなものまで不満をブンブンまくしたて、立法者気取りだけど法律を制定する力なんてまるでない、このエネルギッシュな変わり者に、エリカはいつしか魅了されている。

「それに残念ながら、アルゴリズムを使った増幅法や、誤った情報の流布やマイクロターゲティングから利益を得ている民間企業は認められない。そういう情報の多くは、偽情報を流そうとする組織的な計略によって生み出されていて、わたしたちが共有する現実を分裂させ、社会的対話に偏見を抱かせ、民主政治を麻痺《まひ》させている」ケイトリンはさらに言う。「ねえ、なんのために？　なんのため？　真実を殺戮《さつりく》する場を生み出すことで、最終的には個人に対する監視資本主義のために民主主義を犠牲にして、わたしたち皆をハルマゲドンへと押しやる途中で、暴力と死をそそのかすため？　冗談じゃない。そんなの認められない。ところで、実在の場所だって知ってた？　ハルマゲドン。イスラエル北部にあるの。たぶん、そこの住宅価格は安いままなんでしょうね。そうだ、わたしたちがここでしたこと――この小屋でサムとわたしがしたすべてのこと――は、完全に合法よ。気にしてるかもしれないから、念のため言っておくわ。送られてきた契約書は読んだ。そちらがわたしの情報を調べることができると書かれた書類にサインしたのはわたしだから、わたしは無実だし、彼女も同じ。要するに何が言いたいかっていうと、くたばれってこと」

サイは何も言いたくなさそうなので、またエリカが申し出る。

「あなたの主義についてはわかってきたわ、ケイトリン。参考になった、ありがとう。でも、サマンサのことをもっと教えてくれない？　彼女はあなたが……いまここで、わたしたちがしていることをするだろうと思ってるのね？」

ケイトリンの意識はすっかりよそに向いていて、この質問を無視する。「ここで過ごしているあいだに、元素周期表もおぼえたの。時間はたっぷりあったから。一年生のとき、親友が丸暗記してるのを知ってから、やることリストのひとつだったのよ。聞きたい？　水素、ヘリウム、リチウム、ベリリウム、ホウ素、炭素、窒素、酸素、フッ素、ネオン、ナトリウム、マグネシウム、アルミナム——イギリス人はアルミニウムって呼ぶけど——、珪素《けいそ》、燐《りん》——」

エリカはさえぎろうとする。

「硫黄、塩素、アルゴン——」

「ミズ・デイ、**いいですか!!!**」

大声が功を奏した。流れるような言葉を切って、ケイトリンはエリカを見ている。サイを見るより、エリカを見ることを選んだようだ。「ミズ・デイ？　久しぶりにそんなふうに呼ばれたわ。わたしは独身よ、って、ばかね、そんなの全部知ってるわよね。魂の伴侶を見つけられなかったの。これから？　無理ね。見た目は衰えたし、元から大したことなかったし。サマンサとウォーレンとは違って、愛を見つけられなかった。なんの話をしてたっけ？　あ、そうだった……カリウム、カルシウム、スカンジウム、チタン、バナジウム……。彼があんなことになって、サマンサは大変な思いを……ひどすぎる……クロム、マンガン、鉄、コバルト、ニッケル、銅、亜鉛、ガリウム、ゲルマニウム……。消息不明になるなんて。ゲルマニウムのつぎはなんだった？　やだ、出てこない。消えちゃった。安心して、ちょっとからかってるだけよ。わたしなら大丈夫。精神的に安定して――」

「いい加減にしろ！」サイがわめく。「そっちに質問してるんだ。答えてもらおう。それはそうと、いま言っておくが、賞金は一セントたりとも手に入らないぞ。あんたは――あんたの友人のことだが、失格だ。βテストは終わりだ」

〝ぼくのボールは持って帰るからな〟というような、サイのケチで子供っぽいみっともなさが全面に出ているのが、エリカには見えている。事の顛末《てんまつ》にすっかり動転しているのだ。

「どうして終わりなの？」ケイトリンは尋ね、サイをさらに攻撃する。「まだ彼女を捕まえてないじゃない。あなたたちが捕まえなきゃならないのは彼女でしょ？　絶対にわたしじゃない」

「彼女は身元を偽っていた」とサイは答える。「こちらを欺いたんだ」

「あら。あなたたちがテロリストとか国家の敵とかを出し抜けるか、それを確かめるためのテストじゃなかったの？　そっちが中止するつもりなら、彼女の勝ちってことみたいね」

サイは息を吸い込み、冷静になろうとする。「つまり、こちらが楽しみのために彼女の追跡を続けるだろうと、サマンサは思ってるってことか？　狙いはなんだ？」

「やらないの？　追跡を続けないの？」

「ケイトリン・デイは捕まえた」

「でも、あなたたちが捜していたのはサム、サマンサ・クルーよ。知らなかっただけで」

これはサイの痛いところを突いた。ビーチで気まぐれな波に引っくり返されて、ゴロゴロと転がされて、砂と塩水で皮膚がチクチクしているように。いまになってわかったのだ——この女性の不可解な点に頭を悩まされてきたが、知的な人間が情報に偽りの痕跡を残した理由、情報に精通していながら人通りの多い街のATMを利用して、カメラに顔を見せるようなばかな真似をしたのは——すべては〈フュージョン〉のために——サムの顔とケイトリン・デイの名前を結びつけるためだったのだ。ただし、そうするのは、おそらくケイトリンの運転免許証とパスポートの写真をサムの顔にしたあとでなければならず、きっとどちらも最近になって更新したのだ！

彼女がそれだけのことをしていなければ、〈フュージョン〉は保管された写真の情報にもっと意識を向けていたはずで、もっと早くこの小賢《こざか》しい入れ替わりに気づいていただろう。

「どうやって連絡を取った？」サイは質問する。

「なんですって？」

「どうやって連絡を取ったかと訊いてるんだ。プリペイド携帯がほかにもあるのか？」

「ああ、きっとあなたたちは面白いって思うわよ。わたしたち、じかに連絡を取ってたの。そうなのよ。面と向かって。古風でいいでしょ？　たいていは彼女が図書館に来たとき、それか一緒にハイキングしたとき。彼女はハイキングがあまり好きじゃないんだけど、国家のケツの穴のおできになるための訓練だったから。可哀想なサム。彼女はひどく孤独だった。

ひどい裏切りに遭っていた。誰も彼女を信じなかった。家族さえも。とにかく、どこまで話したっけ？　ああ、そうだった。わたしたちは直接話をした。わたしは電子機器を信用してないの――偏執症患者のひとつの利点ね。そう。それはいいとして。ハイキング。で、この小屋の所有者であるスーとは、小さなハイキング・クラブで知り合ったの。あと新聞の広告欄、それを使って連絡を取ってる。広告欄に宣伝を載せるの。不測の事態が起きたら、《ワシントン・ポスト》――言っておくけど、紙の媒体ね――に〝ロンリー・ガール〟宛ての広告を掲載することになってた。でも、何も問題はなかったから、緊急ＳＯＳを出す必要は一度もなかったわ。ねえ、本当にスープはいらない？　豆とハムのスープよ。母のレシピ。もう亡くなったけど。母とはうまくいかなかった、でも仕方のないことよね。いやな女だったけど、料理はできた」

「スープはいらない」サイが言う。

「スープは抜き。そう。じゃあ、これはいかが？」ケイトリンは何かを思い出し、ポケットに手を突っ込むと、ＵＳＢメモリを取り出してサイに寄こす。「これには興味があるかも」

「これは？」

「サムからのメッセージ。わたしの理由は話した……こんなことをした理由は。これは彼女の理由、なぜ彼女がこんなことをしたのかがわかる」

ここにいても、これ以上大した情報は得られないだろうとサイにはわかっている。ＵＳＢ

メモリをつかむと、すぐさま立ち上がり、ノートパソコンを小脇に抱えて、ドアに向かおうとする。

「それを開くには、パスワードがいるわよ」ケイトリンが教える。

戸口で、サイは歯を食いしばる。「で、パスワードは……？」

「ただの簡単な文字列。大文字のT、小文字のo－m－y－r－i－s。トミュリス」

サイとエリカは揃ってスマホにメモを取るが、ケイトリンはまだ話を続けている。「トミュリスは知ってるでしょ？　キュロス大王を亡き者にした女王。キュロスは二千五百年前の偉大な指導者。キュロスは全世界を征服しようとしてたのに、怒らせてはいけない女性を怒らせてしまったらしいの。結局トミュリスはキュロスを殺害し、遺体を斬首して磔《はりつけ》にすると、頭のほうは人間の血で満たしたワインの皮袋に突っ込んだ」そう言うと、ケイトリンはサイのほうを向く。「彼はイランに埋葬されている。彼の大部分はね」

サイは、この頭のおかしい女に、胸のなかに手を突っ込まれて、肺を引っこ抜かれたような気分だった。この女に言われっぱなしで終わるわけにはいかない。今日という日は。USBメモリをこぶしのなかにぐっと握りしめて、サイはドアのハンドルを下げたが、わずかにドアを開けただけで、もう一度ふり返る。「ちなみに言うが、あんたは完全に間違ってる。プライバシーについて、さっき言ってたことだ。人はもうプライバシーを求めていない。プライバシーは過去のものだ。プライバシーは監獄だ。本気で真実を知りたければ話すが、人はプライバシーを漏らしたくてうずうずしてるんだよ。ひどく孤独でたまらないから——その点については、もしかしたらひょっとすると、あんたもちょっとはわかるかもしれないな——、最初のチャンスが来たら、ほっとしながらプライバシーをあっさり手放すんだ。なぜかって？ 教えてやろう。皆が心から望んでいるのは、知られていないことじゃなく、知られていることだからだ……透き通って、中身を見られることなんだ。自分に価値があるみたいに、自分に価値があることの証として、一切合切の秘密を公衆の面前にさらして、自分の罪を言い触らし、あろうことか宣伝までするんだからな！ 何も隠さない。そうなることを望んでるんだ。なぜか？ 理由が知りたいか？ ミズ・ディ？ なぜかって、人に見られていると……愛されているような気が少しするからだよ」

掛け金がカチッと鳴る。ドアが閉まった。サイはもういない。

終了まで6日と18時間

ペンシルベニア州スプロール国有林

サイがSUVに乗り込む前にエリカは追いつく。「サイ……サイ、待って。まだ彼女を追うつもり?」

「ああ、そうとも。断固として、やる」

少しひとりにしてくれとエリカに伝えたあと、サイは車の後部座席でUSBメモリを挿し込み、背中を曲げてノートパソコンを覗き込むと、パスワードを入力する。カタ、カタ、カタ、カタ、カタ、カタ、カタ。トミュリスだって?　くそ女め。

USBメモリに入っているのは、動画ファイルがひとつだけだ。「わたしを再生して」というファイル名。可愛いことだ。ウイルス検出ソフトの「信頼できるファイルですか?」というウインドウが現れる。クリックする。すると、ついに、彼女がそこにいる。鮮明な色と低画質で、最大の天敵、ゼロ10、ケイトリン・ディとみなされていた人物、いまではサマンサ・クルーだと確認されている相手が、こっちを見つめ返している。鼻の上に眼鏡はない。いまではブロンドだ。小屋のなかでサマンサが自ら撮影したもので、ついさっきまでサイが変人のケイトリンと話しているときに座っていたのと同じ、あのむかつく椅子に座っている。

少し間を置いてから、サマンサ・クルーは話し始める。

「自己紹介する必要はなさそうね。誰が何なのか、もうすべてを知っている？――いつ誰がどこにいたのかを？――わたしたちがした、ほとんどすべてのことを？　だといいんだけど。これからあなたたちを利用させてもらいたいから。夫を見つけるために。じつのところ、百億ドルだかなんだかのかかった――それにしても、大金ね――プロジェクトに参加を決めたのはそのためで、あなたたちはこれを台なしにしないよう必死なはず。わたしはあなたたちにやる気を起こさせたかった。どうだった？　夫が失踪していて、わたしはあの人を取り戻したいの。取り戻さなきゃいけないの。ミスター・バクスター、あなたはいま、政府が保管するすべてのデータベースに入れる。契約の一部として、王国の鍵をもらったことはわかってる。だから夫を捜してほしい、政府は彼の居場所を知っているはずだから。夫を見つけてくれたら、あなたはわたしを捕まえられる。夫の名前はウォーレンよ。ウォーレン・クルー。ハーバード大学の元経済学教授。ＣＩＡの下で内密の仕事をしていて行方がわからなくなった。たぶん、中東のどこかで。この国の忠実なしもべ。警察も、国務省も、ホワイトハウスまでもが、夫が国のために働いていたことをまったく知らないと否定して、居場所もさっぱりわからないと言い張ってる。わたしを捨てただけじゃないかって。出ていったんだろうって。自分の意志で姿を消して、カンボジアかどこかのビーチにいるんだろうって。でも、そこには問題がある。だって、わたしは彼を知ってるの。夫がどんな人かわかってる。今度はあなたに彼のことを知ってほしい。夫はアメリカ政府内部の仕事をしていたはずなのに、居場所を知らないなんて言って、自国の政府がわたしに嘘をついてる。本当はちゃんと知ってるはずよ。何か漏れたら困る理由があるせいで、知ってるのに話せないんだと思う。あなたと取引がしたい。わたしの夫を見つけてくれたら、わたしを捕まえさせてあげる。わたしを捕まえれば、あなたはプロジェクトを守れるし、おまけとして、あなたが〈ワールドシェア〉でしている後ろ暗いことについても黙っておく。いろいろ知ってるのよ、サイ。ばらされたくない証拠も握ってる。たとえば……〈バージニア・グローバル・テクノロジーズ〉とか。ということで、取引よ。わたしのためにウォーレン・クルーを捜して。待ってるわ。それに、見張ってる。そうそう……欲しい答えが見つかったら、わたしに連絡する方法はケイトリンが知ってるわ」

サイは同じ映像を何度もくり返し見ている。捨てられた妻のヒステリーとして片付けるのは簡単なことで、ドラッグして頭のなかのごみ箱に入れて、「ごみ箱を空にする」をクリックしたら、クシャッ、でおしまいだが、〈バージニア・グローバル・テクノロジーズ〉——よりによって、あの名前——を挙げたことで、こちらの存続に関わる彼女の脅威レベルが上昇している。それに、この女ほど頭のいい人間なら——自ら無謀な命がけの苦労をして、うまいことプロジェクトに参加して（どうやったのかはまだわかっていない）、会社に損害を与える情報を持っていると仄《ほの》めかすような人間なら——ふざけた真似はしない。そう、軽くあしらうのはまずい。夫に何があったにしても、彼女の話は——本人の言葉とは違うが——真剣に受け止めなければならない。

そのうちに、エリカが車の窓をノックする。もう行く時間だ。チームがSUVで出発するとき、下げたガラス窓の向こうに、ポーチから友達にでもするみたいに手を振っているケイトリン・デイの姿が、最後に見える。このイカれた女の望むとおりの世界になって、それがどんなに悲惨なものか思い知らせてやりたいと、サイは心のどこかで望んでいる。どういうわけか、彼は手を振り返す。

すぐに彼らは再びヘリコプターに乗って、ペンシルベニアの農地の上空から南へと旋回していく。

終了まで6日と1時間

ワシントンDC〈フュージョン・セントラル〉

空気は重く、祝賀会はキャンセルになり、お祝いを象徴するシャンパンを氷で冷やすどころではない。

セコイアの森の映像に代わって、マスクをしていないサマンサの画像が映し出されているオフィスに、サイは精鋭中の精鋭を対象に緊急招集をかける。ゼロ10の追跡は強化して続行すること、この競争はまだ終わっていないこと、ケイトリン／サムの欺きが元々のルールで認められる範囲内にあろうとなかろうと、悪人はルールに則《のっと》って行動するものではないのだから、こちらも状況に応じて続けるしかないのだということを、サイは宣告する。この発表によって、オフィスにあった自信は消散し、下の〈ザ・ボイド〉に見える大きなデジタルのカウントダウン時計によって、物理的に生み出される新たな絶望が取って代わる。この任務が完全な失敗に終わるまで、時間がどれだけあっという間に過ぎていくかを、時計は明示し続けている。

「よし。じゃあ、いい知らせだ。ここからは全員であるだけの情報を利用して、最後のひとりとなったゼロだけに集中することができる。それに、時間はまだ一週間残ってる。悪い知らせもある。これは……これはもはや、普通の状況じゃない。もう明らかになっているように」

サイは自分が知っていることの一部だけを話し、サマンサに知られているかもしれない情報については話さずにおき──じつは、彼女の要求と暴露が収められたUSBメモリの存在自体、エリカ以外には隠している──、ソニア・デュバルにサマンサに関する簡潔な報告を任せる。

「サマンサ・クルー。三十一歳。旧姓、ワーハースト。母親は主婦、父親は技術者で全米《N》自動車競走《ASCAR》協会のいくつかのチームで働いていました。サムはおてんば娘で、手を汚すことをおぼえました。真面目だけど、とりたてて目立つ生徒ではありませんでした。医者になるつもりでしたが、父親が病気になると、責務に耐えられず、代わりに看護の仕事に就きました。兄弟が三人いて、全員が自動車産業で働いています。前は親しかったけれど、彼女の結婚後はそれほどでもありません。最近ではすっかり疎遠になっています。ここからが興味深い話です。ウォーレン・クルーが所得格差の世界的メカニズムについて博士課程修了後の研究をしているときに、ここDCでふたりは出会い、結婚します。その後、彼はハーバードで経済学を教え、終身在職コースに乗っていましたが、そこから飛び降りて、現実世界での直接的な行動を追求しています。ウォーレンが失踪してから——この件については、追ってすぐに説明します——、彼は高等数学に関わる仕事をしていて、きっとCIAか関係組織のために情報収集をしていたのだ、とサマンサは公然と主張しています。ウォーレンは最後に渡航したとき、国外に行って一週間ほどで帰ってくるとサマンサに話しています。いつも行き先ははっきりとは教えてもらえなかったけれど、ペルシア語のガイドブックを荷物に詰めていることにサマンサは気づきました。これを最後に、ウォーレンは消息不明になっています。三年前の出来事です。それ以来、サマンサは行動し続けていて、地元の役人、新聞社、話を聞いてくれそうな相手なら誰でも手紙を書いて、答えを求めて、誰かが何かを知っているはずだと主張しています。いっぽうCIAは、消息を絶った日に明らかにウォーレン・クルーと見られる男性が映ったCCTVカメラの映像と、バンコクへの渡航記録を発見して彼女に見せており、それ以上の情報が出てこないため、彼は不法長期滞在者としていまでもタイにいるのだと考えています」

説明を聞くメンバーを見ながら、サイは考えている。ラクシュミー・パテルには、どうも気になるところがある。サイは彼女のことを、FBIから派遣されてきた本好きな若い女で、面白みがなく、花開こうとしない蕾《つぼみ》だとみなしている。

「しかしながら、サマンサはこの証拠に異議を唱えました。すべてが入念に作り上げられた隠蔽《いんぺい》工作の一部であり、ウォーレンはイランにいる、そうでなければなぜペルシア語の本を持っていったのか、と、我々が復元したメールで意見を述べ、関連するチャットグループに投稿しています。それに、いくつかマスコミに記事も書かせています……地方紙の記事がふたつ、《ニューヨーク・タイムズ》の記事がひとつ、両親と一緒に紙面に登場し、アメリカ政府に捜索を懇願し、ウォーレンはCIAに雇われていたとくり返し訴えています」

ソニアは締めくくる。「事実無根だとCIAが否定すると、サマンサはアメリカ政府の直接介入を求めるオンライン請願を始め、一万五千人分の署名を集めましたが、これまでのところなんの動きもありません。背景については刻々とほかにも情報が入ってきていますが、とりあえずはこんなところです」

ソニアはファイルを閉じた。オフィスを見まわし、必要のないペン先をカチッと引っ込める。

「じゃあ」サイが言う。「妻の捜索を強化するのと並行して、少しばかり夫に関する調査も開始しよう。妻を見つけたら、それで話は終わりだ。どうにかして夫の居所がわかれば、妻も捕まえられるんじゃないかと思う。一石二鳥だ。ほかには？　ソニア、今日は君がすべてを仕切る立場にあるようだが？」

「そうですね、サマンサの行動分析については、ラクシュミーにバトンタッチさせてもらいます」ソニアは同僚をふり返り、そこからはラクシュミーが引き継ぐ。

「では……サマンサ・クルーについてこれまで見てきたことと、過去についてわかっていることから、彼女は強い動機を持ち、目的のために熱心に取り組んでいる人物だと言えます。真実であろうとなかろうと、自分の言い分が正しいと信じています。アメリカ政府が自分を裏切り、夫の居場所を敢《あ》えて隠しているのだと信じています。政府機関に対する不信感を募らせており、普通の暮らしからますます隔絶し、国と、いまやこの組織とも、さらなる過激な敵対関係に追い込まれています。彼女は可能な限りの幅広い行動を取りうると思われます」

少しして、サイがゆっくりした口調ではっきり言う。「よかったら、ラクシュミー、このことを教えてもらえないか。君はどいつとハメてるんだ？」

「な、なんです？」ラクシュミーは口ごもる。

「だから、きみは誰とハメてる？　きみは誰かのおかげで平均ＩＱが１６５の人間ばかりのこのオフィスに出入りできているんだろうから、その相手はかなりの重要人物に違いない。で、誰とハメてるんだ？　ＦＢＩでの経験から言えることが、サマンサ・クルーは可能な限りの幅広い行動を取りうるということだけなら、君が能力を認められてここにいるはずはないからな」

ラクシュミーは顔を真っ赤にして、あんぐりと口を開けている。

エリカはサイがここまでひどい態度を取るのを久しぶりに見た。「ちょっと――」と言いかける。

けれど、ラクシュミーは自ら弁護することを選んだ。「お言葉を返すようですが、サイ、わたしはこのプロジェクト全体がサマンサ・クルーにハメられたことと、これからどうやってハメられたことを帳消しにするのかを、心底から懸念しています」

一時的に、嫌悪を下層として驚愕《きょうがく》が作り出した空隙《くうげき》のなかですべてが停止し、ラクシュミーはバインダーを閉じると、せいいっぱい優雅に立ち上がり、出ていこうとする。

サイは深呼吸をして、自分の思い上がりをいさめようとする。「ラクシュミー、すまなかった。このままいてくれ。頼む。進み続けよう。いまはきつい状況だ、でもぼくが悪かった。君があんなふうに責められるいわれはなかった」

しばし自分の選択肢と将来について考えたあとで、ラクシュミーが座り直すと、サイは再び話を始める。

「ほかに誰か？　何か意見のある者は？」

また静寂。

「そうか。じゃあ、これまでに決まったことは？　誰か？　おーい、ひとりにしないでくれよ」

不安に満ちたひと時のあと、メモを確認しながら、ソニアがまた話す。「サマンサの捜索を強化して、その傍らでウォーレン・クルーに通じる道も切り開く――」

「ただし、ウォーレンに関しては大っぴらにしないこと。内密にしておいてくれ。チームの皆からは君たちだけに報告させるように。ウォーレンがＣＩＡだったら機密事項が関わってくるだろうし、これ以上ケツにぴったり張りつかれるのはごめんだからな。いまはだめだ」サイは椅子から立ち上がり、ノートパソコンを小脇に挟む。「サマンサを見つけよう。集中すべきことは、正看護師ひとり、六日と半日。すぐに取りかかってくれ」出ていく途中で、サイはデートアプリの相手を却下するみたいに壁をスワイプする。すると、サマンサのデジタル画像に代わって、ひと気のないビーチが現れる。椅子の布張りみたいになめらかなさざ波が広がり、ザザーンと石を転がす音がする。

サイが出ていってドアが閉まると、飛行機の客室の与圧が急激に変化したようになる。ソニアが最初に口を開く。「つまり、これからはＣＩＡを調査するってこと？　そんなのめちゃくちゃじゃない？」

サイが占めていた空間の分だけ減圧されるのを感じながら、エリカはバート・ウォーカーと庭を散歩したときの話を忘れずにいて、主要な後援者に隠し事をすることの実存的危険に留意している。「とにかくＣＩＡは真実を話していて、ウォーレン・クルーは当局の仕事をしていなかったものと考えましょう。でも、先入観は持たないように。すべてに可能性があることに変わりはないし、彼に関するどんなことにも重要な意味がある」そして、ソニア以外の皆にも言う。「ただし、第一に集中すべきはサマンサだってことを忘れないようにしましょう。交通監視カメラを遠隔操作して、新たな亡霊のアルゴリズムを組まないと。彼女はきっと新型車には乗らないでしょうね。〈嘆きの天使〉みたいなプログラムの存在を予期していたみたいで、こちらの行動の裏をかくためローテクを使っていたから。でも、運転の癖はつかめるかもしれない。それに、歩き方も更新しないと。片足をかばう歩き方は演技じゃない。ラクシュミーがずばり言ったように、それだけでもわたしたちは――」

その場にいる全員で続きを締めくくる。「――ハメられたことを帳消しにできる」

終了まで5日と16時間

ワシントンDC／ジョージタウン／ボルタ・プレイスNW

サイは無理をしながらエリカと黙って夕食を取った。こういうときは、礼儀正しく過ごすのにも苦労する。食事を済ませると、ひとりで室内プールを往復して泳ぐ。ライラック色の静かな水面《みなも》を打ち砕き、短く太い腕で素早く水を掻き、跳ね上げ、叩き、さらっていく。普段は十往復するところだが、今日は二十五往復する。このひどい一日のいらだちを、心臓のポンプ機能を使って最も遠く離れた毛細血管に送り出し、そこから完全に体外へ排出してしまいたかった。

すっかり疲れ果て、蒸し風呂室に裸で座りながら、次第に両手が汗で光り始めるのを見つめている。むっとする空気のなかで、謎を解こうと思いを巡らせる。サマンサ・クルーという難解な謎を。何も知らず騙《だま》されやすい平凡なアメリカ人を代表する五人のひとりとして選ばれたはずだが、彼女を可愛いものだとはもう思えない。あっさり過小評価される人物の内側には、紛れもない非凡な才能が隠されていたのだ。それが最初の間違いだった。取るに足らない相手だとみなして、高を括《くく》っていたことが。予測ツールの目盛りはすべて、初歩的なことしか知らないぼーっとした市民を捕まえるべく設定してあった。どうやって自分が捜され、調べられ、どんな人物なのかも明らかにされ、そのことによってどれほど大きな影響を被るのかを知らない市民向けに。核となるこの間違いから、ほかのすべても導かれていったのだ。

サマンサ・クルーに一ポイント。だが、こっちが勝たなければならないし、勝てるようにするつもりだ。残された時間は、五日間と十六時間。何百億ドルもかかっている。サイは彼女のことをもう一度調べ直す。何を見落としているんだ？　何かがある。何かまだ納得できないことが。彼女にはあまりにもスキルがありすぎるし、〈フュージョン〉の戦略を熟知している。たとえば、これはひとつの例に過ぎないが、旧式の車を選んで運転していたから、事実上〈嘆きの天使〉は役に立たなかった。旧式の車を運転することが必要になるなど、一般人にわかるものだろうか？　βテストが始まったとき、〈フュージョン〉はＣＩＡにさえ〈嘆きの天使〉のことを教えていなかった。それだけじゃない。歩行認識も。国じゅうを見事に網羅した監視カメラの映像から、〈フュージョン〉は徒歩での移動が多いこの女を一度も発見していない。不規則すぎる歩き方をするとアラートが発令されることを、なぜ知っていた？　いや、あの怒れる変人、本物のケイトリン・デイ以外にも、協力者がいるに違いない。そう思った直後に、ふとひらめいた。その協力者は内部の人間に違いない。いままさにこのプロジェクトが失敗に終わることを強く望んでいる者か、CIAの人間で、〈フュージョン〉で働いているスパイだ。ふいにすべてが腑に落ちた！　それなら辻褄《つじつま》が合う。アマチュアひとりを捜すという間違いを犯していたのだから、彼女を見くびっていたのも当然だが、実際は専門家との繋がりがある相手を捜すべきだったのだ。その専門家とは、〈フュージョン〉の機密事項に精通し、監視システムを熟知したベテランのスパイで、さらにはCIAと話がつけられるような重大な理由があり、ある種の協力関係が内部でできているのかもしれない。

そんなふうにして、賃貸邸宅の蒸し風呂室のなかで、裸のサイ・バクスターは理解する。すべての財産、未来が、さらにはエリカの未来や、この世界で大切だと思うすべての人々の未来までもが、頭のおかしいひとりの女と、誰だか知らないが共謀者の手のなかにある！　そうはさせるか。その協力者、共謀者を突き止めてやる、とサイは決意する。見つけてやるから待ってろよ。目にもの見せてやる。

蒸し風呂室から、くっきりした世界に飛び出していく。すべてが冴《さ》えた冷たい世界で、自分もこれからは冴えた冷たい人間になるのだ。ミスター・ナイスガイはもういない。そんな人物は封印する。タオルを取り、プランジプール――小さく、深く、北極のように冷たい――に飛び込もうと準備する。アドレナリンが駆け巡っているにもかかわらず、心は落ち着いている。さっきまでとは違って、いまやアドバンテージはこちらにあるのだから。こっちは知っているが、敵は知られていることにまだ気づいていない。そう、そこに真の力がある。サイ・バクスターに一ポイント、と心のなかで宣言し、氷のような水の前に裸で立つと、恐ろしいほどの深さに、恐れず足からドボンと飛び込んでいく。

終了まで5日と23時間

メリーランド州グリーンリッジ国有林

ブヨが飛び回る季節の真《ま》っ只中《ただなか》に、真昼の陽射しと空からの監視の目を免れるため、サムは木々の下に新しいテントを張っている。ケイトリンのところで髪を染め直して、ブロンドに戻すことができて本当によかった。ケイトリンでいるのは我慢の限界が来ていて、ようやくサマンサ・クルーと旧交を温められてほっとしている。

だけどこれは、すべてを始めたあのサムと同じ人間なのだろうか？　ひとつには、このめちゃくちゃなジェットコースターに乗ることで、自分の新たな面を色々と知ったということがある。そこまで備わっているとは知らなかった勇気や攻撃性、忍耐力、また復讐心や反逆心、アナーキーな面も。驚くべき新たな考え方をして、新たな反応をして、以前の姿勢を改め、自分に型破りな行動を取らせるのを実感している。いまのわたしは誰なの？　名前はいまもサマンサ・クルー、三十一歳、忙しい緊急治療室《ER》のベテラン看護師のままだけど、いまではアメリカ政府と諜報機関に追跡される身となり、これまでのところは相手を出し抜いている。驚きだ、こっちが相手を打ち負かそうとしていて、夫の失踪に加担しているCIAのほうが劣勢だなんて。

それに、いままでにも増してウォーレンの幻が現れて、前よりずっと頻繁に頭のなかで声がする。ああ、ウォーレン。接合部品とストラップとしなやかな棒、完成の見込みのないたるんだテントと再び格闘しながら、思いを馳せる。

最後に一緒に過ごしたとき、自分がどんなに腹を立てていたかを思い出す。ウォーレンはいまだ帰ってこない旅に出発するところで、タクシーを呼んだあとで、荷物は玄関にすべてまとめてあった。

「ベイブ、なんでそんなに怒ってるんだ」ウォーレンはサマンサに言った。「落ち着いてくれよ」

サムは食洗機にお皿を乱暴に押し込んで、自分を罵った。お気に入りのお皿なのに。結婚祝いに贈られたものだ。彼女は十まで数えた。

「なぜかってウォーレン、あなたのせいでわたしは、危ない真似はやめてと夫に頼みながら家でじっと待つ妻にならなきゃいけない、それがいやなの」

ウォーレンはたじろいだ。「きみは家でじっと待ってるわけじゃないだろう。二日に一日はERの夜勤で、銃で撃たれた患者の手当をしてるんだから」

サマンサはふり返り、流しにもたれかかると、布巾で手を拭いた。「だけど、自分でわざわざ患者を捜して回ってるわけじゃない」

「ひとつの理由に、ぼくたちには金が必要だ」

「やっていけるわよ！　お金なんて必要ない」

サマンサはビールに手を伸ばした。彼がこの仕事をする理由はわかっている、それはお金のためじゃない。そうするのが正しいことだと信じているからだ。夫を絞め殺してやりたくなった。でもそうはせず、代わりに布巾を掛けた。

「ねえ、わたしと結婚したのは、わたしの頭がいいからでしょ」サマンサは夫に思い出させる。

「あと、たまらなくいい身体をしてるから」

彼女は息を吸い込む。

「わかった、ごめん。そうだよ、君と結婚したのは、ぼくが知る誰よりも頭のいい人だからだ。それに、善良な人でもある。だから、ぼくがこの仕事をやらなきゃならないってことは、君にもわかってるはずだ。君を本当に苦しめてるのは、そのことなのか？　気に入らないのと同じぐらい、心の底では理解してるからじゃないのか？」

たぶん、そう。ばか。

「だったら、どうして彼らは直接あなたを雇わないの？　正式に雇えばいいじゃない。正当に認めて」

ウォーレンは目をそらした。「いまの時代、記録に残らないほうが安全なんだろう」

「安全って、誰にとって？　あなた？　それとも、彼ら？　何が起きてるのか教えてよ。今回だけでも」

けれど、夫は両手を上げた。「壁にだって耳があるんだ、忘れないでくれ。ぼくが何をしているのか、だから君にも話せない。だけど信じてくれ、重要な仕事なんだ。もしもぼくたちに子供がいたら、その子たちのために、そして孫たちのためにしているんだと言うようなことだ。だけどぼくたちに子供はいないから、君だけのためにしている」

夫がそういう様子のとき、サマンサは耐えられなかった。高潔で感情に溢れた、勇敢なお人好《ひとよ》し。彼女はまたビールを手に取り、近づいていって夫の頭のてっぺんにキスをした。

「愛してるよ、サム」ウォーレンは言った。

「わかってる」

テントが張れた。離れて、できばえを確かめる。この場所は隠れるのにちょうどいい。頭上にハコヤナギが茂っている。彼らはドローンを使ってこのエリアを徹底的に捜索し、林冠《りんかん》の奥に動きがないか調べるだろう。だけど、きっと二日ぐらいは大丈夫だ。

テントに入ると、キャンバス生地を通して射し込む光のなかで、ケイトリンの家から持ってきた小説二冊をパラパラ読んで、寝袋に潜り込む。〈フュージョン〉が自分のために、ウォーレンを見つけるために活用している技術と能力について想像する。運がよければ、頭を悩ませて眠れない謎に対するすべての答えが、じきに手に入るかもしれない。そうなれば、こうして逃げて、他人のふりをして、生き延びた二十四日間は、これで正しかったのだと思える――その答えは、折に触れて湧き起こる疑念も払拭してくれるだろう。ウォーレンに対する疑念。ウォーレンはタイに行き、いまでもそこにいて、夫は自分を裏切って、ふたりの暮らしは偽りのものだったのだという、CIAによってウイルスみたいに注入されて体内で繁殖しているイカれた考え。正攻法で動いていた頃に、下っ端のCIAの代理人と会う機会が三度あったが、そのたびに同じことを仄めかされた。ご主人のことを、どれだけちゃんと知っていましたか？　本当に？　見たところ、ウォーレンは行方をくらますことを、消えてしまうことを望んでいたのかもしれないと、すべての証拠が示していますが。でも、どこにそんな証拠が？　ウォーレンは個人事業をしていました。知っていましたか？　それに失踪した当時、彼が破産しかけていたことを知っていましたか？　連邦破産法第十一章の適用を申請していたことを？　サマンサは首を振った。いいえ、知らなかった。別の郵便先住所を持っていたことについては？　このことを証明するために彼らが出してきた書類の写しや、ウォーレンがバンコク行きの便に乗ったことを示すものなど、サマンサは欲しくなかった。本当に何も聞いていなかったんですか？　と、彼らはしつこく尋ねてきた。

いいえ、と彼女は答えた。いいえ、いいえ、いいえ。

こういう目に遭った女性は、サマンサが初めてではないだろう。見たところ完璧だった結婚生活が、夫のメールを読んだことや、うっかり開封してしまったクレジットカードの明細書や、不審な購入記録や、おかしな日におかしな街のホテルに宿泊していたことから、水晶でできた建築物のような暮らしが一瞬にして粉々に砕け散る。知っていると思っていた相手、ベッドを共にしていた相手は、まったくの別人だったことがわかるのだ。あるいは、いつも同じ人間ではなかったことが。

数か月が数年になり、忍び込んでくるそんな疑念をなんとか抑え込み、来る日も来る日も、自分の経験から知っているウォーレンへの信頼を守ろうとするしかなかった。あの人は言っていたとおりの行動をした。いんちきなんかじゃない。本当に別の仕事もしていたのに黙っていたとしたら、妻を守るためにそうしたのだ。お金の問題？　そもそも政府の書類は信頼できるものなの？　いいえ、わたしはアメリカの権力ではなく、夫を信じている。だから、自分が信じていることにすがりついている。ウォーレンはバンコクには行かず、中東のどこかで消息を絶ち、ＣＩＡの代理人たちは彼の身に何が起きたのか知りながら話していないことがあるばかりか、必死にこちらを欺こうとしていて、惑わし、正気を失いつつあるのだと思い込ませ、ウォーレンへの疑いを植えつけ、最終的には自分自身をも疑うように仕向けているのだ。

この反論を支えるすべての確かな証拠を自分に思い出させる。話を聞いたボストンのタクシー運転手は、そう、あの日ウォーレンをローガン国際空港まで乗せていき、彼がターミナルに入るのを見たと言っていた。共同預金口座の取引明細書もさかのぼって確認し、小切手を送ってきたペーパーカンパニーを見つけた。そこには親切な女性がいて、丁寧だけど仰々しく、ちょっと取り込み中のように忙しそうだったが、ええ、ウォーレン・クルーに支払いをしましたが、東欧に投資しようとしている別々のクライアント向けに作成した六件分の調査報告書の費用としてです、と話した。出張はありません。データの分析だけです。まさか、政府とはなんの関係もありません。サムは一か月後にまた電話して、同じ返事をもらった。翌月も電話して、同じ話を聞かされた。ただひとつ言えるのは、毎回違う相手と話をして、全員がまったく同じ話をしたということだ。一言一句たがわず、台本を読んでいるかのように。いつも違う人が電話に出るのはおかしいのではないか、と最後のひとりに言ってみることさえした。それ以降、いつ電話しても最初の女性が出るようになった。これぞまさしく予想どおりの高度な隠蔽工作ではないだろうか?

そんなわけで、真実にたどり着くまで、それまでは、風のなかで囁きかけているウォーレンの声にしがみついているつもりだ。

午前になると、寝袋から出て、腕時計とお金を確かめる。何日もここにじっと横になっている気はない。それは計画の次の段階ではなかった。

終了まで4日と7時間

ワシントンDC／ジョージタウン／ボルタ・プレイスNW

「お客様がいらしてます」この家とセットで雇われている制服姿のハンガリー人の家政婦が小声で伝え、新しい朝が窓を蛍光色に染めるなか、サイは後ろから階段を降りていく。「応接室でお待ちです」

この邸宅はあまりにも広すぎて、応接室と聞いてサイは驚く。これまで応接室に入った記憶さえない。それに、この家は借りているのだろうか、それとも税控除のために買ったのか？　会計士たちのすることのせいで、自分が何を所有して、何を管理しているだけなのか、サイにも把握しきれていない。〈ワールドシェア〉の税金がゼロになる限り、どちらでも別にかまわなかった。

サイが住む家のほとんどの部屋と同じく、応接室は広々としていてベージュと白で統一されている――が、赤と黄色で描かれた現代美術の巨大な抽象画が〝アクセント〟として飾られている。いくつかのオークのコーヒーテーブルを囲んでソファが島のように配置され、各テーブルにはテクノロジーと文化を特集した最新の雑誌が扇形に控えめに並べられている。二階分の高さの窓からはテラスと幾何学的な庭園が見晴らせ、サイが応接室に入ったとき、お決まりの黒いスーツに身を包んだ三人の男が、窓辺に立って景色を眺めながら待っていた。

「皆さん。おはようございます」

バート・ウォーカー、ジャスティン・アマリ、それに体格のいい見知らぬ第三の男がサイをふり返る。このなかに、ひとりでも信じられる人間はいるのだろうか？　全員がこちらの足を引っ張ろうとしていて、彼らの精巧なチェスで自分はただの愚かなポーンとして使われているのではないか？

「いい家だな」バートが最初に言う。

「うーん。必要以上に。それで、このまぶしい朝になんのご用でしょう？　家庭訪問かな？」

「座ってもいいかね？」

「どうぞ、おかけください」

インテリアに調和したソファに座ると（知らない男は立ったままだ、ボディーガードか何かだろうか？）、サイは両手を組み合わせて、パートナーたちの深刻そうな顔を覗き込む。

バートが口火を切る。「知ってのとおり、君たちが間違った女性を捜していたことで新たな展開になっているが、この最後のゼロの追跡を続ける必要があることについては、我々も同意見だ。βテストの期限内にそれができなければ、この最終テストは失敗だったと我々全員が非難されることになるだろう。定められた三十日間のうちに十人のゼロを残らず捕まえたことを示す必要がある。混乱のないよう。ただし……」ここでバートは口をつぐみ、深刻そうな顔に挟まれて深刻そうな顔をする。「ウォーレン・クルーからは手を引いてもらう」

　サイは不意を突かれたが、そこまで驚きはしない。人間かデジタルの密告者が既にサイを裏切り、ウォーレンも含めて捜索の範囲を広げろという命令をこの監督者たちに明かしたに決まっている。それに応えて、サイはうなずく。冷静さを保ちながら。「じゃあ、ウォーレンは本当にCIAの人間だということですか？」

　バートはこれまでになく、だが明らかに練習を重ねたポーカーフェイスを見せている。

「とにかくウォーレン・クルーからは手を引いてもらいたい。それだけのことだ」

　サイはこの要求に掛け合わされたすべての含意を処理しようとして、頭のなかで出力されたデータをある程度整理する必要があり、そのあいだに軽口で切り返す。「短いミーティングのようですね」

「君が同意すれば、すぐに終わる話だ」

　データのプロセスから最初の疑問が現れた。「つまり、あなたがたはこちらを監視していたということですか、バート？」

「あなたがた？　ふむ。我々がデジタルで保管している機密ファイルに君たちのチームがアクセスした数時間後に、無数の試みを失敗に終わらせるのであれば、それはそう、知っておきたいと思うのが当然というだけのことだ」

サイは何か言い返そうとする。「こちらには彼が必要だとしたら？　訂正しよう、こちらはウォーレンのことが……妻を見つけるために必要だとしたら？　彼女が夫のためにこんなことをしているのであれば、我々にとって関係のある相手だ」

三人ともかなりポーカーフェイスがうまいとわかった。大したものだ、とサイは思う。この使者たちはウォーレンの居場所を知っているのかもしれないが、それでも彼らの顔からは何も読み取れない。秘密、そこらじゅう秘密だらけだが、人間のなかにしまい込まれていては、何ひとつハッキングできない。

「とにかくウォーレン・クルーには手出しするな」バートはくり返す。「ところで、長官がよろしくとのことだ」

「それじゃあ……つまり……これは命令だと？」

「まさか、とんでもない。我々はパートナーだ。言うなれば、これは……友人からのちょっとしたアドバイスだ」

「なら、もしも……」

「〝もしも〟などということにはならない」

「もしも、このパートナーシップを成功させるために、アドバイスに従わなかったら？」

この最後の言葉を聞いて、それまで曖昧だったバートの顔に浮かんだ表情は、地球温暖化を逆行させられそうなものだった。

サイはひとつ息を吸い、新たな戦略をダブルクリックすると、いつものサイの笑顔を見せながら両手を上げる。「このテストが台無しになるかもしれないって言ってるだけですよ、バート」

「君が自分を信じているよりも、私のほうが君を信じているかもしれんな」

「何が起きてるんです？　本当のことを教えてください。あなたがたが来たのは――」

初めてジャスティン・アマリが発言するが、その声には仄めかすどころではなくはっきり敵意が表れている。「いいか、当局はきみとパートナーを組むことを決断する前に、少しばかり独自の調査を行った。君が慣れているようなハイテクを駆使した調査ではない。君たちの基準からすると、いくぶん古臭いやり方ということになるだろう。だが、経験はこちらのほうが長い。君が他国の政府のためにしている仕事、中国やロシアに技術を売るという利益の大きい仕事は、それらの国がアメリカにサイバー攻撃を仕掛ける脅威を増大させている。いまそんなことをするのは印象が悪いんじゃないか？」

「待て、待て、待て。こっちは貿易禁止条約を破ったことも、顧問としての制裁規定に抵触したことも一度もなければ、違法な取引に関わったことも断じてない。それを言うなら、いまじゃ当局はぼくを信頼しているから、情報にアクセスする権利を渡したってことだろう？」

「特定の情報だけだ」

確かに、ＣＩＡ、ＦＢＩ、ＮＳＡの膨大な機密ファイルは、まだ〈フュージョン〉が自由に扱えるものではなかった。いまでも隠されたままで、ファイアウォールの奥に厳重にしまい込まれている。

バートが口を挟む。「現時点では見て見ぬふりをするつもりでいる、幸い君はずっと優れた技術を母国に売っているからな。それに、ほかのチームが取り組んでいることを知っておくのは、必ずや有益なことだ」

「ぼくをアメリカの脅威だと言っているのか？」

「ＣＩＡには長い歴史がある」ジャスティンは言う。「一九四五年以降、優秀なパートナーだと思えば、ナチスのロケット科学者さえも受け入れてきた」

サイは息をのむ。「ちょっと待て、今度は人をナチス呼ばわりするのか⁉」

「そう例えられると動揺するか？」ジャスティンは言い返す。

パンチをお見舞いしようとするみたいに、サイはパッと立ち上がる。

バートも立ち上がり、厚みのある両手を上げる。「そう熱くなるな。じつに単純な話だ。みんな冷静になれ」

「はっきりさせておくが」サイは反論する。「このプロジェクトは国家安全保障の優先事項だ。ぼくに自分の仕事をさせないことで、あなたがたはいま、それを危うくしている。そういうことでいいのなら、理解した」

バートは友好的な態度をさっと消し去り、返事をする。「もう失礼するが……これだけは言っておく。当局はこのプロジェクトを条件付きで支援しており、君たちのビジネスのいくつかの要素については見て見ぬふりをしてきたが、こちらにはこちらの利益がある。より大きな利益が。こちらはその利益を守るつもりだ。要請に応じなければ、当局はこれ以上見て見ぬふりはできなくなることを君に通告しておく。ということで、要点をくり返す。ウォーレン・クルーからは手を引け。妻のほうを捜すことに集中しろ」

終了まで4日と5時間

ワシントンDC〈フュージョン・セントラル〉

ウォーレン・クルーの捜索を公式に打ち切るという知らせを、サイはオフィスで自ら伝えた。まずはエリカだけに——当然のごとく、CIAの要請に従うしかない、それも直ちに、というのが彼女の意見だ——、つぎに前回呼び集めたのと同じチームリーダーたちに伝えると、オフィスは「これからどうすればいい?」という空気に包まれる。土壇場で突破口を開くよう課せられているのに、ゼロ10を見つけ出す大きな希望がたったいま奪われてしまったという感覚が、手に取るように伝わってくる。午後二時で追跡を始めて丸二十七日目になることは、言われなくても皆わかっている。捕獲期限——五月三十一日の正午——がすぐそこまで迫っている。

またサイとエリカのふたりだけになると、スクリーンに映るデジタルの氷河がゆっくり溶けて水がしたたり落ちる音だけが、静寂を弱々しく破っている。

「連中はこっちをひそかに探ってる。気づいてたか？」

エリカは肩をすくめる。「相手はCIAだし」

ピチョン、ピチョン、ピチョン。何百万トンもの氷が溶けていく。

「ウォーレンを捜し始めたばかりなのに、向こうはそれを知っていた。静かに足跡も残さずにいたつもりだったのに、千の蹄《ひづめ》のとどろきみたいに連中には聞こえてたんだ」

「それはともかく、ウォーレンに関して引き出せただけの情報から判断すると――数か月前にひそかに受講していたペルシア語の授業や、失踪に至るまでの数日間にイランの携帯電話にかけていた電話――、九十五パーセントの確率で彼はイランにいて、イラン政府に拘束されているようね」

「ウォーレンがイランにいるのなら、理由をぜひ知りたいもんだ」

「もうわたしたちの仕事じゃないわ」

知らず知らずのうちに愛してしまっているこの男性を、エリカは見つめている。彼はノートパソコンを開き、カタ、カタ、カタ、カタ、と始めている。「何をしてるの？」

「あのくそ女を捜してるんだ」

終了まで4日と2時間

ワシントンDC〈フュージョン・セントラル〉

エリカはミーティングをすべてキャンセルした。代わりに〈ザ・ボイド〉を歩き回り、どこにも見つからない突破口が意志の力で切り開けないかと願っていたが、フロアを何周かしたあと、諦めてオフィスでの仕事に戻り、ますます厚みを増しているサマンサ・クルー本人のファイルを徹底的に調べていく。

サマンサはデジタル初心者でありながらも、ソーシャルメディアの痕跡を見事に洗い落としてみせていた。それに応じて、〈フュージョン〉のアルゴリズムは痕跡や粒度の細かいパターン、彼女が隠そうとして隠しきれなかった秘密を明かす情報の断片を発掘するため、経歴のパンくずを広範囲に深く調べなければならなかった。

たとえば、サムが勤めている病院の雇用記録。そこには患者からの称賛の声や、先輩スタッフからの高い評価などが含まれている。ひとつだけ批判的な報告があり、サマンサが権威を軽視していることを非難する内容だった。彼女が自分の治療計画を無視して許可もなく一般外科長に相談したという、ある専門医の苦情が関連付けられている。調査の結果、結局は彼女が正しかったことが判明していた。

ほかには、親戚の記念となる地下墓所のページに、姪が家族写真を投稿していた。古いプリント写真をスキャンしたもので、子供の頃のサマンサが写っている。腕ほどの長さのあるスパナを持ち、DCのブルックランド地区でママとパパと一緒に車の修理をしている。ほかの写真は、ボストン郊外にあるサムの倉庫を調べて発掘したもので、中身がリアルタイムで分類されている。写真のアルバム、箱に入った手紙、そのすべてが〈フュージョン〉によってデジタル化され、人の顔を捜すのに利用されている。さらに、古いノートパソコンも見つかっていた。〈フュージョン〉はそのかび臭い中身に新しい火を吹き込み、古い検索履歴やeメールを復元した。ここには漂白した形跡はなかった。なのに、隠された宝の位置を明らかにする大きな×印のついた地図らしきものはひとつもなく、頑《かたく》なに完成しようとしない写真のピースがさらにあるだけだ。

エリカのランチは、アシスタントがサラダを持ってきてくれた。ドレッシングの味しかしない。その日の残りは、張り込み中の刑事にはおなじみの、動きのない苦痛に満ちた時間が過ぎていき、〈ザ・ボイド〉全体にもフラストレーションが蓄積していくのが感じられる。いまや一時間たりとも無駄にはできないというのに、相変わらずサマンサは何も差し出そうとしない。

無益にコストをかけて、捕獲班は彼女が学生の頃に行きつけだったバーに派遣されていた。昔、彼女がよく利用していた森のなかの貸別荘にも。通っていたハイスクールは、サムが煙草を隠すのに利用していた引き出しまで、隈なく捜索されている。が、何も出てこない。

それでも、人生のすべての残骸や雑音のなかから、エリカはひとりの人物を捉え始めている。VRスーツの青いドットが身体の細部になるように、ひとりの女性が目の前で形作られていくのが見える。愛する夫がどこへともなく消えてしまい、人生を狂わされた女性。ウォーレンは平気で妻を裏切り、生き地獄を味わわせるようなことができる人間とは思えない。ウォーレンからサムへ、そしてサムからウォーレンへのいまも残っているeメールは、愛し合う夫婦の肖像を描いている。エリカが続きを描いている肖像によると、ウォーレンは何らかの形で政府の下で働いていて、その仕事をしている最中に失踪した。残された妻は国に対し、というよりも、謎の失踪を調べようとしない政府に対し、のちに怒りを燃やすことになった。いまエリカが捉えているサムは、強風に吹かれている最後のキャンドルみたいに、ウォーレンを信じる心にしがみついている。たとえ友人たちからの励ましのeメールが途絶え、冷静な彼女の両親を除くみんなから変人扱いされていても。それからサムは怒っている、政治家に対して、友人に対して、自分と自分の抱いている希望に背を向けていく相手に対して。そして〈フュージョン・イニシアティブ〉に参加している。

申請書にこんな質問がある。**どうやってこのことを知りましたか？**　サムは（ケイトリン・デイの名前で）こう書いている。**図書館で会話を小耳に挟みました。**　けれど十中八九、諜報の世界でウォーレンが果たしていた役割と、ふさわしい参加者を見つけるためにこのコンテストについて内部では早くから話題にされていたことを考えると、サムは別の方法でこのテストを知ったのだろう。βテストを最後のチャンスと見て、サムがパッとひらめいて計画を練り始めるところを、エリカは想像する。称賛すべき、まじりけなしの献身的な行い！〈フュージョン〉のチームは、単に何冊か推理小説を読んでいるおかげで博識な女性を追っているのだと思い込んでいたが、いまエリカの目の前にある証拠から見えている相手は、開始のホイッスルがまだ吹かれてもいないうちから、極めて高度な監視をかいくぐる方法を調べ、戦術を深く掘り下げ、はったりと裏の裏をかくこと、フェイント、間違った方向へ導くことを、チェスの名人のように緻密に計算していた――まるで自分が参加者のひとりに選ばれることを最初から知っていたみたいに。もしかして、本当に知っていたのだとしたら？

ログオフする前に、サムとウォーレンの写真を反対にスクロールしていくと、サムの両親と一緒に写っている写真で止める。ジョンとローレル・ワーハースト、片やがっしりした体型で、片や痩せていて、ふたりとも堅い意志の持ち主に見える。ジョンの野球帽にはカーレースチームのロゴがついていて、煙草の箱が半袖のシャツの胸ポケットを四角く膨らませている。整備士の太い指に挟んだ煙草から煙を立ちのぼらせながら、妻の肩を抱いている。ローレルの髪はブロンドのすじが入り、完全に歯列矯正を済ませた笑みを浮かべ、陽気そうだがスパンデックスのトレーニングウェアを着た姿は手強そうにも見えて、夫も自分も人生の公正な分け前を受け取るのだと心に誓っているようだ。

エリカはフロアを横切り、ソニアを見つける。「ゼロ10の両親についてわかっている情報を全部ちょうだい」

終了まで3日と22時間

ワシントンDC／ブルックランド

　ドアを押さえて開けたまま、玄関に立っている見知らぬ相手をしげしげと眺めながら、ローレル・ワーハーストは怪訝《けげん》そうな表情をよぎらせる。その顔は写真よりも十数年、年を取っている。「ごめんなさい、ルースって言ったかしら？」彼女は訊く。

「サムとカレッジが一緒で」エリカは答える。「同じサッカーチームに所属してました。ウェストブルック杯で優勝したときに」

「あら。ああ！　ルースね」

「ルース・シェーンベルクです」

「そう。思い出した気がするわ」

「またお会いできて嬉しいです、ミセス・ワーハースト。こんなふうにいきなり来てごめんなさい、でもサムと話をさせてもらえないかと思って」

「サム？　だめ、無理よ。あの子はここに住んでないから」

「ええ、それは知ってます、ただ、いくら電話しても出てくれなくて、そんなの滅多にないことだし、それでちょっと心配になってきたものだから、お母さんのことを思い出したんです。最近、サムと連絡を取ってませんか？」

「それがねえ、ほら、サムのことは複雑で……」

「お気の毒に……そうですよね。すごく心配なんです。あれだけのことがあっても、いつも連絡は取れていたから」

「ああ、本当に。さあさあ、入って」

「いいんですか？」

「どうぞ入って」ミセス・ワーハーストはくり返すと、二階に向かって呼びかける。「ジョン！　ルースが来てるわ、サムのカレッジのお友達よ」

その後、コーヒーを半分飲んだ頃には、エリカは本当に親しい人間しか知りえない詳細まで、サマンサとのカレッジ時代の思い出話をワーハースト夫妻に聞かせ、それと引き換えに――あれこれ話を聞いたり、ウォーレンの失踪に関する新聞記事の切り抜きを見せてもらったりして――充分なことを教えてもらい、このふたりは本当にサムの現在の居場所を知らないのだとわかった。両親の顔に浮かんだ心から気遣っている表情と、自分たちも娘の携帯にかけているのに応答がないということも、それを裏付けている。

「ウォーレンがもう帰ってこないのかもしれないとわかったとき、俺たちはせいいっぱい娘を支えようとしたが、ほんとのところ何ができる？　苦しいのは、もどかしいのは、わからないってことなんだ」ミスター・ワーハーストがエリカに話す。

「じゃあ、ウォーレンがどこに行ったのか、結局わからずじまいなんですか？」エリカは素知らぬ顔で訊く。

「何も。消えちまった。パッとな。サムは中東のどこかでまだ生きてると思ってるが、俺が思うに……うん、ローレルは俺が何を考えてるかわかってる、ウォーレンには俺たちが知らない別の種類の暮らしがあった可能性も考えてみるべきじゃないかってことだ」

「あなたったら」ミセス・ワーハーストが諭すように言う。

彼女はどれほど頻繁に夫の疑いの炎を消さなければいけなかったのだろう？　間違いなく、歳月が過ぎるほどにその回数は増えていったはずだ。

「いや、信じられないほど不思議なことでも実際にあるもんだからな。世界のどこかに、秘密の家族やなんかがいるとか。ウォーレンは誰にも言わずに何かの事業をやっていたらしい。金銭的問題もあった。てことは？　それに、あいつはしょっちゅう国外に行ってた。これが初めてじゃないだろう、俺が言いたいのはそういうことだ」

エリカは立ち上がり、マントルピースのところに行く。分厚いシルバーのフレームが置かれ、長年にわたって撮影されてきた写真が収められている。時間の流れとともに移り変わる子供の成長記録だ。タイムカプセルに閉じ込められた、オムツをつけて敷物の上にいる乳児。よちよち歩きで遊んでいる幼児。ホッケーのスティックを持ったティーンエイジャー。頬をすぼませてストローを吸い、オレンジソーダを飲んでいるカレッジの学生。卒業証書の巻物を握ったガウン姿の卒業生。白衣を着た看護師。そして、このアンソロジーの転換期、結婚式の写真をエリカは手に取る。

「ああ」思ったほど苦労もせずに、偽りの愛情が込もったため息を吐く。「結婚式のサマンサ、すごく綺麗だわ。出席できなくて本当に残念」

エリカの手のなかで、ある場面が固まっている——白いウエディングドレスのサマンサ、結婚してまだ数時間の配偶者と並んで幸せそうで、夫の左手が彼女の右手の止まり木になっている。サムの左側には、花嫁付添人。ウォーレンの右側には……その顔を見て、エリカの頭のなかの認識システムが時間と自分自身の過去のデータベースをスクロールしていくと、ある人物と合致して、思わず息をのむ。最近になって記憶に保存されたばかりの顔が、こちらに笑い返している。

少し間をおいて覚悟を決めると、エリカはふり返り、できるだけさりげない口調を装って、素敵な夫婦に問いかける。「ジャスティンはいま、どうしてます？　連絡を取ってなくて」

「誰だって？」ミスター・ワーハーストが返事をする。

「ウォーレンの友達のジャスティンです。最後に聞いたときは、確か政府の仕事をしてるとか。なんだか重要な仕事を」

「一方的にべらべらしゃべってた、あのいかれた自由主義者のことか?」ミスター・ワーハースト は笑みを浮かべながら応じる。

「ジョン、やめて。ルースは政治の話なんかしたくないわよ」

ひどくゆっくりと、エリカは貴重な写真をマントルピースに戻す。

終了まで3日と20時間

ワシントンDC〈フュージョン・セントラル〉

午後六時、エリカは心臓をバクバクさせながら〈フュージョン〉の階段を大股で上がっていく。手にしているタブレット端末の黒い画面の奥には、携帯で急いで撮った、何もかもはいかなくても、ほとんどすべてのことを説明する写真が隠れている。衝撃のニュースが口から出かかって、いまにもこぼれ落ちそうになっている。そう、サムには専門家としてスパイ技術を身につけている協力者がいた。これまでずっと彼女を助け、支え、救ってきた人物――彼女が悪鬼のように捕まらなかったのも不思議はない！――その人物とは、〈フュージョン〉に資金を提供する側のひとり、ジャスティン・アマリだった。

サイのアシスタントはエリカを止めようとするみたいに、とっさに席から立ち上がりかけたが、パステルカラーのポロシャツを着た二十代の娘には、長年にわたって制限を受けずに出入りしてきたエリカを止めることなど手に余る。それに今日、エリカは決して止まるつもりはなかった。問題の突破口になるニュースを手にしているいまは。

「彼はなかにいる？」

肩を低くしてすりガラスのドア（この施設ですりガラスが使われているのはサイのオフィスだけだ）を押しあけ、サイがすぐにダメージコントロールと反撃モードに入れるよう、タブレットを起動させるため既に視線を落としていたけれど……顔を上げると……目を捉えたのはサイの顔ではなかった。代わりに見えたのは、ソニアの驚いた顔だ。彼女は腰を曲げて前かがみになっていて、シャツははだけ、バラの柄が散ったピンク色のブラがちらりと見え、ヒトデのように広げた手のひらをデスクについて支えにし、熱情のこもったアルファベットのOの形に口をあけている。その後ろにサイがいて、彼女を操縦しているみたいに、ダンスを教えているみたいに、両手で腰をつかんでいる。

「くそっ、しまった」サイがうめく。

数秒間、エリカは息もつけずにその場に立ち尽くしていたが、やがて波のように感情が押し寄せてくる。

苦痛。

オフィスから出ていき、一階にたどり着いたところで、頬を紅潮させたサイが追いついた。服ははだけたままで、穿き直したズボンからシャツの裾がはみ出している。彼を見ることができない。どうしても見られない。まぶたが塩水で縁取られ、呼びかけてくる彼の声を耳にすると、全速力で走り出しそうになった。

「エリカ、待ってくれ、頼む」

サイはエリカの腕をつかんでそばに引き寄せ、慌ててあれこれ囁きかけている。言葉を、謝罪を、決まり文句を、また謝罪を。けれど、彼女は聞いていない。あの可愛いブラを思い浮かべ、つぎに快感を伝えているあの女の顔を、そして後ろで命じ、動き、突き、自らも快楽を享受していた恋人の姿を思い浮かべている。さらに、身を粉にして働き、サイの立場を築き上げ、尻拭いをしてきた、これまでの歳月を思う。ふたりはソウルメイトで、陰と陽なのだと自分に言い聞かせ、長きにわたり互いに深く激しい愛情を抱いてきた。そう、愛。エリカのほうの愛は、たったいま証明された。考えるのも辛いが、目撃した場面に対する純粋な肉体的反応によって。

あの小娘、ソニア。嘘でしょ？　エリカに勝った新参者が性的な喜びに耽《ふけ》る顔と、その新参者の後ろに、かつては彼女が信じていたサイだったはずの、生きている悪夢がまた見える。

エリカは自分のオフィスにたどり着いたが、サイはまだすぐ後ろからついてきている。

「エリカ！　待てよ！　どうしたんだ？」

「どうしたんだ？」エリカはデスクにタブレット端末を落とすように置く。「どうしたんだって、本気でわたしに訊いてるの？」

サイがドアを閉める。その時、気づいた――この人はわたしにどう思われようと気にしていない、自分がどれほどゲス野郎かをスタッフの誰にも知られたくないだけなんだ。アレルギーのように皮膚の下に嫌悪感が忍び込んで広がっていくのを感じる。嫌悪感をおぼえるのはサイに対してだけではなく、自分自身にも、取り巻くすべてに対しても、慎重に築き上げられたこの建物全体に対しても。この世界の清潔なすべての表面に、古い料理油が飛び散ったみたいで、いまではどこもかしこもべたべたして、汚くて触れない。

それなのに、彼は両手を上げて頭を横に傾け、幼い少年みたいな笑みを見せている。ちょっと、本気なの？　彼の顔に浮かんだ表情は慈悲を請い、取り返しのつかないことをしたのだと気づいたみたいに、ほほ笑みが涙に変わる。この瞬間、もう嘘をついても無駄なのに、まだ本当のことを認めようとしない、身動きの取れなくなった子供のように、サイはものも言えずにいる。なんて哀れなの、とエリカは思う。泣きたいのはこっちのはずなのに、怒りしか感じない。「あのくそ女と？　本気？」

「わかってる……あれは……ぼくは……わからない。なんであんなことになったのか。ストレスが大きすぎて、このすべての——」

「ストレスが大きすぎて、インターンとファックするのね。炎上して失墜したいの？」

「わかってる……君の言うとおりだ。本当に悪かったよ、エリカ」

「何回目？」

「え？」

「何回目なの、彼女とファックするのは?」

「待ってくれよ。ぼくは――」

「よくもそんなことを。何を考えてるのよ」

「ぼくを知ってるだろう。自分からそういうことを求めるタイプじゃないって」

「どうしちゃったの? 本気で言ってるのよ。あなたって人が、もうわからない。まるで子供ね。もう信じられない。この仕事のために、わたしたちがしてきたすべてのことが。あなたのために、わたしがしてきたことが」

いま見ているサイは、昨日のサイとはすっかり違って見える。このサイはもう信じることのできない相手で、これほど大きなカテゴリーの変化を受けて、彼に対して残っている感情があるとすれば――少しでも感情が残っているとしても、それがなんなのかは理解がまだまだ追いつかないけれど――、それは前から存在していた不満のかけらでしかないだろうと、もうわかっている。結局、世のなかにあるいくつかのもの――空気、アボカド、鉄道線路、バイオリンの音色、静寂、愛し合う者たちの信頼――は、完璧でなければならないのだ。

失われた過去に思いが向くのは避けられない。「弟は、あなたが大好きだった、あなたは人を惹《ひ》きつけるものを持ってるといつも言ってたわ。あなたは大きなことをするだろうって、とても大きくて立派なことを。わたしはあなたを信じて、自分の夢をあなたに繋いだのに、その結果が……どういうこと? サイ、なんの真似なの?」

サイはこのすべてを耳にして、この生のデータ（加工されていない）が彼（粗野で、苦痛に満ち、感情に毒されている）に流れ込んでくるのを感じている。防御の術もなく、彼女の攻撃をただ受け止めることしかできず、急所をずばずばと痛めつけられている。せめてできることは、言えることのなかで真実に最も近いことを言うだけだ。「彼女のことはなんとも思ってない。これっぽっちも」

「わかってる。悲しいことに、それでうまくいくとあなたは思ってる」

「じゃあ、どうすればいいんだ？　なんでもするから！」

「わたしのオフィスから出ていって。わたしの人生からも。それでどう？　わたしは本当にばかだった」

「すべてに見切りをつけないでくれ、エリカ、話を聞いてくれよ。とにかくβテストは最後までやり遂げられないか？　それが終わったら、ここを出て、DCを離れて、家に帰ろう。この償いはする。解決できる、してみせる。一緒にここで何をしているか思い出してくれ。どれほど意義あることをしているのかを」

「お願いだから出ていって。わたしのオフィスから出ていって」

「本気なんだ。なんでもするから」

「たったいま、わたしがこの目で見たように、なんでもするってわけね！　さあ、お願いだから、出ていって」

「せめてマイケルのことを考えてくれ。忘れるな。すべてはマイケルのためだ。ぼくたちは前例のないことをしようとしてるんだ」

「大声を出すわよ。出ていって！」

サイがいなくなると、エリカは遠隔操作でドアをロックしてから、腰を下ろす。身じろぎもしないまま、十分間が過ぎていく。サイは本気で法を超越していると思っているんだわ、といまになって実感する。これだけ大きな最新の能力を手にして、もはや普通のルールは自分には適用されないと思っている。これまでどれだけの暴君がこの特権を与えられてきただろう？　とうとう、エリカは立ち上がった。メイクを直し、考える。あんなやつ、くそくらえ。そして、〈フュージョン〉の外殻にいる下っ端に連絡して、サンドラ・クリフの特別補佐官の居場所を調べさせる。今日はこの敷地内にはいません、と返事がある。まだ怒りと痛みで頭がガンガンしたまま、電話を手に取る。ためらっている。だめ。タブレット――情報を収めたまま眠っている――をつかみ、〈フュージョン〉の建物から出ていく。

車で家に帰り、ドライブウェイに駐車すると、通りでタクシーを呼ぶ。

運転手に、ジャスティン・アマリの住所を告げる。

終了まで3日と17時間

ワシントンDC／ジャスティン・アマリの住居

　ジャスティンもオフィスから帰ってきたばかりで、ネクタイは外しているがドレスシャツを着たまま、招かれざる客のエリカを通すと、彼女は脇をすり抜けてリビングに入っていく。彼のアパートメントは典型的な〝予算に限りのあるバツイチ男〟のそれだ。安っぽい本棚にはノンフィクションと古いレコード。テレビにはゲーム機が接続されているが、どちらもコンセントが抜いてあることにエリカは気づく──なにしろ、彼は偽オフモードのことを知ってしまったのだから。けれど、ダイニングテーブルの上のノートパソコンは開いたままだ。

「何か飲むかい？」エリカがいることに少しも驚いた様子もなく、ジャスティンは勧める。

　エリカは黙っている。

「一杯やりにきたんじゃないのか？　だったら、『コール　オブ　デューティ』をプレイしにきたんだろ。君のレベルは？」

「彼女を知ってるのね」

「サマンサのことだな？」彼はメスカル酒の瓶を取ると、大きすぎる角氷が小さくなりつつあるタンブラーを再び満たす。一瞬動きを止めたあと、酒を注ぎ続ける。すぐには何も言わない。

エリカは相手が否定するか怒鳴るかするだろうと思っていた。こんな反応は予想外だ。

わたしはジャスティン・アマリの何を本当に知っているのだろう？

資料によると、CIAには十五年間勤めていて、サイバーセキュリティ部門でハッカーの起用をしていたときに昇進し、戦略部のアドバイザーとしてより大きな権限を持つことになった。結婚生活を守るために退職したが、結婚が破綻したのは仕事のせいではないとわかった。バツイチで、子供は無く、仕事も無く、それから三年間はワシントン周辺でコンサルタントをし、手当たり次第に企業向けの単純なプログラミングを引き受けていたが、民間企業のどの上司も政府の上司と同じく気に入らなかった。離婚後は金銭的な問題を抱え、酒を飲みすぎ、全身にタトゥーを入れて――女、船、蛇、ポリネシアのモチーフ――仕事のあとはニルヴァーナの古いアルバムをガンガン聴いてマリファナをやる、会社人間になった。〝三度目の最終通告〟を受け取るのも一度や二度ではなく、借金まみれになっていたが、そのうちにサンドラ・クリフが彼を思い出し、いまの仕事を与えた。厳しい質問をしたり、トラブルを引き起こしたりするライセンスを更新して、またこの仕事がしたいとどれほど思っていたのか実感した。次第にまた人生の目的を見出していった。飲酒を控え、請求書の支払いを済ませ、ジムに通い、歯にラミネートベニアの被《かぶ》せものをした。前はポーカーフェイスとすきっ歯を剝《む》き出した笑みでどちらかと言えば女性を怖がらせていたが、いまでは笑顔を見せることが増えている。四十二歳のいまは、二十代の頃よりも健康で快活だが、エリカの目にはいまでも少し不調でくたびれて見える。どことなく、擦ったあとのマッチみたいだ。

「彼女の友達なんでしょう」エリカはつけ加える。

ジャスティンは慎重な手つきでメスカルの瓶の蓋をしめる。「もともとはウォーレンの友達だ。カレッジからのつき合いでね。君も知ってる相手との最初の仕事を紹介したが、その後はちょっと疎遠になっていた。どうやって突き止めた？」

「古い写真。彼女のご両親の家で、マントルピースの上にあった。結婚式の写真に三人で写ってたわ。親しそうに」

「かなり親しい仲だ」

「彼女のために、あなたがすべてをお膳立てしたの？　このプログラムに彼女を参加させたの？　イエスかノーで答えて」

「それならイエスだろうな」落ち着き払った口調だ。まるで部局間のコミュニケーション戦略や、もっと効率の良いコピー機の補充方法について、ミーティングしているだけだというみたいに。

「それに彼女をずっと助けてた。だから彼女を捕まえられなかった。あなたは〈ゴー・ゼロ〉を失敗に終わらせたいから。CIAは協働したくないんでしょう。クリフ博士も関わってるの？」

ジャスティンはテーブルの前に座った。「なあ、コートは脱いでもいいんだぜ」

エリカは着たままでいる。

「俺を買いかぶりすぎだよ。サムは優秀だ。ほとんどは彼女ひとりでやった。だが、そうだな、彼女がゼロになる前に、おたくらが追跡するのに使いそうな戦略をかいつまんで説明した。クリフ博士は何も知らない。当局は何も知らない。で、俺のことを誰に話した？　サイか？　バートか？」

彼女は答えようとしない。「ウォーレンがCIAのためにしたことを、ぜんぶ知ってるんでしょう」

彼は肩をすくめ、グラスを口元に運ぶ。「少しは知ってる。だが、具体的なことは何も」

「どうして彼の居場所を捜すのを自分で手伝ってあげなかったの？」

「気づいてるかもしれないが、CIAって組織はあまり情報を公開したがらなくてね。ウォーレンのことでどんな情報をつかんでいるにせよ、がっちり隠されてる。機密中の機密だ。俺だって調べた。やってみた。成果はなかったんだ」ジャスティンはもう一口酒を飲み、エリカを通り過ぎて窓の向こうの道を見つめている。「質問すると、はぐらかされた。だが、俺が質問するのを快く思ってないのは明らかだった。正真正銘の敵意だ。先日、あんたの彼氏が尋ねたときみたいに。あくまでも俺の考えだが、たぶんバートも何も知らない。ただ、絶対に立ち入ってはならない問題だってことはわかってる。バートは誰かにそう言われたんだ。つまり、何かあるのはわかってる。おかげでサムは……どうなった？　夫の身に何が起きたのか、何年もわからないままだ。そう、ひどい話だ」

エリカは考える。〈フュージョン〉がいまは、十中八九、ウォーレンはイランにいるのだと信じていることを、一匹狼で不安定な性格のこの男に明かすつもりはない。お断りだわ。アパートメントのなかをもう一度見回し、この男のことをもっと理解しようとするけれど、ここは本物のケイトリンのアパートメントとは真逆だ。あっちは個性が詰まっていたけど、ここはがらんとしていて、清教徒のように簡素だ。白いシャツとチャコールグレーのネクタイにふさわしい内装。

「何がしたいの、ジャスティン？　このプロジェクトを妨害しようとしてるの？」

ジャスティンはグラスをひねり、氷がカランと音を立てる。「ああ、できるものなら、確かに君たちのすることを阻止したいとは思ってる。君たちとCIAの手に委ねるには、あまりに大きすぎる力だからな。本当に阻止するべきだ。それにわかってるんだろう？　CIAは与える以上のものを必ず手に入れるってことを。当局は何年ものあいだ、世界でしているゲームを本国でも合法的にやる方法を探してきた。それが〈フュージョン〉だ。CIAはおたくらを利用してる。おたくらのほかの事業を見逃してまで」

「ほかの事業?」

ジャスティンは小首を傾《かし》げる。「あんたはどこまで知ってるんだ? サイからどこまで聞いてる?」

「情報はすべて共有してるわ」

「なら、あんたもあいつと同じで大犯罪者ってことだな」

思い出したくもないイメージがパッと浮かんでくる。恋人とソニアのセックス、ふたりの顔に浮かんでいた表情、Oの形になったソニアの口、ヒトデのように広げてデスクについた手、せっせと励んでいるゲス野郎とビッチ、愚か者同士お似合いのふたり。

ジャスティンは彼女の表情をまじまじと見つめ、グラスのなかの小さな氷河をがぶ飲みするのをやめる。

「〈ワールドシェア〉に対するあなたの意見は求めてないわよ、ジャスティン」

彼は目を見開く。「知らないのか。本当に知らないんだな……ずっと気になっていたが」

「なんの話?」

「手掛かりをやろう。〈バージニア・グローバル・テクノロジーズ〉。ケイマン諸島にある、おたくらの小さなペーパーカンパニーだ」

「その会社のことなら、ちゃんと知ってるけど」

「じゃあ、何をしてるか知ってるのか？」

「小さな子会社よ。税金対策の。普通のことでしょ」

「それはどうかな……おたくらが敵国に売ってる技術はアメリカ製じゃないと言い張るための、抜け穴として使われていたら」

「ばかばかしい」エリカは首を振る。

「その見返りに、個人情報を買い上げてるんじゃないのか？　人々の秘密を？　世界規模で？」

「いま思いついたでっちあげでしょう。ついていけないわ」そう言いながらも、本当は胸が早鐘を打っている。

「それに当局には」ジャスティンは話を続ける。「このことをすべて承知している連中がいる。〈ワールドシェア〉が合衆国憲法を破って、軍用のスパイウェアや何かをロシアや中国に納入しながら、国際制裁を受けずにいることを。それなのに、おたくらと協働してるんだ！　なぜか？　そうするしかないからだ。こちらにとって必要なものを、おたくらが持っているから。当局はグローバルな野望を達成するのに協力してもらえる限り、諸外国の腐敗した体制も常に支援してきたが、今度は国内の腐敗した体制を支援しているわけだ。だから大変申し訳ないが、俺はこのくそみたいなプロジェクトに断固として反対だ」ジャスティンは口をつぐみ、グラスの縁越しにエリカを見つめながら待っている。

「あんたが本当にこのことを知ってたとは思わない」と結論を出す。「だが、それはどうでもいい。つまるところ、あんたもあの男と同じだけ道徳的に破綻してるってことだ。証拠を無視しているだけで、詳細を知らなくても何かがおかしいと気づいてもよさそうなもんだからな。いずれにしても、十年間にわたって第一級のくそ野郎のために奔走してきたあとで、ごくわずかでも勇気が残ってるなら、やってほしいことがある。ウォーレン・クルーを捜すのを手伝ってくれ。あんたには技術とアクセス権がある。CIAが隠しているウォーレンの機密ファイルを徹底的に調べて、その情報を善良な市民に渡してほしい。たとえば、俺みたいな。その情報を俺にくれ。サムにでもいい。とにかく、正しいことをしてくれ。力があるうちに、その力を本当に価値のあることに使ってほしい」

立ち去るべきだ、急いで家に帰って、サイに電話して、警告したほうがいい。なのに、身体が動かない。

「たとえ……たとえわたしが……そうしたいと思ったとしても……あなただって知ってるでしょう？　わたしたちはCIAの機密ファイルに直接アクセスできない。ウォーレン・クルーのファイルを手に入れようとしてみたけど、CIAの三人組に家庭訪問される結果になった」

ジャスティンはほほ笑んでみせる。「俺がやり方を教える」

エリカは彼をじっと見つめている。母国を裏切ろうとしている男を。「だったら、なんで自分でやろうとしないの？　わたしたちよりアクセス権は多いでしょう。天下のＣＩＡなんだから」

「外壁を通り抜ける許可がないんだ。誰なら持ってると思う？　そう、〈フュージョン〉だよ。それに、おたくのハッキング班なら気づかれずにやれるはずで、ＣＩＡは何が起きたのか知る由もない。みんなが満足ってわけさ」

「聞こえないわ」

「いいや、聞こえてるはずだ、エリカ」

「どうかしてる。国家安全保障のデータベースをハッキングするよう、個人的に指示しろっていうの？　あなたのために？」

歯に被せたラミネートベニアのおかげで、ジャスティンはなかなか素敵な笑顔を見せる。

「サイバーセキュリティ保守整備班にマイロとダスティンってふたりの男がいるだろう、彼らは優秀だ。そいつらを使え。機密ファイルへのユニークアクセス（重複を除いた正味のアクセス数のこと）を利用すれば、鶏小屋の鶏たちを驚かせることなく壁を破れるはずだ。文字どおり、誰ひとり気づかない。俺にはできないが、君にはその手段がある。そいつを使え。使うんだ、エリカ。このファイルひとつだ、小さなファイルひとつを引き出してくれればそれでいい、国にとっては痛くも痒《かゆ》くもない。ウォーレンの居場所さえわかったら、誰にも何も気づかれないうちに逃げろ。名誉を回復するんだ。その情報を俺にくれれば、俺からサムに渡す。夫についてどんなことが書かれていようと、彼女はそれを受け入れて、おたくらの前に姿を現す。そうだ、あんたの彼氏を終身刑にもさせないよ」

この最後の脅しを放射性物質のようにあたりに漂わせてから、彼は言い添える。「それに心配いらない、サムはおたくらに捕まったように見せるから、〈フュージョン〉はこのβテストに勝ったと思わせられる。勝つんだよ。議会から資金が流れ込んでくることになる。そして静かに、ひっそりと、アメリカの愛国者がひとり、家に帰ってくることができる。あんたはいわゆる正しい行いをすることになるんだ。それがどんなものか、おぼえてるか？」

ジャスティンは、エリカがすべてを理解していく様子を見つめている。彼女はテーブルの表面を眺め、安っぽい模造品のオークのまがいものの木目をじっと見ている。すぐに立ち上がって出ていくこともできた。けれど、そうしない。動かずにいることが多くのことをはっきりと物語っている。

「俺のことはまだ誰にも話してないんだろう？」ジャスティンは尋ねる。「バートにも、サイにも、誰にも」エリカが否定せずにいると、さらに言う。「いいぞ。それなら一緒にうまくやれそうだ」

終了まで3日と15時間

マサチューセッツ州ボストン／ボイルストン・ストリート七〇〇番地

ケイトリン・デイは図書館の本三冊（すべてロマンスもの）のバーコードを読み取り、ごきげんよう、楽しい読書の時間――人生最大の喜びのひとつ――を過ごしてね、と借りる人に挨拶をすると、順番が回ってきた次の相手が、ボストン公共図書館で見かけるとは思いもしなかった人物だと気づく。

「写真を撮りなさいよ」ケイトリンは彼に言う。

「ケイトリン、なんでぼくがそんなことを？」ほほ笑みを浮かべながら、サイ・バクスターは答える。

「まっとうな仕事がどういうものかわかるから」

「サマンサと連絡を取りたければ、君に教えてもらえと言われてね」

「彼女がそう言ったの？」

「サマンサを助けたいんだ」

終了まで3日と7時間

ウェストバージニア州バークレースプリングス郊外

ケイトリンが約束していたとおり、サマンサを待ちかまえるように、路地にオフロードバイクが停められている。ケイトリンの遠い活動家仲間が譲ってくれたもので、質問されることも答えることもなく、時間どおりここに届けられた。女同士の結束力の表れだ。暗証番号で後部についたヘルメットボックスが開き、そのなかにバイクの鍵も入っている。サムは正体を隠してくれるヘルメットをかぶり、キーを挿し込むと、これまでになく素早く自由に動けるようになる。バイクの持ち主との極めてあいまいな繋がりに気づかれない限り、サムも見つからないままでいられる。

最初にしたのは、町へ行き、CCTVカメラに見つかることなく、新聞の売店で《ワシントン・ポスト》を一部入手することだ。

町に着き、バイクを停める。新聞を一部取り、雑草がコンクリートを突き破って生えている路地に入る。街灯の下で新聞を広げ、広告欄までめくっていく。あった、ケイトリンからの新しいメッセージだ。例のごとく、控えめな広告だ。

ロンリー・ガール。ニュース。yourfavoriteartist《あなたの好きなアーティスト名》.org／あなたのパスワード。わたしの名字で扉が開く。豆とハムのスープまでもうすぐ。愛してる。

　ニュース？　アドレナリンがどっと溢れ出す。誰かがウォーレンを見つけたの？　ああ、ウォーレン。しょっちゅうひとりでに現れる妄想が頭にパッと思い浮かぶ。ヘリコプターの羽の回転がゆっくりになり、その風にあおられ、髪をなびかせながら滑走路に立ち、近づいていって夫に抱きしめられ、鼓動を打つ胸の温かさを頬に感じるのだ。人生を取り戻す。ウォーレンとの人生を。

「ああ、ハニー」と声に出してつぶやく。

　路地から出ていき、バイクにまたがると、気づいたときにはヘルメットをかぶったまま〈セブン-イレブン〉のドアを押しあけている。ケイトリンのところで回収してあった現金を使って、折り畳み式のプリペイド携帯を購入する。それとヘッドホンも。それから急いで店を立ち去る。通りにはひと気がない。

　まだ電波がそこそこ届く町はずれで携帯電話を起動する。アンテナが二本。ブラウザを匿名で使用し、www.georgiaokeeffe《ジョージア・オキーフ》.org/Tomyris《トミュリス》とアドレスバーに入力する。親指が太くなってノロノロとしか動かない気がする。ヘルメットの狭い枠を通した視界はぼやけている。空白。と、画面に動画ファイルの静止画面が現れて、初めのうちは色濃く粗い画質なのが、やがて高解像度になる。ヘッドホンのプラグを差し込み、画面をじっと見つめる。サイ・バクスターだ。森のなかにでも立っているようだが、遠近法がおかしく見える。再生を押すと、新たなパスワード入力画面が開く。

親指でDay《ディ》と入力する。

けれど、画面にいるのはケイトリンじゃない。

「サム」

サイの声は温かい。自分に向かって直接語りかけてくるのを耳にして、胸にこたえるものがある。

「まず最初に、このβテストで君は並外れたことを成し遂げたな、おめでとう。つぎに、知ってのとおり、ぼくらはケイトリンと君のメッセージを見つけた。ワーオ。本当に驚きだ！こちらとしては、簡単には対処できなかった」そこで言葉を切り、首を振る。

サムはこの男が小屋の外でかんしゃくを起こしていた様子を思い出し、唇を噛む。サイは用意した原稿を読んでいるのではなく、誠実に話しているように聞こえる。心のなかに希望が泡立ってくる。サムという存在の底部で、掻き乱されたものがぐちゃぐちゃになって、吐き気を催す。

「それに、ウォーレンのことを知って、心を動かされている。居場所も生死も不明で、おまけに、こうなると犯罪じゃないかと思うが、真実が隠されているのかもしれないなんて、どれほど辛いことか想像もつかない。アメリカが彼を見捨てたことは言うまでもない。ぼくも君と同じように腹が立っている。それで、あのUSBメモリの動画で——うまくやったな——君が提案した取引に従って、あれこれ問い合わせてみたんだが、確認できている情報がある。ウォーレンの居場所がわかった」

それに反応して、サムの唇がピクリと動き、思わず笑みを浮かべている。ウ、ウ、ウ、ウォーレンの居場所がわ、わ、わかった？　つまり、夫は生きているということだ。神さま、感謝します。神さま、感謝します。神さま、感謝します。

「しかし、言っていたように、君に出てきてもらう必要がある。そういう取引だ。誰にも言わないように。君に会い、捕まえさせてもらえれば、ウォーレンについてこちらが知っていることをすべて教える。そうしよう。いいね？」

サムは瞬きさえできずにいる。CIAは知っていることを隠し続けていたが、いまではバクスターがこちらの味方についている。彼が強力で重要な味方になってくれることをずっと期待し、無謀な計画を立てていた。アメリカ政府の否定を回避するのに必要な力を持った、サムとジャスティンが考えつくただひとりの人物。

喜びに近い安堵感が一気に押し寄せてくるなか、揺るぎない姿のバクスターは、あることを提案する。

「DCのナショナル・ギャラリーで会って、これを終わらせよう。どこにいるのか知らないが、君の取柄は機略に優れたところだろう。明日の午後、つまり〈ゴー・ゼロ〉時間で二十八日目の三時に待っている。心配しなくていい。ぼくだけだ。君が来てくれることを心から願っているよ」

行くべきだろうか？　そんなに大きなリスクを取っていいもの？　だけど、それが望んでいたすべてでしょう？　確かに、何かの罠《わな》かもしれない。相手はバクスターだ。でも、警戒を怠らないようにして、ウォーレンに関する真実を見事に暴いてくれた男に、とにかく会ってみるべきだ。

この問題の答えを出すと、携帯のバッテリーを取りはずし、ヤマヨモギと土の荒野に放り投げる。怪我をしていないほうの足でキックスターターを踏んで、エンジンをかける。スロットルを思いきりひねり――父親はオフロードバイクを〝ブルン・ブルン〟と呼んでいるが、耳が聞こえればそう呼ぶ理由はわかるだろう。道路を約三キロ引き返し、CCTVカメラが設置されているには汚すぎるボロボロのガソリンスタンドで現金を使ってガソリンを入れると、唐突に希望が復活したことに元気づけられながら、野営地に戻っていく。

終了まで3日と3時間

ワシントンDC〈フュージョン・セントラル〉

エリカのオフィスはサイのものより狭く、象徴的な意味を示すように、下の階にある。それにサイのオフィスの壁とは違って、窓のない壁もただの壁だが、自分だけの続き部屋があり、薄型テレビと眠ることのできるソファもある。いま、エリカはサイと自分と〈バ《V》ージニア・グ《G》ローバル・テ《T》クノロジーズ〉が関わるすべてのeメールをタブレット端末で調べている。ヨーロッパの売り上げについて税制優遇策を活用するという内容でしかない。法で認められた範囲内の対応だ。〈アップル〉もやっている。〈グーグル〉も。〈アマゾン〉も。みんながやっていることだ。税金を払うことが義務だとも、価値のあることだとさえも、誰も信じていない。けれど、最近VGTを経由してかなりの数の高額取引が行われていることに、いま気がついた。中国とロシアとの取引で、売買の内容は明記されていないが、定期的に役員室を湧かせ、成層圏にある〈ワールドシェア〉の株価をさらに引き上げるような大きな利益を生み出している。それでも見たところ、これらの売買――売買の内容は不審なほど不明瞭だ――は、ロシアが狂気的なウクライナ侵攻を行い、国際的な非難と制裁を受ける前のことだ。当時は皆がロシアと取引していた。それに見つけられた分のメールからは、二〇二二年二月の侵攻後のロシアとの明白な取引は一度もなく、それ以来は中国ともほとんど取引がないことがわかった。

それなのに、オフィスを出て、千々に乱れた意識を〈ザ・ボイド〉に向けたとき、胸が締めつけられるような感じがしている。皆はきりきり舞いをしているが、ゼロ10を追跡できないまま時間がなくなっていく。

胸が苦しいのは恐れのせいだ。サイには秘密の生活があり、その秘密の生活が自分を重大な国際犯罪の共謀者にしようとしている、そんな恐怖を抑えることができない。不合理であっても、ジャスティンのばかげた告発――VGTの本当の目的は、国際制裁をかわしてアメリカの敵国を武装させること――の所産であっても、恐怖に心を囚われている。逮捕、寒々しい留置場、裁判、大衆からの誹謗《ひぼう》中傷、手錠、刑務所、オレンジ色の囚人服と犯罪者の引き回し、懲役刑。そうしたイメージが心に押し寄せてくる。自分が知っているサイは、それとも知っていると思っていたサイは、そんな取引をするような人間だろうか？　いまこの瞬間に、わたしは何をすべきだろう？

ジャスティンの家を出たあと、彼のことをバート・ウォーカーに報告し、このCIA職員はβテストの妨害活動をしていて、サマンサ・クルーの逃亡を助けているのだと明かすべきだと決断していた――その理由も明かすべきだと。でも、いますぐにはやめておこう、とエリカは判断する。サイがしようとしてきたことの、もっと完全な目録が待ち構えているかもしれないという疑念が払拭できないうちは。

ジャスティンの主張がいまでは頭から離れなくなっていて、再生可能な紙コップのなかで冷めていくコーヒーを胸元に持ちながら、ぐるぐる渦巻いている心と流れていく思いに張り合うように、高速回転で処理されるデータと流れていく画像を眺めているうちに、すべてを守りたければ、それに自分自身を守りたければ、何か非常に大胆なこと、とても危険なこと、かなり自分らしくないことをする必要があるのかもしれないと気づく。言い換えれば、エリカ・クーガン以外の人間になるということを、一時的に試してみるしかないのかもしれない。

ヘッドセットを装着し、音声ダイヤルで〈ワールドシェア〉の経理部にかける。

「もしもし、エリカ・クーガンです。そちらのお名前は?」

「あの……デールです。デール・ピンスキーです」

「デールね、よろしく。ペーパーカンパニーの一社を通した最近の事業と取引をすべて確認したいんだけど。〈バージニア・グローバル〉の」

「わ……かりました」電話の向こうにかすかな戸惑いがある。

「ここ五年分すべてよ、デール。契約書を。サイと一緒にいるんだけど、VGTの取引について、わたしにすべての情報を把握させたがっているの。だから、すべてを社内メールで送って。インボイスや領収書。進行中の新規取引。帳簿に記載のあるものも、ないものも。いい？　わかった？　大至急お願い」

「はい。それで……サイが頼んでるんですよね？」

「そうよ、彼は長くは待てないわ、デール。どんな人か知ってるでしょ」

終了まで2日と7時間

ウェストバージニア州バークレースプリングス郊外

外に誰かがいる。このテントの外に。サイレンが鳴り響く音も、ブーンというかん高いドローンの音も、接近しているのを警告するヘリコプターの太鼓のような音もしなかった。聞こえたのは足音だけ。近くで乾いた小枝をブーツが踏むパキッという音がはっきり聞こえ、その後は静かになる。

テントのなかで、サムは侵入者が近づく気配を感じている。音を立てないようにブーツを履き、懐中電灯をつかむ。武器になるぐらいの重さがある。うずくまり、音がやむまで待つ。そして、テントの扉の布をさっと開き、外に飛び出すと……そこにはひとりの男がいて、昨夜の焚き火の灰に身をかがめ、新たに積んだ小枝と苔《こけ》に〈ジッポ〉で火をつけて、カチンとライターの蓋を閉じ、立ち上がると、毛糸の帽子を引っ張り下ろす。

「ちょっと、死ぬほど怖かったじゃない！」サムは息をのむ。

「コーヒーは？」

彼は両手を広げる。彼女は近づいていく。彼は強すぎるほど強く抱きしめたあと、腕の長さまで身体を遠ざけて、互いに目と目を合わせる。

「ウォーレンは生きてる」サムは彼に話す。「サイ・バクスターから聞いたの」

「聞いた？　どうやって？」

「ケイトリンを通じて連絡を取った。彼はウォーレンの居場所を知ってると言ってるわ」

「知っててもおかしくないな」

「教えてくれるって。彼と会うつもり。今日の午後に」

焚き火の煙を通して、彼は彼女を見つめることしかできない。

　三十分後、サムにとってこの一か月でいちばん美味しい一杯となったコーヒー（ペットボトルの水で淹《い》れると本当に美味しい）を飲み終える頃、ジャスティンはやめさせようと彼女をまだ説得している。「そんなことはさせられない。信用できない男だ。あいつは君を捕まえたいだけで、君が得るものは何もないぞ」

「一か八かやるしかないわ」

「じゃあ、やつがもしも本当にウォーレンの居場所を教えたら？」

「わたしは自分から捕まりにいく」

この件については、いくら言っても彼女は聞く耳を持たないだろうとジャスティンは悟る。が、話し合わなければならないもっと大きな共通の問題がある。「だとしても、あいつを潰すことに変わりはないよな?」

ブリキのコーヒーマグを両手で包みながら、彼女は声を落とす。「たぶん……でも、そっちも待ってもらったほうがいいかも。まずはウォーレンを無事に連れ戻さないと」

焚き火の炎を映して、ジャスティンの目は燃えている。「約束しただろう」

「今日以降も、バクスターの助けが必要になる」

「サム、今日サイ・バクスターがウォーレンのことで何を言おうと、決して信じるな」

「確かめてみましょう。いま大事なのはウォーレンのことだけよ」

「俺は?」

サムは彼をふり返る。「え?」

「俺が君に協力してるスパイだってことが、エリカ・クーガンにばれた」

「ジャスティン、そんな」

「彼女が突き止めたんだ。だから、俺は仕事を失うだろう」と肩をすくめる。「いいさ。ただ、言っておきたいのは、これからどうするかは君だけの決断じゃない、俺たちの決断だ」

この旅路は、ずっとふたりで同じ道を進んできたけれど、いまサムには初めて見えている。この先にある分かれ道が。「わたしにどうしてほしいの?」

「約束を守ってほしい。これは歴史に残るチャンスだ。君と俺で。ばかでかいことだ。このアメリカと世界じゅうに到来する封建制の新時代をくじくことに――」

「ちょっと、ジャスティン――」

「企業と軍の複合体の奴隷になる時代を――」

「ねえ――」

「不可逆的な力で強要し、洗脳し、抑圧する。ジョージ・オーウェルが警告していたことだ。対処するのは俺たちにかかっている。俺たちがやらなければ、誰がやるんだ？」

サムはため息を吐《つ》くだけだ。怒りに満ちて、思いつめた、善良な人、大切なジャスティン。明日の戦いを今日しようとして、第一線に立っている孤独な戦士。対抗している組織のなかから現れた過激派。究極の犠牲を払う気満々で、存在意義である使命感に燃えている。この点では、ウォーレンとよく似ている。

「わたしにとって大事なのはウォーレンのことよ」サムは宣言し、コーヒーの残りを焚き火に放ると、薪がシューッという音を立てる。

「君は前に言っただろう、サイを止めないとって。そっくりそのまま引用しよう――あの男を止める必要がある。君は俺に負けないぐらい怒っていた」

「あなたほど怒ってる人はいないわ。そろそろ着替えて超億万長者に会いにいかなきゃ」そう言うと、サムはテントのなかに戻る。

サムがテントから出てくると、ジャスティンは彼女に書類の束を渡す。「必要だと思うときが来たら、それをサイに見せろ。これは写しだと言うんだ。実際にそうだが。原本を持っていると言え。それであいつの顔色が変わるか確かめるんだ」

サムは両手で紙束を受け取る。「ひとつ質問があるの。いまも彼のノートパソコンに入ってるのよね？　あのスパイウェアで」

「ああ。キーのひと押しも見逃さない」

「向こうにはまったく気づかれてない？」

「いまのところは、まだ」

サムはほくそ笑む。ジャスティンの天才的な働きのおかげで、ありがたいことにバクスターに対して秘密のアドバンテージを維持できている。なんとうまく運んだことか。本物のケイトリンのいつものやり方でバクスターをいらだたせて、元素の周期表を暗唱して怒らせ、おちょくり、冷静さを失わせたところで、あのUSBメモリを渡したのだ。それでバクスターはジャスティンのUSBメモリ（サムのメッセージ動画が入っている）をノートパソコンに挿し、通常の保護措置を取らずにクリックした。そうやってサイのパソコンに侵入し、今日に至るまでスパイウェアは検知されずにいる。毒を以《もっ》て毒を制すの完璧な見本だ。

「じゃあ、引き続き彼の動きを探ってるのね？」

「俺が一日じゅう何をしてると思ってるんだ？」

「愛してる」

「俺も愛してるよ。サム、あいつに近づくとき、君がすべきことは――」

「自分がすべきことはわかってる」サムはさえぎる。「考えがあるから」

「ああ、ほっとした。じゃあ、これでお別れだな」

「ジャスティン……もしもまずいことになったら、どこで会える？」

「やっとその可能性を認めたか」

「どこ？」

「俺は計画どおり自分のやるべきことをするつもりだ。リストのつぎの場所。そこにいる」

サムはジャスティンの頬に触れるか触れないかのキスをする。「少しは信用して。きっとだいじょうぶ」

ジャスティンは彼女が歩き去るのを見送り、呼びかける。「お互いにな」

終了まで1日と23時間

ワシントンDC／ナショナル・ギャラリー・オブ・アート

なぜかサイは、サマンサ・クルーが本当に現れるとは思っていない。サムの心理学的特性についてソニアがなんと言おうと、そんなにも相手を信用できる人間がいるとは、完全には信じ難い。

落ち着かずピリピリしていて、どう考えても〈フュージョン・セントラル〉にいたところでなんの役にも立たなかった。〈千里眼〉はいまだターゲットを捉えられずにいる。どうやら、〈千里眼〉の問題は——マシンの欠陥で、サマンサ・クルーだけの問題ではない——人間のでたらめさにほかならない。雑音、変化、無秩序な感情、衝動的で気まぐれな行動、別のパターンと融合しない分裂。要するに、人間性というものを定義する、とてつもない不規則さが問題なのだ。そんな混沌《こんとん》とした精神に、どうすればアルゴリズムが対応できるというのか？　計算できるものと超自然的なもの、機械と一貫性のない情熱に支配された不安定な人間の精神、それらの隙間に橋を架けることが将来の重大な挑戦として残っており、サイはそのためにすべての資産と残りの人生を捧げるつもりでいる。

サイがぶらぶら歩いているギャラリーの展示室は、じつに魅力的だ。それぞれの展示室に死んだ大物の名前がついている。展示室は壮大で堂々としている。創造主に会う前の衰弱していく数か月に、不正な手段で得た利益を何か〝人のため〟に使えば、ぎりぎりのところで精神の及第点を与えられ、魂と名声が救われると信じていた〝金ピカ時代〟の大物たちから資金を供給されているのだ。自分とどこに違いがあるだろう、とサイは思う。不朽の名声と自己の正当化を煉瓦《れんが》とモルタルのなかではなく、1と0のなかに求めているだけのことだ。

サイは耳にイヤホンを入れ、襟には可愛らしく作られた赤ん坊の親指の爪のように小さなマイクをつけている。かけている特殊な眼鏡は、二ブロック先に拠点を置くソニアと少人数のα班のサブチームに、サイが見るものを見せている。人に気づかれて、サインや自撮りのツーショットやアドバイスや祝福を求める一般大衆に悩まされる可能性を減らすため、今日はサイバー修道士のような服装はしていない。ただのジーンズとボタンのついたシャツだ。自分の父親になろうとしているみたいに見える。それか、四十代の盛りにあるタンタン。紙ばさみ、ノート、鉛筆を持っている。

壁に飾られた絵画に興味を持っているふりをすると、ギャラリーの各展示室にいる警備員は、サイの様子をざっと見るだけで済ませる。中身を調べる必要のある鞄《かばん》も持っていない。

無害そうで、眼鏡をかけて裕福そうなことから、ほとんど警戒されずにいる。中央ホールは、てっぺんに裸の少年がのった噴水を、緑色の太い大理石の柱がぐるりと取り囲んだ森になっている。少年はかかとに翼が生えている。神々の伝令、ヘルメスだ。サイは賃貸邸宅の裏庭にもこれの模造品があることに気づく。それとも、こっちが模造品だろうか。ヘルメスか、とサイは思いに耽る。自分のしていることの守護神になってくれるかもしれない。全能の者から無力の者へ、そしてその逆にも、メッセージを届けることの。

右に曲がり、静かな広々とした中央のベンチに腰かける。本来なら、ここに座って、正面にある巨大な油絵をうっとりと眺めるはずなのだろう。そういう絵が好きなら、それもいいだろうが、サイは写真のほうが好みだ。鮮明な光景、なんの印象もなく、事実に忠実だ。

祭壇画を熟視しているティーンエイジャーを眺めながら、スマホを手に取る。すると突然、ムクドリがさえずるようにホールが騒々しくなり、お揃いの鮮やかな黄色のTシャツを着た小学生の集団が、ブロンドのすじが入った長いストレートヘアで急いでいる様子の女性たち六人に導かれて、展示室をいっぱいに埋め尽くす。子供たちはふたり組になって手を繋ぎ、周りをきょろきょろ見回して、その口は神に誓い、あぜんとして開き、あどけなく永遠に、うわあ、という形になっている。この惑星に新たにやってきた者たちが、人間が集団で作り上げた作品を見つめているみたいに。付き添いの女性たちは子供たちを次の展示室へと導き、サイは子供のありのままの興奮を羨ましく思いながら見守っている。あんな無邪気な驚きはどこへ行ってしまったんだろう？ どうなってしまったんだろう？ 説明することもできないぐらい不思議なうっとりする瞬間や、それを手に入れたいという欲求に最後に耽っていたのはいつだっただろう？

「あんた、ウォーレンかい？」

サイはふり返る。野球帽をかぶり、アイオワ州立大学のスウェットシャツを着たティーンエイジャーが、サイを見ていたかと思うと、つぎに腕時計を確かめ、またサイを見て、何か腑に落ちないというみたいに、とまどった顔になる。

ウォーレンだって？ 可愛いじゃないか、サム、まったく可愛いことをする。「そうだよ。なぜだい？」

「女の人から五十ドルもらって、三時までここで待って、あんたにこれを渡すよう頼まれたんだ」

サイはひったくるように受け取る。「いつ？ どこで？」

「外で、一時間ぐらい前かな」

「その女性はどんな服装だった？」

「服装？ さあ。えーっと、サングラスとか。あと野球帽。確か白いやつだったかな」青年は身を乗り出し、サイを凝視する。「あれ、うっそだろ……まさか、サイ・バクスター？」

「違う。マーク・ザッカーバーグだ」

大理石の豊かな森にいる青年が気づきもしないうちに、サイは立ち去っている。スマホを取り出すのと同時に、渡されたメモをさっと開く。

八丁目の北西五六〇番地　立体駐車場。スロープで地下二階に下りて。

十分後に。徒歩で来ること。

今度はなんだ、借り物競走か？

「サイ」耳のなかでソニアの声がする。「車を回します」

「時間がない」

サイは警備員の脇を通り過ぎ、急いで外へ向かう。

終了まで1日と22時間

ワシントンDC／八丁目の北西五六〇番地／立体駐車場

急速に変化していく街の一角。クレーンに付き添われた建設途中の高層ビルは、連邦祝日の月曜日である今日はひっそりしている。基礎構造が剝き出しになっていて、鋼鉄の桁とコンクリートを流し込んだ土台ができている。普段は、安全帽をかぶって鉱物の粉塵《ふんじん》にまみれた労働者の世界だ。できたばかりの地下駐車場という掩蔽壕《えんぺいごう》のなかで、上にも下にもコンクリートを分厚く重ねた層があり、信号を受信も発信もできない場所で、サムは一本の太い柱の陰から出ていき、目にする……ごく普通の見た目の男を。

ふたりは向き合って立ち、これが自分を苦しめて狩る者であるのと同時に、救い主にもなりうる相手なのだ、とサムはようやく認める。評判よりも数センチ背が低いが、その手にしている力の大きさから、大きい人を想像してしまうのかもしれない。ほかの皆は避けられないことだが、彼だけは成長しないようにと自然が企てたかのように、いまでも若々しい顔をしている。さまざまな点でルールの例外になっているというわけだ。いま、半分影のなかに入って、目の前に彼が立っている。かつては互いのあいだに大きな距離があったのが、ほぼゼロにまで縮まっている。

サイに口を開く間も与えず、サマンサはシーッと唇に指を当てると、自分の胸と尻のポケットがあるはずの位置を叩いてみせる。この身振りの意味を理解して、サイは胸ポケットからスマホを引っ張り出し、彼女に差し出す。サマンサはバッテリーを取り外すと、ほかのデバイスも、とジェスチャーで伝える。サイは諦めたように首を振り、イヤホンを外し、襟についたマイクも外す。これらはサマンサによって地面に落とされ、踏みつぶされてしまう。

「高かったんだけどな」とサイは言っておく。

だが、まだ終わりではない。目で指図され、かかとを擦り合わせてスリッポンを脱ぎ、初めて買ったロレックスのデイトナを外し――「ヴィンテージだぞ」と注意すると、サムはポケットに入れるだけにする――、財布と眼鏡(脇に放り投げられ、車の下に滑り込んでいく)も渡す。まいった、カフスボタンまでとは！

「本気か？　知ってることを聞きたいのか、それとも泳ぐつもりなのか？　信じてもらえない気がしてきたよ。まあいい、好きにしてくれ」

「コンタクトレンズも」最後にサムは要求する。「コンタクトを入れてるんでしょう」

「外したらよく見えなくなる」

「つけてたらよく話せなくなる」

「まだコンタクトレンズにカメラは仕込めない」

「それが本当か、どうすればわかる？」

サイはいらだち、右手の人差し指を使って左右のコンタクトを順番に外しながら言う。

「ウォーレン。サムは話す準備ができる。

「いろいろ詳しいみたいだな」

コンタクトを受け取り、肩ごしに投げ捨てると、サムは話す準備ができる。「ウォーレン。

あの人はどこにいるの？」

「教えれば、捕まえさせてくれる気はまだあるのか？　なんだか妙な雰囲気を感じ始めているもんだから」

「取引はいまも有効よ、でも、そっちが知ってることを先に話してもらう」

「それを聞いて安心したよ」

「夫はどこ？」

「イランだ」

この瞬間、サムは息もつけなくなる。「イランかシリアだとわかってた。そうに違いないって」

「イランだよ」

「確かなの？」

「それが入手した最新の情報だ。ＣＩＡからの」

「夫は生きてる？」

「生きてるよ。イラン政府に拘束されている。正確な居場所を突き止めようとしてるところだ。君は正しかった」

サムは泣きそうだった。心のなかでわかっていたことが証明され、三年間もやもやしていたすべてが、ぼんやりした雑音として葬られる。

「さあ、一緒に出ていこう」

サイは片手を上げて出口のスロープを示すが、彼女は躊躇《ちゅうちょ》している。

「どうした？　サマンサ？」

「知りたい……彼の居場所を、どこに拘束されているのかを知りたい。刑務所だとしたら、どこの刑務所か知りたい。誰がウォーレンを捕虜にしてるの？　それに、どうして……どうしてアメリカ政府は何も知らないと否定してるの？　イラン政府も何も言っていないのはなぜ？」

「一緒に行こう、理由を突き止めるのに力を貸すから。いいね？　さあ、行こう」

サムはその場に立ち尽くし、じっくり考え直している。サイと一緒に行けば、ある意味では楽になれるだろう。けれど、最終的には首を横に振る。「いや」

「いやだって？」

「まだあと一日ある。理由を突き止めて。あなたにとって、わたしが価値のある存在でいるうちに」

サイが一歩前に出ると、サムは一歩後ろに下がり、たっぷり二メートルの距離をあけ、反射的なソーシャルディスタンスを保っている。

「サム」きっぱりした口調で呼びかけるが、サムがまた首を振ったとき、サイはもっと不安になってもおかしくないのに、さほど心配そうに見えない。「このビルは捕獲班が取り囲んでいる。君は百メートルも逃げられないだろう」

「βテストで確かめてみましょうか」

それを聞くと、サイは強い口調になり、駆け引きも忍耐も気遣うふりも、すべてが失われる。「ウォーレンの居場所は教えただろう。これは取引だ。賢明な判断をしろ。ぼくは君の夫のことをもっと調べてやれる、ただし、いますぐ一緒に来てもらう」

「二十四時間で調べて。終了まで一日以上ある」

「捕獲班を呼ぼう」

「呼びなさいよ。でも、その前に――」サムはバックパックからジャスティンのプリントアウトの束を取り出す。「――これを見ておきたいんじゃない」

サム自身もページをめくって中身を確認してあったが、内容をやっと理解し始めているところだった。サイとイラム・コバチという名の〈バージニア・グローバル・テクノロジーズ〉の会長とでやり取りされた暗号化されていないeメールばかりだ。

　サイは書類を受け取り、ページをめくっていくと、スイスのバーゼルに拠点を置くペーパーカンパニーに関するメールが目に入り——二〇一八年、二〇一九年、二〇二〇年、二〇二一年、二〇二二年の取引禁止令にもかかわらず、ロシアや中国の企業と何億ドルもの契約を結んでいる——、そのメールをやり取りしているのは、サイ・バクスターと〈ワールドシェア〉の技術開発プログラム長だったイラム・コバチだ。

　サムにとって、この書類の大部分は広東語《カントン》のようなものだったが、〝国民ひとりひとりを、玄関を出た瞬間から帰宅するまで監視し、それぞれの仕事、人づき合い、行動パターンを記録、分析、保管する〟ための〝国家全体の監視システム〟の内密の発表に関する記述を読むと、何枚かのページがより大きな意味を持つようになった。サイ・バクスターは、中国とロシアが国民全員を監視するシステムを確立するのに協力し、制裁を受けないようケイマン諸島のペーパーカンパニーを通して契約を交わしているのだ。

「ぞっとするわね」サムは書類を取り返そうとしながらサイに言う。「いかにも〈フュージョン〉的」

　サイは素早く瞬きをくり返し、唇を舐めながら書類に目を通しているが、やがて顔を上げる。「眼鏡がない」

「ミスター・バクスター、あなたは法を破ってる。かなり。この会話をほかの誰にも聞かれてなくて、本当によかったわね」

サイはすぐには返事ができずにいる。「これはどこから？」

「あなたからに決まってるでしょう」

「そういう意味じゃない。ぼくは世界的なビジネスマンだ。世界じゅうにクライアントがいる。〈ボーイング〉もそうだ。〈ウォルマート〉も。〈マクドナルド〉も」

「じゃあ、ＣＩＡに教えてもかまわないのね？」

サイはほとんど動じない。「なぜＣＩＡがまだ知らないと思う？」

「いいとこ突くわね。じゃあ、世間に公表したら？　それに、上院ってものもあるわね。《ワシントン・ポスト》も。《ニューヨーク・タイムズ》のほうがお好みじゃなければ」

サイが顎を動かし、顔の筋肉をこわばらせ、左目の薄い腱膜《けんまく》をピクピクさせているのが見て取れる。

「それか……それか、わたしに協力するのでもいい。二十四時間で。じゃなければ、ウォーレンを捜すあいだに三百万ドルの使い道を見つけるつもりよ。そうだ、あとはあなたのことを暴露する」

サイは声を低くしたが、明らかに自信が揺らいでいる。「もし……もしぼくが君に協力することになるなら……それに協力したいと思っているが……この書類を誰から受け取ったのか知っておきたい。名前を教えてくれ」

「ああ、神さま」

「神さまに名字はあるのか？」

「ええ。でも人に知られたくないって。これは〝神さま〟からもらったものよ。サイ、夫を見つけて。そうすれば、この書類の内容はぜんぶ忘れる。予想しているとおり、これはコピーよ。わたしが原本を持ってる」

「それを引っ込めるという君の言葉をただ信じろと？」

「ほかにどんな選択肢がある？」

そう言って、サムは書類の束を汚いコンクリートの地面に落とす。バサッ。

「君の夫は三年間、行方がわからないんだぞ。二十四時間じゃ足りない」

「それは間違ってる。三年間、ＣＩＡがウォーレンの居場所を隠しているの」

「いまになってＣＩＡがぼくに話すと思うのか？」

「話さないでしょうね。でも、あなたには力が、アクセス権がある。ウォーレンならそれをスパイ技術と呼ぶでしょうね。それにいまは、見つけ出すためのモチベーションもあるといいんだけど。ＣＩＡのファイルを調べて」

サイは笑顔を見せるが、苦々しい笑みだ。「君は、自分が何を頼んでるのかわかってない」

「ちゃんとわかってるわ」

終了まで1日と21時間

ワシントンDC〈フュージョン・セントラル〉

つるつるしたスロープにサマンサ・クルーの手掛かりが見つからないか、いまも必死に探している大勢のチームスタッフの脇を通り過ぎ、サイは足音荒くオフィスに上がっていく。

最初にドアをノックしたのはソニアだ。

「サムは待ち合わせ場所に現れなかった」頭のなかで思考を戦わせている遁走《とんそう》状態で、サイは報告する。

「結局来なかったの？　賢いわ」

「ぼくはむかつく地下駐車場で二十分待っていた。いまは忙しい。もういいかな？」

ソニアは動かず、サイは彼女を見ない。この前の親密さは拭い去られている。

「ちょっといいですか？」

「なんだ？」彼女を見ないままで言う。

「見つけたものがあって」

サイはようやくノートパソコンから顔を上げる。ソニアは両手でタブレット端末を抱えている。彼女をクビにして、エリカへの悔恨の証にするべきかもしれない。でも、ソニアに訴えられたら？　いくつか電話をかけて、秘密保持契約と支払いで対処しないと。「何を見つけた？」

「ウォーレン・クルーについては調べないことになってるけど……」

「先を続けて」

「その、そっちの方向は調べないことになったのを知る前に――」

「いいから話してくれ」

「あらゆるデータベースで彼のことを調べて、深いつき合いの友人関係を調べていたら、一件ヒットがあって……最高機密の使用許可が与えられている、ある個人との繋がりが。その人はウォーレンとつき合いがあるらしいんです。古くからの友人として」

「その人物は……ここにいるのか？」誰だ？　チームリーダーか？　誰なんだ？　頭のなかにパッと候補者が浮かんでくる。ザック・バス、わざと仕事ができないふりをしていたのか？　ラクシュミー・パテル、ＦＢＩに配置されて調査している？　まさかのエリカ、最近あらゆる面でひどく対立的だが？

「違います」

「だったら、誰だ？」

「ジャスティン・アマリ。バート・ウォーカーの部下の」

その名前……その名前は気まぐれな波のように、目の前の壁にデジタルで映し出されたターコイズブルーの海面から、ひとりでに浮かび上がってくるようだ。

「ドアを閉めて」

ソニアは喜んで閉める。サイが手を差し出すと、彼女は前に進み出て、聖像に捧げものをする侍女みたいに、〈ザ・ボイド〉で支給されているタブレット端末を掲げる。

サイはタブレットを受け取り、画面を立ち上げる。すると、そこに現れた。結婚式の写真、新婚の夫婦、そのフレームの端に、バート・ウォーカーの癪《しゃく》に障る補佐官、いちいち否定的で粗探しばかりするうるさい野郎、だが当時は友愛会所属の男子学生タイプで、大きくなりすぎた身体を安っぽいスーツに押し込んで、笑みを浮かべている。

サイはすべてが突き刺さるようにはっきりと完成する瞬間を味わっている。カチッ、カチッと滝のように落ちてくるテトリスが、ぴたりと綺麗にはまる。目を閉じて、身体の奥底まで深々と息を吸い込むと、囁いているのも同然の声で言う。「ソニア、愛してるよ」そして今度は本当の囁き声で言う。「とんでもないやつだ」

目をあけると、ソニアは熱意に燃えて輝いている。「すごいでしょ？」

「すごいやつだ」

「ね？」輝く青い目の下に完璧な歯を見せて、ソニアはほほ笑んでいる。

サイは理解した。いまでは、すべてが見えている。見事な高解像度のなかにあるのは、すべての謎を解くパズルの欠けていたピースだ。筋が通らなかったすべてを完結させるもの。なんていい気分だ！再び敵をしのぎ、有利な立場を取り戻すのは、なんと良いものか。ここから何が起きるにしても、この先どんな出来事の流れがあるにしても、この極めて重大な情報をどう使うかまだ計算できていなくても、自分が頂点に立つことはもうわかっている。

「わたしは何をすればいい？」ソニアは尋ねる。

サイは立ち上がり、うろうろし始めると、青緑色の波で溢れそうになっている壁の前で立ち止まり、ソニアに見守られながら、思考が速いことで有名な頭を高速回転させて計算している。

ようやく口を開く。「第一に、これはここだけの話にしてくれ、君とぼくだけの話に。ソニア、わかったね？」

ソニアとしては、なんの問題もない。

「ぼくのためにしてほしいことがある。とても重要なことだ。君に探してほしい……ジャスティン・アマリと、何か物議をかもす団体との繋がりを確立するものを。いいかい？」

「物議をかもす？」

「なんでもいい。一度参加したブラック・ライブズ・マターの集会とか。過激派組織への寄付とか。革新派。保守派。極端な意見を持っていることを仄《ほの》めかすものならなんでも。アルカイダ、プラウド・ボーイズ、クー・クラックス・クラン、ヒズボラ、クルド人に関するどんな資料でもダウンロードしたことがあれば、なんでもかまわない。それをぼくに持ってきてくれ。ソニア、やってくれるか？」

「もちろん」

「この件については、君しか信用できないからね。君は最高の部下だ。現時点では、ふたりだけの秘密にしておこう。いいね？　やってみる気はあるかい？」

ソニアはうなずく。ただの身体の関係から、たちまち並外れた新しい段階の親密さになったことに夢見心地のようだ。「もちろんです」

「それと、ジャスティンがいまどこにいるか調べてほしい。そっちを先に頼む。チームを連れてジャスティンのアパートメントに行け。彼がそこにいたら、ぼくに連絡してくれ。いなかったら、なかに入って、何か出てこないか調べるんだ」

それは〈フュージョン〉の手順からは完全に外れた行為だ。こう命じられて、現実世界のことを何も知らない最優等の成績の娘が不安になっているのがわかり、サイは立ち上がって近づいていき、彼女を抱きしめる。カシミア越しにぬくもりが伝わってくる。

「ありがとう」いい香りのする髪に囁きかける。「さあ、急いで」

終了まで1日と20時間

ワシントンDC〈フュージョン・セントラル〉

サイがオフィスの戸口に現れてから、エリカはそっちを見てやろうともしない。駐車場であったこと(のほとんど)をサイが話したあとも、こう感想を述べるだけだ。「賢い女性ね。それで?」

「とにかくサマンサに協力することにした。彼女の夫について、CIAが知ってることをすべて突き止める」

「へえ、そうなの?」エリカは形ばかり驚いたような態度を取りながら、内心こう考えている——ロシア、中国。考えている——明らかにされていないスイスのペーパーカンパニーの売上。考えている——デスクのソニア・デュバル。考えている——大嫌いよ。考えている——わたしのオフィスからとっとと出ていって……けれど、何も言わない。これからは、本当の考え、本当の感情、本当の意図を隠すつもりだ。

「彼女に力を貸して、ＣＩＡが知ってることを突き止めるよ……そうすれば彼女は姿を見せて、〈ゴー・ゼロ〉は成功に終わることになる」

「それはよかったわね」

「ぼくを信じてないのか？」

完全に信用していないその表情が、充分な返事になっている。

「無理もないよな」サイは認める。「ぼくは道に迷った。君の言うとおりだ。ぼくの最悪の敵は自分自身なんだ。だけど、君はぼくの灯台で、ぼくの航路標識だ。君が必要なんだよ、エリカ」

「吐きそう」

効果はなかった。

終了まで1日と15時間

州間高速道路八一号線

サムは予定どおりオートバイで町はずれまで行き、道路から離れたところにバイクを隠すと、ジャスティンがつぎに会うのに選んだ場所を目指して郊外を徒歩で進み始める。

水を飲み、ボトルの蓋を閉め直し、紫色に染まる夕暮れのなか、閉店したダイナーやシャッターが下ろされた店を眺める。客が戻ってこない商売。皆はどこにいる？　決まってる、家にいて食事はデリバリーを頼み、食事の席についた顔はスマホの光で青く染められているのだ。

腕時計を確認する。これ以上は逃げる時間もエネルギーも残っていない。サイ・バクスターは本当に協力してくれるだろうか？　脅しにはちゃんと効果があった？　ジャスティンが正しくて、サイはただの怪物で、この閉鎖されたストリップモールは逃亡者として演じる最後の舞台になるのかもしれない。

ああ、ウォーレン、お願いだから帰ってきて。人類がエイリアンに一度も遭遇したことがない理由について、前に夫が語っていた持論を思い出す。「宇宙の至るところで、ぼくたちみたいな文明が生まれていて、成長して賢くなっていき、その頃には野蛮な先祖を超越しそうなところまで来ていて、破壊手段を発明し始める。爆弾。化学物質。ウイルス。空気中のガス。これが惑星に災害をもたらすきっかけになる。とにかく、惑星の半分をめちゃくちゃにできるような破壊力を手中に収められるほど、ひとりの人物が強くなると、そいつはいずれその力を使おうとする。加速したエントロピーの原理だ。ドカーン。そして、すべてが石器時代に戻って、ぼくたちは振り出しに戻り、車輪の作り方を知ってるやつを捜すんだ」

生きていて、ウォーレン。お願い。

サムは約束の時間に約束の場所（倉庫の裏、端から二番目の荷物搬入口）で待っている。金属製のシャッターをこぶしで叩く。数秒間の静寂のあとで、シャッターをくり抜いてつけられたドアが開く。

ジャスティンだ。

彼は出てきてサムをハグすると、誰にもあとをつけられていないか、彼女の向こうに広がる暗闇を見つめて確かめる。

「ここはなんなの？」サムは訊く。

「レンタルビデオ店ってもんがあったのをおぼえてるか？」

終了まで1日と14時間

国道八一号線〈アイ♡ビデオ〉

閉店した店（ジャスティンが千本分の映画監督名を言うことができる熱い映画オタクの少年だった頃、ハイスクールのいくつかの夏休みにバイトしていた店）の奥は、扇風機で涼しくしてあるコンクリートの箱みたいな部屋になっていて、放置されたソファ、ケトル、冷蔵庫があり、架台式テーブルふたつのあいだを、電気とインターネットの黒くて太いケーブルがくねくねと這っている。古い映画のビデオの箱が、そこらじゅうに山ほど散らかっていて――『ダイ・ハード』の一作目、ケビン・コスナーとホイットニー・ヒューストン出演の『ボディガード』、『ゴッドファーザー』ＰＡＲＴⅠからＰＡＲＴⅢ、『ハーレム街の首領』――、このまま店を開けそうなほどジャスティンのコンピューター機器も充分に揃っている。老朽化の香りが漂う、バットマンの秘密基地、スーパーマンの孤独の要塞、オタクの天国だ。

迫る期限と突きつけられた証拠の力によって、サイ・バクスターとエリカ・クーガンがプレッシャーにさらされているいま、ジャスティンとサムはどちらかが要求に応えるか、成り行きを見守っている。

スパイウェアに感染させてあるバクスターのノートパソコンに検知されずに繋がって、背中を丸めて待っているジャスティンは、糸に引きが来るのを待っている釣り人のようだ。

ジャスティンを見つめながら、この男性に対する愛情と感謝の念がどこまでも大きくなっていくことを実感する。確かに、彼には自分の計画と優先事項があり、強制と感化、世論の誘導、情報操作に対して圧倒的な力を持つ大手テクノロジー企業を相手にして長いこと闘ってきた。だが、ウォーレンのためにしてくれたこと、それにサムへの愛情と誠実さからしてくれたことは、彼の心が本質的に善良なことのあらわれだ。そして、その行いは彼のキャリアをめちゃくちゃに破壊し尽くすだろう。

サムはソファに身を沈め、サイとの会話や、ジャスティンが予期していた罠と、彼がこっそりくすねて保存していたメールのおかげで逃げられたことなどの新しい情報を話したあと、サイと交わしたばかりの取引についても説明する。ウォーレンの正確な居場所を突き止めるのに協力するか、これらのメールを公表して世間に知らしめ、サイの評判と、ことによると会社まで蒸発させることになるか。

ジャスティンとしては、それ見たことかとも、見るまでは信じられないとも言うことができない。「ただ、あいつが信用できない男だってことだけは言える。だが、もしも奇跡が起きるなら、あいつに協力させることができるのなら、それは今日だ。サイは勝つことにこだわりすぎている」二台の古い携帯電話を取り上げ、つけ加える。「そうそう、君に渡すものがある、遺失物だ。ロックはかかっていない。どちらもまだ他人の名義のものだ。わからないが、二手に分かれることになったときなんかに、これで話せる」

サムに見守られながら、サイが自分の身を守るためにウォーレンの機密ファイルを調べるか、エリカがサイを救うためにハッカーに同じことをさせるかを期待しつつ、ジャスティンは忍耐強く成り行きを見守るという作業を再開する。彼は調子はずれの口笛を小さく吹き、サムは精根尽きて、ついに屈し、右足首にまだかすかな痛みを感じながら、ラファエロ前派の絵に描かれた仰向《あおむ》けになったモデルのように、くたびれて変形した長椅子に横たわる。ジャスティンに写真を撮られたことにも気づかない――死体のように横たわっている彼女のスナップ写真を――あとになって、彼がワークステーションのデスクトップに設定した写真を見るまでは。赤いビロードの破れたクッションの上にブロンドの髪が広がっていて、フレームはしおれた茶色の花で縁取られている。自分が死んだらこんなふうに見えるのだろう、とサムは思う。

この場所で、こんなふうにして、夜の時間は過ぎていき、サムがソファでうつらうつらしながら、約百キロ先にいるサイがウォーレンのために必死に働いていることを願っているうちに、月曜日が火曜日になる。

終了まで1日と3時間

ワシントンDC〈フュージョン・セントラル〉

今朝、サイは背景にナイアガラの滝を選んでいて、落ちてくる何百万トンもの淡水が彼を洗い流そうとしているみたいに見える。ノートパソコンを起動し、必要なアクセス権限とパスワードを急いで入力し、ここが重要な点だが、指定時間きっかりに保護されたネットワークにひそかにアクセスするため、ソフトウェアを覆い隠す。その迷宮のなかには、NSA、CIA、FBIの合同データベースがあり、この国にとって天文学的な価値のある、無限と言えるほど膨大なキャッシュが存在している。

指を素早く動かす。自分でハッキングしたことはないが、デジタルのバックドアや、セキュリティパッチ、匿名性と自動で消滅するセーフガード、exploit/admin/smb/といったコードの列を、貴重なコレクション、ライブラリー、宇宙の扉を開く重要な鍵に変える方法は知っている。

サイ――探知から保護されている――はあらゆる予防策を講じ（ハッキングしながら、自分自身がハッキングされ、追跡され、つきまとわれていないとも限らないのだから）、見とがめられることなくこの公式記録の仮想王国に入る。物質的な棚に換算すると、ニューヨーク市の六ブロック分に匹敵する深い知識の図書館だ。

そんなふうにして事が運ぶ。なんというスリル。自分はいまNSAとCIAの合同の機密データベースのなか、世界で最も厳重に保護されたライブラリーのなかにいるのだと自覚して、全能感を味わっている。数え切れないほど大勢の国民の情報ばかりか、無数の諸外国の情報に関して、すべての知識が手に入る立場にいるわけだ。何十億という魂がここにある。彼らの記録、物語、罪と過ち、令状を出されて取り調べを受けたというようなこと、それらすべてへのアクセスを――いままでは決してできなかったことを――享受している。この神のような特権を永遠に享受することで、自分は知ることになるのだ……母国が一度でも特別な関心を抱いた、ほとんどすべての人間の、ほとんどすべてのことを。その恍惚《こうこつ》感、その感覚、その意味すること。これは間違いなく、サイ自身が抱いている野望の究極の目標であり――友達のいない少年だった彼が個人情報を取引している、そもそもの理由だ――、人々の秘密の人生という膨大な真のお宝を略奪する政府の由緒ある情報収集局は、いまの自分の影響力など大したことはないのだと思い出させ、サイを畏《かしこ》まらせている。

リアルタイムで気づかれないうちに、急いでこのソロモン王の鉱山を調べて、目的のものを見つけなければ。

と、scp-r/path/to/local/data——steal/move《盗む／移動する》の実際のコマンド——をタイプしているとき、新たな考えが思い浮かぶ。こうしてデータベースに入ったからには、すべてをコピーして、時間を気にして焦り過ぎることなく、必要なファイルをあとで探すほうが、シンプルで効率的じゃないのか？ そうに決まってる。だが、これほど膨大なデータベースをダウンロードすることは、そもそも可能なのだろうか？ なんらかの悪行のためにアメリカ政府の調査を受けたことのある者を、ひとり残らず記録した目録を？ どれだけのデータ量か、わかったものじゃない！ テラフロップスでは確実に追いつかない。ペタか、エクサか、ゼタか、ヨタフロップスの可能性さえある。アメリカはどれほど犯罪が多い国なんだ？ 歴史上、何人の国民が悪事を働いてきた？ 突き止めたくて、信じられないほど心をそそられる！ いやはや、とてつもない量の情報、とてつもない量の知識、とてつもない数の秘密と、そこに秘められたとてつもない大きさの力、それがクリックひとつで手に入るなんて！ おまけに、ダウンロードしたコピーを経由させて隠せる広大なデータ農園《ファーム》への、いますぐ必要なリンクもすべて揃っている。

それから、どうする？ そのあとは？

新たなアイデアを思いつく。さらにうまいアイデアで、さらにバクスターらしいアイデアだ。一切合切いただいたあとで、〈フュージョン〉の代表として、壊滅的なデータ強奪があったことを政府に知らせればいい。システムが大規模な不正アクセスを受けて、すべての記録がひとつ残らず盗まれてしまったと話すのだ。誰の仕業か？　最重要容疑者は……そう、CIAのスパイ、ジャスティン・アマリと、極悪非道な共犯者、サマンサ・クルーしかいない。ぜんぶ丸ごと敵のせいにすればいい。FBIにアマリとクルーを退場させて、この危険な国家の敵たちを逮捕させて、猿ぐつわをさせて、縛り上げさせる。グアンタナモ湾収容キャンプのテロリストの悪党どもが言うことは何ひとつ聞き入れられないのと同じように、やつらが言うことすべてを疑わせ、そのいっぽうで、救世主であり、愛国者であり、最高保護者である、このサイ・バクスターは、ひそかに時間をかけて人々の秘密をどう扱うか検討するのだ。

なんという思いつき。なんと愉快な。そそり立つ巨大テクノロジー企業。

キーボードの上に指先を浮かせながら、頭のなかに計算、費用便益分析、可能性のある結果と有望な結果の広範囲にわたる見積もりを駆け巡らせ、開戦の手から、中盤、終盤まで、すべてのシミュレーションを行い、開始時刻まで数秒が過ぎていくうちに、サイはとうとう、これまでにもずっとしてきたことをする。決断だ。しかも、大きなことを決断する。実行しないでおくには素晴らしすぎる考えを実行する。百年に一度のアイデアが動き出そうとしている。サイ・バクスターの非凡な才能が自らの主張を押し通し——ほかの皆がポーンを進めるところで、サイはいつでもナイトに飛び越えさせることができる——、ひとつにまとめられて溢れんばかりになっている、ＮＳＡ、ＣＩＡ、ＦＢＩの巨大な合同データベースを丸ごとコピーし始める。

プログレスバーが画面に現れ、彼の成功を測定する。

終了まで23時間

ワシントンDC／CIA広報室

「突然の知らせに、お集まり頂き恐縮です」サイはここに来るまでの後部座席で準備したメモを読みながら、上官でいっぱいの部屋に向かって、強欲さのかけらも見せず、学者的な真面目くさった顔で切り出す。「この午後を利用して、国家安全保障の緊急事態に関してご説明します。定期メンテナンスサービス中の今朝九時半頃、ユタ州のキャンプ・ウィリアムズに拠点を置くNSAのデータセンターが攻撃を受けて侵入されたことを示唆するコンピューターのアクティビティを検知したと〈フュージョン〉は確認しました」

ＣＩＡ職員たちが息をのむことはなかったが、揃って椅子の上で身体をもぞもぞさせている。

「この攻撃は、アメリカ国籍のＣＩＡの補佐官、ご存じの方も多いでしょうが、ジャスティン・アマリの仕業であることも確認しました。この状況について、既に要点をお話しした方

で言う。

もいれば、初めて聞くという方もいらっしゃいます」

「どうなっとるんだ?」要求に応じるかのように、NSAの代表者である上官がしわがれ声

バート・ウォーカーは真っ青になっている。

「ミスター・アマリは、サマンサ・クルーの親しい友人であることも確認しています。彼女は〈フュージョン〉ではゼロ10と呼ばれていますが、この委員会が協力し監督している、実施中の〈ゴー・ゼロ〉βテストの現在の参加者です。そのうえ、この参加者は失踪中のウォーレン・クルーという人物の妻でもあります。ミセス・クルーの夫が当局に雇われていたことは一度もないと、CIAはくり返し否定してきました。ミスター・アマリはミセス・クルーが夫を捜すのに協力し、国家安全保障データベースに関する詳しい知識を活かし、ユタ州のデータセンターにあるサーバーにアクセスするために今朝の定期メンテナンスを利用して……ミスター・クルーの失踪についての情報を手に入れようと、膨大な機密データをダウンロードしたものと思われます」

「サイ、侵害の程度について皆に状況を説明してもらえないか?」バート・ウォーカーは明らかにまだ心を落ち着かせようとしている。

「おそらくハッキングされた情報量はエクサバイトに上るでしょう」

「エクサバイト?」

「何百万というファイルの可能性があります」

「何百万？」

「アイゼンハワーの時代からFBIかCIAが特別あるいは異常な関心を持ち、令状を出して捜査した対象者のファイルの丸ごとすべてだと見積もっています」この恐ろしいニュースは、その場に漂い続けている。

バートが引き継ぐ。「このデータの侵害について、一時間前に私からNSAに知らせておいたから、向こうの局員が即座にこの緊急事態の規模を確かめるはずだ。ホワイトハウスにも部下のほうから報告が済んでいる。全米の警察にサマンサ・クルーとジャスティン・アマリを指名手配し、警戒態勢を取らせている。我々には、ふたりともまだワシントンDCにいると信じるだけの根拠がある」

つぎに発言することについて、サイはメモを見る必要はなかった。「アメリカの国防に対するこの脅威について、どれだけ誇張してもし過ぎることはないと〈フュージョン〉は信じています。さらに、もうひとつ詳細を。二十四時間体制で働いている〈フュージョン〉の我々のチームは、ミスター・アマリが登録済みの銃器をいくつか所有しており、そのなかには軍隊仕様のアサルトライフルもあることを確かめたので、彼は重武装していると想定するべきでしょう」これはほとんど真実だ。ソニアがアマリのアパートメントでアサルトライフルの古い購入記録を発見していた。ただし、五年前に銃の免許が切れたあと、アマリは武器を売り払っていたのだが。ほかの銃があるという証拠は見つかっていない。「そのうえ、彼は最近闇サイトで爆発物の作り方を調べていたので、厳重に警戒して対処する必要がありま す」これまた嘘だ。サイが自らこれらの検索履歴を残し、実際より前の日付に変えておいたのだ。だが、危険に関しては、控えめに言うよりも大げさに言うほうが、いつでも望ましいものだ。

終了まで22時間

国道八一号線〈アイ♡ビデオ〉

ジャスティンはキーボードの前で何時間も静かに監視を続け、不正アクセスを受けているサイのノートパソコンが起動して、持ち主によってせっせと働かされるときが来るのを待っている。そしていま、午前三時に、ジャスティンはサムにニュースを伝える。今朝の九時頃、ノートパソコンに四十五分間のめまぐるしい動きがあった――ここまではスパイウェアのおかげで追跡できた――が、これがどういう種類のアクティビティだったのか、それ以上のことは何ひとつわからずにいる。

「やつは君が頼んだことをしていたのかもしれない、可能性はある……が、何かが起きて、俺は動きを追うことができなくなった。何か動きを隠すソフトウェアを使ったのかもしれない、だとしたら、いい点と悪い点がある。悪い点は、サイが何を見つけたのか、こっちには見ることができない、いい点は、何をしようとしていたにしても、やつは痕跡を隠すため異常なまでに気をつけていたということだ。いまでもサイのノートパソコンには入っているから、また動きを追うことはできるが、あの四十五分間の出来事は不明なままだ。本物のプロのハッカーチームがいれば、この新しいファイアウォールを破って、サイがやろうとしたことを確認できるかもしれないが、俺だけの力では無理だ」ジャスティンは降参するように両手を上げる。

「じゃあ、サイが政府のファイルに侵入したと思ってるのね？　やったんだわ。わたしが頼んだことを、彼はやったのよ」

「落ち着けって。可能性としてはある。こっちはやつの頭に銃を突きつけてるんだからな、うん。だが、あまり興奮しすぎないでおこう」そう言いながらも、期待に輝いているサムの顔を見ると、ジャスティンは笑顔になるのを抑えられなかった。「君ときたら。鳥を捕まえた猫みたいだな」

終了まで22時間

ワシントンDC〈フュージョン・セントラル〉

エリカはサイがデスクでノートパソコンに向かっているのを見つけたが、こんな状況にしてはあまりにも機嫌が良すぎる。

「あなたなんでしょう」

「やあ、愛する人」

「ハッカーはあなただった。あなたがデータベースに侵入したのよ」

「ダーリン、何を根拠にそう思うんだ？」

「あなたがしたブリーフィングについて、たったいまバートが連絡してきたのよ。当然、彼は、わたしがもう知ってるものと思ってた。あなた、あの人たちに罪を着せようとしてるのね」

サイはエリカからデジタル画面に目を移す。「あのふたりは悪人だ。極悪人だよ。そしていま、やつらはひどい悪事を働いた。恐ろしい悪事を」

エリカは画面の前に立ちはだかる。「どうしてあの人たちをこんな目に？　なぜなの？　答えなさいよ。あなたには答える義務がある」

「あいつらは犯罪者だ。疑う余地もない」

「わたしは信じない。あなたもそうでしょ。ばかばかしい。銃器に爆発物？　作り話だわ。あなたは罪のない人たちを傷つけようとしてるのよ、サイ。彼らは殺されるかもしれない。わかってるの？　SWATを出動させるような悪質な嫌がらせをしてるのよ！」

「確かに、やつらはいま危機に瀕《ひん》してるかもな」

エリカは失意にも似た感覚をおぼえている。「話して。あなたにチャンスをあげる。最後のチャンスを。何もかもわたしに話して。わたしのために。マイケルのために。何よりも、あなた自身のために……いま、あなたの魂は瀬戸際にあると本気で思っているから」

聞きたくてたまらない言葉を聞かせてもらえるという儚《はかな》い望みを抱きながら、その心の内を明かす兆候を読み取ろうとし、サイの顔を覗き込む。サイ、ねえ、サイ、言ってちょうだい、わたしに真実を話して、まだ救い出すことのできるあなたの一部を救うのよ。一瞬、エリカはサイに気持ちが通じた気がして、昔の波長に接続できたのだと思う。出会ったばかりの頃の気の利かない少年に、恋に落ちた若者に、ついこの前まで全幅の信頼を寄せていたビジネスパートナーに。

けれどつぎの瞬間、エリカの目の前で、あの少年のような表情は硬くなり、情熱的に、愛を込めて、うっとりと何度もキスを交わしたあの唇から、こぼれ落ちた言葉はこれだけだ。

「ベイビー、ちょっと休むんだ。帰ったほうがいい。きみはちょっと感情的になっている。愛してるよ。でも、帰ってくれ」

そう言い残して、サイは部屋を出ていく。

何かが取り返しのつかない過去になる。

彼を失ってしまった。緑色の目をしたわたしの少年を、失ってしまった。そう思いながら、エリカの目は壁を見据えている。浮氷に乗って漂っている一頭のホッキョクグマを。氷と同じく破滅の運命にある熊を。サイのデスクに近づくと、エリカから慌てて逃げたせいで、サイが滅多に手放すことのない大事なノートパソコンが置き忘れられている。

マイロとダスティンは〈ザ・ボイド〉それ自体を本拠地にはしていない。そこにいてもおかしくないほど優秀だが、過去にハッキングであまりに何度も起訴されていて（極秘起訴、のちに放免されている）、おまけに水パイプでマリファナを吸うことを好み、顔には髭が生えているため、ほかの人を落ち着かなくさせる。ふたりは〈ザ・ボイド〉ではなく、無数の冷却ファンが音を立てる地下で働いている。このすべての機器を最適な作動温度に保つために必要な冷却システムのネットワークにかかるカーボンオフセットは、うんざりするほど高額だ。しかも、それはこの施設内のシステムだけなのだ。ここに引っ張ってくるデータには、全国にサーバー・ファームが必要になる。冷却費用を抑えるためだけに、アラスカにひとつ建てたばかりで、巻かれていない大型ハドロン衝突型加速器みたいな配線システムを敷設した。

マイロとダスティンの仕事は、データがしかるべき場所にちゃんと届くようにすることと、権限のない侵入による漏れや硫黄のようなデジタルの悪臭がしないかシステムを確かめることだ。ふたりはそういう仕事に鼻が利くため、〈フュージョン〉の国境警備隊として、また悪党の襲撃を防ぐ執行官として務めている。本質的には、この魔法の王国の落とし格子や跳ね橋、矢の溝穴を受け持っている、現代のローゼンクランツとギルデンスターンだ。そして、この仕事に関してふたりはじつに優秀で、かなり高額の報酬をもらってもいる。

とはいえ、ふたりはかなりの時間をくだらない話をすることだけに費やしている。

ダスティンが言った。「とにかく誰かが発明したんだよ」

「まさか」とマイロ。

「スマート・コンドームだってさ」

「で——そいつを装着すんのか？　どんな機能があるんだよ、接続性とか？」

「推進速度を計測する。そう説明に書いてある。推進速度だとよ」

「嘘だろ、そんな情報が必要なやつなんているか？」マイロは画面に仕様書を開いた。「性交中の心拍数、消費カロリー、その他の統計データ。Wi-Fi接続。すげえ、家族全員がリアルタイムで最新情報を受け取れるってわけか、いいね、いいね」

「それを使えば、彼女が演技してるかもわかるのかな?」

「ははあ、やっと興味が出てきたな。やめとけ、彼女との関係が悲惨なことになるぜ」

エリカがその部屋に入ってきたとき、それがマイロとダスティンのしていた会話だ。マイロは飛び上がり、一方的にエリカを強く抱きしめる。「エリカ!」ダスティンは笑顔を見せるが、目は合わせない。シャイな男なのだ。

プログラムのコードはネイティブでも、マイロは強いポーランド訛《なま》りがいまだに残っている。「なんてこった。上で起こってるのはなんの騒ぎだ? ジャスティン・アマリのことだけど。ありえない。あの男は冷静なやつに見える。見事なタトゥーは入ってるけど」

このふたりを見ていると、〈ワールドシェア〉にエリカとサイとこんな感じのオタク社員が十数人しかいなかった、十年前をなんとなく思い出す。その思い出に、胸が苦しくなる。

エリカはひとつ深呼吸すると、サイのノートパソコンをふたりの前に置く。

「ねえ、ここで何が起きてるか知りたいの。時間はあまりない」

マイロが言う。「エリカ……そいつは誰のパソコンだ?」

ふたりに見守られながら、エリカはノートパソコンを開き、自分のものではないけれど、よく知っているパスワードを入力する。

終了まで21時間

国道八一号線〈アイ♡ビデオ〉

ウォーレンが出ていった日、サムはキッチンテーブルで読書をしていた。挽《ひ》きたてのコーヒーとコンロでぐつぐつ煮えているブイヨンの香りが漂い、豚腿の骨からゆっくりと風味が沁《し》み出していた。サムは料理が好きだった。

小説から顔を上げると、ウォーレンが旅行鞄を肩にかけて階段を降りてきた。夫は決して預け入れ荷物は持たず、機内持ち込みの手荷物だけで、小さなシャンプーのボトルはもう透明のビニールに入れてあり、旅行用のノートパソコンは帰宅するたびにデータを消し去り、海外の空港に飛行機が着陸して停まるまで、プリペイド携帯には絶対にバッテリーを装着しなかった。

「行っちゃいや」とサムは言った。ウォーレンはドアのそばに鞄を降ろし、両手をポケットに突っ込んで戸枠にもたれて、サムを見つめていた。

「君はいつも悪い予感がしてるけど、いつも問題ないだろう」

「今回は特にいやな予感がするの」

「火曜には会える」

「約束する？」

ウォーレンはキッチンに入ってくると、両手を広げた。サムは立ち上がって抱きしめられ、夫の胸に頭をもたれた。

「ああ。エプロンをつけて、クッキーを焼いてくれよ」

サムは鼻を鳴らしてしぶしぶ笑った。外でタクシーのクラクションが鳴り響いた。

「気をつけてね。お願い、いつも以上にずっと気をつけて」

「これ以上ないほど気をつけるよ」

ウォーレンはサムの顔を上に向かせて、ちゃんとキスすると、背を向けてドアに向かった。ポーチから手を振って見送れるよう、彼女も後ろからついていった。ウォーレンは鞄を後部座席に放り込むと、ふり返って手を振り、サムも振り返した。それで終わりだった。

火曜の朝、サムはクッキーを焼いた。冗談のようでもあり、冗談のようでもなかった。ウォーレンは家に帰ってこなかった。真夜中にサムはクッキーをぜんぶ食べて、そのあと吐いた。人生が地獄になった。

騒々しい音楽で目を覚まし、ソファの上で起き上がる。ザ・ホリーズの『ロング・クール・ウーマン（喪服の女）』が時代遅れのCDプレーヤーから流れている。ジャスティンはノートパソコンの前で背中を丸め、画面を凝視しているが、新たな緊張に身体をこわばらせている。

「サム！」

「どうしたの？」

「何かが……ここで何かが起きてるぞ……」

「え？」

「サイのノートパソコンで。ファイアウォールが……破られたようだ」

終了まで21時間

ワシントンDC〈フュージョン・セントラル〉

マイロとダスティンはサイのノートパソコンをあいだに置き、それぞれ自分のパソコンに繋いで、同時に作業している。二十数分間、時々うーんとうなっているだけだが、ふいにとまどったように顔を見合わせる。

エリカはスマホに目をやる。サイの秘書には、彼がこの建物に戻ったら知らせるよう頼んである。サイが最初に探すのは、なくしたことに真っ先に、そして唯一気づくのは、このノートパソコンだ。「ねえ、何か言ってよ。いまの状況は？」

「いまは……」マイロが切り出す。「わかった、わかった。俺たちは内部のファイアウォールを突破した。SSL暗号化を可視化したが、どうやら彼は……サイは……なんらかの……そう、超巨大なデータをユタ州にある政府のサーバーから引き出したみたいで、その時刻は――」

「今朝の九時半？」エリカは予想する。

「正確には九時三十四分だ」

エリカは特に驚いた顔もしない。

マイロが尋ねる。「俺たち、このことで面倒に巻き込まれないよな？　君が話してるのは、そういう前科のあるふたりの男だからな」

「しかも一回じゃない」ダスティンが割り込む。「まずい結果に終わった」

「そのデータはいまどこに？」エリカは質問する。

マイロは答えを渋っている。「サーバーに……場所は……どうやら……」

「マニラ」ダスティンが口を出す。

「マニラだ」マイロも認める。「マニラにサイの個人サーバーがあるようだな」

「アクセスできる？」

「じつは、もうアクセスしてる」

「そこから探せる？　データを」

「まだ試してみてない。俺たち、まずいことになるのか？　マジで？」

「調べてくれたら本当に感謝するし、そのことをおぼえておくとだけ言っておくわ」

不安そうだが興奮もしているマイロとダスティンは顔を見合わせた（ふたりともこういう瞬間のために生まれてきたのだと知っている）。そのあと、マイロが訊く。「調べるって……

具体的には、何を？」

「ひとつの名前を。ウォーレン・クルー」

国道八一号線〈アイ♡ビデオ〉

ジャスティンの手は震え、キーボードの上の空中で止まっている。すっかり呆然とした様子だ。「入った」

「入った？　何に？」

「どこかの……個人サーバーのなかに。いまはクローキングソフトを使っていない。いつものセキュリティ対策だけだ。サイの動きを追っている……キーを打つのが見える、正確に何をしてるのかわかる……やつが行くところに、ついていける……同乗して」

「サイはどこに行こうとしてるの？　何をしようとしてるの？」

「まだわからないが、まるで――まるであいつには手が八つあるみたいだ。尋常じゃない。攻撃コードに次ぐ攻撃コード。サイはアクセスしようとしている……何かに……」

ワシントンDC〈フュージョン・セントラル〉

「なんとか言って！」エリカが言う。「何を見つけた？」

「何かのなかに入っちゃいるんだが」マイロが返事する。「キャッシュがあまりにも……くそみたいに……膨大で。信じられないほどぎちぎちにまとめられた巨大なひとつのデータダンプだ。何十万ページもあるってことだ……何百万ページも」

エリカは思う。ああ、サイ、何をしたの？ でも、答えはもうわかっている、ここで見ているものがなんなのか、はっきりとわかっている。史上最大のデータ漏洩《ろうえい》の産物だ。サイがやったのだ、一兆もの秘密が詰まった当局の名高いライブラリーに彼が侵入した。こんなことを自分に許すほど、道を見失ってしまったのだ。何を成し遂げるために？ エリカにはこの答えもわかっている。彼の秘密を知っていて、彼が重大な犯罪を犯したことを告発しかねないふたりの人間に、危険な犯罪者の濡《ぬ》れ衣《ぎぬ》を着せるためだ。

スマホが鳴る。サイの秘書だ！ 町の向こうで予定されていたサイのミーティングがキャンセルになった。誰かがコロナに感染したのだ。サイは車で戻ってきている。予定到着時刻は三十分後。三十分しかないの？

「ウォーレン・クルーのファイルを引き出して」マイロとダスティンに言う。「そのファイルひとつだけを探せる？　それひとつだけを？」

「引き出すって……たったひとつのファイルを？　なあ、そいつは時間がかかるぜ。ほかのレイヤーも破らないと。時間はどれだけある？」

「どれだけ？　どれだけかかりそう？」

「何時間も」

エリカは腕時計を確かめ、もっと大きなマシンに繋がれたサイのノートパソコンに目を向ける。急いでサイのデスクに戻しておかないと。「いまできることは何？　ねえ、考えて！」

マイロはダスティンを見て、発言する。「選択肢がある」

「何と何の？」

「何も引き出さない、あるいは……」

「あるいは？」

「すべてをコピーする」

「ぜんぶ取っていくんだ」ダスティンが通訳する。「丸ごと」

「そんなことができるの？　ぜんぶコピーするなんてことが？」

「クリックひとつでダウンロードできるが、地獄のようなクリックだ」

マイロはカーソルを所定の位置に動かすと、キーボードのリターンキーの上で人差し指を振り動かす。「合図してくれ。ただし……」

「ただし？」

「どえらいことだぞ……」

エリカはキーボードに目をやったあと、腕時計を確かめる。「このノートパソコンを上の階に持っていかなきゃ。五分前にはそうしておくべきだった」

「じゃあ、やめるのか？」マイロが訊く。「打ち切る？」

「すべてをコピーしたら、あとでそれを調べてもらうことはできる？ ウォーレン・クルーのファイルを探して、残りはぜんぶ削除することが？」

ダスティンが答える。「時間はやっぱりかかるだろうけど。答えはイエスだ」

エリカはうなずく。決定的だ。それなら迷うことはない。「外に出て。ふたりとも」このふたりのハッカーのどちらにも、こんな恐ろしいことを実行させるわけにはいかない。これはわたしの決断だ。わたしの責任だ。わたしがやらなければならない。

青年たちがいなくなると、エリカはキーボードに近づく。人生は短い。後悔は長い。すべてを賭けよう。人生。愛。生活。エリカはタップし、ダウンロードしていく……。

青ざめた顔でドアを開けると、もっと青ざめた顔の若者ふたりがそこにいる。エリカはふたりに向かって言う。「もうなかに戻っていいわ」

終了まで19時間

国道八一号線〈アイ♡ビデオ〉

バイザーを下ろしていないヘルメットを通して、ぎこちなく煙草を吸いながら、サムは店の窓に貼られたばかりのポスターを眺める。**スリーピー・クリーク音楽フェスティバル。明日から。バーや食べ物の屋台。**いいじゃない。**音楽、朗読。**嘘でしょ。**詩、哲学、環境についての講演。**もうひとつのアメリカの証。水瓶座《みずがめ》の時代の子供たち、脱落者、地球を愛する民衆、人類の持つ本来の価値の炎を燃やし続ける、別のアメリカ人たち。サムはケイトリンとジャスティンと一緒に、スリーピー・クリークにぜひ行きたかった。ただ聴いて、学んで、踊って、あの失われた世界に加わって、眠るために。そう、何よりも眠るために。けれどそれは、いまは儚い希望だ。

煙草の火を踏み消す。なかに戻ると、もう百度目になるが、ジャスティンの肩越しに覗き込む。ふたりの横には接続されたハードドライブのワークステーションがあり、サイが遠隔でダウンロードした盗まれたプライバシーのすべてをコピーして保存したことで、ハードドライブはまだ熱い。

「そこにウォーレンの情報が何かあるはずよ」

ジャスティンは親友に関するどんなものでもいいからすべてのファイルを探そうとして、この膨大な密輸品を取捨選択することに時間を費やしている。いまのところ、何も見つかっていない。

サムはうろうろ歩き、座り、コーヒーを淹れ、コーヒーを飲み、おかわりはどうかとジャスティンに訊き、本当におかわりはいらないのかと訊くということを代わる代わるくり返し、その間ずっと「サイ・バクスターをどう思ってるにしても、彼は約束を果たした。ウォーレンを捜すためにファイルに侵入したけど、彼にとって大きなリスクがあるのは間違いない。やると言ったことをやってくれたんだから、そのことだけは感謝しなきゃね。でしょう？ねえ？ジャスティン？」というようなことをブツブツつぶやいている。

四時間半の捜索の末、ついにジャスティンは手短に報告する準備ができた。

「ここで見つかったのは、ＣＩＡの話を裏付けるものだけだ。東ヨーロッパへの投資機会なんかについての六つの調査報告書に対して、ウォーレンに作成費用を支払ったことがあるようだ。ここには、イランに関する情報はひとつもない。見つけられる限りは。ウォーレンがＣＩＡのために公式に働いていたことを少しでも示すものは何もない。彼の居場所についても。君の行動に関する記載はあったよ、ＣＩＡへの非難、隠蔽だという主張、当局がくり返した否定の記録、だがＣＩＡが終始真実を伝え続けてきたこと以外を示唆するファイルはひとつもない」

「だったら、ウォーレンのファイルはダウンロードのなかになかったのよ」

「可能性はある。それか、ファイルがこすり落とされて、削除されて、史実が書き換えられたのか。あるいは、ファイルはひとつもなかったのか」

「もう一度見てくれない？　何かあるはずよ。何か特別に」

「サム」

「ＣＩＡは嘘をついてる。絶対にそう」

「だとしてもちっとも驚かないが、このファイルからどうすれば見つけられるのかわからない」

　見つめ合うと、サムの目に涙が浮かんでくる。

「ひとつだけ、気になることが……」

「なんなの？」

「当局が確保した一通の宣誓供述書があるんだが……アンナ・クルチクからの。名前を聞いたことは？　四十代前半の女性で、住所はフォギー・ボトム」

「それで？」

「この女性は否定してるんだ……ウォーレンがＣＩＡで働いていたことを否定して、彼のことを知らないと全面的に否定している」

「だから？」

「じゃあ、誰が彼女に尋ねた？　なんの関係もない相手なのに。なぜウォーレンを知らない相手を捕まえて、何も知らないという宣誓供述書を取らせた？」

終了まで18時間

ワシントンDC／フォギー・ボトム／アンナ・クルチクの住居

いまとなっては、このモーターバイクが監視システムに引っかかる可能性は五分五分だ。サイに会うためワシントンに行ったときにもこれに乗っていて、今回もこれで行くのはさすがに無謀だとわかっている。それでもヘルメットをかぶり、アンナ・クルチクの家の近所まで二輪車を走らせる。町のこの地区はカメラが多すぎて、正体を告げる足を引きずった歩き方では数メートル進むのもリスクが高い。サムはクルチクの私道に乗り入れ、バイクのスタンドを蹴り下ろす。

綺麗に刈り込まれた芝、整然とした花壇、ポーチの物干しにかけられた肌色の婦人用下着。玄関に出てきた女性は、イヤリングをつけながら頭を四十五度に傾けて、急に押しかけてきた訪問者をひどく怪しんでいる表情を見せる。

「なんのご用？」

「アンナ・クルチクさん？」

「何かの配達？」

バイクのヘルメット、タイトジーンズにブーツといういでたちにアンナの視線を感じ、サムはヘルメットを外して挨拶する。「いいえ。わたしはサマンサ・クルーと言います。ウォーレンの妻の」

アンナはイヤリングのことも忘れて背中を伸ばし、サムをじっと見つめる。その様子から、宣誓供述書の内容は嘘だったのだとすぐに確信できる。

「お邪魔しても？　大事な話があるの」

「初めて聞く名前よ」

「ウォーレンのことを知ってるんでしょう。お願い。五分だけでも」

アンナはサムをなかに入れ、リビングへ通す。

部屋は趣味のいい退屈さがある。何もかもが文句なしにきちんとして、こぢんまりしている。ひとり暮らしの女性だけど、猫は飼っていない。

「言ったでしょう。そんな名前は聞いたことがないって。いまのところは。ほかに何を話し合うことがあるというの」

「ミス・クルチク、きっとあなたはいい人なのね。ちゃんとした人よ」

「どうしてそう思うの？」

「わたしを家に入れてくれた。ソファに座らせてくれた。夫について知っていることを、なんでもいいから教えてほしいの。お願いします」

アンナはそわそわしている。ガラス製のコーヒーテーブルはかぎ針編みの小さなマットで飾られ、ソファのアンナの横には巻き取った毛糸に編み針を刺して置いてある。サムはアンナをじっと見つめている。この女性を、この見知らぬ相手を、なんの力もなさそうな顔を、青白くて孤独で、相手の気持ちを和らげてくれる顔を。けれどこの瞬間、アンナは自分に対してどれほど大きな力を持っていることだろう。サムの希望をくじく力、サムの世界を創るか破壊する力。

「あなたの宣誓供述書を読んだ。宣誓したうえで偽証したのね」

「もう帰ってもらえるかしら」

「ウォーレンの居場所を知ってるのね」

「お願い。出ていって。じゃなきゃ警察に通報するわよ。あなたを家に入れるべきじゃなかった」

「ねえ、助けたい気持ちもあるんでしょう。どうやって夫と知り合ったの？　あの人はあなたと一緒に働いていたの？」

この女性のなかで激しい議論が交わされているのが、次第に伝わってくる。長年の葛藤が、自意識の中心へ向かい、自らの良識を評価することになり、やがてたったひと言を発するという決断に至る。「そうよ」

「あなたに神の御恵みを」

「祝福なんていらないわ」

「お願い、力を貸して。話してくれたことは、すべてここだけの話にとどめておくから。約束する。ウォーレンの命を救いたいの」

アンナは膝の上で組み合わせた指に力をこめる。「どこまで知ってるの？」

「夫がCIAのために働いていたのを、当局が否定してること」

「盗聴されてない？ シャツの前を開けてもらっても？」

サムが言われたとおりにしていると――ボタンを外し、素肌の肩、お腹、ブラを見せたあと、またボタンを留める――、アンナ・クルチクはデジタルラジオをつけて、それからようやく、今回はサムの隣に腰を下ろす。

「公式には違った。そこが問題の始まりだったのよ。彼はわたしたち分析者のためにCIAで働いていた。当時わたしは分析者だった。分析者はスパイを雇わない」

「あの人はスパイだったの？」サムの心臓がドクンと高鳴る。

「彼はエージェントだった。リサーチを担当していたの。だけど、今回の場合みたいに、そこに違いはほとんどない。あなたはどこまで知ってるの？」

「何も知らないと思ってるんでしょうけど、当たらずとも遠からずよ」

「ウォーレンは情報を収集していて、その対象は……イラン人だった。彼は分析者の役に立っていたけど、わたしたちは現場に出るエージェントを雇うことは認められていない。それが認められるのは工作員だけ。だからウォーレンは記録に残らないようにしながら働いていて、イラン政府内の汚職に関する情報を探そうとしていた。それが彼の専門だった。お金の流れを嗅ぎつけることが。だけど、彼はイランの核開発計画の現状にも興味を持っていた。危険な問題よ。それと、ウォーレンの報酬は分析者たちから非公式に支払われていたの。お偉方はそのことを知っていた。ウォーレンの報告書はCIAの内部で広く読まれていたわ。上の者たちがそれを認められなかったのは、ウォーレンが公式な身元調査と承認を受けていないというだけの理由だった。だからウォーレンの行方がわからなくなったとき、彼の居場所に関する情報は何もないし、当局に所属していたことは一度もないと言うのは簡単だった。これは事実じゃなかったけど、そこからばかげた隠蔽が始まったの。雪だるま式に。タイとか諸々《もろもろ》、彼がバンコクに行ったという証拠が突然どこからともなく現れて。めちゃくちゃよ。ウォーレンはその犠牲者だった。いまでも犠牲者のまま。彼はわたしたちのために立派な働きをしてくれていたのに」

サムの頬を涙が流れ落ちていく。アンナは立ち上がり、サムのためにナプキンを一枚持って戻ってくる。

「じゃあ、イラン政府は？　どうして彼らは――」

「喜んだのかって？　ＣＩＡのエージェントを捕まえたことで？　秘密の交渉の切り札として、ウォーレンにはより大きな価値があったからよ。捕虜の交換で行われる計算について、理解しておいてもらわないと――捕虜の交換はしょっちゅう行われている。そのほとんどが、まったく取り上げられもせずに。時には価値の低い捕虜が価値の高い捕虜と交換されることもある。世間の怒りを買いそうな取引よ。そこに秘密にしておくことの利点がある。ウォーレンの場合は複雑だった。アメリカがおもに拘束している捕虜たちに比べると価値が低かった。だけど、イラン側はウォーレンをずっと価値の高い捕虜、たとえば爆弾製造者とか、世界のどこかにアメリカ政府が拘束している救い難い過激派と交換しようとしていた。ところが、アメリカはこの取引を拒否した。応じるわけにはいかなかったのよ、だってウォーレンがＣＩＡのために働いていたことも認めようとしなかったんだから！　それで数週間、数か月が過ぎていき、もう数年が経っている。ウォーレンは解決するのが難しすぎる問題になってる」アンナはサムのほうに身を曲げ、まっすぐ目を見つめて言う。「こんなことが役に立つかわからないけど。ほかにも話しておくことがあるわ。ウォーレンが消息を絶ったと聞いたとき、わたしはまずトイレに行って吐いたけど……そのあと、彼のイラン人のつてに連絡を取った。すると、暗号化されたメッセージが返ってきた。イラン政府はウォーレンがテヘランを出発しようとしていたところを空港で押さえて、軍事刑務所に送ったのだとダウドは確信していた」

サムはすぐには返事もできずにいる。軍事刑務所、スパイ、テヘラン、イラン人のつて？　ねえ、ウォーレン、どうして？　どうして普通の暮らしができないの？　どうしていま、あなたは芝刈りをしていて、作業を止めて2サイクルエンジン専用ガソリンの缶を取りに行っているんじゃないの？

「どの刑務所？」

「突き止められなかった」沈黙。やがてアンネが言う。「でも、そのイラン人のつてなら知ってるかもしれない。その後、彼は亡命して、いまはワシントンに住んでる。何か知ってる人がいるとすれば、それは彼よ。名前はダウド・クザニ。わたしが話せるのはそれだけ」

終了まで17時間

ワシントンDC／ワシントン・ハイランド

ダウド・クザニの妻は、テレビがついている安っぽいリビングを通り抜けて、草木の生えていない暗い庭に面した、奥にあるキッチンへとサムを案内する。政府が亡命者に住まわせるには、ずいぶん貧しい住宅ね、とサムは思う。お腹のでっぷりした男性がコーヒーを淹れているストーブの前でふり返り、玄関先でサムが英語で話した内容を、妻が早口のペルシア語で説明する。抵抗されるものと思いきや、その男性は表情を緩めて同情と悲しみを浮かべ、そのあいだずっとサムを見据えている。しばらくして、男性が口を開く。

「ようこそ」

いまサムを動かしているものは、やり場のない怒りだけだ。本当に必要なのはベッドで、病院のベッドが望ましい。「どうも」とサムは答える。

「一緒にコーヒーをどうかな？」

「ええ、頂きます。ありがとう」

妻がその場から立ち去ると、彼はキッチンにひとつだけの椅子をサムに勧める。

「どうぞ」

椅子に沈み込み、フォーマイカのテーブルの表面に肘をつき、相手を観察する。後退しつつある髪、お腹がきつそうな半袖のシャツ、はちきれんばかりになっているせいで、ボタンが斜めになっている。漂う香りから、コーヒーは濃い目が好きなのだとわかる。

彼は独白を始める。「ウォーレンが生きているのか知りたいんだろう。私は彼が生きていると信じている。ウォーレンはあなたのことを何度も話していたよ。テヘランではたくさんの時間を一緒に過ごした。妻を愛し、そのことに気づいているとは、私たちはとても幸運だと話し合った。これほどの天恵は滅多にないものだ」

ダウドはサムの前にコーヒーを置き、自分のコーヒーにクリームを入れてかき混ぜる。

「彼は恐れを知らなかった。かなりの恐れ知らずだった。数あるなかでも特に、核開発計画の情報をCIAのために見つけ出そうとしていた。可能であれば手伝おう、と私は言った。そのちに、空港から出発しようとしていたあるアメリカ人が拘束されたと聞き――こういうことが蔓延《まんえん》しているんだ――、ウォーレンに違いないとわかった。イラン政府は彼を尋問しているだろう。どこかの時点で、自分がCIAだということを彼は自白しているかもしれない。そのことを認めていたら、被収容者が記録されている公式の刑務所ではなく、捕虜が名前ではなく番号のみを与えられ、公には光が届かない秘密軍事施設《ブラック・サイト》に彼は送られているだろう。だから、ウォーレンがいまでも生きているのであれば、番号が与えられているはずだ。私にわかるのはそれだけだ。すまない。イラン政府はウォーレンを捕虜にしていることを否定し続け、人目につかないようにして、別の秘密の捕虜と交換する必要に駆られたら、交渉の切り札として、魔法のようにパッと姿を現したようにしてみせるだろう。これは各国が人知れずしていることだ。いまのところアメリカはその間違いも関与も認めようとせず、彼を連れ戻すために何かするつもりもないようだ。この国の政府は、大統領に至るまで、ウォーレンを見捨てていて、CIAもその調査を阻止するためなら何でもやりそうだ」ダウドは窓をふり返り、裏庭に広がる自分の世界を眺める。「だが、それらすべては過去のものだ。いまや私はアメリカ国民だ。秘密の代わりに車を売っている」彼はコーヒーを飲んだ。

「その刑務所の名前は？」

ダウドはサムのほうに顔を向けようとしない。

「あなたの名前は秘密にしておく」

「世界は変わった。もう秘密などというものはない。燃えるような光の下、人は皆、裸で歩いている」

「刑務所の名前は？」

「イスファハンの近くだ。ことによると。イスファハンのすぐ南のとある場所だ。その場所

について は聞いたことがある。ウォーレンはそこにいるかもしれない」

　サムはヘルメットをかぶり直し、ますます神経を消耗させて、足を引きずりながらバイクに近づいていく。歩きながら、バイクにぴったりとつけるように一台の車が停まっているのに気づく。一般的なレンタカーだけど、この界隈《かいわい》にしては高級すぎる。バイクに近づいていくと、車からひとりの女性が降りてきて、こっちに向かってくる。

「お願い、逃げないで」

　サムはバイクにまたがり、キーを回す。ウォーレン、ウォーレン、ウォーレン……。女性は大声で訴えかけてくる。「サマンサ」

　逃げるべき？　もうおしまい？　女性は手にスマホを持っていて、こういう人々がどれほど迅速にドローンや車で一帯を包囲できるか、サムは身に沁みてわかっている。このあたりには人混みに紛れられる地下鉄の駅もなく、サムはゆっくりとバイクから降りる。

「わたしはエリカ・クーガンよ」

「あなたが誰かは知ってる。見つかったのはバイクのせい？」

「この辺はカメラが多いものね。でも心配しないで、表向きはあなたじゃないことにしておいたから。〈フュージョン〉は気づいていない。わたしはひとりで来てる」

「サイの差し金？」

「いいえ。サイはあなたに協力する気はない。もとからなかったのよ」

「もう協力してくれたわ」

エリカは首を振る。「いいえ、残念だけど」

「ウォーレンを捜してもらった。おかげで助かってる」

「彼にはあなたたちを助けるつもりはないのよ、サム」

エリカの口調はあまりにも確信に満ちていて、疑いようがない。それから、サムはこの女性の様子をきちんと眺め始めた。まるでエリカは逃亡中で一週間眠っていないようだ。仕事用のパンツスーツと入念なメイクで隠れているが、じつはダクトテープで縛り上げられているみたいに見える。

エリカが頼む。「五分だけ時間をもらえない？」サムがカメラを探してあたりを見回すと、エリカはつけ加える。「ここなら心配ないわ」

サムの全神経系が、逃げろと叫んでいる。「捕獲班がもう駆けつけてきてるんじゃないと、どうしてわかる？」

「あなたがあの家に入るのを、二十分前には突き止めていたのよ。でも捕獲班はまだ来ていないでしょう？　わたしが捕まえる気なら、あなたはとっくにSUVの後部座席に座っていたはず」

サムはこれも認めざるを得ない。

「サイとどういう取引をした？」

「最初に知っておきたいことがあるの」エリカは言う。「サイとどういう取引をした？」

「こっちは……あなたたちに関する情報を持ってる。制裁をかわして行っている、技術の違法な売買について。その情報とウォーレンに関する情報を交換するつもり」

「現時点で、サイはその約束を守るつもりはないわ。でも、わたしが協力する」

「あなたを信じられない」

　サムは顔をそむけたが、エリカはその手をつかむ。

「サイは協力しないばかりか、あなたとジャスティン・アマリがこの国にサイバー攻撃を行ったと公式に訴えているのよ……NSAのデータセンターに侵入して大規模なハッキングを行い、何百万ページにも及ぶ機密情報を盗んだって」

「事実よ」

「事実？」

「サイがしたことを、わたしたちもしただけ。彼のノートパソコンの動きを追っているから」

「サイのノートパソコンの動きを？」

「彼の個人用のパソコンにアクセスできるの。あのとき渡したUSBメモリのおかげで。サイの動きを追い、隠し場所に行くのを監視して、彼がダウンロードしたのと同じ膨大な量のデータをダウンロードした。彼が手に入れたおかげで、こっちも手に入ったってわけ」

それでエリカは理解した。「聞いて。あのデータは破棄しなきゃいけない。残らずすべて。持っていてはだめよ。このデータの価値は、命とは比べものにならない。あなたたちはふたりとも危険人物で、武装している可能性もあると、サイはもう皆を納得させている。NSAのデータベースに侵入したのはあなたたちで、この国を攻撃しようとしてるって。いままさに、アメリカの法執行機関が総力を挙げてあなたたちを捜している。いまにもあなたたちの身に危険が迫っているのよ。もうカメラを避けてキャンプ旅行をしている場合じゃない。〈ゴー・ゼロ〉はおしまい。これは現実よ。あなたたちは銃で狙われている。あのデータを処分しなさい、さもないと、サイはあなたたちに罪を着せようとさえするはず。このままだと彼が正しいことになるわ。いま、あなたたちは国家の脅威なのよ」

すべてが事実かもしれないと思いながらも、サムはやっぱりウォーレンのことと、拘束されているイスファハン近郊の冷たい刑務所のことしか考えられない。

「協力させて」とエリカが請う。

「あなたとサイは違法に技術を販売して――」

「わたしじゃない。信じようと信じまいと好きにすればいいけど、それは真実じゃない。ジャスティンのおかげで、サイが何をしてきたのか初めて知ったの。彼を止めたい。あなたを助けたい。あなたに協力して、ウォーレンを捜す手助けをしたい。でも、迅速に行動しないと。いい？　これから何時間かが勝負よ。このサイバー攻撃があなたたちの仕業じゃないと、わたしが正しい相手にわからせるまで、あなたたちは危険を避けておく必要がある」

「ねえ、本気で助けたいなら、わたしの身の安全は心配しないで。ウォーレンが生きている証拠を見つけて。それと、イラン政府が夫を拘束している刑務所の名前を教えて」

「まずはあなたたちの安全を守らないと。そのあと、できるだけのことをするから。身を隠せる？ かなり得意だって話だけど。どこか人混みのなかに。数が多ければ安全よ。人目のある場所にいて。標的にされたり、傷つけられたりしないところにいるのよ。あと、これを受け取って――ポケベルよ。誰にも追跡されてないわ。これであなたとひそかに連絡が取れる」

サムはいぶかしむようにポケベルを見ている。まだ製造されてるの？ 常日頃からあらゆる電子機器を恐れてきたけれど、必要だという思いがこの衝動を凌駕《りょうが》して、ポケベルを受け取る。誰かを信じること――それがどんな感じだったか、思い出そうとする。

終了まで16時間

国道八一号線〈アイ♡ビデオ〉

スロットルをひねってスピードを出しながら、サムはまっすぐジャスティンのもとへ百キロの距離を引き返すと、わかったことをすべて話す。いまではふたりとも捜索されていること、現在のアメリカではそれはまずい状況であること。

「エリカの話だと、手に入れたデータはすべて破棄しないといけないって。いますぐに。このすべてを」サムは積み上げられたハードドライブに向かって指を振る。長方形の箱に保存された罪、秘密、過ち、犯罪、怠慢、汚職の山――何十年分もある。

「エリカが言いそうなことだ」

「やらなきゃ、ジャスティン。このままだと本当に危険なことになる」ジャスティンは気が進まない様子だ。「今度は、、、なんなの？」

「こいつは証拠だ。俺たちに必要な証拠だよ。バクスターを倒すための。だからエリカは破棄させたがってるんだ。わかるだろ？　これが何か。このすべては……核爆弾だ。ということは、俺たちは原子力だってことだ。連中はそれが気に入らない。決して容認できない。俺たちがすべての秘密を握っていることが」ジャスティンはカッと目を見開いている。四十八時間、まともに眠っていないのだ。「そいつを爆発させたら、世界はどんな有様になるだろうな？」

「ジャスティン、お願いだから」

「さらにひどい世界になるのか、もっとまともな世界になるのか、どっちだろうな？　哲学的な興味深い疑問だ」

「わたしはそんな話をしてない。ねえ、約束して」

「俺はそんな話をしてるんだ」

ジャスティンがこの破壊的な幻想にどれほど興奮しているのかが見て取れる。あのジャスティン・アマリの激しさが、再び溢れんばかりになっている。「人々はちゃんと知っておく必要がある」ジャスティンは言う。「政府に何を握られているのかを……これほどの力が存在し、人々にどんな損害を与えているかを。いいか、たとえサイを刑務所にぶち込んだとしても、やつが不正な手段で得た情報を当局は手中に収めたままで、情報をさらに収集するもっとうまい方法を日々見つけていくんだ。どこまで続く？　そんな社会はどう見える？　俺が言ってるのは、そういうことだ。システムの再起動が必要なんだよ」

この時点でサムはジャスティンから遠ざかり、ハードドライブに指を突きつけ、声を荒らげている。「消去して。いますぐ。ジャスティン、わたしにはやり方がわからない。あなたがやってくれないと」

「手遅れだ」

「手遅れって、どういうこと？」

「もうコピーを取った。しかも、コピーはひとつじゃない。手に入れたすべてのデータを、ふたつの国のふたつのリモート・サーバーに保管してある、あとはIPアドレスを投稿すれば、ドカーンだ」

「ドカーン？ ドカーンって？ 何がドカーンなの？」

「データ爆弾だ。史上最大のデータ投下。俺たちを守るもの。やつらに正しいことをさせるための手段だ。このベイビーを前にしたら、ウィキリークスがちんけな《ナックル・タイムズ》に週半ばに掲載されるゴシップ欄に見えるだろう」

サムは髪を手で梳《す》き、ジャスティンの革命への熱意による静電気を感じている。ジャスティンがいま所有している武器を発射するため、引き金を引こうとしている指のうずきも。

「約束が違うわ、ジャスティン。これはウォーレンのためにしていることだったはずよ。忘れたの？ ウォーレンとサイ・バクスターの問題。世界を吹き飛ばすことじゃなく。ウォーレンの正確な居場所を見つけて、なおかつサイをやっつけるのを、エリカが手伝ってくれることになってる。もう危険じゃないと彼女が知らせてくれるまで、わたしたちはあと何時間か見つからないようにすればいいだけよ。そうしたら、わたしたちの勝ちだわ」

「勝ちって、何を勝ち取れる？　賞金か？」

「もう安全だとエリカに言われたらすぐに、ここから出ていける。ウォーレンの居場所も、彼の身に何が起きたのかもわかってる。これは大きなことよ。わたしにとっては」サムの目に涙が浮かぶ。「ウォーレンはイランの秘密軍事施設にいる。きっと見つけられる。やったのよ。思っていたとおり、あの人は生きてた。知ってることを何もかもマスコミに話して、ウォーレンに関する嘘をあばき、サイの秘密をあばき、政府が動くように仕向ければいい。わたしたちは勝った、わたしが言いたいのはそういうことよ。さあ、お願いだからあのデータを破棄して。じゃなきゃ、そのせいで殺されることになる」

ジャスティンは熟考し、肩をすくめる。「それが君の望みなら、わかったよ」

「ジャスティン。データを消して。ひとつ残らず、保存したコピーもよ。いますぐやって」

サムが見守るなか、ジャスティンはパソコンの前に座り直すと、気が進まなそうに一連のコマンドを入力する。削除が開始されて、巨大なデータはすべて十分以内にハードドライブから抹消され、この特別な核貯蔵庫はただの無力でちっぽけな煉瓦の山に戻るとサムに話す。

サムはそれを聞いて、喉を締め付けていた亡霊の手がようやく緩むのを感じる。

「よかった」とため息をついたとき、ポケットの奥で何かがビーッと鳴る。ポケベルだ。エリカのポケベル。

「そいつはなんなんだ？」

「エリカに渡されたの」

「冗談じゃないぞ、サム！」

ポケベルはゆっくりとメッセージをスクロールしていく。**いますぐ逃げて。彼らはビデオ店に向かってる。**

「彼らが来る」サムはジャスティンに伝える。「居場所がばれてるわ。行かないと」

「エリカ・ファッキン・クーガンが？　俺たちに指図を？」

「ぜんぶ消去できた？」

「ああ」

「残らず？」

ジャスティンはすぐには反応せず、ハードドライブとパソコンを見つめている。サムは訴えるように言う。「どうしたの？　なんなの？」

「やつらの勝ちだ。結局は、やつらが勝つ。必ずそうだ」

「行かなきゃ！」

ジャスティンは二台のプリペイド携帯をつかむと、サムに続いて外へ出ていく。

終了まで14時間

ワシントンDC〈フュージョン・セントラル〉

サイはビデオ店の裏手を歩き回っている。もちろん、実際にではない。VRのヘッドセットに閉じ込められながら、怒りくるっていて、幻の家具、まやかしの残りくず、ピザの箱、ピスタチオの殻、コーラの瓶を蹴飛ばしたくなるのを抑えなければならない。だが、それと同時に、サイは見ている――膨大なデータを保存できる、置き捨てられたハードドライブの山を。これは、あのふたりに押しつけた巨大犯罪の証拠として充分使えそうだ。そう、どこからどう見てもジャスティン・アマリとサマンサ・クルーは確かにサイバーテロリストで、ここに放棄されたこれだけのテクノロジー機器は、サイが創作した描写をばっちり裏付けている。やろうとしたって、これ以上うまい具合にふたりの隠れ処をセッティングすることはできなかっただろう。

「ハードドライブはどうしますか?」現場にいるスタッフのひとりに訊かれる。

「〈フュージョン〉に持ち帰ってくれ。中身がすべて消去されているか確認しろ。いますぐに。すべてのハードドライブを」

そう指示し、ＶＲルームを離れて自分のオフィスに急いで戻ると、コートを着たエリカが椅子に座っている。サイのノートパソコンに右手をのせて。

「彼らはコピーを持ってる」エリカはサイに話す。

「彼ら？　なんのコピーだ？」

「ジャスティンとサマンサ。ふたりはあなたのノートパソコンに侵入していた。あの森に行ったとき。あなたがケイトリンのＵＳＢメモリを挿したときに。スパイウェアよ。ふたりはあなたの動きを追っていた。あっちがあなたを監視していたのよ。これまでずっと」

「信じない」

エリカはガラス製のテーブルの向こうからノートパソコンを押しやる。「確かめて」

「君はどうやってそのことを知った？」

「ふたりはあの場にいたのよ。あなたがＮＳＡとＣＩＡのファイルすべてを違法にダウンロードしたとき。どうなったと思う？　ふたりはコピーを手に入れた。あなたがふたりにアクセスできるようにしたのよ。あなたが手に入れたすべてを、ふたりも手に入れた。あなたが盗んだファイルをひとつ残らず」

すぐにはすべてを理解できなかったが、事情を呑《の》み込むと、サイはその知らせを喜んでさえいるような顔になる。「だったら……ぼくが正しかった。やつらは国家安全保障の脅威となる存在だ」

「あなたがそれを許したからじゃない」

「彼らは国家機密を盗んだんだよ、エリカ。彼らを止めないと」

「あなたが盗んだあとででしょう。あなたが盗んだからでしょう」

「ただし、ぼくはこの国の脅威にはならない」

「ばかなことを」

「ぼくは脅迫されていた。すべては向こうの計画のうちだった。君にもわかるだろう？　あいつらはテロリストだ」

「あなたについてCIAが知っているすべてのことを、彼らは手に入れている」エリカの目は冷たく、態度はさらに冷ややかだ。「わたしのことも。〈ワールドシェア〉のことも、ケイマン諸島のことも。ロシアへのスパイウェアの違法な販売のことも。中国との売買のことも、ほかにも色々と。ジャスティンとサマンサはそのすべてをつかんでいる。ひと言で言えば、もう終わりよ。あなたが台無しにした」

「何も終わっちゃいない。むしろ、やつらがあのファイルをコピーしたのは好都合だ。背中に大きな的をつけて、進んで社会の敵ナンバー1とナンバー2になっただけだ。警察が追ってるのはやつらだよ、ベイビー、ぼくたちじゃない。何も台無しになんかなっていない。やつらは何もわかってないんだ、これから何を言おうと、何をしようと、ぼくたちに不利な影響は与えられない。まったく信じられないほど最高のニュースだよ。ぼくらは窮地を脱したんだ」

エリカはサイを見つめ、首を振る。「あなたがこんなふうなとき、マイケルはよく言っていたわね。おぼえてる？」

「なんだ？」

「くたばれ」

そう言って、エリカは出ていった。

デスクの向こうに座って、ノートパソコンを眺めながら、あのUSBメモリを挿すというミス――いま予期せぬ恩恵をもたらすことになった失敗――について少し思いを巡らしていると、新たな考えが浮かんでくる。活動的なこの頭でも、まだ思いついたことのなかった考えが。いま思うに、今日という日は、ジャスティン・アマリとサマンサ・クルーが遺体袋に入れられて、驚くべき壮大な終わりを迎えるかもしれない。本当にそうなったら、なんてすごいことだろう。

終了まで2時間

ウェストバージニア州バークレースプリングス郊外

その計画はちょっと常識破りのものだが、それこそが強みかもしれない。それは、こういうものだ。警察の警備態勢が解けて、殺傷能力の高い武器で狙われるという身の危険がなくなったことを、エリカ・クーガンが知らせてくるまで、ふたりは、スマホを持った人が集まっているいちばん大きい場所を見つけ、そこに紛れて隠れておく。いまや警察がサムたちを殺したがっているのなら、最大の防護はほかの人々の存在だ――つまり、その人たちが目撃者になり、インスタに使われるスマホが抑止力となって、逮捕されるとしても、そのおかげで平和的に行われるはずだ。

そんなわけで、ふたりは〝アイ♡ビデオ〟というロゴが側面についた、ビデオ店のオーナーの古いトラックに乗って、バークレースプリングスから約九十分、百六十キロの距離にあるポトマック近郊の民営キャンプ場で開催される〝スリーピー・クリーク音楽フェスティバル(参加者一万二千人)〟に向かっている。

サムは窓の外を眺めている。晴天。雲ひとつない朝。すぐそばをほかの車が通り過ぎていく。こちら側と向こう側の二重ガラス越しに、間違いなく自分たちと同じ場所を目指しているひとりの若い女性の姿が見える。のんきな様子で、髪に花を飾り、人生を謳歌《おうか》して、ますます気分を高ぶらせ、聴こえない何かの曲に合わせて歌っている。サムはまだ恐怖におびえながらも、新たな感情がわき起こっていることに気づく。命を狙われているときだけに感じる、ある種のヒリヒリした高揚感だ。想像していたよりも人生は遥かに短いのかもしれないと知って、どの瞬間もほんの少しだけ前よりも貴重に感じられる。生き延びること。いまやるべきことは、それだけだ。ここにいる皆がしているのと同じように。無事でいて、どんな手段を使ってでも生き延びること。これまでは荒野に隠れてばかりいたが、今度は人の集まる場所に身を置こうとしている。もう安全だとなったら、そのときにようやく、音楽とこの希望に満ちた人たちに囲まれて、警察に自分たちを引き渡すことができる。任務完了だ。

フェスティバルのゲートに向かう列に並んで、車がのろのろと進むあいだに、サムは窓を下げて、美人コンテストの女王のたすきを斜めにかけて通り過ぎていくスタッフからイベントのプログラムを一部受け取ると、ジャスティンのためにフェスティバルの呼び物を声に出して読み上げる。バーと食べ物の屋台、店舗と職人の〝発見エリア〟、〝サステナブルな緑地〟、〝新しい意識センター〟、読書やワークショップのテント、音楽、アート、詩、フェイスペインティング、呼吸法のワークショップ。ここ何日かで初めて、ふたりは声を上げて笑い出す。

「ケイトリンはめちゃくちゃ気に入るでしょうね」とサムは言う。

ジャスティンをちらりと見ると、口元にモナリザの笑みを浮かべている。

「彼女が計画したみたいだ」とジャスティンは返事をする。「〝新しい意識センター〟だって？　〝意識という難問〟に懸命に取り組んできて、やっと自分たちが何者なのか理解するわけだ」

「じゃあ、これはどう？　国連の世界人権宣言が印刷されてる……条項のひとつを聞きたい？」

「聞こうか」

「〝何人《なんぴと》も、自己の私事、家族、家庭若《も》しくは通信に対して、ほしいままに干渉され、又は名誉及び信用に対して攻撃を受けることはない。人はすべて、このような干渉又は攻撃に対して法の保護を受ける権利を有する〟」

「それで決まった。俺たちは大丈夫だ。それを言うなら、俺が長いあいだ心配してきたことについても」

そう言うと、ジャスティンは手を伸ばして、サムの膝の上に手のひらを上に向けてのせる。

彼女は見おろし、触れられていることに驚いて――心のなかで何かが跳ねている――、そのあと、すべてを犠牲にして隣にいてくれる男性への扱いきれない感情で胸がいっぱいになり、手のひらを下にして彼の手に重ねる。指と指を絡ませ、きつく握りしめる。お互いのことは見ていない。見る必要はない。お互いのことならもう充分見てきた。けれどいま、新たな回路が作られた。ウォーレンを傷つけることはないけれど、まったく罪がないというわけでもない。完全に秘密の罪で、パスワードみたいに唯一無二のもの。

「車を停めたら、最初にすることがわかる？」サムは穏やかに提案する。

「なんだ？」

「フェイスペインティングよ」

終了まで1時間

ワシントンDC〈フュージョン・セントラル〉

ヘッドセットを装着し、通話を切り上げようとしている。

ソニア・デュバルが、いきなり戸口に現れた。タブレット、ミニスカート、ハイヒール、燃えているような頬、いい知らせに輝いている。

サイはドアを閉めるようううなずいて合図し、通話を終える。

「ジャスティンのサーバーですけど」ソニアは話す。「すべて見つけました。彼はアムステルダムにあるデータ格納施設の登録されていないクラウドサーバーを使っています。それを攻撃し、侵入し、大量のデータを残らず消し去りました」

「残らず？」

「今日の午後に保管されたばかりの大量のデータです。何百万という新しいファイル」

「消し去った？」

「完全に。それにもう、そのサーバーはこちらが完璧に管理しています」

「消去する前に、ファイルの中身を見た者は？」

ソニアは首を振る。「まさか。すべて言われたとおりにしました」

「じゃあ、君が彼を阻止したんだ。テロリストの武装を解除した。君がやったんだ、ソニア。すごいことだぞ。素晴らしいよ」

ソニアはうなずき、ほほ笑みを浮かべる。

「どんな気分だ？」サイは問いかける。「甚大な被害から母国を救うというのは」

ソニアは目を見開き、息をのむ。「最高の気分」

サイもほほ笑む。「それだけ？」

ここで彼女は自らの使命を宣言する。「自分のすることは、どんなことでも立派にやり遂げたいです」

サイはソニアに近づく。「いいかな？」

彼女はうなずく。サイはソニアを抱きしめる。ソニアはサイの胸に頭をもたれ、彼は彼女のシャンプーの香りを嗅ぎ、頭のてっぺんにキスをする。

「よくやった」とサイ。「さあ、仕事に戻って」

彼女が出ていくとき――あの背中から腰のくびれ、ぴったり張り付いたスカート、凹凸のはっきりした尻――、サイは官能的な疼《うず》きをおぼえる。それから視線を下ろし、森の巨人が横に伸ばした長い腕から飛び立っていく、デジタルの白い鳩の魔法を眺める。バサ、バサ、バサ、と飛び去っていき、最後のひとつとなったピクセルがその姿を明滅させ、緑色に変わる。エリカを愛している、とサイは考える。間違いなく、これからもずっと。だけど、これも楽しい。

その瞬間、ヘッドセットからラクシュミー・パテルの声が発せられる。「ミスター・バクスター？　彼らを見つけました」

サイは急いで管制室のフロアに下りる。

「映像を出せ」いつにも増して、宇宙船エンタープライズ号のブリッジにいる艦長っぽさ全開で指令を下す。

バートがその場にいる。オフィスから出てきたエリカも。

巨大スクリーンに魔法のように映し出されたのは、DCから北西へ向かう国道九号線で渋滞にはまっているフォード・タンドラの空撮映像だ。大量のマシンが完璧に調和しながら作業をして――追跡、計画、作図――、人間の取る行動の驚くべき無秩序をどうすれば予期できるのか、リアルタイムで学んでいる。

「彼らなのか？」

「以前、ジャスティンはこのトラックの所有者の下で働いていたことがあります。ビデオ店での繋がりです」

ビデオ店の周囲に放射状の範囲を描くことで、その地域のCCTVカメラを遠隔操作できるようになっていて、車の走行を記録し、進行方向を突き止めることができる。展開したドローンの映像がいまでは大画面に表示されている。

「ターゲットの上に〈メドゥーサ〉を」

「〈プレデター〉も近づけてくれ」サイが命じる。「バート？　かまわないかな？」

今度はバート・ウォーカーが決断する番だ。国防に関わる重大な問題を左右する、管制／危機管理室のリアルタイムの任務。バートはサイを見る。画面に目を戻す。そしてまたサイを見て、静寂のなかで待っている〈ザ・ボイド〉の全員に見つめられながら、うなずいて容認する。

「わかったな」サイが言葉を伝える。「到着予定時刻を教えてくれ」

「〈プレデター〉を要請」

武装したドローンが加わることに、サイは喜んでいる。〈プレデター〉は、レーザーとヘルファイアのミサイルを搭載している、必要不可欠な極上の道具だ。逃走者の映像はどれもよく撮れているが、逃げる途中でこのテロリストたちを実際に食い止め、必要とあらば消し去るだけの力、そして〈フュージョン〉の管制室からそう命じること、それこそが力であり、威嚇する力、全体主義の力、そんな力がいま必要とされているのだ。本物のゴールデンタイムのアメリカの筋力、保守派の腕力、悪人は何が命中したのか気づかない。その力を、その報復を、その正義を指揮しているのが、〈フュージョン〉なのだ。

「地上班、現在地は？」

「ひどい渋滞です。DCチームの到着まで二十分かかります」

DCの捕獲班の映像がさらに映し出される。サイレンを鳴り響かせて、八台の黒いSUVの一団がハイウェイの路肩を飛ぶようなスピードで走っている。

「ターゲットは音楽フェスティバルに入場する車の列に並んでいます」

「フェスティバルの場所は？」サイは質問する。

「スリーピー・クリークです」

「会場の警備には知らせてあるか？」

「サー、全ゲートに車の特徴を伝えてあります」

「フェスティバルの警備員は武装してるのか？」

「イエス、サー」

「警備の責任者と連絡が取りたい。正確にはどれほど危険な相手なのかを知らせておく必要がある」

オフィスに戻ると、電話が回される。ヘッドホンを装着し、警備担当の部長に驚くべきニュースを伝え、この武装した逃亡者たちの相手をするにあたっては常に厳重に警戒しなければならず、地元警察と、ことによると州兵も応援に呼んだほうがよさそうだと話すが、トラックの入場口として〈フュージョン〉が特定したゲートに集中して、フェスティバルの武装した頑強な警備員を配置してあると、警備部長はすぐに保証する。

終了まで1時間

ウェストバージニア州バークレースプリングス郊外／国道九号線

「くそっ」フェスティバルのゲートに近づいていく車間の詰まった車の列に並んで、じりじりと前に進みながら、ジャスティンはつぶやく。検問地点まで、前に並んでいる車は二十台ぐらい。赤と白と青のパトカーの光のバーがずらりと続いているのが、前方にははっきりと見えている。「まずいな」

サムにも同じ問題が見えている。「どうしよう？」

そのとき、ポケットのなかでエリカのポケベルが鳴る。サムは急いでメッセージを読む。**彼らが迫ってる。おとなしく降伏して。**ジャスティンに内容を読み上げる。「これでおしまいってことね。もう危険はなくなったんだわ。降伏しないと。いい？　そのときが来たのよ。大丈夫。降伏しても安全なはず。エリカはそれを伝えようとしてる」

「待て。考えさせてくれ」

「え？」

「待て」

「考えるって、何を？　降伏するようにって、エリカは言ってるのよ。彼女を信じるしかない。車を降りて、フェスティバルの警備のところまで歩いていって、降伏しましょう。これで終わりよ。ねえ、ジャスティン？　終わりだって」

ジャスティンは身を乗り出し、雲のない空を見上げる。「わかった」と答えると、SUVのダッシュボードをタップしてGPSを起動し、車の正確な位置の全体像を表示させる。

「わかったって、何が？」

「わかった」ジャスティンはくり返し、スクリーンをタップする。

だが、サムの身体がドアハンドルをつかんで上に引こうとしたとき、ジャスティンはハンドルを切り、サムの身体は彼のほうに投げ出される。ジャスティンはアクセルをいっぱいに踏み込み、8シリンダーのうなりをあげて、のろのろとここまで進んできたのと同じ道を、目が眩《くら》むほどのスピードで引き返し始める。

「何をしてるの!?」

「さあ。願わくば、正しいことを」

既に時速は百キロ近くに達している。

「これって……？」

百十キロ。

「本気で……？」

百三十キロ……そして百四十キロを超え、とどまることのないサムの制止も無視して、上空に風を巻き起こしながらヘリコプターが現れ、遠い先にさらに点滅灯が見えてきて、サイレンの音が小さく聞こえてくるなか――ジャスティンはもう一度ハンドルをたぐり寄せ、猛スピードで森のなかに飛び込んでいく。車はガクンと傾き、舗装されていないでこぼこした道を跳ねながら、木々の狭い回廊を疾走し、やがて反対側からひらけた野原に出ていくと、ジャスティンはまた車をぐるっと回して地平線へと向かわせ、見えるものも見えないものもすべてかわしながら進み続けていく。

パニックで何もできず、サムは首を前に伸ばして上空のヘリを見上げ、こんなことは終わらせようと必死になって、ハンドブレーキに手を伸ばすが、ジャスティンに先を越されてしまう。彼の右腕の握力は遥かに強く、びくともしない。答えを求めてジャスティンの顔を覗き込むと、その横顔はどこかの目的地を見据えていて、彼の不思議なほどの落ち着きにサムは呆然とする。まるでこのために準備してきていて、ずっと前からこうなることがわかっていたかのようだ。

「なんとか言ってよ！」エンジンのうなりに負けないよう、大声で叫ぶ。「どういうことなのか説明して！」

すべてを公表しないと。何もかもを」

向かう先が行き止まりになっていて、もうもうと舞い上がる土埃で後ろも見えない。サムは身体を突っ張って衝撃に備えた。ジャスティンは鉄の門ではなく金網フェンスに突っ込むほうを選び、車は左右に揺れて——木と金網を引きずりながら——東へ向かうアスファルトの二車線道路に入る。

「この先にトンネルがある。君は降りるんだ。あの電話は持ってるな？」

「何を言ってるの？」

「ビデオ店で渡した携帯だ。あれを持ってるな？」

「ええ」

「じゃあ、準備しろ。君は降りるんだ」

「こんなことしないで」

ジャスティンとGPSが予期していたとおり、前方にトンネルが現れる。「聞いてくれ。俺の話を聞くんだ、いいな？　俺たちの携帯は接続してある。そっちの携帯でブラウザを立ち上げれば、ライブストリームが開くようになってる。それで俺が見ているものが君にも見える。わかったな？　君は俺の目撃者になるんだ。通信を保てる」

「降りるつもりはないわ」

「降りるんだ！」

トンネルがみるみるうちに近づいてくる。

「あなたと離れるつもりはないわ」サムは恐怖に胸を詰まらせている。ジャスティンの腕をつかみ、彼を揺さぶる。

「急いで行動する必要がある」ジャスティンは有無を言わさず、熱っぽい口調で話す。「じゃなきゃ、車を停めたことに気づかれる。準備はいいか？　ドアを開けろ」

高架交差路が作る狭い死角に入ると、大きくなっていくサイレンの音が背後から聞こえてくる。上空にはヘリコプター。急いでトンネルに入ると、すべてが闇に包まれて、目が慣れるまで何も見えなくなる。

「サム、ドアを開けるんだ！　開けろ！」

サムはしぶしぶドアハンドルをつかみ、言われたとおり持ち上げたものの、首を振っている。ドアが細い隙間を開く。「あなたは何をするつもりなの？」

「携帯を繋いだままにしてくれ。準備するんだ」

短いトンネルのなかで、ジャスティンは思いきりブレーキを踏み込む。「行け！　行け！」ジャスティンに押されて、サムは携帯を片手に暗闇に降り立つ。ガソリンのにおいを嗅ぎ、エンジンのうなりを聞き、心を悩ませながら、見つめて……見つめて……見つめているうちに、SUVはトンネルの先に開いた明るい口のなかの小さなシルエットになり、やがて見えなくなる。

あたりがほとんど見えず、考える間もなく、後ろからサイレンの音がして、かん高い叫びのように大きくなってきた。奥まった暗い空間に引っ込んだ直後、追跡する一、二、三、四台のパトカーがすぐそばを通り過ぎていく。パトカーが行ってしまい、音も聞こえなくなってから、ようやくサムは手さぐりで光の輪のほうへとトンネルを引き返し始める。トンネルを出ると、そっと柵を越え、最後の力を振り絞って、道路から離れたところにある樹木の茂った坂を上り、高架交差路のいちばん高くなっているほうへと上っていき、パトカーのつぎの行列――一、二、三、四台――が時速百六十キロで暴走するのを、草木の濃く茂った場所に隠れてやり過ごしながら見下ろす。

国道九号線／丘の頂上

頂上まで上り切った頃には、心臓が胸郭を叩いている。葉が茂った一本の若い木の下に崩れ落ちるように座ると、携帯を起動させ、ライブストリームを立ち上げる。約束どおりジャスティンは配信していて、運転しながらすべてを撮影している……。

小さな画面で光を放っている映像が、大きな場面を描写する。ＳＵＶの進む先の道は、扇形に広がったパトカーですっかり塞がれている。道路が封鎖されている場所が、猛烈な速度で近づいてくる。カメラマン兼運転手はそのまま突っ込んでいこうとしているかのようで、サムはどうすることもできず恐怖におびえながら「ジャスティン！」と電話に向かって叫ぶが、幸いトラックは自殺行為の突進をやめ、速度を落としてやがて停止する。

すると、カメラが百八十度向きを変え、ジャスティンの顔を映す。置かれている状況の恐ろしさを使命感がしのいでいるのか、相変わらずおかしなぐらいリラックスした様子で、サムに話しかけてくる。「なあ、頑張らなかったとは言わせないぞ」

つぎに見えたのは、リアウィンドウを通した後ろに広がる光景で、新たなパトカーの集団が到着し、後ろからの逃げ道も塞ぐところだった。逃げられない。ジャスティンは捕まってしまう。

よかった、とサムは思う。無茶なことをするわたしの友達、とにかくあなたが無事でいられるのだから。狂気のドライブは、もうおしまい。

国道九号線／警察による道路封鎖

前方の車はすべてドアを開けたままにしている。ドアの後ろには警官がしゃがみ、銃を構えてジャスティンにまっすぐ狙いを定めている。ジャスティンが見ているのと同じもの（警官たち、殺傷能力のある武器)を、サマンサも携帯を通して見ている。まるで自分も銃を向けられているかのように。警官の武器に対抗して、ジャスティンは携帯を彼らに向け、サムとほかに何人が見ているか知る由もないが、この瞬間をオンラインの観客がいるイベントにしている。

自分を捕まえようとしている相手のほうへジャスティンが近づいていくと、警告を叫ぶ声が大きくなる。「動くな!」「携帯を捨てろ! 動くな!」「携帯を下ろせ!」「携帯を捨てないと撃つぞ! 携帯を捨てて、顔を下にして地面に伏せろ!」

冗談じゃない、自分を守る唯一のものを手放すなんて、そんなことをするつもりはない。自分を逮捕しようとしている者たちを正直でいさせるものは、この電話、この携帯電話だけなのだから。

「携帯を下ろせ! いますぐに携帯を下ろすんだ!」

「撮影してるぞ!」ジャスティンは叫ぶ。

ジャスティンは、こうなるだろうとどこかでずっとわかっていた。ひとりで警察の武器と向き合い、やめなければ撃つぞと言われることが。ともあれ、できるだけのことはやったと思いたい。サムが戦いを続けてこの砂上の楼閣を丸ごと破壊できるよう、せいいっぱいのことは。

「最後の警告だ! 携帯を下ろせ!」

「撮影してるぞ！　おたくらの行動はライブストリーミングされてる！」

ライブストリーミングという言葉に何か効果があったとしても、警官たちは黙らなかった。

「携帯を下ろせ！　携帯を下ろせ！　すぐに！　いますぐにだ」

「世界が見てるぜ！」

「早くしろ！　携帯を下ろせ！」

けれど、ジャスティンは唯一の強みを諦めるつもりはない。大声で言い返す。「降伏する！降伏するよ！」そして、点滅灯を静かに光らせながら、狙撃手の姿勢でしっかりと狙いを定めて身構えながら待っている警官のほうへと、両手を上げて近づいていく。

すると、発射された一発の弾丸が、終わりの始まりを告げる。銃弾はジャスティンの右腿に命中する。彼は身を折り、痛みに悲鳴を上げ、ハイウェイに反対の膝をついて崩れ落ちる。弾丸が開けた穴から血が噴き出している。

もう一度呼びかける。「降伏するよ！」

が、もう一発銃声が響き、右肩に当たる。ジャスティンはうめき声をあげ、携帯を落とす。今日、ここでは誰も逮捕されないようだ。

警察の警告を無視して、撃たれていないほうの手で携帯を拾い直すと、ジャスティンは落ち着き払った顔の前にまっすぐ掲げて、画面に向かって言う。

「あとは君次第だ」

そう言うと、ジャスティンの親指は血の飛び散った画面をスワイプし、事前に設定してあったメッセージとサーバーへのリンクを天空へと送信する。この世界に少しでも正義というものがあるのなら、これがサムに届いて、彼女が必要な役割を果たしたとき、計画を立てた衝撃的な一連の出来事が動き出すことになるだろう。ヒューンと音がする。

国道九号線／丘の頂上

サムは悲鳴を上げている。まるで自分が撃たれたみたいに、容赦のない攻撃、画面の外で聞いた一斉射撃が自分の身体に撃ち込まれているかのように、ジャスティンに渡された携帯を手から落とす。けれど、サムは危害を加えられていない、撃たれていない、いまこの世界で起きている恐ろしいすべての出来事は、落ちた携帯から聞こえているだけだ。

携帯のメッセージの着信音が鳴ったとき、お願い、とサムは祈っている。生きていて、生きていて、神さまお願いです、生きていて。何度も練習し、何度もウォーレンのために捧げてきた古い祈りを、いまはジャスティンのために捧げている。

数秒間が過ぎ、もう音が聞こえてこなくなり、この祈りが聞き入れられたかを確かめたいという思いが耐えがたいほど強くなると、携帯をまた拾い上げ、映像へのリンクが切断されているのを確認する。友人を失ってしまった。ジャスティンがいた場所には、生きている彼からのメッセージではなく、最後の謎がひとつ残されている。

一通のメッセージ。差出人はジャスティン。短い言葉——あとは君次第だ。それと、どこか別のサイトへのリンク。リンクの名前は——トミュリス。


ワシントンDC〈フュージョン・セントラル〉

サイはジャスティン・アマリの傷ついた身体が自《おの》ずと甦り、魔法のように運命を受け入れずに立ち上がるところを見ているが、それは幻影で、つぎの瞬間、さらに銃弾を浴びせられて身体が後ろに投げ出される。それぞれの銃弾がパンチのような威力で撃ち込まれ、ジャスティンは酔っ払いの操り人形みたいに手足をピクピクさせ、真っ赤な血だまりのなかに、これを最後に崩れ落ちる。

最高潮に達しているジャスティン／サマンサとの戦いにまだ興奮冷めやらず、アドレナリンを大量に放出しながら、サイは再び考えられるようになる。ひとり消え、残るはひとり。それだけだ。複雑なことも、反省することも、後悔することも、それ以上は何もない。ひとり消え、残るはひとり。けれど、このゲーマーの感想は、期待していたような安堵感を与えてくれない。映画から飛び出してきたようなリアルタイムのアメリカの武器の威力を、リアルタイムのセンセーショナルな見世物として大画面で見守っていて、呆然と黙り込んでいるスタッフたちを、サイは上階の手すりにもたれて見下ろしながら、ある評決が下されるのを耳にする。**人殺し**。告発人は？　サイ自身だ。この凄惨な死の直接的な責任は自分にあるのだという思いが、ついにサイを捕える。それと共に、おそらく彼自身の人生も破壊される。自分のした愚かな行為が発覚すれば、かなり厄介なことになる。恐ろしく厄介なことに。致命的なほど厄介なことに。パニックに襲われ、大画面の新たな映像を見ることでますます悪化する。ようやく捕獲班が現場に到着し、ボディーカメラを通して、あのフォード・タンドラにサマンサ・クルーは乗っていなかったという追加のニュースを伝えている。彼女は撃たれなかったばかりか、ぴんぴんしていて、捕まらずに再び逃げたのだ。

まずい。

トラックを捜索する映像と、別の画面で保安部隊がジャスティン・アマリの遺体に銃の狙いをつけながら近づいていく映像を見ながら、サイは自分を安心させようとする――この計画の首謀者はジャスティンで、とにかく彼は死んだのだ。あいつは何をしでかすかわからない危ないやつで、交渉できない相手だったが、彼女のほうは、夫が生きているのか、そしてイランのどこに拘束されているのかを突き止めるためなら、いまでもなんでもやるつもりだろう。彼女はひとつのことしか頭にない。要求に応えてやれば、ぼくのことは口を閉ざしておくはずだ。向こうから取引を持ちかけてきたのだ。情報と引き換えに、沈黙を！　簡単な取引だ。彼女のアイデアで、ぼくのものじゃない。だから、とにかく彼女を見つけられれば、この取引を突き詰めて新たにできる。そして彼女に協力する。それで解決だ！　盗まれたファイルを削除して、ジャスティンのコピーも消してしまったのだから、普通の手段で、CIAの力を借りて。魔人はランプのなかに戻った。世界の秘密を収めた最大のデータベースは、再び保護されている。だから新しい単純なミッションは、前とまったく同じものだ。この女性を捜すこと。この詐欺師を、つかみどころがなく、向こう見ずで、非凡な才能を持つ、この逃走者を。誰よりも早く見つけ出し、〈バージニア・グローバル・テクノロジーズ〉のことが何ひとつ明るみにならないようにしなければ。

すべてうまくいく、そうだ、大丈夫だ。サイは自分を納得させようとする。だが、そんな陳腐な言葉は、サイを完全に慰めることも納得させることもできない。心の奥底にパニックが残っていて、和らぐどころか、ますます強くなっていく。この女はぼくを破滅させかねない。賢い女だ。たくさんのことを知っていて、ぼくのeメールも持っている。あのダウンロードを始めたのがぼくだということにも気づくだろう！　彼女は知っている！　彼女は知っている！　彼女は知っている！　そしていま、彼女の共犯者であり、協力者であり、友人でもある男が死んだ。彼女は復讐したがるかもしれない。もう計画を立てているのだろう。なんという狂気の循環だ！　パニック発作の兆候が現れ、サイは大画面を見ながら、熱がありそうな気がしている。ぼくは何をした？　築き上げてきたすべてのものに、この手で創り上げてきたすべてのものに、いったい何をしてしまったんだ？　恐ろしい過ちを犯した。すべてを無駄にすることなど、できるはずがない。〈フュージョン〉は女ひとりを見つけ出し、人間の集団のなかから彼女を引っ張り出し、取引を交わして、円満に解決することが本当にできるだろうか？

エリカはどこだ？　エリカが必要だ。〈ザ・ボイド〉の壁が脈打っているように見え、サイは手すりから後ずさりする。告発のあの一語が再び彼の思考を捕らえる――人殺し。違う、違う、違う。撃ったのは警官だ。彼らが決断したことだ。ジャスティンは携帯を下ろすべきだった。それでも、考えが舞い戻ってくる。ぼくは捕まるだろう。あばかれるだろう。ぼくに繋がる情報が充分にある。エリカはどこだ？　いてくれないと困るのに！

オフィスに戻り、どさっと椅子に座り込むと、水をひと口飲みながら、魔法の壁を見据える。陽射しの降り注ぐ南米の熱帯雨林、熱帯地方の鳥、巨大なフルーツ。しばらく国外で過ごすべきだろうか？　ゴー・ゼロだ。だが、本当に見つかることなく、どこに行けるというのか？　そんなことはもう、誰にもできないのでは？

ぼくはどうしてしまったんだ？　まともに息ができず、鼓動がおかしい。なぜこんなふうに感じるのか？　ジャスティン・アマリが死に、サマンサ・クルーが死んでいないというだけの理由で？　違う、起きてしまったことは、それまでだ――あの男はおとなしく降伏すべきだった――そしてぼくがやったことは、ぼくがやっていることは、ぼくがやったと皆が証明できることは、この哀れで、悪意だらけで、戦いのさなかにある国の安全を、もう一日守ることだ。

しばらくのあいだ、サイはノートパソコンを眺めることしかできずにいる。ジャスティンが侵入し、幽霊のように所有していた、デスクの上の不実な裏切り者の武器、ハッキングされたマシンを。画面を開く。光に顔を照らされる。サイのプライバシーはほとんど回復しているが、サマンサを捕まえて黙らせるまで、親密さをすべて奪われて、裸で過ごしているような気分が続くのだろう。

そんな心持ちでいるところを、開いたドアから声をかけられて我に返る。「邪魔するよ」戸口に立っているのは、険しい顔をしたバート・ウォーカー局次長だ。その後ろから現れたのは、仕事とベッドを十五年間共にしてきたエリカだ。

サイはノートパソコンに目を戻すが、一文字もタイプしようとせず、また顔を上げたときに見るのはバートではなく、エリカだ。彼女の悲しそうな顔は暗号化された手掛かりを送ってきて、そこからサイは謎を解き始め、識別し、未来となるパズルのピースを組み合わせていく。この瞬間まで、自分自身が大使なのだと信じてきた未来を。

ひとつ下の階では、残り一か月からスタートしたカウントダウン時計が、いまでは数秒しか残されておらず、決戦のゼロへと数字をひとつずつ減らしている。ゼロになっても、フロアにいる呆然としたスタッフたちから大した反応は得られず、拍手喝采もなく、ろくに見向きもされない。全員の失敗を象徴する、丸ひとつだけの0が光を放ち、皆を厳しく責め立てている。そのそばの大画面には、捕まった人々のなかで、ただひとりの優れた逃亡者として、決然とした表情のゼロ10の顔写真が明るいまま残っていたのだから。

未来I

　変動要素があまりに多いため、こういう話をまとめるには何週間もかかるのが当然だが、マスコミは三時間足らずでほとんどをまとめ上げた。とにかく、第一報を。新事実が続々と報じられ、新たな情報が何か月にもわたって追加されていき、ＣＩＡと〈ワールドシェア〉の共同事業である〈フュージョン〉という極秘プログラムについて、深刻な疑問が持ち上がることになる。〈ゴー・ゼロ〉βテストの内容についても。ＣＩＡがひそかに熱望している国内活動についても。サイ・バクスターとほかのシリコンバレーのエリートたちに個人情報を管理させることへの信頼性についても。だが、いまのところ、ほとんど発言しない〈ワールドシェア〉の弁護士や政府より先に、この最初の章を世に送り出そうと、記者たちは大急ぎでそこらじゅうを駆けずり回っている。

CIAの特別補佐官であるジャスティン・アマリは、殺害されたときに武装しておらず……

警察による殺害に重大な問題があったとされ……

ジャスティン・アマリとは何者だったのか？　わかっていることは……

サイ・バクスターに巻き付いているケーブルは、ウインチで巻き上げられるように、絶えずきりきりときつくなっていく。サイは固く口を閉ざしているが、殺害事件から一か月後、DCで上院商務・科学・運輸委員会の尋問を受けにいくため、待っていた車に乗り込む姿をあるカメラマンが捉える。サイは三日間尋問を受けて、目を見開き、むきになって弁解し、思い出せないが調べてみると約束してばかりで、協力すると誓い、アメリカへの忠誠を誓い、批判はすべてかわしている。

司法省による捜査のため、バクスターに新たな呼び出し……

〈ワールドシェア〉による利用者個人情報の取扱上の不手際に対し、連邦政府の調査は行き詰まり……

政府がソーシャルメディアを〝悪者扱い〟するのをバクスターは非難し……

司法省による捜査の結果、ジャスティン・アマリ殺害にバクスターが関与したという疑いは晴れ……

大衆はサイを信じず、〈フュージョン〉と〈ゴー・ゼロ〉が殺害に直接関係していると思い、彼が刑事罰に問われることを求め続けているが、そんな圧力は何にもならず、政府はバクスターと〈ワールドシェア〉に対する調査を終わらせると発表する。この大手テクノロジー企業の共同創立者として、最高責任者として、取締役として、筆頭株主として、サイは批判的な人々に対し、会社を〝立て直し〟、〝プライバシーを重視した〟事業に専心すると約束する。

連邦取引委員会は検討の末、〈ワールドシェア〉の技術販売相手に関する調査から手を引き……

〈ワールドシェア〉と連邦取引委員会のあいだで〝公正で適切な解決〟に至り……

大胆な〈フュージョン〉計画の存在を政府は正式に認めている。〝アメリカをより安全な国家にする〟……

バクスターは五億ドルのヘリポート付きスーパーヨットを注文し……

こうして、インターネットを規制し、その管理者が私的に得るものの力を抑制しようとする最新の試みは無に帰している。〈ワールドシェア〉の株価は回復したばかりか、史上最高値を記録し、サイ・バクスターは仕事と評判に関わるこれまでで最大のピンチを切り抜けた。逆境に打ち克《か》った者として、ほぼ痛手を受けずに表舞台に出てきている。〈ワールドシェア〉の従業員である新恋人のソニア・デュバルを伴って、パリのファッションウィークに参加。マンハッタンのペントハウスを六千二百万ドルで購入。そのいっぽうで、インターネットは、可能な唯一の方法でひそかに発展している。宇宙と同じように、完全には理解されていない力によって駆り立てられ、どこまでも拡大し、新たな要素、作用と反作用がとどまるところを知らずに溢れ出し、指数関数を超越して成長し、人間の複雑さにのみ釣り合うシステムなのだ。この拡大を止める、あるいはせめて遅くする最後のチャンスは、創造の瞬間だった。創り出されてしまったあとは、眺められ、受け入れられ、無力な畏れと共に観察されるだけのものになるのが常だ。星のように、地球の自転のように、満月の下で口を開いて真珠を覗かせている牡蠣《かき》のように。

未来Ⅱ

バージニア州ハンプトン／ラングレー空軍基地

新世界だ。あるいは、完全に新しくはなくても、わずか三年半前にウォーレン・クルーが旅立ったときの記憶からは、がらりと変わっている。

軍用機の金属製の階段を下りていきながら、光に目を細め——いまではどんな光も、拷問にかけられているようなまぶしさがある——、古き良きアメリカのアスファルトに近づいていく一段一段を勝利とみなし、ついにここがアメリカであることを意味するアスファルトの前にたどり着くと、立ち止まってこのフライトの護衛者であるチャニング・ビュフォート三等軍曹をふり返り、「愛しい我が家《ホーム・スイート・ホーム》だ」と言ってから地面に降り立ち、聖なるアスファルトに熱いキスをする。

ウォーレンが立ち上がったとき、ビュフォートはほほ笑んでいる。「久しぶりだろう、マーフィー？」

「ご無沙汰にも程があるよ」

歯を見せて笑っているビュフォート軍曹はウォーレンの名前を知らず、アブダビのアル・ダフラ空軍基地で適当に渡された緑色のフライトスーツの名札から〝マーフィー〟と呼んでいる。ウォーレンはいまはもう平服に着替えている。数字以外なら、どう呼ばれようとちっともかまわない。

あの人はゆっくり動いている。どうして？　不思議に思いながらも、理由を知るのが怖い。痩せこけた脚は、長いあいだ使うことがなく、あまりに長いあいだ痛めつけられていて、昔のような力がなさそうに見える。けれど、一歩進むごとに、ある種のＰＴＳＤのようなもののせいで胸に不安を募らせているのかもしれず、それか、ふたりともあまり変わりすぎていないことを必死に願いながら、妻と再会することにそわそわしているだけなのかもしれない。ウォーレンが近づいてくると、着ている服が彼には大きすぎることに気づく。ジーンズ、Ｔシャツ、ボマージャケット。

こっちに来る。近づいてくる。近づいてきて……神さま、ウォーレンだわ！　四年ぶりに会えた！　四年ぶり。愛《いと》しい人、ひどく具合が悪そうに見える。あの縁石から行ってきますと手を振って、タクシーに乗り込み、消えてしまった男性だとは、見てもわからないほどだ。いまでは白髪頭になっている。髭を生やしている。どんなに恐ろしい目に遭い、屈辱を味わわされ、常識では考えられないことを我慢してきたのか、想像するのは耐えられない。

それでも、彼はここにいる。アメリカに戻ってきた。いわく言いがたい彼女の愚行と、ジャスティンの才能と命をかけた献身により、ようやくウォーレンの窮地に対して政府の上層部からの注目を集めた結果、彼は自由になれた。とにかく、当分のあいだは。エリカ・クーガンも協力してくれた。〈フュージョン〉の力を最大限に活用することで――衛星写真の分析から、インターネット通信と電話のふるい分け、イランの国家のコンピューター・システムに奇跡的に侵入させたスパイウェアの利用まで――、アメリカ国籍の身元不明の捕虜が拘束されているイスファハン南部にあるイランの秘密軍事施設にサーチライトの光が当たった。その刑務所の運動場を捉えた高解像度の衛星写真と、刑務所に設置された監視カメラまでひそかに遠隔操作したことで、囚人1205番はウォーレン・クルーに間違いないと確認された。そこからは、バート・ウォーカーの尽力で政治的な意思を動かし、もはや明白なことを認めるようイランに圧力をかけさせ、ホワイトハウスは（まったく釣合いの取れない）捕虜の交換に対する申し入れをついに受け入れるしかなかった。傷ついた哀れなウォーレンと交換に、イラン人のテロ計画者を引き渡したのだ。この国の政府は、一日目にできたはずで、果たすべきだったことを、ようやく果たした。正しいことを。

ウォーレンは十歳は上に見える。もっとかもしれない。この四年間で、ほかにどんな深いダメージを受けているのだろう？　サムにも新しい面が生まれ、このさきもずっと苦しめられそうな心の傷を抱えることになり、さまざまな形で深い部分から大きく変わってはいたが、屈辱とトラウマによる彼の変化とは比べものにならない。ふたりとも、もがき苦しむ長い日々を越えて、それでもこの再会に至った。お互いに、知らない、気づかない、あるいは完全に理解することはできない、新たな面がいくつも出てくるだろう。それぞれが戦わなければならない、新たな悪魔も。たとえば、サムが起きている時間は常につきまとう、ジャスティンの死に対する自責の念を、どうすれば本当の意味で伝えることができるだろう？　サイ・バクスターのしたことを容認し、疑いを晴らし、無罪放免にした社会への怒りを、どうやって隠せばいいのだろう？　サムのこの怒り――ジャスティンの怒りが受け継がれたもの――は、すぼんでいくどころか、ますます膨れ上がっている。ジャスティンの犠牲――ウォーレンにテレパシーで説明しようとしている――は、なんの意味もなかったことにしていいはずがない。許されないことだ。愛《いと》しいウォーレン、あなただけが、このことを心から理解できるのかもしれない。あなただけが。勇気がくじけなければ、わたしがこれからしようとしていることを、あなただけが認めて支持してくれるかもしれない。賛成してくれる？　あなたの許可を取ろうとしているの。あなたはなんて言う？　どう答える？　離れてこれだけの時間を過ごしたあとで。

ウォーレンの護衛が立ち止まり、数歩分早く義務を終え、最後は彼ひとりで歩かせると、とうとう――奇跡だ――ウォーレンはサムの腕のなかに、サムはウォーレンの腕のなかにいる。彼女は目を閉じ、夫の胸に頭をもたれる。こうするほうが簡単だ。目を閉じてしまえば、ふたりとも、どこにだって、そしてすべての場所に、同時にいられる。望むなら、また他人同士になることもできる。友人の家のパーティーで初めて出会い、照明に照らされたプールでパンチの入ったカップを上下に揺らしながらヴァン・モリソンに合わせて踊り、いつまでもおしゃべりを続けていた、あのふたりに。お互いを離すことができず、結婚式のあとで息もつけないほどの時間を過ごした、あの湖畔の家にいることもできる。世界のどこかの空港で抱き合っている、どこかのカップルになってもいい。どんな状況かはわからないけれど、ふたりの人間が互いにしがみついている、ただそれだけのこと。胸と胸を合わせ、傷ついた彼の心臓が彼女の心臓に合わせて鼓動を打っている。

彼女の身体を押し離して、ウォーレンはたっぷり時間をかけてサムを眺める。よく見えるようにと、彼女は顔にかかったひとすじの髪の毛を払いのけ、耳の後ろにかける。サムのほうもウォーレンの顔を見つめ返す。夫をつくづく眺める。歳月はダメージを与えていたが、変わらなかったものもあり、違和感はすべて薄れて馴染み深いものになり、懐かしさになり、サムはやがてほほ笑みを浮かべる。いちばん大事なことは、ここにふたりが一緒にいて、再び共に時間を過ごせることだというように。

「ねえ」ほほ笑みと涙を浮かべて、サムは囁く。「遅かったじゃない」

ふたりはほとんど夜通し話していたが、そのうちにウォーレンのまぶたが閉じて、計り知れないほどの疲労が彼を眠りへと誘っていく。

けれどその前に、相手が耐えられそうだと思えるだけの話をそれぞれ語り聞かせ、ためらいがちにキスをして、互いの変化を探り合い、しっかりと汲み取っていく。彼は老人になった気分だと認める。人としてぼろぼろだと。徹底的に破壊されたというのが、ウォーレンが自分を描写するのに使った表現だ。身体に震えが起きる。髪が白髪になっている。精神的にも不安定だ。ぼくはいまでもぼくなんだろうか？　ウォーレンは妻にそう尋ねる。もちろん、あなたはあなたよ、とサムは答え、泣き崩れる夫にキスをすると、夫は腕のなかですすり泣く。

彼女のほうは、いまの自分の気持ちを夫に理解してもらう必要がある。さらに、どういう段階的な考え方をして、ここに至ったのかということも……。

まず、サムが自分を引き渡したのは、本人の決断したことだ。

ジャスティンが殺されたあと、サムは丸一日のあいだ身を隠していたが、その後エリカ・クーガンと秘密の会話を始めて、危険は及ばないはずだと保証された。サムを犠牲にすることは、誰のためにもならなかった。

CIAとFBIとアメリカ合衆国司法長官の同意を得て、〈フュージョン〉はサムの全面的な協力と引き換えに、〈データゲート〉として知られるものからの完全な免除を与えることを許された。バクスターと彼のeメールと中国とロシアとの秘密の取引について何も言わないことで、サムは自由を与えられた。墓のなかのジャスティン・アマリは、NSAをハッキングしてデータを盗んだ責任をひとりですべて負うことになった。最終的な分析では、警察の迅速な行動（そして殺害）のおかげで、データの窃盗によって国防に明らかな損害はひとつも加えられなかったとされた。**やつらの勝ちだ。必ずそうだ。**

そんなわけで、サムはもとの暮らしに戻ることができ、ボストン総合病院の緊急治療室での仕事に復帰までして、ケイトリン・デイと会うことも前より増え、これまでにないほど彼女の助言、友情、狂気、機知、スープをあてにした。同時に、サムの沈黙と協力と引き換えに上層部で命令が出され、最後にはウォーレンが発見されて、帰国することになった。けれど、夫が眠りに落ちる前にサムが話さなかったのは、これからやろうと思っていることだ。

ウォーレンが無事に帰ってくるまで、最終的な決断を延ばしていた。夫の救出と本国への帰還が実現したときに初めて、自分の本当の気持ちがわかると思ったから。だけど、夜中まで話し合い、いまの思いをできるだけわかってもらえるよう説明したあとで、これから自分がどうするつもりなのか、はっきりしただろうか？

このキッチンで、この家で、愛しい我が家で、外では朝の光が雲をピンク色に染めていくなかで、サムは考える。やるべきだと信じていても、これを実行したら、わたしは再び犯罪者になる。しかも重大犯罪の。皆に捜される。もし捕まったら——いつまでも捕まらないわけがないでしょう？——とてつもなく大きな代償を払うことになるだろう。これを実行して、計画どおりに成し遂げたら、言い換えれば、ジャスティンが死に際に嘆願したとおりのこと——**あとは君次第だ**——を実行して、彼が始めた仕事を終わらせたら、二度と家に帰ってくることはできないかもしれない。

それが選択肢ということだ。はっきりしていて、残酷な。片やウォーレンがいて——ついに取り戻した夫と家庭——、片や無秩序のなかで苦しい日々を送り、身を潜めて、眠れない夜と短くなった昼間を過ごし、充分すぎるほどやり方を身につけた、ゼロになる人生がある。だけどもう、心は決まっていた。本当のところ、この瞬間、決断を迷って格闘してはいない。ウォーレンは、サムが何かを心に隠しているときはいつもそうだが、具体的な計画を知らなくても薄々何かを感じ取っていた。そして、ここで為《な》された大変な間違いをそのままにしておくのは許されないことだ、とサムに話した。ジャスティンの殺害とバクスターの無罪放免を、このままにしておくのは許されない。ウォーレンはそう言ったのだ。それは暗号化された合図だったのだろうか？　夫は正義を求めることを中心に暮らしを構築してきた人だから、サムは、これから自分がしようとしていることを理解してくれることを願っている。

全天候型ジャケットを着てハイキングブーツを履き、必需品を備えたバックパックをもう背負ってキッチンに立ち、考え直そうとしているのではなく、少なくともしばらくは別れを告げることにした暮らしをただ悼んで佇《たたず》んでいる。

　朝食のテーブルの上に、二台のプリペイド携帯がある。一台はウォーレンのため。サムはもう一台のほうを手に取る。生命を吹き込むバッテリーを装着したばかりの、小さな情報の起爆装置を。時が来た。そう、ついに時が来た。

　親指でいくつかタップすると受信箱が開き、そのなかには、ずっと前からジャスティンが準備していたリンクがひとつ――筆舌に尽くしがたい裏切りに遭い、自軍を率いて堕落した王の攻撃を防御した、イランの女王の名を持つリンクが。

　小さな画面の上で親指が止まる。ひとたびタップすれば、サイ・バクスターがハッキングしてジャスティンがコピーを取った、膨大なバックアップデータが世界に発信される。タップひとつ――それだけで、史上最大の機密データが公表されることになる――一度でも過ちを犯したすべての人間に関する、ほとんどすべてのことが。この罰せられた者と罰せられなかった者のカタログに埋もれているのは、サイ・バクスターだ。このファイルひとつだけを引き出す方法を知らないから――それはそうでしょ、ただの看護師なんだから――、すべてを公開する。

　ジャスティンが気づいていたように、国家を当惑させ、いきなり国民を丸裸にし、偽善者を暴露し、二十、三十、五十年間にわたって丹念に集約され共有されてきた信用を見出し一行で引っくり返すことで起きる波は、国民の生活を多くの点で描き直すだろう。恥辱、衝撃、不信と後悔と弁解、訴訟と辞任。町の広場で吊るし上げを食らい、謙虚さが強制されることになるかもしれない。どうなるかなんて、誰にもわからない。ジャスティンの究極の夢だった、社会システムの再起動さえもたらすかもしれない。何が起きてもおかしくない、とサムは予想するが、頭のなかにある狙いはやはりサイ・バクスターだ。

この決定的な瞬間に、死んだ友人の言葉が頭のなかに甦ってくる。**結局は、やつらが勝つ。必ずそうだ。**

そうね、そうかもしれない。サムはそう考えたあとで、ジャスティンに向かって、眠っているウォーレンに向かって、自分自身に向かって、そうでなければ誰にともなく、声に出して言う。「彼らが勝てなくなるときまでは」

一回だけタップをする。

ヒューン。

終わった。やることは済んだ。彼女はバックパックの肩紐をきつく締めると、裏口のドアから出ていき、気づかれないようにそっと閉める。

そして、いなくなった。

解説　あなたは狙われている

手嶋龍一

自分に限っては個人情報の秘匿は万全だ――『ゴーイング・ゼロ』を読み終わってもなお、あなたはそう信じているかもしれない。暗証番号は定期的に変えており、誕生日の数字は使っていない。スマホには位置情報が検索できる機能を設定していない、と。だが、最先端のAIテクノロジーは、そんな防護柵など軽々と跳び越えてしまう。プライバシー至上主義者ほど帰宅すると真っ先に「アレクサ！」と呼びかけ、「夜のピアノ曲を」とリクエストし、明日の天気まで教えてもらう。あなたの嗜好《しこう》を知り抜いているAIは、バッハのゴールドベルク変奏曲を流してくれる。「アレクサ」はリビングルームに潜んで、あなたの息遣いをじっと窺《うかが》っているのである。

本書に登場するワールドシェア社は、膨大なデータ群から市民一人ひとりの足跡を突き止めるノウハウを蓄えてきた。超大国アメリカに忍び込むスパイやテロリストを瞬時に見つけ出し、9・11テロの悲劇を決して繰り返さない。そんな大義名分を掲げてCIA・アメリカ中央情報局と共同で「フュージョン・イニシアティブ」計画を立ちあげた。そして〈ゴーイング・ゼロ〉と呼ぶ「β《ベータ》テスト」なる実証実験を行なって、一般の競争入札によらずにCIAから大型契約を獲得しようと目論《もくろ》んでいる。受注に成功すれば十年間で総額九百億ドルが転がり込んでくる。連邦法によってCIAは米国内での活動が制限されており、米国民の監視には制約が課されている。だが、「フュージョン・イニシアティブ」を隠れ蓑《みの》にすれば、法に手足を縛られることなく市民の暮らしを見張ることができる。

「βテスト」の実施に当たって、全米各地から十人の被験者が選ばれた。彼らが三十日間身を潜めて逃げきれば、三百万ドルの賞金が与えられる。その一方で「フュージョン・イニシアティブ」の側が十人すべてを期限内に捕捉できなければ契約には与《あずか》れない。〈ゴーイング・ゼロ〉作戦の総指揮を執るのはサイ、彼の右腕は恋人エリカ。作戦開始の信号を受けた十人はそれぞれに姿を晦《くら》まし、壮大な逃走劇の幕はあがった。ここまで読み進めばあなたはもうこの本を手放せなくなっているだろう。

逃げる者、追いすがる者、それぞれが智慧《ちえ》の限りを尽くして対峙《たいじ》する物語は、フォーサイスの傑作『ジャッカルの日』を彷彿《ほうふつ》とさせる。エリゼ宮で午睡から覚めたドゴール大統領は「暗殺計画が進行中です」と内相から告げられるが、剛直な軍人政治家は公式の日程を一切変えようとしない。同じ頃、ロンドンの名店では、ジャッカルが大仕事を前に魚料理を悠然と楽しんでいる。大統領を狙うジャッカルと謎の暗殺者を追うルベル警部。二つのシーンを対置して叙述する手法は読者の心を鷲摑《わしづか》みにして離さない。

追跡番号10番は「ケイトリン」だ。ボストンの図書館に勤務するごく平凡な司書だと書類には記されている。年齢は三十代半ば、黒髪のボブヘアーの独身女性だ。作戦開始の通知を受けて七分後、レッドソックスの野球帽に大きなサングラス、N95マスクで顔を覆ってボストン市内の雑踏に紛れ込んでいく。通りに設置された顔認識カメラを避け、洋服を何枚も重ね着してシルエットを偽装している。ひたすら他人を装って歩き、別人のように振る舞い、AIの検索機能をすり抜けようとする。

「ケイトリンは、ひとりだけの架空の人物、ミズ・エックスみたいに歩こうとしている。年齢は同じぐらいかもしれないけど、もっと自信に満ち、幸せそうで、悩みは少なく、もっと跳ねるような足取りでお尻を揺らして歩く」

ひとたび街の監視カメラに収められてしまえば、AIの検索システムがうなりをあげて作動し、たちまち自分だと突き止められてしまう。だから背中を反らしファッションモデルのように歩けと自らを励ます。だが、自分を偽ることにすぐに疲れてしまった。ちょうどその頃、ワシントンDCの〈フュージョン・セントラル〉では、追跡番号10番について報告が上がってきた。人狩りのプロの眼には最も凡庸な被験者としか映らない。ボストンの図書館司書は真っ先に捕まるだろう――。だが、「ケイトリン」と名乗る女は、追跡陣のプロの技を次々にかわして逃げ続ける。やがて手練《てだ》れの狩人《かりうど》たちも「ケイトリン」はかなりの曲者《くせもの》かもしれないと覚悟し始める。

著者のアンソニー・マクカーテンは、『ウィンストン・チャーチル〜ヒトラーから世界を救った男〜』などを著したベストセラー作家であり、映画「ウィンストン・チャーチル」、「ボヘミアン・ラプソディ」、「2人のローマ教皇」など人気作品を手掛けた脚本家でもある。『ゴーイング・ゼロ』でもスリリングなシーンを重ねて、読者をクライマックスに導いていく。その手並みは冴《さ》え渡っている。

追跡番号2番はジェイムス・ケナー。プライバシー擁護の専門家にして優秀なソフトウェア開発者でもある。テキサス州ダラスのレンタル倉庫に目をつけ、その一隅のユニットハウスに潜むことにした。スマホも身に着けずに、黒いセメント箱に籠っていれば、どんな捕捉者の追跡も免れることができる。だが「βテスト」終了の八日前、捕獲班に見つかってしまう。ケナーは「何故なんだ」と問いかける。狩人たちはケナーの自宅を隈《くま》なく捜索し、引き出しの底からごくありふれたTシャツを見つけ出していた。プリントされていた文字は〝まさか誰もがカンフーで戦っていたわけじゃないだろう？〟。直ちに『吼《ほ》えろ！　ドラゴン』の楽曲をリクエストしたアカウント群が検索され、彼の好みの曲を照合して、「E・ジャック・ユーレイト」のアカウントが突き止められた。この名でペンネ・アラビアータの宅配を注文しているのが判《わか》ってしまったのだ。広大な砂浜に埋もれた一本の針。これは見つけることが不可能な譬《たと》えだが、捜索チームは一枚のTシャツから隠れ家を割り出してしまった。最先端を誇るAIの検索技術、畏《おそ》るべし。

その一方で「ケイトリン」は追跡陣を翻弄しながら逃げ続けている。やがて、ボストンのありふれた司書と思われていた彼女の素顔が明らかになっていく。人狩りのプロフェッショナルたちは慄然とし、彼女が単なる賞金稼ぎではないと知ることになる。この司書を名乗る女を「βテスト」に応募させ、採用した裏切り者が、わが組織に潜んでいるのかもしれない。だとすれば、彼女の本当の狙いは何なのか。追跡のプロたちがそう思い至った時には期限が目前まで迫っていた。

著者のマクカーテンは、近未来に出現するかもしれないハイテク技術を作品のなかに持ち込んでいない。現にアメリカ社会に行き渡っているAIテクノロジーと監視システムを前提にこの物語を紡ぎだしている。そうした最先端の監視システムと技術を持っているのは中国である。『ゴーイング・ゼロ』では、「フュージョン・イニシアティブ」の首脳が中国やロシアの求めに応じて極秘裡《り》に監視テクノロジーを売り渡している設定になっている。だが、少数民族を治験者に仕立てて監視技術を営々と進化させてきたのは「習近平の中国」である。この強権国家は人間性を無視した実験に手を染めて技術を日々刷新し、精緻な監視システムを築きあげている。アメリカは血で贖《あがな》われた監視技術に触手をのばし、二つの大国は密《ひそ》やかなやり取りを重ねてきたのが実相だ。

センサー付きのスマート・コンドームが作中に登場する。これもドラマを盛りあげるための作り物ではない。現代の強権国家は、恋人たちが交わす愛の営みすら、AIテクノロジーによる監視の対象にしている。『ゴーイング・ゼロ』は、ジョージ・オーウェルの『1984』のように近未来のディストピアを描いたものではない。われわれ人類が既に生み出してしまった監視社会の素顔をリアルに描いた作品なのである。まだ信じられないというあなたに実例を一つだけ挙げておこう。中国公安当局は監視下に置いているウイグル民族の女性に不妊手術を強いている。漢民族支配に反感を募らせるウイグル民族の人口を抑えるのが狙いなのだ。子宮内に避妊効果が顕著なＩＵＤを埋め込むよう奨励している。その銅器具に微細なセンサーを装着し、夜の営みまで当局が監視できる〝優れもの〟なのだ。

米連邦議会の下院はこのほど、北京に拠点を置く「バイトダンス」社に半年以内に米政府が認める買い手に動画投稿アプリ TikTok を売却しなければ米国内での利用を認めないという法案を可決した。米国内で獲得した一億七千万人の個人情報が漏洩するのを防ぐのが立法の狙いだという。バイデン大統領も厳しい対中姿勢を示して選挙民の心を摑もうと、上院でも法案が通れば署名する意向を示している。対する共和党のトランプ前大統領は、かつて TikTok の規制に動きながら、いまはこの法案に反対している。その真意が奈辺にあるのか窺い知れないが、アプリの規制を巡って米中が水面下でディールに動いている気配が伝わってくる。本書は秀逸なエンターテインメント作品だが、物語の背景には背筋が凍りつくような監視社会のリアリティが埋め込まれている。

（てしま・りゅういち／外交ジャーナリスト・作家）

本書のプロフィール

本書は、二〇二三年にアメリカで刊行された『GOING ZERO』を本邦初訳したものです。

小学館文庫

ゴーイング・ゼロ

著者　アンソニー・マクカーテン
訳者　堀川志野舞《ほりかわしのぶ》

二〇二四年五月七日　初版第一刷発行

発行人　庄野　樹
発行所　株式会社　小学館
〒一〇一-八〇〇一
東京都千代田区一ツ橋二-三-一
電話　編集〇三-三二三〇-五七二〇
　　　販売〇三-五二八一-三五五五
印刷所 ─── TOPPAN株式会社

ISBN978-4-09-407202-0